come un fulmine a ciel sereno

a BLEEDING STARS *novel*

A.L. JACKSON

A.L. Jackson
www.aljacksonauthor.com
Cover Design by RBA Designs
Photo by Wander Aguiar Photography
Editing by AW Editing and Story Girl Editing
Formatting by Mesquite Business Services
Translation by Paola Ciccarelli

The characters and events in this book are fictitious. Names, characters, places, and plots are a product of the author's imagination. Any similarity to real persons, living or dead, is coincidental and not intended by the author.

Print ISBN: 978-1-946420-31-2
eBook ISBN: 978-1-946420-15-2

come un
fulmine a ciel
sereno

<u>Bleeding Stars</u>

Un sasso nell' oceano
Annego in te
Come un fulmine a ciel sereno
Aspettami
Resta
Per sempre al tuo fianco

Prologo

Luci luminose e accecanti risplendevano dall'alto e brillavano contro il pavimento bianchissimo. Mi precipitai lungo lo stretto corridoio, alla disperata ricerca di una via di fuga.

Ad ogni passo pesante, sentivo la distanza crescere. Un abisso che mi lacerava e strappava, finché non mi sentii spezzare in due.

Annaspando in cerca d'aria, barcollai fuori dall'edificio e uscii nel vuoto della notte buia e profonda. Il vento soffiava forte, sferzando lungo la superficie del suolo come un turbinio tumultuoso ai miei piedi.

Sopra di me, la tempesta infuriava, le nuvole scure, pesanti e minacciose.

Un fulmine lampeggiò nel cielo. Un crepitio di energia scosse l'aria e mi avvolse in spire di un'agonia incandescente.

Per un attimo, cedetti e mi concessi di sentire. Sollevai il viso verso il cielo tempestoso, mi afferrai i capelli tra le mani e urlai.

Urlai in preda al dolore.

Urlai in preda al rimpianto.

Urlai abbastanza forte così che non avrei mai dimenticato.

Il rombo di un tuono squarciò il cielo.

La pioggia cominciò a cadere a dirotto.

Serrai le mani a pugno lungo i fianchi. Seppellii il ricordo del suo viso e della sensazione che avevo provato nello stringerlo tra le mie braccia nella parte più profonda di me.

Lo sigillai e barricai il mio cuore.

Il mio spirito si aggrappò e si intrecciò alla promessa che gli avevo fatto.

Non mi innamorerò più.

Mai più.

Non dopo stanotte.

1

TAMAR

Mi feci largo tra la folla che passeggiava sul marciapiede.

Cosa diavolo mi prendeva?

Fuggire?

Scappare?

Questa non ero io. Non era la persona che avevo faticato tanto duramente per diventare.

Ma Lyrik West mi rendeva così.

Mi faceva desiderare disperatamente di sfuggire alla travolgente attrazione che infuriava nel cielo.

Sai cosa si prova subito prima che un fulmine cada? Il modo in cui puoi sentire l'elettricità scorrerti nelle vene? I fremiti di avvertimento che crepitano nell'aria densa? L'energia scoppiettante che si irradia sulla tua pelle e ti scuote fin nelle ossa?

È come se l'azoto e l'ossigeno prendessero vita.

Come se ogni elemento presente nell'aria fosse infiammabile.

Esplosivo.

Il tuo cuore prende a battere forte perché sai che sei in pericolo. È istintivo. La consapevolezza che in un battibaleno e senza preavviso potresti essere consumato da quella forza. Dalla natura e dalla luce accecante.

Incenerito.

Tuttavia, c'è anche una travolgente euforia che circonda quel momento. Una sensazione di potere nello stare in piedi sotto quelle nubi inquietanti col viso rivolto verso le loro pance gonfie e pesanti, quasi stessi rivolgendo una coraggiosa supplica verso l'alto.

Fammi essere parte di ciò che sei.

Ti senti piccolissimo. Impaurito. Eppure forte allo stesso tempo. Come se stessi assistendo a una bellezza invisibile. Vivendo un'esperienza destinata ad essere osservata solo da lontano.

Quella sensazione? L'avevo inseguita per molto, molto tempo.

L'eccitazione.

Il brivido.

Da adolescente, ero stata una ragazza che voleva provare tutto almeno una volta nella vita. Avevo credevo che quell'atteggiamento mi rendesse coraggiosa. Invece, mi aveva solo resa stupida. Ingenua, credulona e vulnerabile.

Alla fine, mi aveva solo scottato.

Adesso, facevo di tutto per stare il più lontano possibile da quella sensazione.

Cercavo rifugio da quella tempesta tra le mura che avevo costruito intorno a me stessa. Dietro la facciata di questo duro aspetto — tatuaggi, make up e capelli tinti — che era diventata la mia casa.

Non erano più solo una maschera.

Erano diventati *me*.

Eppure, in qualche modo... in qualche modo *lui* continuava a riapparire ai margini della mia vita, spronandomi, pungolandomi e attirandomi di nuovo verso tutte quelle eccitanti ed intricate emozioni che non volevo provare.

Lyrik West.

Codardamente, mi misi a correre, seguendolo con lo sguardo da sopra la spalla come una lunatica.

Un gridolino mi sfuggì dalle labbra quando andai a sbattere contro un tizio davanti a me. Voltai la testa di scatto ed incrociai il suo cipiglio irritato.

«Perché non guardi dove vai?»

«Mi dispiace tanto» mormorai. Troppo scossa per aspettare la sua risposta, abbassai la testa e, rapidamente, mi mescolai maggiormente tra la folla che curiosava tra le bancarelle del mercato ortofrutticolo allestito lungo il marciapiede.

Il nervosismo prese a corrermi nelle vene come un cane terrorizzato mentre mi guardavo costantemente alle spalle per paura che mi avesse vista.

Dovevo essere pazza. Folle. Ogni parte logica e razionale di me mi gridava di fermarmi e affrontare la situazione come un normale essere umano.

Non c'era assolutamente nulla da temere.

Lyrik West non era Cameron Lucan.

Tuttavia, mi faceva provare cose che non potevo concedermi di provare.

Era un pomeriggio caldo e umido a Savannah. Alberi che erano qui da oltre un secolo sovrastavano il marciapiede con i loro vecchi rami distesi, carichi di foglie e muschio spagnolo, quasi fossero gravati dal peso della saggezza. Il sole di giugno splendeva alto nel cielo, i suoi raggi obliqui e ardenti.

Mi sentivo scombussolata per via del caldo. Scombussolata per via della *sua* presenza.

Lanciai un'altra occhiata alle mie spalle.

La chioma dei suoi capelli color ebano ondeggiava tra la folla mentre camminava lungo il marciapiede gremito di gente, come se fosse solo un'altra persona che passeggiava per la pittoresca strada di Savannah.

Non importava che fosse circondato da tanta gente. Avrebbe potuto tranquillamente essere da solo. O più propriamente, sotto i riflettori di un palcoscenico.

Spiccava come un'esplosiva scarica elettrica. Un lampo di luce e una coltre oscura. Così distruttivo e irresistibile che era impossibile distogliere lo sguardo, il ragazzo pronto a colpire e a incendiarti.

I miei occhi scrutarono la zona in cerca di un posto dove potessi rifugiarmi e nascondermi.

Merda.

Sei forte. Sei forte, cantilenai sottovoce.

Detestavo essere questa ragazza. Timorosa e terrorizzata da emozioni che non volevo provare. Ma questo ragazzo mi rendeva così. Incerta e confusa, e sul punto di perdere la presa che avevo sulle mura che mi ero costruita intorno con cura.

Come se ad ogni passo che faceva, inclinasse ulteriormente il mio mondo sul suo asse.

Non avrebbe dovuto essere qui.

Non nella mia città adottiva.

Non ancora.

Lo scorso autunno, ero quasi caduta in ginocchio e urlato il mio sollievo verso il cielo quando era tornato a Los Angeles per sette mesi. Era andato lì con il resto della sua band, i *Sunder*, per lavorare tutti e quattro sul loro ultimo album.

Sapevo che sarebbe tornato. Ma pensavo che avessi ancora un'altra settimana. Un'altra settimana per preparare, fortificare e rafforzare tutte le mie difese.

Avevo bisogno di quella settimana.

Invece eccolo lì, a sei metri di distanza.

Era fermo sotto uno dei tanti tendoni sistemati lungo il marciapiede, e sorrideva a una donna di mezza età che offriva i suoi prodotti esposti sulla bancarella. Le rivolse un sorriso e pronunciò parole che ero troppo lontana per sentire, ma da quella breve distanza, ero piuttosto sicura che la poveretta si stesse sciogliendo ai suoi piedi.

Capivo la sua sofferenza.

I suoi capelli erano folti e neri, le ciocche spesse e ribelli. Ribelli quanto i suoi occhi neri come la pece. Sarebbero stati completamente neri se non fosse per il fatto che quelle oscure pozze di ossidiana erano inframmezzate da pagliuzze grigie e marroni che ti risucchiavano nelle loro profondità. Come i bordi taglienti e affilati di lava cristallizzata che bruciava dall'interno.

Era alto.

Maledettamente e assurdamente alto.

Snello ma forte in maniera minacciosa. *"Cattivo"* era scritto su tutto il suo corpo, proprio come i tatuaggi che coprivano ogni centimetro della sua pelle scoperta. Ogni sorrisetto impertinente era accompagnato da una letale dose di mascolinità, ed ero certa di sentire ogni singolo movimento di quel corpo muscoloso gridare lo stesso avvertimento:

Tocca a tuo rischio e pericolo.

Quella stessa sensazione di pericolosa eccitazione mi percorse la spina dorsale e vibrò nel mio ventre.

Il fremito prima dell'esplosione.

No. No. No.

Improvvisamente, quegli occhi scurissimi guizzarono nella mia direzione. Riportai di scatto l'attenzione davanti a me. Finsi di essere molto interessata alle mele Red Delicious che fuoriuscivano da una piccola botte di legno inclinata su un fianco in esposizione sul tavolo di fronte a me.

Dannazione.

«Queste sono freschissime» mi disse l'uomo che gestiva la bancarella. «Le ho raccolte io stesso questa mattina.» Feci un cenno di comprensione con la testa, come se possedessi le facoltà di elaborare quello che stava dicendo, mentre combattevo contro quella calda sensazione che cresceva decisa e fin troppo in fretta.

Una scossa di energia e un lampo di luce.

Sempre più vicino.

Sempre più forte.

Una mano tatuata spuntò davanti a me e raccolse una mela. Cominciò a lanciarla in aria.

Senza più alcun posto dove nascondermi, feci appello al mio *spirito combattivo.* La promessa che avevo fatto a me stessa di essere io ad avere il controllo.

Nessun uomo avrebbe mai avuto il potere di ferirmi. Mai più.

Socchiusi gli occhi e mi voltai a guardarlo torva.

L'aria vibrò e tremò.

O forse erano le mie ginocchia.

Lyrik sogghignò, e il divertimento piegò le sue labbra rosse e carnose che ero pronta a scommettere fossero deliziose quanto la mela.

«Guarda un po' chi c'è, *Red*.»

Accidenti a Sebastian Stone, leader della band di Lyrik, per avermi dato *quel* soprannome. Cioè, dai, i miei capelli erano rossi. Avrebbe potuto inventarsi qualcosa di più originale di quello.

Il soprannome mi era rimasto.

Ma il modo in cui scivolava sulla lingua di Lyrik? Sembrava uno dei sette peccati capitali. Un peccato per cui avrebbe venduto la sua anima pur di commetterlo.

«Che ci fai qui?» mi costrinsi a dire in tono sarcastico, pregando che avrebbe recepito il messaggio e che se ne sarebbe andato per la sua strada.

Continuò a lanciare la mela per aria.

Tump.

Tump.

Tump.

Con la sua grande e abile mano.

«Sono qui per il gran matrimonio. Cosa pensi che ci faccia qui? E non dirmi che non ti sono mancato.»

«Non puoi sentire la mancanza di ciò che non ti sfiora neppure la mente.»

«Ahi!» Pronunciò quella parola come se non fosse altro che uno scherzo, come se l'idea fosse completamente assurda. La sua risata era disinvolta e sicura. «Hai davvero intenzione di stare lì e dirmi che negli ultimi sette mesi non hai pensato a me nemmeno una volta?»

«Sì, davvero.»

Grossa, grassa bugia.

Una bugia che mi sarei portata nella tomba.

Come se ci fosse la possibilità che io avessi attraversato la sua mente. Anche una sola volta. Questo ragazzo non aveva soltanto l'aspetto da cattivo.

Era cattivo.

Non c'era una sola foto di lui in cui non ci fossero almeno

due ragazze avvinghiate al suo corpo, le sue braccia avvolte intorno alle loro spalle e un luccichio lussurioso negli occhi. Per non parlare del fatto che l'avevo visto in azione in più occasioni di quanto riuscissi a contare nel bar dove lavoravo.

Era chiaro che Lyrik West aveva un tipo di ragazza ideale.

Forse all'apparenza sembravo essere il suo tipo. Minigonne e tacchi vertiginosi, trucco pesante, tatuaggi e pizzo.

Ma non ero affatto come quelle ragazze.

Non importava quanto lui si sforzasse di persuadermi ad essere lei.

Lyrik ridacchiò, continuando a fare il suo gioco. Questo ragazzo era assurdamente sexy, così maledettamente splendido che andava a spasso su un carro di presunzione.

Allungava la mano e prendeva tutto ciò che voleva, probabilmente perché era abituato a ricevere tutto su un piatto d'argento ad ogni occasione.

«È un vero peccato, Red» disse, lanciando di nuovo la mela. «Speravo che al mio ritorno, io e te potessimo essere *amici*.»

Spalancai la bocca per ribattere con una risposta sprezzante, ma commisi l'errore di riportare gli occhi su di lui. Le parole mi si gelarono sulla lingua. Il mio sguardo, stupido e traditore, scivolò verso l'alto, poi in basso e lentamente di nuovo su. Indossava un paio di jeans neri e attillati, i più stretti che avessi mai visto, e una maglietta bianca con scollo a V ancora più stretta.

Ogni centimetro di pelle scoperta era ricoperta d'inchiostro, un'immensa tela di bellissima arte incisa su un uomo minacciosamente bello.

Sapevo che se si fosse strappato di dosso quel sottile pezzo di tessuto, avrei visto che anche la sua schiena era ricoperta di tatuaggi.

Sotto quell'inchiostro intricato e stravagante si celavano sodi e massicci muscoli.

Quell'attrazione da cui scappavo da mesi scivolò calda e lenta nelle mie vene, e questa smaniosa sensazione che odiavo travolse i miei sensi.

Dio, questo ragazzo stava facendo di tutto per farmi infrangere le promesse che mi ero fatta.

Non volevo questo. Non volevo soccombere al fascino e alla seduzione. Non volevo ammettere che mi faceva provare cose che non volevo provare.

Cose che non sentivo da molto, molto tempo.

Cose pericolose.

I suoi occhi scuri seguirono il movimento della mia gola che tremò e ballonzolò su e giù mentre lo guardavo torva, cercando di fingere che non fossi turbata.

Sfrontatamente, lui allungò la mano. I suoi polpastrelli callosi scivolarono lungo l'incavo del mio collo fino alla clavicola, come se non potesse fare a meno di sfidarmi.

Avrei dovuto essere disgustata. Ma sapevo che quei calli erano il risultato di anni passati a suonare le corde della sua chitarra, forgiati nella musica che creava.

Il formicolio divampò come un incendio.

Quell'energia vibrò.

Tremai.

«Che ne dici, Red? Ti va di essere amici?» mormorò, la voce una vera e propria tentazione mentre abbassava la testa verso di me.

Mi staccai da lui e mi costrinsi ad emettere uno sbuffo incredulo. «Non montarti la testa, *rockstar*.» Lo dissi come se fosse una parolaccia. «Non tutte le ragazze cadono ai tuoi piedi.»

Lanciò di nuovo la mela in aria e l'afferrò con la mano, prima di portarsela alla bocca e darle un grosso e rumoroso morso. Masticò, e quel maledetto sorrisetto riapparve sulla sua bocca, piegando le sue rosse labbra in un arco voluttuoso. «Sei sicura di non volere un assaggio?»

Era un'allusione sessuale a tutti gli effetti.

«Preferisco morire di fame.»

Lui scoppiò in una risata. «Vuoi sapere cosa penso?»

«No.»

Decisamente no. Questo era il momento di fuggire.

Feci un passo indietro, il corpo teso.

Lui ne fece uno in avanti, invadendo il mio spazio, piegando la testa verso la mia man mano che si avvicinava. Si abbassò finché il suo naso quasi sfiorò il mio e la sua voce divenne roca. «Penso che tu muoia dalla voglia di avere un assaggio. Penso che la tua boccuccia insolente abbia l'acquolina e che il tuo stomaco stia brontolando per la fame. E credo che per toglierti finalmente quel bastone che hai su per il culo, tutto ciò di cui hai davvero bisogno sia un assaggio di cosa significa essere veramente *soddisfatta*.»

Sollevai il mento con aria di sfida nello stesso istante in cui raddrizzai le spalle, e indossai la mia dura e rigida armatura. «E cosa ti fa pensare che saresti in grado di soddisfarmi?»

Il suo sorriso divenne spavaldo quando raddrizzò la schiena e diede un altro morso alla mela. «Hai abbastanza coraggio da scoprirlo?»

La mia bocca si spalancò, e cercai di trovare una risposta nel mio cervello annebbiato, un modo per zittirlo e scoraggiarlo.

Lui lo definiva coraggio.

Io lo definivo stupidità.

Sorrise in modo compiaciuto, si infilò una mano in tasca e tirò fuori un biglietto da cinque dollari. «Non fare quell'espressione così sconvolta, Red. Basta che tu dica di no.»

Ammutolita, non riuscii a dire nulla.

Lui spostò l'attenzione sull'uomo che vendeva le mele e gettò la banconota sul tavolo da esposizione.

«Deliziosa.»

Mi rivolse un occhiolino.

Ebbe davvero la *faccia tosta* di farmi l'occhiolino.

Si voltò e si allontanò nella stessa direzione da cui era venuto, e la sua orribile, orribile promessa fluttuò nella brezza mentre mi salutava con la mano senza girarsi indietro.

«Ci vediamo in giro, Red.»

Fui certa di sentire la terra tremare sotto i miei piedi

2

LYRIK

Lealtà.

Era un concetto che significava diverse cose per varie persone. Buffo, dato che sarebbe dovuta essere una cosa ovvia. Non richiedere alcuna riflessione. Ma quel concetto racchiudeva in sé così tante possibilità che spesso diventava contorto e confuso.

Ad esempio, mettiamo a confronto un uomo fedele a sua moglie con il migliore amico di un altro uomo che lo aiuta a nascondere una tresca. Ero convinto che non fosse altro che una contraddizione, benché alcuni potrebbero sostenere che sono la stessa maledetta cosa. Difendere e sostenere la persona più importante per te.

Per me?

La lealtà era assoluta.

Non c'erano dubbi, esclusioni o eccezioni.

La lealtà era l'unico e incrollabile principio morale che avevo. L'unica fottuta cosa che potessi considerare buona.

Mi premetti un po' più forte il cellulare contro l'orecchio, digrignando i denti e desiderando di poter tornare indietro nel tempo di due minuti così che potessi punzecchiare un altro pochino *Red*. Affondare quel coltello un po' più a fondo. Guardarla farfugliare e agitarsi. Nuotare in quelle onde di lussuria a malapena contenute prima che quegli occhi blu si accendessero di rabbia.

Diamine, adoravo una ragazza che non aveva paura di parlare francamente mentre il suo corpo raccontava una storia completamente diversa.

Quello era il tipo di contraddizione che bramavo. Il tira e molla. Odio che sprizzava di desiderio.

Fare sesso con *Red* sarebbe stato sbalorditivo. Ne ero certo. Ed ero abbastanza sicuro che questo fosse il motivo per cui non riuscivo a togliermi quell'idea dalla mente. Quella ragazza era un carico di fuochi d'artificio, ed ero certo che insieme saremmo esplosi.

Ma niente.

Invece, stavo parlando con questo stronzo.

«Gliel'ho già detto, non succederà. Non so perché continui a chiamare, *Mr. Banik*, dal momento che posso assicurarle che sta solo perdendo tempo.» Dissi il suo nome come se pronunciarlo fosse disgustoso quanto questa conversazione mi faceva sentire, l'appellativo *Mr.* privo di tutto il rispetto che solitamente conteneva.

«Ascoltami solo un attimo.»

Emisi una risatina cupa. «Ho capito benissimo cosa vuole. In sostanza, ha effettivamente le palle abbastanza grandi da suggerirmi di lasciare la mia band. È corretto? Ha mai sentito la parola lealtà prima d'ora, Mr. Banik? Che mi dice di tradimento?»

Rieccola. Di nuovo quella parola.

Lealtà.

Ecco di cosa si trattava.

Della mia lealtà.

Della lealtà di Baz.

Il mio stomaco si serrò in un nodo contorto di terrore, preoccupazione e ferrea incredulità. Deglutii rumorosamente e lui sospirò, e potei quasi vedere quel viscido pezzo di merda passarsi quella sua mano sudicia sopra la testa calva.

«L'unica cosa che ti sto suggerendo è di valutare le tue opzioni.»

Eric Banik, manager dei *Tokens of Time*, mi stava assillando da quasi un mese. Voleva che io prendessi il posto del loro leader che li aveva piantati di punto in bianco. Ero sicurissimo che i tre membri rimanenti desideravano disperatamente aggiungere un nome al loro gruppo che li avrebbe fatti fare un balzo in avanti.

«Quegli stronzi dovrebbero sapere bene cosa si prova quando qualcuno di cui ti fidi ti pianta in asso. Mettete un annuncio sul giornale. Fate delle fottute audizioni. Non me ne frega un cazzo di cosa fate. Trovate qualcun altro.»

I *Tokens of Time* avevano aperto i concerti dei *Sunder* un paio di volte a Los Angeles, e il loro leader li aveva abbandonati proprio quando stavano finalmente diventando popolari. Aveva firmato uno stupido contratto da solista, sbandierando il suo maledetto nome come se si fosse guadagnato il diritto di sfoggiarlo come un distintivo.

«Il vostro leader sta per sposarsi» disse Banik, come se stesse cercando di inculcarmi un po' di buon senso. Come se le conseguenze di quell'evento fossero chiare come il sole.

«Sebastian è già sposato» replicai.

«Sta per sposarsi di nuovo o quel che cazzo pensa stia facendo. Forse la prima volta era solo un test e stavolta è per davvero. Ma sai bene che i *Sunder* sono instabili come non lo sono mai stati.»

I *Sunder* erano sopravvissuti a mille controversie. Resistito a un milione di pettegolezzi. Superato pene detentive, casi di overdose e la morte del nostro batterista, Mark, che era stata una delle perdite più dolorose e tragiche che ognuno di noi avesse mai sperimentato.

Avevamo resistito al casino in cui Baz si era cacciato con Martin Jennings, un legame che si era rivelato più profondo e più oscuro di quanto avessimo mai immaginato.

Io, Ash e Zee – gli altri membri della band – avevamo sostenuto Baz durante quel periodo. Avevamo creduto in lui quando tutto intorno a noi si stava sgretolando, con il nostro tour mondiale cancellato e la minaccia di essere abbandonati dalla nostra casa discografica che pendeva sulle nostre teste.

Ce l'avevamo fatta, e dovevo credere che Baz non ci avrebbe delusi adesso.

Il mio silenzio sembrò incoraggiare Eric, che continuò a parlare, la voce carica di persuasione. «Sei esattamente ciò che stiamo cercando, Lyrik. Hai talento e non ti fai mettere i piedi in testa da nessuno. Hai lo stile che ci serve. Scrivi i testi migliori che abbiamo mai sentito e suoni la chitarra come se fossi nato con quello strumento. E guardati. Sai bene come noialtri che dovresti stare davanti. Devi essere leader. Sei troppo bravo per stare nell'ombra.»

Molto tempo fa avevo adottato la politica di fregarmene di tutto.

Di evitare lo stress, le preoccupazioni e tutte le cazzate che la maggior parte della gente indossava sulle spalle come una sorta di gravoso marchio.

Io? Mi ero sbarazzato di quel peso.

Siamo onesti. Affrontare la vita sotto quest'ottica? Era di gran lunga meno doloroso, cazzo. L'avevo imparato nel peggiore dei modi.

C'erano solo due eccezioni a questa regola.

La mia famiglia, ovvero i miei genitori, la mia sorellina e mia nipote.

E Baz e il resto dei ragazzi che componevano la band.

Le poche persone al mondo da cui potevo aspettarmi *lealtà* e alle quali offrivo la mia in cambio. Suppongo si possa dire che i ragazzi erano stati graziati. Era stato concesso loro un posto privilegiato nel mio cuore raggrinzito e annerito prima che venisse bruciato.

«Non mi telefoni più.»

Terminai la chiamata senza aggiungere altro e continuai a percorrere la strada acciottolata che correva davanti ai vecchi edifici che costeggiavano il lungofiume.

Girai l'angolo ed entrai nello stretto vicolo, poi passeggiai lungo la strada ombreggiata prima di balzare sulla scala che divideva a metà il vecchio edificio in pietra. Salii i gradini due alla volta e mi fermai sul piccolo pianerottolo che conduceva ai due appartamenti che occupavano l'ultimo piano e le cui porte si trovavano direttamente l'una di fronte all'altra.

Questo luogo appartato si trovava proprio nel cuore del quartiere storico di Savannah, in Georgia.

Ero stato davvero fortunato ad essermelo accaparrato. Sapevo che era quasi sempre occupato, dato in affitto a tempo determinato a turisti e girovaghi come me che erano solo di passaggio.

La mia porta era sulla destra, misi la chiave nella serratura ed entrai nella mia dimora temporanea. Era un magazzino convertito in un monolocale alla moda, con pareti di mattoni a vista e alti soffitti, e un muro divisorio per separare la camera da letto dal resto del locale. Delle portefinestre davano su un balcone che immaginavo un tempo fosse stato una scala antincendio.

Gettai le chiavi sul tavolino appena oltre l'ingresso e mi passai una mano tra i capelli, scrollandomi di dosso la conversazione con Banik e permettendo ai miei pensieri di ritornare a lei.

Dio, quella ragazza.

Il sangue mi pulsava ancora un po' troppo forte nelle vene per i miei gusti, il mio uccello fin troppo desideroso di fare un giro.

Ieri, quando ero arrivato a Savannah, sapevo che l'avrei vista. Sapevo che mi avrebbe torturato ancora un po'. Il problema era che ogni volta che mi diceva che non potevo averla, il desiderio che lei suscitava in me non faceva altro che crescere.

La ragazza preparava drink al *Charlie's*, il locale dove Shea, la moglie di Baz, lavorava quando si erano incontrati la prima volta. Lo stesso locale di cui Charlie, lo zio di Shea, era proprietario. Ogni volta che oltrepassavo le porte di quel pub, una strana sensazione mi attraversava le vene, riempiendomi di una folle eccitazione che non provavo da tantissimo tempo.

Non sapevo cosa mi prendesse quando lei invadeva il mio spazio. Sembrava una sirena dai capelli rossi che mi girava intorno, intorno, intorno in acque agitate finché non venivo intrappolato in una sorta di vortice. Dentro di me scattava subito qualcosa e il mio cazzo cominciava a parlare al posto mio.

E credetemi, era un *cazzone*.

Immaginavo che non gli piacesse essere ignorato. Rifiutato e respinto.

Nessuno di noi due era abituato a quelle stronzate. Non ero abituato a correre dietro alle donne. Erano loro a inseguire me. Sul serio, si radunavano intorno a me a frotte. E non era il mio cazzo a parlare stavolta. Le cose stavano proprio così. Dopo un concerto, erano sempre lì a girarmi intorno, alcune con fare falsamente timido e altre con approcci palesemente chiari. Ma tutte volevano la stessa cosa.

Me.

Ma non *Red*. Ogni avance che le facevo? Lei le respingeva subito. Con forza.

Non era un segreto che adorassi le donne. Adoravo il loro odore. Adoravo il loro sapore. Soprattutto, adoravo la sensazione della loro pelle contro la mia.

Tuttavia, non *amavo* le donne.

Amare qualcuno equivaleva a sottoporsi volontariamente al dolore, alla tristezza e a una vita di cazzate.

Eppure, ne volevo una. Volevo lei.

Tamar King.

Avevamo una relazione di odio/amore.

Adoravo stuzzicarla e lei adorava odiarmi per questo.

Solo per una volta, volevo che lei si lasciasse andare. Volevo che venisse da me con la potenza di tutta quell'ostilità che irradiava dalla sua bianca e morbida pelle che si intravedeva dietro i graziosi tatuaggi dipinti sulle sue braccia. Tatuaggi che desideravo intensamente leccare.

Già.

Quella ragazza era il peccato perfetto.

Ma c'era qualcos'altro. Qualcosa di più oscuro. Trasudava una certa rabbia da lei. Una rabbia vera e non la finta angoscia che le ragazze che gironzolavano per il backstage fingevano di provare.

Per una notte, desideravo che la desse a me. Che la sfogasse su di me. Con mani, denti e corpo. Nel mio letto.

Il cellulare suonò e lanciai un'occhiata allo schermo.

Ash.

Pensi tu al regalo di nozze di Shea e Sebastian, coglione?

Sorridendo, digitai una risposta per uno dei miei più cari amici che non riusciva a rimanere serio nemmeno per cinque secondi. *Sì.*

Il telefonino trillò subito dopo. *Sono sbalordito.*

Potevo percepire il sarcasmo nelle sue parole.

Va' al diavolo, amico. Dimenticheresti anche la testa senza di me.

Continua pure a ripetertelo. Sappiamo tutti che io sono il cervello del gruppo. Ci vediamo alle 10.

Sorrisi, e quello stesso brivido di eccitazione mi attraversò il corpo. No, questa piccola pausa non sarebbe stata così male dopotutto.

3

TAMAR

Il *Charlie's* fremeva d'attività intorno a me. Le luci erano abbassate e la musica era a tutto volume. Gli avventori si accalcavano intorno all'elegante e antico bancone del bar, facendo a gara per attirare la mia attenzione mentre mi affaccendavo dietro di esso, riempiendo boccali di birra e allo stesso tempo shakerando un paio di Purple Lamborghini.

Passai i due Martini alle bionde in fondo al bancone che stavano affogando le loro pene d'amore nell'alcol.

«Ecco a voi. Due Purple Lamborghini. Fate attenzione. Questi vanno giù veloce e ti stendono di brutto.»

La donna a destra fece un ampio sorriso. «Mmm... dopo la giornata che ho avuto, veloce e impetuoso è esattamente quello di cui ho bisogno. Continua a servirceli.»

«Lieta di poter essere d'aiuto.»

«Ehi, principessa, che ne dici di portarci un altro giro di birre?» Lo stesso stronzo che non mi aveva tolto gli occhi di dosso per tutta la sera mi lanciò un sorriso viscido. Senza dubbio, era inteso a farmi cascare le mutandine.

Disgustoso.

Le mie sopracciglia si inarcarono d'istinto e il mio tono si fece civettuolo. Stavo diventando brava a questo gioco. «Suvvia... Ti sembro una principessa?»

«No, pasticcino, sembri un sogno erotico.»

Lo ribadisco.

Disgustoso.

Assolutamente disgustoso.

E sul serio, pasticcino?

Che coglione.

Si potrebbe pensare che dopo tutto quello che avevo passato, avrei scelto un lavoro diverso. Lontano dagli uomini, dal sesso e dalle allusioni sessuali.

O forse non era poi così strano.

Probabilmente, ero finita qui perché questo ambiente li portava allo scoperto, le spudorate avance e le volgari frasi da rimorchio con cui avevo a che fare ogni sera. Ero sempre preparata. Mai colta alla sprovvista.

«Ti mostro io un sogno erotico. Quando avrò finito con te, ti piscerai nel sonno per un mese intero» borbottai sottovoce mentre riempivo tre boccali per lui e i suoi due amici che, sorpresa sorpresa, erano coglioni quanto lui.

«Stai calma, tesoro.» La voce rassicurante di Charlie provenne dalle mie spalle. «A quanto vedo, qualcuno è particolarmente nervoso stasera. Non ho bisogno che tu butti fuori dalla porta i clienti.»

Charlie era il proprietario del *Charlie's*, un pub che vantava una posizione privilegiata sul lungofiume qui a Savannah. Era super popolare, affollato tutte le notti da persone che venivano per rilassarsi alla fine della giornata e guardare le band locali. Lavoravo qui da quattro anni, inizialmente in cucina, prima di essere abbastanza grande da servire al bancone.

Era anche il proprietario dell'appartamento in cui ero in affitto dallo stesso periodo di tempo. Indossava una maglietta trasandata e una barba grigia ancora più trasandata, ma neppure tutti quei peli potevano nascondere il sorriso genuino che si intravedeva dietro di essi. Quell'uomo era buono come il pane.

Charlie amava correre in soccorso della gente. E non c'erano dubbi che mi avesse salvato la vita.

Sorrise quando lo guardai. «Perché sei nervosa, dolcezza?»

Scrollai una spalla con noncuranza mentre lo oltrepassavo per raggiungere il gruppetto di idioti che mi guardavano in modo lascivo. «Non so di cosa tu stia parlando.»

Non riuscii a trattenere una smorfia quando passai ai tre stronzi le loro birre.

Charlie ridacchiò quando mi voltai e gli passai di nuovo accanto. «Ne sei sicura?»

«Non cominciare a fare il consulente, vecchietto. Sto bene.»

Lui emise una delle sue risatine scherzose e agitò l'indice verso di me. «Scommetto di sapere cos'è che ti fa arrabbiare tanto... Questo pomeriggio sei uscita con Shea Bear per provare il tuo abito da damigella d'onore. Scommetto che non sopporti il pensiero di dover indossare un vestito a balze per un giorno intero.»

Shea e Sebastian ci avevano scioccati tutti quando si erano sposati a Las Vegas sei mesi prima. Sostenevano che quel matrimonio era stato per loro. Questo? Questo era per riunire i loro amici e le loro famiglie. Una celebrazione della vita che stavano cominciando insieme.

Ero profondamente onorata che Shea mi avesse chiesto di farle da damigella d'onore. Quando mi ero rifugiata in questa cittadina, non mi sarei mai aspettata di trovare degli amici. Di trovare persone gentili e altruiste con cui avrei stretto un tale rapporto di amicizia da considerarle una famiglia.

Ok, forse Charlie aveva appena sfiorato la punta dell'iceberg. A dire il vero, non mi dispiaceva l'abito. In effetti, l'adoravo. Shea stava organizzando un matrimonio in stile country chic, ogni dettaglio casual, semplice e grazioso, proprio come la sua personalità, e i nostri abiti rustici non facevano eccezione.

Il mio problema era lo stronzo con cui mi avevano accoppiata. Il tizio con cui avrei percorso la navata. Quello con cui avrei dovuto fare quel temuto ballo.

Era *lui* che mi faceva attorcigliare e contorcere le budella, oltre a tante altre cose che mi facevano desiderare di urlare in preda alla frustrazione.

21

Colui che risvegliava in me sensazioni che mi rifiutavo di provare. Cose che esortavano quel posto fragile e scheggiato nascosto nel mio petto a spezzarsi.

E... *merda.*

Stava giusto oltrepassando la porta d'ingresso.

Una scarica elettrica attraversò l'aria, bruciandomi la pelle. Il mio corpo fu percorso da un brivido di consapevolezza e il respiro mi si mozzò in gola.

Desiderio.

Bramosia.

Era come se quel ragazzo avesse il potere di rivelare ogni punto debole della mia armatura.

Detestavo che avesse questo effetto su di me.

Ma il mio corpo sembrò non prendere in considerazione il mio odio perché il mio cuore cominciò a martellare velocemente e un senso di anticipazione mi attanagliò lo stomaco.

Catturandomi il labbro inferiore tra i denti, mi costrinsi a concentrarmi sul lavoro. Cosparsi di sale il bordo di quattro bicchierini, ci versai dentro la tequila e li guarnii con delle fette di lime, per tutto il tempo dolorosamente distratta dalla consapevolezza che lui si trovava a soli sei metri di distanza in tutta la sua gloria da rockettaro.

I componenti dei *Sunder*, più Shea, entrarono nel locale dietro di lui.

Charlie mi diede un colpetto col fianco. «Guarda lì, dolcezza. Shea e il resto degli invitati al matrimonio hanno appena fatto il loro ingresso.»

Come se non l'avessi notato.

«Perché non finisci di lavorare per stasera, così ti rilassi e scarichi un po' la tensione? Dovresti stare con loro invece di spaccarti la schiena come fai per me tutte le sere. Posso gestire il locale da solo.»

Premuroso come al solito.

Trattenni il sorriso che voleva spuntare sulla mia bocca, scossi la testa e mi misi a strofinare il bancone che era già brillante come uno specchio. «Ecco che ricominci a preoccuparti per me, vecchietto. Sto benissimo dietro al bar. È questo il mio posto.»

L'ultima cosa di cui avevo bisogno era di aggregarmi a Lyrik e al resto dei ragazzi.

«Tsk!» Charlie agitò le mani verso di me, scacciandomi. «Vai, ragazza. Per quanto ti piaccia fingere di essere contenta di stare da sola, sei parte di quel gruppo tanto quanto il resto di loro. Inoltre, sai che Shea verrà a trascinarti via comunque, quindi tanto vale che ti arrenda ora.»

«Tamar!» Ed eccola che gridava il mio nome.

«Che cosa ti ho detto?» disse Charlie, le labbra che si contraevano sotto la sua barba ispida.

Gettai via lo straccio. «D'accordo.» Gli puntai un dito contro in segno di avvertimento mentre indietreggiavo. «Ma non ho finito per stasera. Un solo drink e poi mi rimetto a lavorare.»

«Come vuoi tu, dolcezza. Sappiamo tutti chi è il boss qui.»

Il *Charlie's* era situato in uno dei vecchi magazzini di cotone, le travi degli alti soffitti erano ancora esposte e le pareti di legno erano invecchiate fino a diventare quasi nere per via del fumo, dei corpi e di un secolo di misteri nascosti.

Mi avviai in fondo al bar che occupava il centro dell'enorme stanza che con il suo bancone di mogano intagliato e ornato era il fulcro del *Charlie's*. Avevo la schiena rivolta verso la porta principale, e usai quel tempo per prepararmi al momento in cui mi sarei trovata faccia a faccia con Lyrik West.

Sapevo che era folle. Una totale e insensata pazzia. Il terrore che provavo nell'affrontarlo semplicemente per il modo in cui mi faceva sentire. Per il modo in cui mi faceva anelare e desiderare e mettere in discussione tutte le promesse che mi ero fatta.

La cosa peggiore era sapere che lui godeva nel turbarmi così tanto.

Ne ero consapevole tanto quanto lui.

Stava giocando con me. Caricandomi come un giocattolo a molla.

Si sarebbe esaltato nel guardarmi girare, girare e girare, finché non avrei barcollato e vacillato, fino a crollare a terra.

Sfinita e spenta.

Crudele.

Ero piuttosto sicura che quella fosse la giusta descrizione di Lyrik West.

Scivolai sotto la piccola apertura alla fine del bancone, passai accanto al gruppo country che si stava preparando sul palco e mi diressi verso l'ingresso.

Ed eccomi lì, a camminare in direzione dell'uomo da cui ogni cellula del mio corpo era disgustata e attratta.

Un brivido mi attraversò i sensi. Una premonizione. Un avvertimento che quel magnetismo era più forte di qualsiasi resistenza.

Come un'aurora di luci danzanti e accattivanti che si rivelava essere soltanto un buco nero.

Che consumava la vita e la luce.

Quegli occhi quasi neri catturarono i miei, facendomi quasi fermare sui miei passi mentre li osservavo luccicare con altrettanta oscura malizia, come se fosse pronto a colpire da un momento all'altro.

Ad allungare la mano e a stringermi nelle sue grinfie.

Per divorare, distruggere e devastare.

Rifiutandomi di cedere, sollevai il mento in segno di sfida. Pregai solo che non riuscisse a vedere il modo in cui tremava.

In qualche modo, riuscii a staccare gli occhi dal suo sguardo penetrante e a spostarli sulla mia amica.

«Shea, pensavo che avessi smesso di trascorrere le tue giornate al *Charlie's*» dissi in tono scherzoso, piegando le labbra in un sorriso caloroso. Con Shea mi veniva spontaneo.

Il sorriso che lei mi rivolse era sincero e sollevato, e sapevo, senza ombra di dubbio, che dipendeva dal fatto che Sebastian era tornato in città.

Shea mi strinse in un abbraccio, e il suo pancione premette contro il mio stomaco.

Sì. Shea Stone doveva essere la ragazza incinta più carina che si potesse incontrare. La sua pancia di sei mesi dava l'impressione che non avesse fatto altro che infilarsi una palla da basket sotto il vestito.

Non c'era da stupirsi che Sebastian non riuscisse a starle lontano.

Feci un passo indietro e le strinsi le mani mentre alzavo lo sguardo su suo marito che si avvicinò a lei da dietro e appoggiò possessivamente le mani sul suo pancione.

Inarcai un sopracciglio nella sua direzione. «Ah... il famigerato Sebastian Stone. Pensavo che Savannah fosse al sicuro da quelli come te e i tuoi compagni per almeno un'altra settimana. Dovremmo suonare l'allarme della città.»

Un sorrisetto giocoso illuminò il suo viso. «Come se i miei compagni fossero più pericolosi di te.»

Ah. Neanche lontanamente.

A quanto pareva, le apparenze ingannavano *davvero*.

«Inoltre» continuò lui con voce un po' più profonda mentre baciava Shea al lato della testa, «non potevo stare via un secondo di più.»

Il sorriso di Shea illuminò l'intera stanza buia. «Ci stava aspettando fuori casa quando siamo rientrate dopo che abbiamo fatto l'ultima prova del tuo abito. Avresti dovuto vedere la faccia di Kallie quando ha visto il suo papà in piedi sul portico ad aspettarci. Non penso di aver mai visto quella farfallina uscire dall'auto così in fretta.»

Per quanto fosse stata dura per entrambi, Shea era tornata a Savannah con sua figlia due mesi fa, mentre Sebastian era rimasto a Los Angeles con i *Sunder* per finire di registrare il loro ultimo album nello studio di registrazione.

Sebastian ridacchiò e le strofinò il naso contro il collo. «Non credo di aver mai visto neanche te scendere dall'auto tanto in fretta.»

«Puoi forse biasimarmi?» sussurrò lei di rimando.

Una nuova ondata di consapevolezza riverberò nell'aria. Mi sentii bersagliata. Il mio corpo nel centro del mirino.

Quell'intensità mi avvolse, mi circondò e mi intrappolò.

Emisi un respiro tremulo e cercai di rimanere forte. Ma non c'era nulla che potessi fare. Non potevo resistere al potere dietro lo sguardo che sentivo bruciarmi la carne.

Quel senso di instabilità tremò sotto i miei piedi e ronzò

nelle mie orecchie.

I miei occhi guizzarono nella sua direzione.

Impotente.

Lyrik se ne stava lì a guardarmi, le mani tatuate infilate in tasca. Tutto nel suo aspetto e atteggiamento era disinvolto e imperturbabile. Eppure impressionante e audace.

Austero e crudele e completamente distaccato.

Un maledetto enigma che la parte più sciocca di me voleva svelare.

Strato dopo strato.

Carezza dopo carezza.

Deglutii intorno al grosso nodo che avevo in gola.

Sapevo bene di non dovermi comportare come un'ingenua scolaretta.

Lui si sarebbe avventato su di me come un saccheggiatore, facendo a pezzi ogni cosa sul suo cammino e dando fuoco al mio mondo.

Con zero rimpianti.

Zero preoccupazioni per il caos che causava.

Zero rimorsi per i suoi peccati.

Lui si crogiolava in essi.

Come avevo detto.

Crudele.

La voce impertinente di Ash spezzò la tensione. «Qualcuno di voi pensava davvero che Baz avrebbe resistito a Los Angeles per due mesi dopo che Shea e Kallie sono tornate qui? Stava per uscire fuori di testa. La scorsa settimana, questo schiavista ha trascinato ininterrottamente i nostri culi nella sala di registrazione per concludere le cose in modo che potessimo tornare qui prima.» Allargò le sue braccia tatuate. «Ovviamente, visto che stiamo parlando di questo gruppo di tipi tosti, concludere l'album in anticipo non è stato un problema. Noi facciamo magie, piccola.»

Ash Evans doveva essere uno dei ragazzi più arroganti che avessi mai incontrato. La cosa allarmante era che questo lo rendeva solo più accattivante, accrescendo il fascino che trasudava da lui in modo naturale, il ragazzo tutto carisma, fossette ed ego smisurato.

Inoltre, era stupendo.

Le ragazze non avevano scampo, poverette.

Ma tutta quell'eccessiva sicurezza di sé? Era così diversa da quella di Lyrik. Laddove la presunzione di Ash era amichevole, quella di Lyrik sembrava un'aperta minaccia.

«Quindi, deduco che siate qui per celebrare. Vi porto da bere.» I miei occhi si posarono su ciascuno di loro, trattenendosi un po' di meno su Lyrik.

Fin troppo palese.

Semplicemente grandioso.

«I soliti drink per tutti?» chiesi.

«Va benissimo, tesoro» rispose subito Ash. «Ma considerando l'importanza di ciò che stiamo festeggiando, falli doppi.»

«Ti rendi conto che li chiedete sempre doppi.»

Lui scoppiò a ridere. «Allora falli tripli.»

Buon Dio.

Questi ragazzi non portavano altro che un mucchio di guai. Tutti tranne Zee, che si fece avanti scuotendo affettuosamente la testa, come se si stesse scusando per la compagnia che frequentava ma che non avrebbe cambiato per nulla al mondo. Mi strinse in un breve abbraccio.

«Piacere di rivederti, Tamar.»

«Anche per me è bello vederti.»

Si diresse verso il divanetto appartato che Sebastian aveva rivendicato per sé la prima volta che era venuto al *Charlie's* e che in seguito i *Sunder* avevano reclamato come proprio.

«Grazie» mi disse Shea mentre Sebastian cominciava a trascinarla verso il divanetto. Ash li seguì con entusiasmo.

Lyrik si accodò a loro con più lentezza, lanciandomi un'altra occhiata sconcertante da sopra la spalla, come se si stesse assicurando che non distogliessi l'attenzione da lui.

Per torturarmi ancora un po'.

Mi obbligai a tornare dietro al bancone dove riempii per metà tre bicchieri di Jager.

Il liquido denso e scuro mi ricordò della promessa negli occhi di Lyrik. L'allettante e seducente promessa di una notte piena di delizioso e carnale divertimento.

Ma quella promessa era accompagnata da conseguenze simili a un brutto dopo sbornia.

Feci lo stesso con la tequila assurdamente costosa che Sebastian Stone amava bere, afferrai una bottiglia d'acqua per Shea e sistemai tutto su un vassoio, prima di farmi di nuovo largo tra la folla sempre più numerosa.

Ash mi sorrise smagliante mentre distribuivo i drink. «Ah... non avrei mai pensato di dirlo, ma è bello essere di nuovo a Savannah. Dimmi, Tam Tam, sono mancato a queste mura? E alle signore? Dimmi che hanno chiesto di me. Sai che una volta che faccio un'apparizione in un luogo, quest'ultimo non sarà mai più lo stesso.»

Alzai gli occhi al cielo. «Ne dubito. Metà della popolazione femminile è segnata dalla tua ultima *apparizione.*»

«Oh, suvvia. Non fingere di non sapere che la mia presenza rende tutto migliore.» Le fossette sulle sue guance divennero più evidenti. «Un po' come il bacon. Mettilo su un hamburger e diventa migliore. Aggiungilo all'insalata e diventa migliore. Cospargi Ash ovunque, e tutto diventa migliore.»

Non potei evitarlo. Una risata mi sfuggì dalle labbra, perplessa e piena di incredulità, ma nondimeno una risata.

«Visto?» mi canzonò, come se avesse appena dimostrato un nuovo teorema. «Va *meglio.* Ammettilo, ti sono mancato.»

«D'accordo, d'accordo. Se serve a chiuderti il becco, allora confesso volentieri che mi sei mancato.»

Ash fu il primo a sollevare il bicchiere. «A Baz e alla bellissima Shea, due persone che si amano così tanto che pensano di doversi sposare due volte.»

Zee rise e Lyrik sogghignò.

«Ma sul serio... voi due?» continuò Ash. «Avete trovato qualcosa di speciale. Non rinunciateci mai.»

Non rinunciateci mai.

Quelle parole risuonarono nella mia mente, e un lampo di tristezza minacciò di inghiottirmi e trascinarmi sotto. Serrai gli occhi, sollevai il bicchiere e mandai giù il cicchetto. Un intenso bruciore mi scese giù per la gola, avvolgendomi come una calda coperta quando si adagiò nel mio stomaco.

Lenendo i bordi ruvidi che cercavano costantemente di lacerarsi.

Mi rifiutavo di cedere ai ricordi che si agitavano nelle profondità della mia coscienza dove li avevo lasciati e che lottavano per trovare una via d'uscita. Per quattro anni, me l'ero cavata benissimo. Ero entrata nei panni della ragazza che volevo essere, rifuggendo da tutto il resto.

Il passato era passato. Dovevo lasciarlo lì.

Ma tutta quella paura stava lottando per tornare alla carica. Non ero stupida. Sapevo il perché. La prova era nel messaggio che avevo ricevuto su Facebook due mesi fa sul mio account inattivo. Un messaggio che avevo letto durante un momento di debolezza. Preda della solitudine e del rimpianto, avevo effettuato l'accesso con il mio indirizzo IP disattivato.

Avevo sentito il bisogno di dare un'occhiata alla mia famiglia. Di ricordarmi dei loro volti. Di ascoltare brevemente le loro voci.

Di sentirmi parte della loro vita dopo essermi separata da loro quattro anni prima.

Come se quelle briciole potessero mai essere abbastanza.

Ma era stato il messaggio in arrivo che mi aveva fatto letteralmente cadere in ginocchio.

Ci serve il suo aiuto. Comprendiamo la sua esitazione, ma abbiamo bisogno di tutte le informazioni che può darci su Cameron Lucan. La prego di contattarmi il prima possibile.

Per quanto continuassi a fingere che non importava, che il mio coinvolgimento non avrebbe cambiato nulla, quei pensieri continuavano a insinuarsi nella mia mente.

Pungolandomi.

Incitandomi.

Spronandomi.

Costringendomi a guardare indietro ad un passato che avevo fatto di tutto per dimenticare.

Se poi si aggiungeva Lyrik a quel mix?

Potevo sentire le mie mura spaccarsi, quelle solide fondamenta sbriciolarsi sotto i miei piedi.

Rivolgendo loro il mio sorriso migliore, lanciai un'occhiata alle mie spalle. «Sembra che Charlie sia sommerso di lavoro. Meglio che vada a salvare quel vecchietto prima che le cose comincino a mettersi male laggiù. Vi mando una delle cameriere affinché si occupi di voi.»

«Grazie, Tamar» disse Shea, guardandomi come se mi stesse chiedendo scusa per il fatto che non potessi restare con loro, quando in realtà non vedevo l'ora di squagliarmela.

Tornai al lavoro, perdendomi nell'atmosfera del locale, in quel senso d'urgenza di cui mi nutrivo mentre l'oscurità avvolgeva la stanza e il gruppo country suonava, rapida nel versare drink e ancora più rapida nel respingere le avance di uomini fin troppo amichevoli.

Forse era sbagliato, ma questo mi faceva sentire forte. Come se per un po' avessi il pieno controllo. Come se nessuno potesse toccarmi o contaminarmi. Anche se sapevo che non era altro che un'illusione.

«Siamo a corto di Goose, Charlie. Faccio un salto in magazzino per prenderne un po'.»

«Nessun problema, dolcezza. Ce la caviamo benissimo qui da soli.»

Attraversai la cucina e mi diressi verso il magazzino sul retro.

Col piede, spinsi lo sgabello verso la sezione con diversi tipi di vodka impilati sugli scaffali e ci salii sopra in modo da poter raggiungere una scatola di Grey Goose situata in cima.

Con attenzione, dal momento che indossavo tacchi da tredici centimetri, scesi dallo sgabello, reggendo la scatola con un braccio mentre con l'altra mano mi tenevo alla mensola di metallo dello scaffale.

Mi girai.

Un grido mi sfuggì dalle labbra quando vidi la figura solitaria appoggiata al muro.

Il mio cuore prese a galoppare come una mandria di cavalli imbizzarriti, un tumulto di zoccoli che battevano contro il mio petto.

Con le mani che mi tremavano terribilmente, raddrizzai la scatola prima che si schiantasse sul pavimento.

Perché mi fai questo?

«Cosa credi di fare qui?» riuscii infine a dire, le prime parole tremanti quanto le mie mani, le ultime piene di indignata rabbia.

Perché?

Quel sorriso indolente spuntò sul viso fin troppo bello di Lyrik. Le ombre danzavano su un lato della sua faccia, facendolo apparire più pericoloso del solito.

«Ti stavo cercando.»

Soffocai la curiosità che cresceva velocemente in me, ignorai il battito del mio cuore e il desiderio nel mio ventre e mi costrinsi a parlare, le parole dure e taglienti. «Bé, puoi smettere di *cercarmi*, perché non voglio essere trovata.»

«Ne sei sicura?»

«Cosa vuoi esattamente da me, Lyrik?»

Avevo trascorso tutta l'estate scorsa a schivare le sue avance, facendo del mio meglio per respingerlo con ogni velenoso rifiuto che mi veniva in mente. Era giunto il momento di porre fine a tale situazione.

Le mie parole erano dure e pungenti, alimentate dalla disperazione sepolta dentro di me. Speravo solo che non fosse troppo evidente. «Vuoi una scopata veloce? Vuoi che mi metta in ginocchio e ti succhi il cazzo e che ti lasci andare via felice e contento? Ci sono un sacco di ragazze là fuori che supplicherebbero per farlo. Fammi un favore e smettila di inseguirmi.»

Approfittando di quella scarica di adrenalina, mi avviai impettita verso la porta.

La sua voce roca mi giunse da dietro, la sua travolgente presenza altrettanto vicina. «Come i tuoi occhi inseguono me?»

La mia spina dorsale fu percorsa dai brividi mentre il resto del mio corpo si gelò.

Sopraffatto da questa attrazione.

Perché lo volevo così tanto?

Ma suppongo che il detto sia vero. Vogliamo sempre ciò

che non dovremmo avere.

Lentamente, mi voltai. Quel corpo forte e bellissimo torreggiava su di me, e il mio corpo reagì a quella vicinanza.

Calore.

Fuoco.

Desiderio.

Posò un dito sotto il mio mento, costringendomi a guardarlo attraverso i confini scuri della stanza angusta. «Pensi che io non veda il modo in cui mi guardi, in cui mi desideri, Red? Solo perché ti rifiuti di lasciare uscire le parole dalla tua bocca, non significa che non siano vere.»

Digrignai i denti, ogni cellula del mio corpo in preda a un conflitto interiore; l'odio che provavo per il modo in cui mi faceva sentire – odio per quella vecchia e ingenua debolezza – contro i semi di fiducia che volevano germogliare dentro di me.

Sembrava un tornado che acquistava velocità.

Lampi di luce tremolarono dietro i miei occhi e un brivido mi attraversò le terminazioni nervose.

No. No. No.

«Cosa ci sarebbe di male se trascorressi una notte con me?»

Era proprio questo il punto.

Quella era l'unica cosa che sarei mai stata.

Sesso facile e insignificante.

Un'altra donna su un milione di donne senza volto.

Una sveltina che non sarebbe neppure durata abbastanza a lungo da essere considerata un'avventura. Il dolore mi serrò le costole. Buffo come la sua proposta sembrasse un rifiuto.

«Oh, mi vengono in mente un sacco di cose.» Come il mio cuore e la mia salute mentale.

Mi sforzai di ristabilire la mia facciata. Di erigere quella rigida e impenetrabile corazza.

Agitai le dita della mia mano libera davanti al suo viso e sparai le parole come fossero proiettili. «Credimi, preferirei passare la notte con queste piuttosto che con te.»

Lui mi afferrò per il polso.

La mia bocca si spalancò per lo shock. Per il calore della sua presa. Per l'intensità del suo sguardo.

Approfittando del mio momentaneo stordimento, succhiò lentamente le due dita centrali della mia mano nell'ardore della sua bocca, guardandomi con quegli occhi scuri luccicanti.

Un rantolo impaurito e strozzato mi sfuggì dalla gola, espandendo i miei polmoni serrati.

Un fuoco si accese nelle mie vene, diffondendosi rapidamente e raggiungendo il punto di fusione proprio tra le mie cosce.

Quel suo sorrisetto ricomparve a tutta forza quando lasciò andare le mie dita con uno schiocco.

Poi mi sconvolse di nuovo quando premette la mia mano sul suo petto. Sembrava fin troppo possente al tatto, e dannazione, il suo cuore doveva battere forte quanto il mio.

Qualcosa balenò nei suoi occhi. Qualcosa di tenero. Bastò quello, e una parte tenera dentro di me desiderò cedere.

Arrendersi e dare tutta sé stessa.

Poi un angolo di quella bocca maliziosa si curvò all'insù, e Lyrik guidò la mia mano tremante verso il basso.

Giù.

Giù.

Giù.

Mentre io rimanevo immobile come un'idiota, permettendoglielo.

Si fermò appena sopra l'evidente rigonfiamento che tendeva i suoi jeans fin troppo attillati.

«Oh, sono sicuro che le tue mani fanno miracoli, ma onestamente, avevo altre cose in mente.»

Il mio buon senso riaffiorò all'istante.

Stupida. Stupida. Stupida.

Ecco quello che ottenevo dall'essere *tenera*.

Mi rendeva solo una pedina di un gioco complicato.

Ritrassi la mano con uno strattone, implorando i miei piedi di cooperare mentre mi precipitavo verso la porta con tutta la sicurezza che mi era rimasta, racimolando le forze che si stavano esaurendo in fretta.

Quando raggiunsi la porta, tenevo la testa alta e il mento in fuori.

Perché *ricordavo*.

Ricordavo la persona che avevo lottato così duramente per diventare.

Mi fermai sulla soglia e lo guardai torva da sopra la spalla. «Scordatelo.»

Lui mi rivolse quel suo sorriso arrogante e compiaciuto, quasi potesse leggermi dentro. «Basta che tu dica di no, *Red*.»

Sollevai il dito medio.

Prendilo come il mio no, stronzo.

«Fottiti.»

Lui scoppiò a ridere e quegli occhi neri luccicarono. «No, piccola. Diversamente da te, io non sono così entusiasta di farlo da solo.»

«Sei proprio uno stronzo.»

«E tu, Red, sei una stronza bacchettona.»

Non era il primo ragazzo a chiamarmi stronza.

Di solito non mi dava fastidio.

Diavolo, la maggior parte delle volte lo prendevo come un complimento. La conferma che nessuno avrebbe osato infastidirmi.

Ma sentire Lyrik chiamarmi stronza? Era la prima volta che il mio cuore veniva trafitto da questi spessi e soffocanti fili di tristezza e rabbia.

Santo cielo, era un tale egocentrico e spudorato bastardo.

Ed io ero un'idiota a lasciare che questo mi ferisse.

Avrei dovuto voltarmi e andare via.

Tenere la bocca chiusa.

Ma non riuscii a impedire alle parole di uscire dalle mie labbra.

«Quindi una ragazza è una stronza solo perché non vuole andare a letto con te?» Ero certa che il modo in cui scossi la testa rivelava troppo.

Disgusto. Delusione. Sconfitta.

«Sai cosa, Lyrik? Forse voglio di più dalla vita. E non ti permetterò di allungare la mano e prendere ciò che non voglio dare.»

Ero incazzata.

Scossa.

Determinata a mettere Lyrik al suo posto.

I ragazzi avevano ordinato un altro giro di drink.

Li preparai velocemente, creando qualcosa di molto speciale per Lyrik West. Semplicemente perché mi *piaceva* tanto.

Era passata un'ora da quando mi aveva messo alle strette nel magazzino, ed era trascorso altrettanto tempo da quando era tornato al divanetto, che ora ospitava anche tre ragazze.

Shea e Sebastian avevano fatto appello al loro buon senso e se n'erano andati.

Adesso Zee sedeva praticamente da solo, smanettando col cellulare mentre una ragazza sedeva di traverso sul grembo di Ash, le braccia avvolte intorno al suo collo, catturando la sua completa attenzione.

Ma erano le due tizie appiccicate ai fianchi di Lyrik come sfavillanti soprammobili che mi facevano andare su tutte le furie.

Le sue braccia erano avvolte intorno alle loro spalle mentre sedeva comodamente sul divano.

Senza nessuna preoccupazione al mondo.

Un basso ringhio vibrò in fondo alla mia gola.

Non ci aveva messo molto a rimpiazzarmi.

Che porco.

E perché diavolo questo mi faceva incazzare così tanto?

Tuttavia, non potevo farci nulla.

La verità era che ero furiosa. Per qualche motivo, mi sentivo usata, sporca e superflua.

I bicchieri tintinnarono quando sbattei i drink sul vassoio, e anche se non ero una cameriera, glieli avrei consegnati io stessa, diamine.

Avanzai attraverso la sala, serpeggiando tra gli alti tavoli, assicurandomi di ancheggiare e sculettare mentre mi dirigevo verso il loro divanetto. Un sorriso sdolcinato contorse il mio viso quando spinsi i Cosmo verso le ragazze che erano qui solo per divertirsi un po', ma che in qualche modo erano incappate nella mia furia.

Non sembrarono neppure accorgersi della forza con cui posai i bicchieri sul tavolo.

Oh, ma Lyrik sì. I suoi occhi si posarono sul suo drink speciale. Il liquido rosso vivo sciabordò oltre l'orlo e si riversò sul tavolo quando lo sistemai di fronte a lui.

Con quel suo sorrisetto arrogante, sollevò gli occhi su di me. «Cos'è?»

Premetti i palmi delle mani sul tavolo e mi chinai verso il suo viso. «È una troia dai capelli rossi. Questo è quello che vuoi, no?» dissi, la voce rancorosa come il mio umore.

Stavolta le ragazze presero nota, e mi guardarono come se improvvisamente fossi una rivale, i miei capelli rosso fiammeggiante chiaro segno che mi stessi riferendo a me stessa. Una di loro ebbe la decenza di apparire offesa quando Lyrik mi lanciò un sorriso ironico e aprì quella sua bocca oltraggiosa. «In realtà, stavo pensando di volere un assaggio di un angelo dagli occhi blu, ma ti accetterò in qualunque modo possa averti.»

I miei occhi blu si socchiusero e mi sforzai di trattenere il dolore, la rabbia e tutte quelle emozioni contorte che non volevo provare mentre il suo sorriso si allargava per la soddisfazione.

Sollevò il bicchiere verso di me, poi mandò giù il cicchetto.

Subito dopo, lo sputò fuori. Il liquido rosso schizzò sul tavolo e gocciolò lungo il suo mento perfetto. Furioso, si asciugò la bocca col dorso della mano. «Che cazzo era?»

«Quello era per avvertirti di non toccarmi più.»

Ok, forse la mia ricetta segreta per una troia dai capelli rossi includeva un po' di peperoncino di Cayenna e Tabasco. Niente che un vero uomo non potesse sopportare.

Incredulo, Lyrik scosse la testa. «Sei davvero una stronza, eh?» Si scrollò di dosso le ragazze, si alzò dal divanetto e indicò loro di seguirlo. «Dai, usciamo da qui.»

Si frugò in tasca, tirò fuori duecento dollari e li gettò di fronte a lui. Le banconote svolazzarono e atterrarono sul tavolo. «*Grazie* per il drink» disse, fumante di rabbia.

Si allontanò come un'oscura e ululante tempesta, e le due stronzette lo seguirono di corsa, barcollando sui tacchi.

Un nodo mi si formò in gola, alimentato dal rimpianto che premeva forte contro il mio petto.

Sei davvero una stronza.

Perché mi importava tanto? Questo era ciò che volevo, no? Scacciarlo via. Lanciare pugnali e innalzare scudi così che potessi isolarmi, nascondermi e segregarmi dietro questa barricata.

Dove ero al sicuro.

Ash mi lanciò un sorrisetto scaltro. «Oh, Tam Tam, ricordami di non farti incazzare, tesoro. Perché mi spaventi a morte.»

Deglutii forte.

Già. A volte, anch'io ero spaventata da me stessa.

Alle tre e quaranta del mattino, parcheggiai nel mio posto auto sul retro dell'edificio di proprietà di Charlie.

Con un sospiro, spensi il motore e scesi dalla macchina.

La mia attenzione si posò a malapena sulla moto situata nel posto riservato all'appartamento numero due, e notai a stento l'auto parcheggiata di traverso dietro di essa.

La stanchezza mentale avvinghiata alle mie ossa non mi permetteva di pensare ad altro che al bisogno di spogliarmi di questi abiti e di questa maschera di make up così da potermi rifugiare nel mio letto.

Soffocai un gemito quando sentii la musica risuonare a tutto volume dall'appartamento numero due man mano che mi avvicinavo, accompagnata da risatine e irritanti voci femminili.

Fantastico.

Avevo dei nuovi e odiosi vicini. La serata andava di bene in meglio.

Almeno non restavano mai a lungo dato che quell'appartamento veniva affittato per soggiorni a breve termine o settimanali.

Senza dubbio, Charlie guadagnava una piccola fortuna da quegli affitti, ma si rifiutava di affittare il mio appartamento nello stesso modo. Il giorno in cui ero entrata strisciando nel suo bar alla disperata ricerca di un lavoro senza un indirizzo da inserire nella mia domanda di assunzione, mi aveva fatto sedere e chiesto quand'era stata l'ultima volta che avevo mangiato. Quando non ero riuscita a rispondere, mi aveva dato da mangiare, poi mi aveva fatto salire sul suo pick-up e mi aveva portato qui.

Questo sconosciuto mi aveva rimesso in sesto e mi aveva dato una casa.

Quel giorno, Charlie aveva salvato un pezzetto del mio cuore spezzato. Mi aveva restituito un po' di fiducia nell'umanità.

Salii le scale, reggendomi alla ringhiera per aiutarmi nella salita, i piedi doloranti e il corpo esausto.

Stavo lasciando che tutta questa situazione mi scombussolasse, e non potevo permetterlo.

Entrai nel mio appartamento buio, mi tolsi le scarpe accanto alla porta e andai direttamente in bagno per lavarmi la faccia, poi mi spostai nella mia stanza accogliente dove indossai un paio di pantaloncini da notte e una maglietta, prima di crollare sul mio soffice ed enorme letto dalla graziosa testiera in metallo ornato.

Avrebbe dovuto infondere conforto.

Invece mi sentivo persa.

Vuota.

Sola.

Lanciai un'occhiata agli auricolari sul comodino, ed esitai. Per quale assurdo motivo, dopo la notte che avevo appena avuto, prendevo anche solo in considerazione l'idea di torturarmi in questo modo?

Evidentemente, ero una masochista.

Sedendomi con la schiena contro la testiera, afferrai gli auricolari, li collegai al telefonino e aprii il lettore musicale. Selezionai direttamente il mio album preferito dei *Sunder*, quello che conteneva la canzone che non riuscivo a fare a meno di ascoltare all'infinito. Di solito, Lyrik faceva da sottofondo, lì solo per accompagnare Sebastian.

Ma non qui.

Questa canzone era cantata interamente da Lyrik.

I suoi versi erano così diversi dai testi urlanti e rabbiosi per cui Sebastian era famoso. La voce di Lyrik era profonda e roca.

Eppure, in qualche modo, carezzevole.

Ammaliante e ipnotica.

Mi faceva sempre sentire come se venissi risucchiata nella canzone, più dolce del loro tipico stile chiassoso, simile a una cupa ninna nanna che mi cullava fino a farmi addormentare notte dopo notte.

Infilai le cuffiette nelle orecchie e lasciai che quella voce mi avvolgesse, le permisi di penetrare sotto la mia pelle finché sembrò che le note venissero suonate da qualche parte dentro di me.

La prima volta che avevo ascoltato questa canzone due anni fa, mi ero chiesta come fosse realmente l'uomo che la cantava. Se stesse davvero patendo il tipo di dolore che la canzone trasmetteva. Se la tristezza dietro la sua voce fosse reale. Mi ero domandata se si sentisse nello stesso modo in cui mi sentivo io dentro.

Così piena di rimpianti da non riconoscermi più.

Chissà perché, avevo avuto la sensazione di conoscere quell'uomo. Intimamente. Interamente. Un legame condiviso tra due completi sconosciuti.

Non era stato altro che un perfido sogno.

Perché Lyrik non era affatto come avevo immaginato che fosse.

Ovviamente, a quel tempo, non avrei mai creduto che ci saremmo effettivamente trovati faccia a faccia. Non avrei mai pensato che lui mi avrebbe guardato e visto qualcosa che voleva. Non avrei mai pensato che avrebbe riacceso in me quelle vecchie e ingenue fantasie.

Che mi avrebbe ammaliato, stuzzicato e fatto vacillare.

Ero pronta a scommettere che avrebbe riso nel vedermi cadere.

Crudele.

Tirai un respiro profondo e chiusi gli occhi, pregando che la stanchezza mi trascinasse nel sonno. Invece, mi sentivo ansiosa. Più a disagio nel mio proprio corpo di quanto non mi fossi sentita da molto, molto tempo.

Quando non riuscii più a stare seduta, scivolai da sotto le coperte e mi inginocchiai davanti al baule situato ai piedi del letto. Quasi con riluttanza, sollevai il coperchio, diffidente di quello che c'era all'interno. Tirai fuori la valigetta nera rilegata in pelle. Sembrava pesante nelle mie mani mentre la portavo con me sul letto e l'adagiavo sulle mie gambe incrociate.

Parve passare un'ora mentre la fissavo immobile.

Infine, racimolai abbastanza coraggio da aprire la valigetta ed estrarre le fotografie all'interno.

Non erano nulla di controverso. Nulla di osceno o riservato.

Solo luminose raffiche di fulmini che squarciavano ogni foglio.

C'erano centinaia di foto in bianco e nero. Molte erano state ritoccate con schizzi di colore che mi era piaciuto aggiungere, trasformando le saette bianche in viola, tè blu e altre sfumature che mi venivano in mente, rendendole simili a dardi colorati che sfrecciavano nel cielo e cadevano sul terreno arido.

Queste immagini? Rappresentavano me.

Prima.

Quando ero così ansiosa di guardare la bellezza. Di inseguirla. Di andare alla ricerca del brivido che si prova ad essere in pericolo. Mettendomi in situazioni pericolose per immortalare queste immagini assolutamente meravigliose.

Quando credevo che il mondo fosse lì fuori in attesa che io afferrassi tutto ciò che aveva da offrire.

Avevo scattato la mia prima foto di un fulmine a cinque anni. Ero accanto a mio nonno sul portico posteriore mentre lui mi indicava la tempesta che si stava formando sulle montagne dietro casa nostra, spiegandomi lo sbalorditivo fenomeno.

Quel primo scatto grezzo, immortalato con una vecchia e scadente macchina fotografica, si era presto trasformato nella mia passione. Una rappresentazione di chi volevo essere. Creativa e audace. Ottimista e tollerante. Sincera, onesta e coraggiosa. Priva di scetticismo o del risentimento ormai ben radicato in me.

Avevo scattato la mia ultima foto all'età di vent'anni.

Avevo creduto che quelle immagini fossero un'espressione di ciò che mi divampava dentro.

Invece, non erano altro che una bugia.

Dopo essere venuta qui? Mi ero convinta di non essere il tipo che piange. Le lacrime erano simbolo di debolezza. Perciò mi ero asciugata il viso e avevo indossato questa maschera di spavalderia che avevo scoperto non essere completamente fasulla, e attinto a questa parte di me che non avevo mai saputo fosse lì.

Era dura, sfacciata e impenetrabile.

Infrangibile.

Non come la ragazza senza pretese che aveva scattato queste foto.

Quelle lacrime che mi ero negata per tanto tempo mi pizzicarono gli occhi, e un groppo mi si formò in gola. Era un'ondata di emozione che come primo istinto volevo soffocare. Ma soltanto per stanotte, dopo il tumulto di emozioni che si erano scatenate in me, avevo bisogno di lasciarle scorrere liberamente.

Solo per un po', mi concessi di ricordare chi desideravo essere un tempo.

Mi svegliai risoluta.

La scorsa notte era stata un passo in avanti invece di uno indietro. Un promemoria che dovevo fare attenzione, o tutto ciò per cui avevo lavorato così duramente sarebbe stato invano.

Era già abbastanza brutto che mi avessero rintracciata, facendomi domande su Cameron.

Mettendo a repentaglio la sicurezza che avevo trovato nella mia nuova casa. Mi rifiutavo di permettere loro di strapparmela via.

Mi lavai i denti e indossai i miei abiti da corsa.

Scelsi la playlist più assordante e aggressiva che riuscii a trovare e cominciai a infilarmi nelle orecchie gli stessi auricolari che mi avevano trasportato nel paradiso oscuro della *sua* voce mentre spalancavo la porta d'ingresso.

E per poco non caddi faccia a terra.

Sarebbe stato meglio se fosse successo. Magari in quel caso sarei riuscita a nascondere l'espressione inorridita che balenò sul mio viso per due strazianti secondi prima che lo shock svanisse.

Mi ricomposi e mi spiaccicai sulla bocca il sorrisetto che avevo perfezionato.

Dalla porta dell'appartamento di fronte al mio stavano uscendo le due ragazze che ieri sera erano avvinghiate a Lyrik. I vestiti stropicciati. Il trucco sbavato. I capelli arruffati dal sesso mentre compivano una camminata della vergogna che chiaramente non le turbava affatto.

In realtà, sembravano piuttosto orgogliose.

E soddisfatte.

Bruciai di gelosia.

Ed era proprio questo il sentimento che non volevo che lui cogliesse quando il suo sguardo catturò il mio.

Ma era lì, palese come il tormento che sentii nel petto nel momento in cui distese le braccia sopra la testa e appoggiò le mani allo stipite della porta, tutta la sua attenzione improvvisamente puntata su di me.

Non guardare in basso. Non guardare in basso. Non guardare in basso.

Quel monito si ripeté nella mia mente come una supplica mentre i miei occhi facevano esattamente quello che non volevo che facessero. Scivolarono giù lungo il suo petto nudo. Come se fossero attratti e affamati e senza un briciolo di quella forza di volontà con cui mi ero ricaricata prima di uscire di casa.

Per un fugace istante, cedetti.

Mi arresi. Concessi a me stessa il piacere dolceamaro di ammirare la sua pelle coperta d'inchiostro, i disegni così intricati e intrecciati che non riuscivo a capire dove finiva un'immagine e ne iniziava un'altra, anche se la parte più sciocca di me desiderava ardentemente di avere il tempo per decifrarli.

I jeans che indossava gli cadevano così bassi in vita che ero certa che non portava nulla sotto.

Ma c'era di più. Qualcos'altro oltre a quello splendido corpo. Oltre a quel viso. Era come se lui mi stesse spingendo a guardare più attentamente. Più a fondo. Tuttavia, il mio istinto di autoconservazione mi avvertiva che non mi sarebbe piaciuto ciò che avrei visto.

Smisi di fissarlo con un movimento disorientato degli occhi. Ovviamente, questi ultimi avevano zero controllo e balzarono di nuovo sul suo viso perfetto, su questo ragazzo così insopportabilmente splendido che mi sentivo scuotere come un terremoto.

Ma stavolta non c'era alcuna malizia nei suoi occhi.

Erano colmi di puro e opprimente calore, un luccichio pericoloso e bramoso accompagnato da una punta di disperazione.

La mia pelle formicolò, e spostai il peso da un piede all'altro. Mi sentivo nuda. Esposta. Non era d'aiuto il fatto che non indossassi nient'altro che un reggiseno sportivo che comprimeva e gonfiava i miei seni verso l'alto e che metteva in mostra il mio ventre, un paio di pantaloncini cortissimi e delle Nike rosa acceso.

Ma era il mio viso che mi provocò un'ondata di insicurezza. Diversamente dal solito, non avevo un filo di trucco e i miei capelli rossi erano raccolti in maniera disordinata sopra la testa.

Lentamente, quel solito sorrisetto riapparve sulla sua bocca, ma se normalmente tendeva ad essere distaccato, questa mattina tremava con una punta di ostilità mai presente prima d'ora.

«Bene bene, guarda un po' chi c'è, la mia *barista* preferita. Sei una ragazza davvero sveglia, eh?»

«Che cosa ci fai qui?» chiesi.

I suoi occhi scuri si socchiusero. «Potrei farti la stessa domanda.»

«Vivo qui.»

«Anch'io» ribatté lui.

«Oddio, mi prendi in giro?» Scuotendo la testa, mi massaggiai le tempie tra il pollice e il dito medio e feci un passo avanti sul pianerottolo.

Una risatina pungente scaturì dalle sue labbra. «Pare che frequentiamo gli stessi circoli. Charlie è il proprietario di questo edificio, ricordi? Considerando che il mio migliore amico e sua nipote si sono sposati, questo ci rende praticamente una famiglia.»

Volevo dare in escandescenze. Charlie era la *mia* famiglia.

«E tu dovevi proprio scegliere questo appartamento?» lo accusai.

Facendo spallucce, si appoggiò allo stipite della porta e incrociò quelle forti braccia su quel possente petto, distraendomi per un millesimo di secondo dalla rabbia che provavo.

Accidenti a lui.

«Non avevo intenzione di autoinvitarmi a casa di Anthony visto che sua moglie e i suoi bambini verranno a stare qui per circa una settimana in occasione del matrimonio. Rimarrò qui per un paio di mesi e avevo bisogno di un posto dove dormire. Charlie aveva un appartamento da dare in affitto. È stato vantaggioso per entrambi.»

Non per me.

«Inoltre» continuò, «desideravo un po' di privacy. Mi sembra di aver vissuto con i ragazzi per metà della mia vita. Ho pensato di venire qui e tenere un profilo basso.»

Un profilo basso?

Sbuffai e inclinai il mento con fare indignato verso il suono del motore dell'auto che veniva avviata nel parcheggio sottostante. «Sembra proprio che tu stia tenendo un profilo basso.»

Lyrik piegò la testa di lato, e un sorriso incredulo curvò un angolo della sua bocca.

«Che c'è, sei gelosa, *Red*? Se ben ricordo, sono stato piuttosto chiaro sul fatto che non mi sarebbe dispiaciuto se fossi stata tu a sgusciare fuori dal mio appartamento questa mattina. Sei stata tu a dire che c'erano *milioni* di ragazze disposte a supplicare per prendere il tuo posto, no?» chiese, girando il dito nella piaga da arrogante bastardo qual era. «Ho solo seguito il tuo consiglio. Due al prezzo di niente. Proprio come piace a me. Ma ero disposto a fare un'eccezione e accontentarmi di una piuttosto che di due, se ciò significava che potevo divertirmi con te.»

«Sei disgustoso.»

«Almeno io non vado in giro fingendo di non essere una persona sporca.»

Fu come se mi avesse schiaffeggiata sul viso. Tutto il mio essere trasalì e un brusco respiro fuoriuscì dai miei polmoni quando la voce per cui avrei dato qualsiasi cosa pur di dimenticare sussurrò malignamente nel mio orecchio.

Sporca.

Il ricordo mi colpì violentemente, strappandomi un sonoro rantolo di shock, umiliazione e odio.

«Vaffanculo» sussurrai. Il dolore paralizzante che mi trafiggeva il corpo risucchiò tutta l'animosità dalla mia voce. Ero certa di sembrare una bambina piagnucolona.

Sbattei la porta alle mie spalle e staccai lo sguardo dai sui occhi, ringraziando Dio che indossavo abiti da corsa e che questo era esattamente quello che dovevo fare.

Correre.

Perché anche se avessi indossato i tacchi, ero sicura che avrei fatto la stessa cosa, e non potevo sopportare che la vulnerabilità che trasudava da me diventasse ancora più evidente. Mi precipitai giù per le scale, la mia mano che scivolava rapidamente lungo la ringhiera mentre fuggivo.

Corri.

«Dannazione!» Quel ruggito mi investì alle spalle nello stesso istante in cui sentii il terribile colpo. La reazione di Lyrik mi provocò un brivido lungo il corpo, ma mi rifiutavo di guardarmi indietro. Sapevo, senza ombra di dubbio, che quel rumore era stato il suo pugno che batteva contro la porta. Il legno cigolò quando la porta si schiantò contro la parete prima che lui ruggisse di nuovo e la chiudesse con un calcio.

L'aria vibrava e tremava.

Potevo sentirlo. Il fremito del pericolo. La minaccia che incombeva dall'alto.

Corri.

Stava arrivando una tempesta.

Freneticamente, mi ficcai gli auricolari nelle orecchie e raggiunsi il marciapiede, cercando rifugio nel costante tonfo dei miei piedi.

4

LYRIK

Nei miei pesanti stivali neri, camminai avanti e indietro sul consunto pavimento in legno, poi lo feci di nuovo.

Intensi raggi di luce filtravano dai lati delle tende tirate alle finestre, come se il sole stesse strisciando lungo le mura esterne della casa, alla ricerca di un modo per entrare nel nostro piccolo, oscuro nascondiglio.

La canzone non voleva proprio arrivare.

O forse non ero dell'umore giusto.

Forse era perché la mia mano mi faceva ancora un male cane e la mia mente si stava ancora riprendendo da quello che era successo stamattina.

«*Amico*» disse Ash, frustrato. «Hai intenzione di fare un buco nel pavimento della mia casa nuova di zecca?»

Nuova di zecca? Difficilmente. Era una villa secolare non molto lontana dall'appartamento che avevo preso in affitto, e molto vicina alla casa di Shea. Era assolutamente ridicola con le sue otto camere da letto, e considerando che sarebbe stata usata solo da Zee e Ash e qualsiasi pollastrella quest'ultimo si fosse portato a casa per la notte, nessuno avrebbe obbiettato che non era esagerata.

Ma Ash doveva essere la persona più maledettamente impulsiva che avessi mai incontrato. Ieri, stavamo percorrendo la strada in auto con Baz, diretti a casa di Shea dopo esserci occupati di alcune faccende per il matrimonio, quando Ash gli aveva gridato di fermarsi.

Era sceso di corsa dal Suburban, le braccia spalancate, come se stesse andando incontro ad un amico che non vedeva da molto tempo, ed era andato dritto verso i gradini che conducevano al portico di questa villa pazzesca. Aveva girato intorno alla casa come uno squilibrato, prima di chiamare il numero indicato sul cartello "Vendesi" apposto fuori.

Aveva scoperto che un tempo l'abitazione era stata dichiarata inagibile e in seguito completamente ristrutturata.

Qualcosa riguardo a quel fatto aveva affascinato Ash, il quale aveva dichiarato che quel luogo lo aveva chiamato a sé, motivo per cui l'aveva trovato, o un'altra simile cavolata da *psicopatico*. Qualche tempo dopo, ovvero quattro ore più tardi, Ash stava sganciando la grana per accaparrarselo.

Aveva affermato che avremmo dovuto comunque trascorrere parecchio tempo a Savannah dato che Baz non voleva stare lontano da Shea, Kallie e il bambino, e quindi era una *necessità*.

Naturalmente, c'erano ancora parecchie scartoffie da compilare, ma considerando che la casa era libera e già arredata, Ash era riuscito a estorcere le chiavi al venditore.

Il ragazzo ci sapeva fare, questo era certo.

«Mi fai girare la testa, amico» continuò dalla sua postazione sul divano. Teneva il basso in equilibrio sulle ginocchia e il viso sollevato verso il soffitto mentre cercava quell'ispirazione che nessuno di noi due sembrava di riuscire a trovare.

«Scusa» borbottai, costringendomi a tornare alla mia chitarra. La morbida sedia su cui sedevo si trovava vicino al tavolino con sopra il mio taccuino aperto.

Le pagine erano bianche.

Non c'era da sorprendersi.

Cullai tra le braccia la mia chitarra elettrica nera. Era la mia piccola, dopotutto. La mia preferita. La mia fedele compagna. Era un po' malandata, consumata dal lungo viaggio, come se avesse vissuto una vita intera condensata in sei anni caratterizzati da un susseguirsi di città, concerti e volti fuggevoli e insignificanti.

Proprio come me.

L'attenzione di Ash scattò nella mia direzione. I suoi occhi azzurri traboccavano di eccitazione, come se fosse stato improvvisamente colto da una grandiosa ispirazione.

«Cazzo, sì! Ci sono! So esattamente cosa ci manca. Le giuste *vibrazioni*, amico. Questa vecchia casa è desolata da anni. Ha bisogno di un alito di vita. Di un battito. Battezziamola con la festa più spettacolare che questa città abbia mai visto. Intendo una megafesta! Una che entrerà nella storia del rock 'n' roll. Rendiamola leggendaria. Facciamo conoscere a queste vecchie mura cos'è davvero la musica. Le canzoni cominceranno a sgorgare da noi a fiotti.»

Ritiro quello che ho pensato sull'ispirazione.

Ash si stava solo comportando da Ash.

Emisi un sospiro, resistendo all'impulso di alzare gli occhi al cielo come una ragazzina di tredici anni. Considerato che Ash si stava comportando come un bambino, se lo sarebbe meritato. Il problema era che di solito ci stavo, ero il primo ad accodarmi alle sue buffonate. Ma sin da quando ero tornato qui, non mi sentivo dell'umore adatto.

«O forse la colpa è tua, che sei piombato qui con tutta la tua negatività» mi accusò, con l'aria di voler mettere il broncio perché gli stavo rovinando la maledetta festa.

«Ad ogni modo, chi diavolo a pisciato nei tuoi Cheerios?» Mi guardò da sopra la bottiglia mentre prendeva un lungo sorso, gli occhi socchiusi e carichi di congetture. «Non ti sei più portato a casa quelle due pollastrelle ieri sera? Credevo che fossero di tuo gusto.»

Gli lanciai un'occhiataccia. «Non ci hai visto andare via insieme?»

Un sorrisino, completamente a mie spese, comparve sul suo volto. «Ehi, amico, una ragazza può sempre ritrovare il buon senso.»

«Credimi, nessuna delle due aveva alcun buon senso da trovare.»

«Mmm....» mormorò Ash, chiaramente d'accordo con la mia logica. Bevve un altro sorso prima di inclinare la bottiglia nella mia direzione come se stessimo giocando a indovinare il motivo del mio pessimo umore. «Non ti si è rizzato?»

«Fottiti, amico.» Quello era maledettamente offensivo. E non si avvicinava neanche lontanamente al vero problema. La parte peggiore? Mi si era rizzato fantasticando su *Red*. Il mio sangue era fluito verso sud quando avevo immaginato di tracciare il tatuaggio sexy che copriva il lato esterno della sua coscia sinistra con le dita, e mi era venuta l'acquolina in bocca quando avevo immaginato di farlo anche con la lingua.

C'era qualcosa in quel tatuaggio, in quella mela rosso vivo circondata dal serpente, che mi faceva venir voglia di gettarmi a capofitto, di scavare a fondo in questa ragazza e scoprire tutti i suoi segreti.

Di fare cose *sporche* con lei.

Merda.

Ash fece un ghigno vittorioso. «Oh, amico, ho la sensazione che stiamo parlando della mia Tam Tam.»

Stavolta non era una domanda. Aveva colpito nel segno.

E la sua Tam Tam?

Non riuscii a trattenere un cipiglio.

Quando colse la mia espressione, lo stronzo scoppiò a ridere come un matto, e la sua risata riecheggiò contro le pareti mentre si batteva una mano sul ginocchio. Quella faccia da culo non riusciva a riprendere fiato mentre cercava di parlare.

«Quello... cazzo... quello sì che è stato *mitico*! Non potrei fare di meglio anche se volessi. Dio, penso di essermi innamorato di lei un altro po' ieri sera. Una ragazza abbastanza coraggiosa da fare una bravata del genere a uno come te? Quella lì è un sogno. E anche sexy da morire.»

Sentir parlare di lei mi fece digrignare i denti.

E desiderare di afferrarlo per la gola.

Ancora non riuscivo a credere che mi avesse servito quel

drink. All'inizio, avevo pensato che avesse finalmente deciso di spassarsela con me quando in realtà stava solo scatenando una guerra. La verità era che non avevo avuto alcuna intenzione di portarmi a casa quelle ragazze.

Non che dovessi qualcosa a *Red*.

Non sarei stato in debito con una ragazza. Mai più.

Ma i miei pensieri erano stati troppo scombussolati da lei, la mia pelle ancora fremente di quella lussuria che aveva scatenato nelle mie vene, desideroso di perdermi in tutta quella carne e seduzione, in quegli occhi color del cielo, in quel corpo che sembrava essere stato evocato direttamente dagli inferi.

Tentazione.

Non la provavo così intensamente dalla notte in cui avevo ceduto e perso tutto.

Ash fece tsk con la lingua. «Avrei dovuto immaginare che stessi tramando qualcosa quando ieri sera hai detto di dover andare a pisciare e sei tornato dopo venti minuti. Te la sei cercata. Non ti ha già respinto abbastanza volte quella ragazza? Cioè, sul serio, il tuo ego dev'essere molto ferito. Quando è stata l'ultima volta che il *famoso* Lyrik West ha sentito la parola *no?*»

«Ho zero problemi con il mio ego.»

Almeno quando lo paragonavo al suo.

«E comunque, le ho solo parlato.»

L'espressione che contorse la sua faccia diceva tutto. *Mi stai prendendo in giro? Ricorda con chi stai parlando.*

Non avevo problemi ad ammettere a me stesso che avevo oltrepassato il limite quando avevo succhiato quelle deliziose dita nella mia bocca e avevo premuto la sua mano calda contro il mio corpo eccitato, domandandomi fin dove mi avrebbe permesso di spingermi. Era stato un gesto disperato, davvero, con cui le chiedevo di porre fine alla nostra sofferenza, perché onestamente, ero pronto a togliermi questa ragazza dalla testa prima che lei me la facesse perdere.

Quello era parte del problema. Non importava quante volte glielo chiedessi, lei si rifiutava di dirmi *no*. Era come se traesse piacere dall'inseguimento.

Ma dopo quel drink?

Portarmi quelle due ragazze a casa era stata la vendetta più ovvia. E questa mattina si era presentata l'opportunità perfetta per ribadire con forza il concetto. Per farle capire che era lei quella a soffrire per la sua ostinazione a rifuggire l'attrazione che divampava tra di noi.

Io sarei andato avanti come prima.

Come se niente fosse.

Eccetto che stare con quelle due ragazze non era servito minimamente a sedare quel fuoco.

Solo Tamar aveva il potere di spegnerlo.

Ash ridacchiò e scosse la testa. «Che cosa hai fatto, amico? Te la sei fatta nel bagno e poi hai lasciato che quelle ragazze ti si strusciassero addosso? Al suo posto, anch'io altererei il tuo drink. Cazzate simili non sono carine. È di Tam Tam che stiamo parlando. Non di una tipa qualsiasi che non rivedrai più. Dove hai la testa, amico? Lei è come una di famiglia.»

Famiglia? Avevo già una famiglia.

«D'accordo, forse ho detto qualche stronzata che non voleva sentire.»

«E hai pensato che fosse saggio rimorchiare Candi e Bambi subito dopo?»

Inarcai un sopracciglio. «Oh, erano quelli i loro nomi?»

«Amico, sei un vero stronzo.»

«Come si chiamava la loro amica?» Gli lanciai la sfida con un sorrisetto sbieco sulle labbra.

Beccato, lui scoppiò a ridere. «Non ne ho idea, amico. Come si dice, chi si somiglia si piglia. Non sai proprio niente?»

Apparentemente, non sapevo nulla.

Pensavo di avere tutto sotto controllo. Credevo di tenere tutte le mie emozioni sotto chiave. Però, quando si trattava di Tamar, avevo la sensazione che stessi lentamente ma inesorabilmente perdendo la testa.

Era indescrivibile il pazzesco senso di potere, il brivido di autostima e orgoglio che mi aveva gonfiato il petto quando stamattina avevo sentito la *sua* porta aprirsi proprio al momento giusto. Avevo avuto l'impressione di aver compiuto un'impresa sconosciuta quando quel vulcano rosso fuoco era incespicato sulla soglia di casa proprio mentre stavo mandando le due bionde via dal mio appartamento.

Sì. Sapevo che lei viveva di fronte a me quando avevo preso in affitto quel monolocale. E allora?

Ovviamente, lo scherzo era ricaduto su di me quando era uscita di casa con indosso quasi nulla, i capelli raccolti in maniera disordinata sopra la testa.

Porca vacca, quella ragazza aveva il corpo più tonico che avessi mai visto, dalle tette e dal culo prosperoso. Sapevo che questa piccola e formosa bomba sexy sarebbe stata perfetta tra le mie mani.

Ma non era stato questo a lasciarmi senza parole.

Non l'avevo mai vista acqua e sapone finora. Priva del trucco che non avevo idea potesse alterare il suo aspetto così tanto.

Era stato come un pugno allo stomaco scoprire quanto fosse realmente splendida questa ragazza, naturale e dolce, esposta in un modo che dubitavo permettesse a molti di vedere, quegli occhi blu sgranati per lo shock e colmi di brutale onestà, e per un fugace momento luccicanti di qualcosa che sembrava innocenza.

Questa era una descrizione che non avevo mai associato a *Red* prima d'ora.

Innocente.

Angelo.

Quel pensiero mi aveva attraversato la mente e ammutolito.

E poi avevo detto quella frase, un'altra stoccata che arrivava al cuore di ciò che volevo.

Mi piaceva fare cose sporche e volevo fare lo *sporcaccione* con lei.

Ma cazzo. Non ero sicuro che avrei mai dimenticato l'espressione inorridita che aveva spento tutta quella feroce intensità che solitamente irradiava da lei, sostituendola con qualcosa di completamente diverso.

Era come se fossi stato travolto.

Onda dopo onda.

Dolore.

Vergogna.

Quello che mi turbava di più era che credevo di aver visto qualcosa di simile alla paura.

Ash strimpellò qualche nota. «Pensavi davvero che abbordare quelle ragazze non l'avrebbe fatta incazzare dopo che le avevi appena fatto delle avance?»

«A dire il vero, il mio scopo era quello.»

E Dio, mi faceva sentire... uno schifo.

«A te piace solo stuzzicarla. Ti rendi conto che lo stai facendo sin dalla sera in cui hai puntato gli occhi su di lei quando abbiamo cominciato a frequentare il *Charlie's*? Uno di questi giorni, te ne pentirai.»

Rimpianto. Rimorso. Quelle erano emozioni che non mi concedevo di provare. Non più. Rendevano solo vulnerabili ad ogni tipo di stronzate e sofferenze.

Cazzo.

Mi passai le mani tra i capelli, tirando le ciocche più lunghe in cima alla testa, prima di intrecciare le dita dietro la nuca.

Non avevo idea di cosa avessi fatto di così brutto. Ma qualunque cosa fosse, era dannatamente sbagliata.

Ed eccolo lì.

Rimpianto.

Rimorso.

Questa pesante e orribile sensazione che mi serrava il petto in una morsa d'acciaio.

Non mi piaceva provarla.

Per nulla.

Ma verso di lei?

La provavo.

«Cosa, sei davvero incazzato con lei per quel drink? Quello scherzo è un classico, amico.»

Una risata amara e confusa mi uscì dalle labbra. «Non lo so. È solo che lei...» Mi interruppi, non sapendo come definire ciò che sentivo.

Il divertimento svanì da Ash, e questa tensione che non ero abituato a sentire riempì l'aria.

Era questo il motivo per cui cercavo di stare alla larga da

tutte queste cazzate.

Scrollai le spalle in preda alla confusione. «Stamattina le ho detto qualcosa di veramente brutto. L'ho ferita. Me ne sono accorto l'istante in cui l'ho detto. Lei si è spaventata a morte ed è fuggita.»

La cosa che mi terrorizzava di più era che avevo provato il travolgente impulso di inseguirla e baciarla intensamente, e baciare era off-limits per me. Quella roba era maledettamente troppo personale.

Ma forse sarebbe bastato a riscaldare qualunque cosa fosse diventata fredda.

Era sembrato che fosse calato un gelo artico. Una pioggia glaciale.

Il calore che ribolliva continuamente tra di noi era evaporato e si era trasformato in frammenti di ghiaccio affilati come rasoi in meno di un batter d'occhio. Perciò, avevo fatto un buco nella mia porta col pugno, invece. La mia mano dolorante non era nient'altro che un'efficace conclusione a quell'impulso pericoloso e irragionevole.

«Hai... ferito i suoi sentimenti?» disse lentamente Ash, come se stesse cercando di decifrare un'equazione difficilissima, perché sommare una ragazza alla preoccupazione di ferire i suoi sentimenti era qualcosa che proprio non tornava per nessuno di noi due.

Emisi un sospiro.

Perché diamine mi stavo facendo coinvolgere da questa conversazione? Ma Ash era fatto così. Non riusciva a mantenere una faccia seria manco morto. Sorrideva sempre. Si godeva la vita al massimo. Ma capiva cose che nessun altro comprendeva. Sapeva cose che nessun altro era in grado di sapere.

Ash emise uno sbuffo dal naso e inarcò le sopracciglia, completamente sbalordito. «Ti piace?»

«No» negai, ancor prima che la mia mente potesse riflettere. Ma il mio cuore aveva avuto un sacco di tempo per farlo.

Cazzo, volevo odiarla. La parte contorta e malata di me voleva fargliela pagare per avere la capacità di sconvolgermi in questo modo.

Facendomi volere, desiderare e dubitare di me stesso.

Ma mi piaceva?

Provare simpatia per lei avrebbe significato addentrarmi nelle emozioni un po' più a fondo di quanto mi fosse permesso.

«Porca puttana!» Ash ridacchiò sommessamente. «Ti *piace*.»

Sollevai lo sguardo, stroncando il divertimento che contorceva il suo viso e che metteva in evidenza le fossette sulle guance e sul mento.

Piantala.

Era un silenzioso avvertimento.

Sapeva bene di non dover toccare quell'argomento.

Stavolta emise uno sbuffo deluso, scostandosi i capelli dalla fronte e guardando la parete lontana per due imbarazzanti secondi, prima di riportare gli occhi su di me e inclinare la testa di lato. «Quando hai intenzione di smetterla, amico? Hai intenzione di aggrapparti al passato per sempre? Intendi permettergli di continuare ad ammuffire e marcire finché non rimarrà assolutamente nulla di te?»

Deglutii rumorosamente.

Lui colpì il mio taccuino con un dito. «Pensi che non sappia quello che metti nelle canzoni che scrivi per noi, Lyrik? Nelle tue parole? Pensi che non riesca a sentire il tuo dolore? Ti distruggerà.»

Troppo tardi.

«Hai solo commesso un errore» continuò quando non risposi.

Un'ondata di rabbia si agitò nelle mie viscere, rendendo la mia voce rauca, dura e carica d'odio. «Un errore? Un errore è dimenticarsi di pagare la bolletta del cellulare. Sbagliare a premere i tasti della chitarra durante una performance. Ammaccare l'auto di qualcuno e non dirglielo. Quello che ho fatto io? Non è stato un *errore*.»

Era stato malvagio.

Disumano.

Imperdonabile.

Un sorriso triste spuntò sul suo viso, e io mi mossi a disagio sulla sedia.

Osservai il pomo d'Adamo di Ash ballonzolare su e giù quando cominciò a parlare. «Sai, ogni ragazzo si ritrova con il cuore spezzato almeno una volta nella vita. Viviamo tutti quel momento cruciale in cui scopriamo che il mondo fa davvero schifo. Che prende sempre più di quello che dà. Forse è il padre di un bambino a spezzargli il cuore per la prima volta quando lo prende a pugni. O prende a pugni sua madre. Forse è il giorno in cui il cane che ha avuto per tutta la vita muore. Magari è la ragazza per cui si sarebbe strappato il cuore e che invece glielo fa a brandelli.»

Il rimpianto balenò sul suo viso, e la sua mascella si serrò. «Ma la maggior parte di noi? Ci spezziamo il cuore da soli.»

Sia io che lui lo sapevamo fin troppo bene.

«Sai bene quanto me che il passato non può essere cancellato. Forse è ora che tu vada avanti. Perché non inganni nessuno.»

Andare avanti?

Ash sapeva che non era fattibile.

Era impossibile andare avanti, cazzo.

Immobile e stantio.

Bloccato in quel giorno.

Era lì che sarei rimasto per sempre.

Scossi la testa, distogliendo l'attenzione da quell'argomento perché non avevo intenzione di affrontarlo. «Non è nulla del genere. Mi sento soltanto... in colpa.»

Strano. Diverso. Inquieto.

Lui scosse la testa. «Come dici tu, amico.»

Congiunsi le mani tra le ginocchia. «Cosa faccio?»

Ash sbuffò come se fosse ovvio. «Magari puoi cominciare col dirle che sei dispiaciuto.»

Giusto.

Dispiaciuto.

Suppongo che lo fossi.

Ash si risistemò il basso sul grembo. «Ci mettiamo al lavoro o restiamo seduti a comportarci da smidollati tutto il giorno?»

«Sì, mettiamoci al lavoro.»

Perché questo? Era ciò per cui vivevo. Avevo venduto la mia anima per la musica, dopotutto.

5

TAMAR

Un leggero velo di sudore mi imperlava la nuca. Avevo i capelli raccolti in una bandana rossa per cercare un po' di sollievo dall'umida estate che assediava la città di Savannah. Gli uccelli svolazzavano tra gli alberi, e la lieve brezza che soffiava tra i rami era l'unica tregua dal calore soffocante. I raggi del sole filtravano attraverso le foglie come un caleidoscopio proiettato sulla terra, creando disegni sul terreno.

Svoltando l'angolo, ritornai verso il mio appartamento, e fui invasa da una sensazione di ansia e nervosismo man mano che mi avvicinavo.

Perché sapevo cosa avrei trovato.

Ovviamente, era lì.

Quella motocicletta dall'aspetto minaccioso parcheggiata accanto al marciapiede davanti al nostro edificio. Non importava quante volte la trovassi lì. Riusciva sempre a mozzarmi il fiato. Mi riempiva di esitazione e paura, un tremante senso di eccitata apprensione che pulsava nelle mie vene.

Quel brivido che ero terrorizzata di sentire.

Nell'ultima settimana e mezza avevo fatto di tutto per evitarlo come la peste.

Perché non c'erano dubbi.

Quel ragazzo era una piaga.

Di quelle che arrivavano all'improvviso e si insinuavano lentamente.

No. Non ero orgogliosa del fatto che avessi trascorso gran parte di quel tempo a guardarlo attraverso le persiane come una stalker squilibrata. Ma non potevo farne a meno.

Avevo questo malato impulso di seguirlo con lo sguardo ogni volta che usciva dal suo appartamento in tutta la sua famigerata gloria da rockstar, togliendomi maggiormente il respiro quando intravedevo i suoi capelli scuri e selvaggi, quelle grosse mani infilate nelle tasche, il corpo potente e la mascella rigida.

Ancora più difficile era fingere stoicamente che lui non esistesse le poche volte in cui veniva al pub. Detestavo davvero ammettere il dispiacere che avevo provato quando mi ero resa conto che aveva deciso di fingere che io non esistessi. Di rispettare i miei desideri di lasciarmi in pace.

Era ciò che avevo desiderato, dopotutto.

Finché non lo era stato più.

Perché, la cosa peggiore di tutte?

Era il tempo che trascorrevo seduta sul pavimento del mio soggiorno con la schiena appoggiata alla porta d'ingresso.

Persa nella sua voce profonda e ossessionante.

Essa fluttuava nell'aria densa, come se la tristezza che trasportava con sé fosse viva, le sue dita eteree che scivolavano attraverso le fessure del suo appartamento e si insinuavano nel mio durante le ore più buie e solitarie della notte.

Come se voce e chitarra piangessero mentre quei vapori si avvolgevano intorno a me, simili a nastri del suo dolore. Ogni volta, suonava la stessa canzone. Era una canzone che non avevo mai sentito prima, se non attraverso le pareti del suo appartamento, le parole attutite e celate, benché il messaggio fosse chiaro.

Dolore.

In quei brevi, sciocchi momenti? Osavo immaginare che fossimo diventati compagni di solitudine. Riempiendo reciprocamente quel terribile spazio vacante dentro di noi. Come se in qualche modo combaciassimo.

Perché l'angoscia nella sua voce?

Era la prova che lui era vuoto quanto me.

Quel vuoto era evidente anche nei momenti in cui lo sorprendevo a guardarmi. Negli istanti in cui l'intensità in quegli occhi scuri e criptici si accendeva di rammarico e di qualcosa di reale. Di traboccante vergogna. E svanendo prima che potessi dargli un nome.

Come già detto, sciocco.

Scacciando via quei pensieri, afferrai la ringhiera e salii le scale.

Un rumoroso clangore proveniente dal suo appartamento rallentò i miei passi.

«Merda, merda, merda» lo sentii imprecare in preda al panico, la sua inconfondibile voce che filtrava attraverso la finestra aperta.

Con cautela, salii un gradino e poi un altro.

Il mio cuore batteva all'impazzata quando raggiunsi il pianerottolo, e sussultai nell'istante in cui la sua porta si spalancò di colpo. Una nuvola di fumo fuoriuscì dall'interno.

«Merda» ripeté, lasciando la porta aperta e scomparendo di nuovo dentro, chiaramente non notando la mia presenza.

Incapace di fermarmi, avanzai.

I vecchi frammenti spezzati dentro di me si agitarono, lottando per liberarsi, quell'ingenua, ignara ragazza sospinta dalla curiosità.

E quella era la radice di tutto, il motivo per cui sapevo di dover stare lontana.

Lyrik West minacciava di farla tornare in vita.

«Maledizione» lo sentii borbottare.

Un altro brivido di disagio si intrecciò alla punta di interesse che mi percorreva la schiena.

Il fremito prima dell'esplosione.

Esitante, tirai un respiro profondo, lo trattenni e avanzai in punta di piedi.

Attratta.

Come una di quelle svampite attrici in un film horror che sapevi stava finendo dritto in una trappola.

Avete presente il tipo, no? Quella stupida ragazza che corre su per le scale dove ovviamente non c'è nessuna possibilità di fuga, inciampa e cade a faccia a terra un attimo prima che un coltello le trafigga il cuore?

Sì, lei.

Così avventata e prevedibile. Eppure, eccomi qui, che mi avvicinavo sempre più.

Attrazione.

Com'era possibile che quest'uomo mi avesse stregata in questo modo? Tuttavia, l'incantesimo era lì. Fili invisibili legati a tutti i posti sbagliati, al mio cuore, alla mia mente e al mio spirito, quegli occhi malvagi che tiravano, tiravano e tiravano finché non ero impotente di fronte a lui.

Corri.

Ma mi resi conto che non potevo.

Mi fermai davanti alla porta aperta. E proprio come la stolta ragazza del film, avanzai intontita.

I miei occhi si spalancarono quando vidi il suo appartamento, che aveva tutta l'aria di essere stato travolto dal diavolo della Tasmania.

Il fumo si levava dal forno, e Lyrik stava gettando le presine accanto a una torta bruciata che aveva tirato fuori e mollato sul piano di cottura.

«Cos'è successo qui?» Quelle parole preoccupate, che non avrei dovuto pronunciare, vennero fuori prima che potessi fermarle, e l'attenzione di Lyrik scattò verso di me.

Era a torso nudo.

Ovviamente.

Avevo sperato altrimenti?

La cosa triste era che davvero non conoscevo la risposta a quella domanda.

Lui si avvicinò a un piccolo tavolo rotondo dove un'altra torta era sistemata su un vassoio.

I miei occhi guizzarono sulla striscia di glassa al cioccolato che imbrattava il suo zigomo spigoloso, poi si spostarono sulla macchia sulla sua spalla dove chiaramente aveva cercato di pulirsi la guancia senza usare le mani.

Ebbi il travolgente impulso di leccarla via.

Mentalmente, pronunciai una sfilza di imprecazioni.

I suoi occhi scuri si socchiusero, e un lampo di quella solita malizia li illuminarono.

Percepii le scintille di quello sguardo anche a quella distanza.

«Oh, penso che la domanda migliore sia che diavolo ci fai *tu* qui, non credi, Red? Considerando che ti trovi nel mio appartamento senza essere stata invitata. Per di più, con quell'aspetto da ragazza pin-up sembri uscita direttamente dalla mia fantasia preferita.»

Dal tono delle sue parole sembrava che non sapesse se essere arrabbiato o divertito.

Abbassai lo sguardo sul mio abbigliamento, sulla camicetta senza maniche a stampa floreale legata sotto i seni che rivelava una buona porzione della mia pancia, poi sui miei pantaloncini corti, e infine sui mocassini bianchi.

«Fa caldo fuori» mormorai in maniera incoerente, completamente colta alla sprovvista.

«Ovviamente, un po' troppo caldo» borbottò sottovoce, ma abbastanza forte da riuscire a sentirlo.

Si girò di nuovo verso l'alzata di cristallo con sopra la torta, reggendo una sac a poche bianca con beccuccio a stella tra le mani tatuate. Si piegò in avanti, e la sua lingua spuntò da un angolo della bocca per la concentrazione mentre applicava un altro fiore.

Okay, forse non ero entrata in un film horror.

Ero finita dritto nella zona d'ombra.

Distogliendo gli occhi, osservai rapidamente l'appartamento di solito immacolato. Gli eleganti mobili erano ricoperti di nastri e carta velina. Gli scatoloni erano ribaltati su un lato, e buste contenenti tessuti, cotone e accessori per il cucito erano gettate alla rinfusa sul divano e sulle sedie.

Il suo completo per il matrimonio era appeso alle porte finestre in una custodia di plastica per abiti.

Il mio sguardo attonito si spostò verso la cucina, dove ogni anta dell'armadietto era spalancata, ogni utensile e piccolo elettrodomestico ingombrava i banconi, e il lavandino traboccava di piatti sporchi.

«Sul serio... che stai facendo, per l'amor del cielo?»

Forse stavolta ero preoccupata per la sua salute mentale perché ero certa che questa rockstar aveva perso completamente il senno.

«Cosa sembra che stia facendo?»

«Sembra che tu stia preparando una torta.»

«Preparato una torta» mi corresse, scrollando una spalla muscolosa. «Adesso la sto decorando.»

«E... perché mai?»

«Che c'è? Non assomiglio all'omino di pasta frolla della Pillsbury, o Betty Crocker o quella cazzo di Paula Deen?»

Una ciocca dei suoi capelli setosi gli ricadde sull'occhio quando inclinò la testa di lato, il suo viso fin troppo bello completamente concentrato sul compito da svolgere.

Scoppiai a ridere.

Merda.

Scoppiai a ridere.

Aveva ragione. La sua domanda era la più appropriata. Che diavolo ci facevo qui?

Un milione di campanellini d'allarme suonarono nella mia testa, nonostante ciò, mi ritrovai a fare un altro passo nel suo appartamento. «Ehm... no. Non gli assomigli neanche un po'. Dovrei preoccuparmi? Chiamare qualcuno? Sono in pensiero per la tua sicurezza. Avresti potuto bruciare l'intero posto» dissi, sforzandomi di infondere un po' di leggerezza nelle mie parole.

Una lieve risatina sfuggì dalle sue labbra, e osservai il suo sopracciglio, ancora alla stessa altezza della torta, inarcarsi quasi impercettibilmente.

«Sei preoccupata per la mia sicurezza, eh? Pensavo che non ti dispiacerebbe affatto se tutto andasse in fiamme... me incluso.» Si catturò il carnoso labbro inferiore tra i denti. «Diamine, scommetto che saresti la prima ad accendere il fiammifero.»

«Bé, mi piace il mio appartamento, quindi non sarei contenta se *tutto* andasse in fiamme.»

Sentii il sorriso spuntare sul mio viso.

Dannazione. Dannazione. Dannazione.

Adesso mi mettevo pure a scherzare con lui.

Quel solito sorrisetto che amava fare, curvò un angolo della sua bocca, prima che qualcosa si insinuasse in quegli occhi nerissimi. Come quando cala il crepuscolo, avvolgendo il mondo in un'aura di severità.

Posò la sac a poche ed emise un lungo sospiro, poi premette entrambe le mani sul tavolo ai lati della torta.

«Ascolta... C'è una cosa che ho bisogno di dirti.»

Deglutii, a disagio. «Sì?»

«Sì.» Abbassando gli occhi, tirò un respiro profondo. «Io... ehm... cazzo.»

Una risata stridula gli sfuggì dalle labbra. Una risata colma di pura incredulità. E chiaramente diretta a sé stesso.

Dondolò all'indietro e osservò i suoi piedi nudi tra le braccia distese, facendo muovere quei vivaci disegni sui flessuosi e scattanti muscoli della schiena, del petto e delle braccia.

«Non faccio questo...» disse infine.

Incrociai le braccia sul petto e, contemporaneamente, sollevai il mento.

Innalzando le mie difese.

«Non fai cosa?»

Lyrik alzò gli occhi e strinse le mani intorno al bordo del tavolo, l'aria carica di significato mentre mi inchiodava con il suo sguardo risoluto.

«Tenerci.»

Quella parola mi colpì come un pungolo elettrico. Il mio battito cardiaco andò in tilt e una scarica di adrenalina mi percorse la pelle.

Era capace di tenere a qualcuno?

I miei pensieri andarono alla canzone.

Alla sua voce.

Alle impalpabili parole impregnate di dolore.

Come poteva essere diversamente?

Raddrizzandosi, si passò una mano tra i capelli. Spostò lo sguardo di lato, prima di riportarlo con riluttanza su di me.

«Di solito, do poca considerazione a qualsiasi cosa.» Corrugò la fronte. «Le cose che dico? Le cose che faccio? Le faccio senza pensarci due volte. Senza preoccuparmi. E le ragazze che mi circondano, solitamente ci stanno più che volentieri. Senza fare domande. E mi sbagliavo... nel pensare che valesse lo stesso per te.»

«Hai creduto che fossi facile?» dissi, costringendomi a usare un tono canzonatorio, e reprimendo un brivido di disagio.

Lui mi rivolse un sorrisetto smalizato. «Non lo siamo tutti?»

«Wow... tu sì che sei un vero seduttore.»

Lyrik proruppe in uno sbuffo leggermente divertito, si portò le mani sulla vita stretta e alzò gli occhi verso il soffitto con una scrollata della testa. Poi riportò il suo sguardo interrogativo sul mio viso.

«Ma comincio a pensare che non ci sia una sola cosa facile in te, Red. E qualsiasi diavolo di cosa io abbia detto l'altra mattina...»

A disagio, indicò il pianerottolo alle mie spalle, e feci del mio meglio per non rivelare quanto vulnerabile mi avesse resa in quel momento.

Feci il possibile per mantenere intatte le mie mura.

«Mi dispiace, cazzo. Non volevo ferirti, e l'ho *visto*, quanto ti ho fatto male. Dio... credimi, non vuoi sapere quanto fottutamente vorrei fregarmene di averti ferito. Ma invece mi importa.»

La sua ammissione fu come una pugnalata al cuore.

Per lui.

Per me.

Possibile che fossimo davvero tanto simili?

«Non so se prenderlo come un complimento o un insulto.» Il mio tentativo di buttarla sul ridere fallì miseramente, in quanto le mie parole vennero fuori flebili e caustiche. Mi sforzai di rimanere distaccata, di aggrapparmi alla stronza impertinente che non si curava di nulla. Di conformarmi allo stesso tipo di indifferenza mostrata solitamente da quest'uomo.

Ma in quel momento, lui mi stava dando *di più*.

Era questo ciò che volevo? Era questo il motivo per cui la mia pelle formicolava e il mio cuore martellava ogni volta che mi era vicino?

Dio, era sciocco.

Ma anch'io volevo dargli di più.

Lyrik sbuffò. «Prendi le mie scuse come preferisci. Sappi solo che sono rare, e probabilmente non c'è ne saranno altre. Ma dobbiamo fare questa cosa del matrimonio, e non vedo che utilità ci sia nel desiderare di ucciderci a vicenda.»

Mi costrinsi a fare un sorriso scherzoso, fingendo di non sentire pezzetti dentro di me disfarsi.

Sgretolarsi.

«Stai chiedendo una tregua?»

«Immagino di sì.»

«Allora, mi dispiace per il drink.»

Lui inarcò un sopracciglio. «Davvero?»

«No.» Sentii un sorrisetto spuntarmi sulle labbra, stavolta non così finto. «Per nulla. Te lo sei assolutamente meritato.»

«Suppongo di sì, eh?»

Quel sorriso micidiale riaffiorò sul suo viso.

Il mio ventre fremette.

Doveva essere il mio preferito.

«Sei una donna pericolosa, Tamar King.»

«Soltanto per coloro che sono una minaccia.»

Presi una maglietta nera spiegazzata dallo schienale di una sedia e la lanciai nella sua direzione. «Tieni. Se dobbiamo essere amici, devi indossare una maledetta maglietta.»

Lui l'afferrò al volo. «Sai, quando ho suggerito di diventare *amici*, questo non era esattamente ciò che avevo in mente. Che ne dici di toglierti la tua maglietta così siamo pari?»

Tamburellai il piede sul pavimento. «Sembra che qualcuno abbia sete. Vuoi che ti prepari un altro drink?»

Lyrik gettò la testa indietro e rise.

La tristezza che sentivo di notte era sparita. Per una volta, la sua espressione era del tutto spensierata. Mi guardò con un sorriso che minacciò di mandare in frantumi il mio piccolo, inflessibile mondo.

Perché solo per un po', volevo precipitare nel suo mondo.

Conoscere quest'altro lato di lui. Questo irresistibile, sexy, duro rockettaro che preparava torte.

Si infilò la maglietta dalla testa. Il tessuto attillato aderì a tutti quei muscoli perfettamente scolpiti, accentuando ulteriormente quanto fosse perfetto.

Si passò le mani tra i capelli scompigliati nel tentativo di domarli. «Credo che continuerò a prendere il solito, grazie tante. Non penso di volere un'altra sorpresa da quelle come te.»

«Oh, suvvia, sei un ragazzone. Puoi farcela.»

Lyrik prese di nuovo la sac a poche, e io mi concentrai sul modo in cui le sue dita si avvolgevano intorno a essa. Una grande rosa rossa copriva il dorso di una mano e un teschio copriva l'altra.

Ma furono le parole *"canti la mia anima"* tatuate sulle sue nocche che mi toccarono nel profondo. Senza motivo o dubbio, sapevo che questo splendido uomo cantava con l'anima. Sapevo che c'era qualcosa di più profondo della facciata superficiale che mostrava.

E se avessi scavato un po' più a fondo, mi sarei ritrovata su un pianeta diverso. Un luogo dove l'emozione regnava sovrana e annullava la superficialità.

«No, ne dubito» disse, rimettendosi al lavoro. «Forse non sembra, ma sono una persona abitudinaria. Stesso drink. Stessi amici. Solita scopata facile. Scrivo un po' di musica, vado in studio di registrazione e poi in tour. Totalmente prevedibile.»

«Sembra terribilmente *noioso*» dissi, il tono grondante di sarcasmo. Feci come se fossi a casa mia e avanzai verso il tavolo.

«Sembra stupido, vero? Ma dopo un po' diventa tutto banale. Scontato.»

Lanciai un'occhiata alla torta situata tra di noi.

«E preparare dolci. Non dimenticarti dei dolci.»

Lui scoppiò a ridere. «Giusto.»

Poi la sua espressione si fece tenera mentre mi guardava.

E di nuovo, quel posto inflessibile dentro di me si ammorbidì.

A quanto pareva, avevo eseguito un perfetto tuffo ad angelo, lanciandomi dritto in una spirale discendente. Affondando le dita dei piedi in un territorio pericoloso. Immergendomi in un regno colmo di novità. Arrendendomi alla sensazione di essere libera, disinibita e spontanea per pochi ignari secondi.

Sentendo il bisogno di un attimo di respiro, gli voltai le spalle, mettendo una certa distanza di sicurezza tra di noi. Cominciai a curiosare tra le cose sparse per il soggiorno.

Eravamo *amici*, dopotutto.

«Sul serio, cosa stai facendo, Lyrik?» chiesi, la schiena ancora rivolta a lui. «Devo ammettere che quando sono entrata in casa tua, questo non era quello che mi aspettavo.»

Un sospiro pesante risuonò nell'aria, e potei percepire l'intensità della sua esitazione. Quando mi lanciai un'occhiata alle spalle, vidi che mi guardava a malapena. Spostò il peso da un piede all'altro, soppesando cosa dire. «Mia mamma...»

Provai una stretta al cuore all'improvviso cambiamento nel suo tono. All'evidente affetto che si percepiva nella sua voce e all'espressione d'amore che balenò sul suo viso, insieme a una fugace vulnerabilità.

Con una risata imbarazzata, riportò lo sguardo sulla torta. «Cristo... perché ti sto raccontando tutto questo?»

Mi resi conto che stavo trattenendo il fiato. «Perché te l'ho chiesto io.»

«Mia mamma...» La sua voce si fece profonda, e le parole uscirono roche e intense dalla sua bocca quando cominciò a parlare. «Mi ha sempre detto "fallo personalmente se vuoi che conti".»

Scosse la testa, le parole tese e strozzate quando ammise: «*E io voglio che conti.*»

Colta alla sprovvista, mi voltai verso di lui. «Quella è per Shea e Sebastian? Per la festa dopo le prove del matrimonio di domani sera?»

«Sì.»

Quel fremito vibrò.

L'aria era così carica di energia che il respiro usciva a fatica dai miei polmoni. Il mio petto si alzava e si abbassava in modo tremulo per la confusione.

Incapace di continuare a guardare questo sconcertante, esasperante e bellissimo uomo, gli voltai di nuovo le spalle. Finsi di non sentire la terra tremare sotto i miei piedi.

Ma era lì.

L'intensità che percorreva lo strato appena sotto la superficie della mia pelle.

Qualcosa di significativo e spaventoso.

Qualcosa di potente e audace che mi sospingeva verso il crepuscolo.

Come se fossi attirata dall'oscurità che lo circondava, quasi lui avesse il potere di scacciare via la luce.

E sapevo che avrei dovuto prendere e andarmene. Correre via, perché fuggire era la cosa che mi riusciva meglio.

Invece, mi addentrai maggiormente nel suo salotto, incapace di staccarmi da quel luogo.

Le mie dita carezzarono i ritagli di tessuto, cercando di trovare un senso a quello che mi circondava. Cercando di dare un senso a questo minaccioso e pericoloso ragazzo che *voleva che contasse.*

La mia attenzione fu catturata dal grezzo orsetto di patchwork sul suo divano. Allungai il braccio per prenderlo.

«Non toccarlo.»

L'oscura disperazione nella sua voce bloccò la mia mano già avvolta intorno al piccolo pupazzo. I pezzi spaiati di stoffa erano legati e cuciti insieme da un filo colorato per creare un lungo e allampanato orsacchiotto in una maniera che doveva essere stata insegnata ma mai perfezionata.

Potei percepire il cipiglio che mi corrugò la fronte quando guardai nella sua direzione. Sbigottita, tesi l'orsacchiotto verso di lui. «È per il bambino? L'hai fatto tu?» dissi, quasi in tono accusatorio.

Il dolore attraversò il suo viso, prima che la sua espressione si indurisse. «Mettilo giù.»

Scossi la testa. «Perché?»

Lui gettò la sac a poche sul tavolo e avanzò verso di me. «Ti avverto, Red. La tregua tra di noi arriva fino a un certo punto. Ho detto di metterlo giù.»

Buon Dio. Chi era questo ragazzo?

Sbattei le palpebre, cercando disperatamente di innalzare le mie difese, ma il mio cuore batteva all'impazzata, il sangue mi pulsava nelle orecchie man mano che si avvicinava, fino a torreggiare su di me con il suo possente corpo.

Mi strappò di mano l'orsacchiotto e lo lanciò sul divano. Nello stesso istante, mi fece arretrare verso il muro, piazzando le mani sopra la mia testa per tenermi intrappolata.

«Cosa credi di fare, *Red*?»

Reclinai la testa all'indietro per vedere il suo viso, mentre il suo corpo incredibilmente alto sovrastava il mio.

Mi sentivo così minuscola sotto di lui. Piccola e insicura.

Timorosa, coraggiosa e vulnerabile.

Per la prima volta dopo tanto tempo, volevo sentirmi in quel modo.

Avevo bisogno di ricordare che cosa si provava a *vivere*.

Qualunque cosa si celasse dentro questo ragazzo, mi spronava a fidarmi.

I suoi occhi scuri brillavano come diamanti neri, quasi potessero tagliare la mia dura facciata e scoprire la ragazza che si nascondeva sotto.

Come se lui potesse allungare la mano e *toccarla*.

Annaspai in cerca di una risposta.

«Sto imparando a conoscere il mio nuovo amico» sussurrai con voce bassa e roca.

Lo vidi vacillare in preda all'indecisione, osservai il suo pomo d'Adamo ballonzolare su e giù lungo la sua gola tatuata quando deglutì, prima che usasse il pollice per strofinare il mio labbro inferiore. Avanti e indietro. Avanti e indietro.

Si umettò le labbra con la punta della lingua mentre teneva i suoi intensi occhi inchiodati su quel movimento.

Sembrava combattuto mentre si chinava in avanti, il corpo rigido, trasudando dubbio, incertezza e quella folle attrazione che si rifiutava di lasciarci andare. La tensione ci avvolse e riempì l'aria, avviluppandoci, persuadendoci e supplicandoci.

Quell'oscuro, oscuro richiamo mi attirò maggiormente a sé.

Lyrik West stava per baciarmi.

E buon Dio, dovevo essere fuori di testa, perché glielo avrei permesso.

Gemetti quando, invece, infilò il pollice nella mia bocca.

La lussuria – questa bramosia che ribolliva tra di noi sin dalla prima volta che Lyrik aveva oltrepassato la soglia del *Charlie's* – divampò in me come un incendio, attorcigliandomi lo stomaco e pulsando tra le mie gambe.

Fomentando le mie paure.

Alimentando il mio desiderio.

Premette il pollice contro la mia lingua, e in quel momento compresi esattamente come sarebbe stato arrendermi a lui. La dolce, dolce seduzione. Il pericolo. La promessa dell'estasi più strabiliante.

La cosa più spaventosa di tutte era che potevo già sentire il dolore sordo delle ferite che si sarebbe lasciato dietro.

Questo ragazzo non era altro che un perfido sogno.

«Non siamo veramente amici, o sbaglio, *Red*?»

Con la testa piegata di lato, mormorò l'avvertimento a pochi centimetri dal mio viso. «Lo sappiamo bene entrambi.»

Tolse il pollice dalla mia bocca e lo fece scivolare lungo il mio collo.

Il mio mento si sollevò e il mio stomaco fremette mentre scendeva verso il mio petto.

Col polpastrello calloso del pollice disegnò una scia lungo il tatuaggio del cuore distorto che spuntava tra i bottoni slacciati della mia camicetta. Tracciò l'iscrizione incisa sul nastro logoro che avvolgeva il cuore come se stesse leggendo il braille.

Ante omnia cor tuum custodi.

Quasi stesse decifrando le parole.

Come se potesse realmente capire il significato dietro di esse.

Custodisci il tuo cuore.

Improvvisamente, Lyrik si allontanò. «Va' a casa, Red.»

Il mio corpo si accasciò in avanti quando si staccò da me, e ansimai.

Disorientata.

Scossa.

Mortificata.

La rabbia e l'umiliazione mi travolsero, e cercai di recuperare il controllo mentre uscivo a passo malfermo nella luce accecante del pomeriggio. Mentalmente, pregai che le mie difese tornassero al loro posto. Che la maschera che indossavo nascondesse il dolore sul mio viso.

Che diavolo è successo? Che cosa ho permesso che accadesse? Di nuovo.

Mi voltai a fissarlo torva. «Sei proprio uno stronzo.»

Lui emise una risata dal suono orribile e tagliente. «Penso che questo l'abbiamo già stabilito.»

Il mio corpo era in fiamme e la mia mente si stava ancora riprendendo dalla sensazione che avevo provato nel tenere in mano quel grezzo, semplice orsacchiotto. Ero sopraffatta dalle emozioni – dall'odio, dal desiderio e dal folle impulso di conoscere un uomo che non comprendevo neanche lontanamente.

Ero stupida a volere una cosa simile?

Sollevai il mento e misi da parte qualsiasi legame pensavo ci fosse tra noi.

Mi morsi il labbro inferiore fino a farlo sanguinare per impedire che tremasse. «È un bene che le tue scuse siano rare... perché non significano niente comunque.»

6

TAMAR

«*U*ff, accidenti.» Con un sospiro esagerato, Ash si lasciò cadere sulla sedia tra April, migliore amica di lunga data di Shea, e me.

Luci scintillanti erano intrecciate tra i rami degli alberi sopra di noi, dando l'illusione di una tettoia sopra la radura nell'area boscosa dietro la chiesa dove si era tenuta la cerimonia. Tavoli rotondi erano sistemati lungo il perimetro, creando un ferro di cavallo intorno alla pista da ballo e al palco che erano stati allestiti al centro.

Una fresca brezza soffiava nella notte, frusciando tra le foglie e mescolando voci e risate degli invitati al ricevimento con il flebile gorgoglio del ruscello che si poteva sentire scorrere in lontananza.

La scena era mozzafiato.

Non c'era da meravigliarsi che Shea avesse scelto questo posto.

«Accidenti cosa?» Anthony sollevò il suo bicchiere, guardando Ash con un sorriso dall'altro lato del tavolo dove sedeva con sua moglie. Anthony era il manager di vecchia data dei

74

Sunder, ma sapevo che era più un amico per i ragazzi che un semplice socio in affari.

Accanto a lui dall'altra parte, quasi nascosto nell'ombra, c'era Lyrik. Gli occhi scuri severi. La sua presenza oscura e disorientante. Scombussolandomi e attorcigliando un po' di più quel nodo che si rifiutava di lasciare il mio stomaco sin da quando era stato *così gentile* da prendersi gioco di me nel suo appartamento due giorni fa.

Ma cosa mi aspettavo? Conoscevo i giochetti che i tipi come lui adoravano fare. Ed io ero salita volontariamente sul ring.

Non avrei commesso di nuovo quell'errore.

Ash sbuffò, frustrato e allibito. «Pensavo che i matrimoni fossero fatti per rimorchiare. Adorabili signorine a bizzeffe. Un rinfresco. Un ricco buffet. Le uniche donne single presenti qui?»

Puntò il pollice alle sue spalle, indicando un tavolo dall'altro lato della pista da ballo. «Tre bambole che mi sono già fatto a Los Angeles. Perciò rimangono solo April e la mia Tam Tam.»

Spostò lo sguardo tra di noi, agitando le sopracciglia. «Chi di voi due, bellezze, vuole avere l'onore? Una notte con una leggenda del rock.» Allargò le braccia, offrendo quella sovrabbondanza di arroganza con un sorriso che metteva in risalto le fossette sulle sue guance. «Pass illimitato.»

April arricciò il naso, disgustata. «Blah, no... decisamente no.»

Ash si voltò verso di me, gli occhi azzurri luccicanti. «Suppongo che restiamo solo io e te, allora, Tam Tam. L'unica cosa che ti chiedo è che non mi tagli il pisello nel cuore della notte.» Sogghignò. «Mi fai un po' paura, ma sono disposto a correre il rischio.»

Inarcai un sopracciglio con fare scherzoso, stando al gioco. Buffo come riuscissi a battibeccare con Ash senza provare ansia o avere i palmi sudati o brividi di paura lungo la schiena. «Ti senti piuttosto coraggioso, eh?»

Appoggiandosi sugli avambracci, Ash fece roteare il suo bicchiere mezzo vuoto sul tavolo. «Coraggioso?» disse, fingendo di meditare profondamente. «No... No... Credo che la descrizione corretta sia arrapato. Sì, sì, è così.»

«Blah» disse di nuovo April, scuotendo la testa e dandogli una spinta sulla spalla. Lui finì addosso a me e io lo spinsi via.

«Che c'è? Un uomo non può ricevere un po' d'amore da queste parti? Solo Baz ha questo privilegio, quel fortunato bastardo? Non è affatto giusto, dannazione. Qualcuno mi aiuti.»

Scoppiai a ridere. «Sembra che stanotte dovrai aiutarti da solo, amico, perché di sicuro non sarò io a farlo.»

«Questo mi ricorda qualcuno di mia conoscenza... che si occupa della questione con le proprie mani.» Quella cupa, carezzevole voce fendette l'aria.

I miei occhi scattarono verso Lyrik.

Aveva davvero intenzione di toccare quell'argomento?

Socchiusi gli occhi in segno di avvertimento, il mio sguardo venato di odio e di un lampo di dolore che non riuscii a tenere a bada. Sapevo cosa stava insinuando. Si riferiva alla sera in cui mi aveva messa alle strette nel magazzino del *Charlie's*. Quando l'avevo respinto e poi, qualche giorno dopo, lui aveva fatto lo stesso con me.

Credevo che finalmente entrambi ne avessimo avuto abbastanza e gettato la spugna, rinunciando a questo stupido e futile gioco. Che avessimo smesso di ferirci l'un l'altro per divertimento.

Perché nessuno di noi avrebbe vinto.

Invece, no.

Lui continuava imperterrito come se volesse fare un altro round. Guardandomi come se non potesse farne a meno.

La domanda fondamentale era:

Perché?

Perché non si arrendeva?

Nel suo sguardo intenso si alternavano brama, rimorso e delle scuse che non volevo che pronunciasse.

Non che sarei stata così sciocca da cascarci di nuovo.

Sedeva in maniera rilassata contro lo schienale della sedia, come se fosse solo un'altra persona tra il gruppetto di invitati al ricevimento nuziale di Shea e Sebastian.

Come se non stesse, da solo, dando fuoco al mio piccolo mondo sicuro.

Le luci situate in alto illuminavano il suo viso.

Creando l'illusione di un'areola conferita a un angelo nero.

Sotto il suo sguardo indagatore, avevo la sensazione che mi stesse uccidendo lentamente. Pezzo dopo pezzo. Pensiero dopo pensiero.

Potevo sentirlo penetrare dentro di me. Scivolare sempre più a fondo. Una piaga che prendeva sempre più piede.

Com'era possibile che avessi l'impressione che questo pericoloso ragazzo stesse diventando il mio ultimo desiderio?

Le ombre giocavano sulle sue guance ben definite, accentuando la sua mascella spigolosa. Sedeva rilassato con la cravatta allentata e quel delizioso completo che avrebbero dovuto proibirgli di indossare.

Perché su di lui non era altro che un'irresistibile trappola.

Potente e provocante.

Le mie viscere fremettero e tremarono.

Non provava alcuna vergogna?

Spinsi in fuori il mento. «Forse alcune persone scelgono di fare da sole perché non hanno bisogno di un'ulteriore delusione. Ne hanno già avute abbastanza.»

Lyrik sollevò un sopracciglio. «Forse stanno cercando nei posti sbagliati.»

«Oh, non ho dubbi che stiano cercando nei posti sbagliati. E poi, in un momento di debolezza pensano che magari... magari hanno trovato qualcosa che volevano, che forse stavano cercando nel posto giusto dopotutto, e subito dopo scoprono che il loro istinto aveva avuto ragione sin dall'inizio.»

Se non avessi avuto lo sguardo incollato al suo, probabilmente mi sarei persa il modo in cui trasalì alla mia frecciatina.

Sapevamo entrambi che i miei pensieri erano tornati al suo appartamento, dove l'avevo cercato e mi ero ritrovata contro il muro. Dove stupidamente avevo cominciato a cedere.

A soccombere.

Cadendo dritto nella sua trappola.

Intorno al tavolo cadde il silenzio, e tutti spostarono lo

sguardo tra me e lui. Erano chiaramente consapevoli del disagio tra di noi.

Ash fece tsk con la lingua, e un sorrisetto curvò un angolo della sua bocca. «Oh, andiamo, voi due! Questo è un matrimonio. Dovremmo sprizzare amore da tutti i pori, e invece voi due litigate come cane e gatto.»

Fece vagare lo sguardo su di me, sullo splendido vestito che era grazioso, dolce e delicato in confronto alla mia dura, rigida armatura. «Considerando che la nostra Tam Tam è una vera gattina sexy...» Si girò e guardò Lyrik con occhi sgranati. «E tu, amico mio, non sei altro che un cane, sappiamo che non potete evitarlo. Ma prima che vi facciate a brandelli... o piuttosto, che facciate a brandelli l'uno i vestiti dell'altro... mostriamo un po' di rispetto per la santità della serata, d'accordo?»

Spostò lo sguardo tra di noi, sorridendo enormemente.

Un cipiglio corrugò il viso di Lyrik, la cui attenzione era ancora fissa su di me, poi sorrise ad Ash. «Mi sto solo assicurando che queste signore conoscano tutte le opzioni a loro disposizione.» Riportò gli occhi su di me. «Non vorrei che si perdessero le cose belle della vita.»

Ash ridacchiò sommessamente. «Certo, amico, certo.»

In quel momento trapelò qualcosa di strano tra di loro. Ash sollevò il mento e inclinò la testa di lato, mentre Lyrik scosse lievemente il capo.

Grandioso. Adesso ero parte di una silenziosa conversazione tra donnaioli. Questo mi fece sentire in imbarazzo e muovere a disagio sulla sedia.

Lyrik aveva parlato di me?

Improvvisamente, Kallie, la figlioletta di Shea, arrivò correndo lungo la pista da ballo, gridando «Zio Ash!» e agitando le mani in aria.

Grazie a Dio per i piccoli miracoli.

Ash si voltò e la sollevò proprio mentre lei si gettava tra le sue braccia. La sistemò sul tavolo di fronte a sé e l'abbracciò forte, lanciando un occhiolino a tutti i presenti. «Ecco qui la mia vera ragazza.» Le rivolse un sorriso. «La piccola damigella d'onore.»

«Oggi sono una principessa farfalla» disse Kallie con un cenno risoluto del capo.

Lui la pungolò sul pancino e lei ridacchiò, cercando di afferrare il suo dito. «Smettila, zio Ash. Mi fai tanto tanto solletico!»

«Bé, questo è quello che fanno i mostri del solletico... il solletico.» La solleticò un altro po', in maniera leggera, prima di toccarle il nasino. «Hai riservato il tuo primo ballo per me?»

«Sì, sì, sì! Proprio come abbiamo provato.»

«Brava bambina.»

Ash la rimise giù e lei continuò a muoversi. Si alzò in punta di piedi per darmi un bacio sulla guancia. Fui pervasa dal calore.

Era una bambina dolcissima.

Girò intorno al tavolo per baciare April, poi fece lo stesso con Anthony e sua moglie Angie, prima di andare da Lyrik.

Solo che lui non si chinò in avanti per accettare il suo bacio. No.

Invece, la sollevò sulle proprie ginocchia.

La sollevò sulle proprie ginocchia.

L'abbracciò e le sussurrò parole che non riuscii a sentire ma che la fecero ridacchiare, poi premette teneri baci sui selvaggi riccioli della sua testolina.

Chi era *quest'uomo*?

Bevvi un grosso, fortificante sorso di vino e cercai di non guardarli. Cercai di fingere di non essere testimone di qualcosa di così dolce e tenero. Cercai di convincermi che non stavo assistendo alla dimostrazione che quest'uomo perfido e contorto era capace di *tenere a qualcuno*.

Dio, mi faceva diventare matta.

Mi guardò da sopra la testa di Kallie. Mi tenne nella morsa del suo sguardo mentre stringeva quella preziosa bambina tra la sicurezza delle sue braccia.

L'aria vibrò e tremò.

No. No. No.

Questo stronzo mi avrebbe distrutta. Potevo sentirlo nelle mie ossa. Nel mio midollo. In quello spazio vuoto dentro di me che continuava a desiderare di essere riempito, non importava quanto lo combattessi.

Ogni parte di me era in guerra. Odio e paura contro il bisogno di essere carezzata. Di sentirmi parte di qualcosa. Di qualcuno.

Lo anelavo ardentemente.

Mi mancava così tanto da star male.

La solitudine faceva schifo.

Ma mi teneva al sicuro.

E non c'era nulla di *sicuro* in Lyrik West.

Mano nella mano, Shea e Sebastian tornarono verso il tavolo degli sposi dopo aver fatto il giro per ringraziare personalmente i loro ospiti per essere venuti al matrimonio.

Ash alzò la voce e parlò in tono canzonatorio mentre si avvicinavano. «Ahh... ecco Baz, l'uomo del momento, colui che ha rubato la mia bellissima Shea.»

«Ci puoi giurare» disse Sebastian, sorridendo.

«Quante ragazze hai intenzione di reclamare?» chiese April ad Ash con una risata.

«Tutte quelle che mi vorranno, ovviamente.»

Shea fece un passo in avanti e posò un bacio affettuoso sulla testa di Ash. «Uno di questi giorni, una ragazza ruberà il tuo cuore selvaggio e tu non saprai cosa fare di te stesso.»

«Impossibile, tesoro.»

«Dio, ti prego, fa' che si avveri» disse Zee, camminando verso di noi dopo essersi staccato dalla conversazione che stava avendo ad un altro tavolo. «Non so per quanto tempo ancora potrò sopportare lui e quella sfilza infinita di ragazze che entrano ed escono di casa. Stamattina, mi sono svegliato con una ragazza raggomitolata accanto a me... una che non ho mai sfiorato, intendiamoci... Si era solo dimenticata da quale camera da letto era uscita quando era andata in cucina per bere un sorso d'acqua.»

Ash scoppiò a ridere e gli puntò un dito contro. «Ehi, fratello, non c'è di che.»

Zee scosse la testa e borbottò sottovoce: «Coglione.»

Lyrik ridacchiò, e quel suono sommesso e misterioso mi

avvolse completamente.

Non guardare. Non guardare. Non guardare, mi ripetei mentalmente.

In quel momento, ciò di cui avevo bisogno era di difendermi, proteggermi e fortificarmi. Di rinforzare la barricata d'acciaio che custodiva il mio cuore.

Tuttavia, non avevo la forza di fermarmi.

Come potevo?

Non quando udii Kallie ridere di nuovo.

Cautamente, spostai lo sguardo nella loro direzione, e vidi che quel perfido, minaccioso e malizioso uomo stava facendo rimbalzare quell'angelo sulle sue ginocchia.

Oscuro e luminoso. Corrotto e puro.

Provai una stretta al cuore al centro del petto, e potei sentire la terra tremare sotto i miei piedi, l'aria vibrare quando quello sguardo tenebroso si puntò su di me.

Cercai disperatamente di fingere che lui non avesse alcun effetto su di me.

Nessun controllo.

Nessun fascino.

Per tutto il tempo, quel travolgente senso di consapevolezza vorticò intorno a me con la forza di una tromba d'aria.

Girando, roteando e mulinando.

Catturandomi in un ciclone di energia.

Nella sua intensità.

In quegli occhi che vedevano fin troppo.

Lyrik staccò lo sguardo da me e lo portò su Shea, piegando le sue labbra carnose in un sorriso affettuoso. «Penso che qualcuno qui sia pronto per la torta.»

«Io, io, io!» gridò Kallie, come se nessuno sapesse che stava parlando di lei.

«Davvero? Sei sicura di essere pronta per la torta?» disse lui, tempestandole il viso di sonori baci.

Oh Dio.

Perché? Perché? Perché?

Sebastian prese Kallie tra le braccia e la lanciò in aria, facendola strillare di gioia. «Allora penso che sia ora di dare una fetta di torta alla mia coccinella.» Spostò lo sguardo su ognuno di noi. «Siete pronti a dare inizio alla festa?»

«Cavolo, sì!» esclamò Ash.

Alzai gli occhi al cielo. C'era da sorprendersi?

Ash si mise in piedi e fece un cenno col mento verso la band che stava suonando sommessamente dall'inizio della cena. La canzone che stavano interpretando si affievolì e Ash salì i tre gradini che conducevano sul palco, accettando il microfono che gli porsero.

Shea si avvicinò alle mie spalle, si piegò in avanti e poggiò la guancia alla mia. «Grazie mille per essere parte di tutto ciò. Di questo giorno. Lo so che queste cose non fanno per te» sussurrò.

Sbattei le palpebre con forza.

Perché questo faceva decisamente per me.

Prima di diventare la persona che ero oggi.

«Non me lo sarei perso per nulla al mondo» le assicurai, con voce leggermente strozzata.

Per quanto sciocco fosse stato prendere parte a questo matrimonio, era vero.

Non me lo sarei mai perso.

Non per vecchie insicurezze.

Non per sogni rubati e paure eterne.

Non per un ragazzo che mi scombussolava così tanto che avevo difficoltà a riconoscere chi sarei dovuta essere.

La voce di Ash risuonò dagli altoparlanti e tutti si voltarono verso di lui. «Vi è piaciuta la cena? Squisita, vero?»

Un brusio di approvazione riverberò tra la folla ristretta di amici e familiari di Shea e Sebastian. Non c'erano dubbi, il matrimonio era piccolo. Avevano tenuto l'evento segreto, lontano dagli occhi indiscreti di Hollywood e dei paparazzi che sarebbero stati più che felici di portare un altro po' di scompiglio nelle loro vite.

Dovevo ammettere che, se i nostri ruoli fossero stati invertiti, l'avrei assolutamente odiato. Dovermi costantemente guardare alle spalle. Preoccupata che qualcuno mi stesse guardando.

Mi preoccupavo per quello già abbastanza.

«Shea e Sebastian sono pronti a tagliare la torta, ma prima voglio dire un paio di cose.»

«Naturalmente!» urlò Anthony.

Gli invitati scoppiarono a ridere, e sentii un sorriso spuntarmi sul viso, pur essendo totalmente consapevole dell'uomo che sedeva dall'altra parte del tavolo dietro di me.

Come se lo sguardo ardente che percorreva la pelle nuda della mia schiena fosse palpabile.

Come se potessi sentire la carezza dei suoi polpastrelli callosi.

Rabbrividii.

Ash continuò a parlare. «Come tutti sapete, siamo qui per festeggiare uno dei miei migliori amici, Sebastian Stone, e la sua splendida moglie, Shea.»

Indicò nella loro direzione con un cenno del capo. Si erano spostati al tavolo della torta. Sebastian teneva le braccia avvolte intorno a Shea da dietro, il mento appoggiato sulla sua spalla e le mani sul suo pancione mentre la piccola Kallie saltellava intorno a loro.

L'emozione mi serrò la gola.

«Come sia stato abbastanza fortunato da sposare la mia bellissima Shea, non lo saprò mai» disse con un ghigno.

«Ehi, attento a quello che dici, bello» urlò Sebastian con un largo sorriso, abbracciando Shea un po' più forte.

«Sto solo dicendo la verità, amico mio.» Ash sorrise e alzò la mano in un gesto pacificante. «Ma non preoccupatevi. Sebastian mi ha fatto promettere che se fossi salito sul palco per parlare, mi sarei dovuto comportare bene. Come se potessi mai essere *cattivo*.»

Ammiccò e io scoppiai a ridere, scuotendo la testa.

Era impossibile non amare Ash.

Poi divenne serio e spostò lo sguardo sugli ospiti. «Io e i miei compagni? Conosciamo Sebastian da quasi tutta la vita. Siamo cresciuti insieme. Abbiamo subito varie tragedie. Commesso infiniti sbagli e imparato tante dure lezioni.»

Dietro di me, percepii quell'intensità crescere, ed ebbi l'irresistibile desiderio di guardarlo. Di vedere quale espressione avrei trovato sul viso di Lyrik. Di scoprire cosa aveva sofferto.

Perché sapevo che era lì, sotto quella facciata da duro.

«Ma abbiamo anche vissuto alcuni dei momenti migliori della nostra vita.» Ash ridacchiò sommessamente. «Ero piuttosto sicuro che nessuno di noi si sarebbe mai sposato. Pensavo che tra noi quattro ci fosse il tacito accordo che non saremmo mai caduti in quella trappola. Ma il nostro ragazzo qui ci è cascato, e non avrebbe potuto innamorarsi di qualcuno migliore di Shea.»

Sollevò il bicchiere e tutti fecero lo stesso. «A Shea e Sebastian... che possiate continuare ad amarvi per sempre. Che *il meglio* per voi debba ancora venire.»

«Cin cin!» Il brindisi echeggiò nella notte, intrecciandosi al vento.

Come tutti gli ospiti, mi portai il bicchiere alle labbra e deglutii forte, cercando di trovare un terreno stabile.

Di rallentare il battito martellante del mio cuore.

Dio, desideravo poter andare via mentre un'enorme parte di me voleva restare.

Mi sentivo divisa in due.

Shea e Sebastian tagliarono la torta, imboccandosi scherzosamente l'un l'altro mentre il mio piccolo mondo girava.

Sempre più forte, più veloce, più incalzante.

Tremendamente vicino a staccarsi dal suo asse.

Ed era quel magnete che mi attirava, attirava, attirava a sé.

Tirai un respiro incerto quando sentii Lyrik alzarsi dietro di me.

Girò intorno al tavolo. I suoi passi erano lunghi, forti e decisi, e quel completo aderiva perfettamente al suo corpo snello e muscoloso. Era talmente irresistibile che era impossibile distogliere lo sguardo mentre si dirigeva verso il palco.

Salì i tre gradini e afferrò una chitarra acustica dal cavalletto, poi trascinò uno sgabello vicino al microfono e si sedette.

Merda. Merda. Merda.

Lyrik e una chitarra sarebbero stati la mia rovina.

Freneticamente, mi guardai intorno, alla disperata ricerca di un punto su cui focalizzare la mia attenzione.

Ovunque tranne che su di lui.

Si schiarì la gola.

Riportai lo sguardo su di lui.

Rapita.

Il vento si alzò, soffiando tra gli alberi e agitando le lucci-canti lucine appese ai rami.

Lyrik si grattò la tempia col dito indice. Come se in quel momento, quest'uomo audace e arrogante si sentisse un pesce fuor d'acqua. Scrutò la folla e posò gli occhi su Shea e Seba-stian.

Le sue parole risuonarono profonde e sommesse, e le per-cepii fin nel profondo. «Baz... come ha detto Ash, ti conosco da quasi tutta la vita. Abbiamo avuto dei bei momenti. Vittorie che non ci saremmo mai aspettati. Abbiamo festeggiato, gioito e vissuto questo folle stile di vita al massimo.»

Il suo tono divenne più profondo. «Ma tu mi sei stato ac-canto anche nel momento peggiore della mia vita.»

Sebastian si irrigidì, quasi fosse sorpreso da quella confes-sione.

Il pomo d'Adamo di Lyrik ballonzolò quando deglutì a fati-ca. Sembrava che avesse difficoltà a fare uscire le parole. «Vo-glio che tu sappia che ti sarò sempre grato per ciò che mi hai dato. Perché a volte un momento... un ricordo è più importan-te di tutto il resto messo insieme.»

Baz si passò una mano tra i capelli e abbassò lo sguardo a terra. Era chiaramente toccato dalla schietta dichiarazione di Lyrik.

Dalla vulnerabilità che stava mostrando.

Il mio battito cardiaco accelerò e la mia bocca si seccò.

«Non potrò mai ripagarti, ma posso dirti che non c'è una sola anima che meriti più di te di trovare ciò che hai trovato tu. Una ragazza come Shea che ti ama e che per di più ha portato con sé quella dolce bambina.»

Kallie saltellò di qua e di là, sorridendo a Lyrik come se fos-se il sole.

Come se non fosse oscuro e malvagio.

Come se non fosse una forza distruttiva.

«Perciò, stasera, vorrei suonare qualcosa per il vostro primo ballo.»

Appoggiò un piede sul piolo dello sgabello e si sistemò la chitarra in grembo. Una ciocca dei suoi capelli neri ricadde di lato e sulla sua fronte quando si sporse in avanti.

Incantata, lo osservai mentre avvolgeva la sua grande mano intorno al collo della chitarra, poggiando le dita tatuate sui tasti. La mano con la rosa tatuata sul dorso strimpellò una nota echeggiante e i suoi occhi si chiusero.

«Per me, una canzone ha sempre significato più di ogni altra cosa potessi mai dire. Possano queste parole essere sempre vere per voi due.»

Sentii una stretta proprio al centro del mio petto.

Quel brivido scosse l'aria.

Il fremito prima dell'esplosione.

Lyrik pizzicò le corde e, in quel momento, l'unica cosa che desideravo sapere era ciò che nascondeva dentro di sé. Che lui mi mostrasse ogni cosa.

Mi alzai dalla sedia.

Non potei farne a meno. I miei piedi mi condussero all'estremo margine delle ombre che aleggiavano intorno alla pista da ballo.

Attratta.

Non una sola persona ci fece caso.

Il resto degli invitati fece lo stesso, radunandosi per guardare Sebastian che accompagnava Shea al centro della pista, dove l'attirò tra le sue braccia e ballò con lei per la prima volta da marito e moglie.

Come il resto degli ospiti, avrei dovuto guardare loro.

Ma non potevo.

Perché Lyrik si piegò in avanti, premette la sua bocca sensuale contro il microfono e cominciò a cantare.

Intonò *Thinking Out Loud* di Ed Sheeran.

Ma la sua voce...

La sua voce era roca, bassa e colma di un'emozione così intensa che potevo quasi assaporarla. Colma di quel sentimento che avrei potuto giurare fosse evidente in quelle solitarie ore della notte in cui le sue canzoni traboccavano di dolore.

Deglutii rumorosamente. Alla disperata ricerca della mia armatura. Di tutti gli scudi con cui mi difendevo così che potessi tenerlo lontano dalla mia mente. Dai posti in cui si stava insinuando, travolgendomi e sommergendomi.

Stavo andando a fondo.

Tutto il suo corpo si tese mentre cantava.

Il vento soffiò tra i suoi capelli.

I suoi occhi scurissimi si aprirono e si posarono direttamente su di me.

Era possibile che anche lui lo sentisse?

La sua voce viaggiò nell'aria, avvolgendomi in soffici e morbidi nastri. Girando, girando e girando. Finché non divennero sempre più stretti.

Soffocanti.

Come se lui fosse l'unica cosa che potessi respirare.

Fremiti di panico mi percorsero il corpo. Il mio cuore prese a galoppare mentre lui mi fissava nell'oscurità e continuava a riversare sé stesso nella canzone che stava cantando per il suo amico.

Tenne la nota quando il brano terminò. Un'aura di meraviglia riempì la notte. Le voci si zittirono.

E mi chiesi se anche gli altri potessero percepirlo.

Lyrik si alzò ed io rimasi immobile sotto il peso del suo sguardo.

La band ingaggiata per la serata riprese il proprio posto. Il loro cantante parlò al microfono. «Adesso vorremmo invitare tutti i presenti a condividere un ballo con gli sposi.»

Questo... questo era il momento che avevo temuto.

Ma ora quel terrore riverberò lungo il mio corpo in piccole scariche di eccitazione.

Frastornata, feci due passi in avanti sulla pista da ballo.

Allo stesso tempo, Lyrik scese i tre gradini del palco, irradiando un'oscura bellezza ad ogni passo.

I tatuaggi facevano capolino da sotto il suo completo su misura. Il perfetto contrasto tra grezzo e sobrio.

Dio.

Nessun uomo sarebbe dovuto essere così bello.

Avanzò nella mia direzione mentre la band attaccava a suonare.

Tremai. E serrai le mani a pugno. Mani che sembravano ansiose di toccare.

Avevo davvero intenzione di restare qui e lasciare che questo accadesse? Qualunque cosa *questo* fosse?

Mani calde si posarono sui miei fianchi.

Mi sentii come se fossi stata fulminata.

Un luminoso lampo di luce balenò dietro i miei occhi.

Il mio corpo prese vita.

Lui mi attirò più vicino a sé, contro la sua calda, dura e distruttiva bellezza.

Premetti le mani sul suo petto, cercando disperatamente di mettere un po' di spazio tra di noi. Di trovare un modo per evitare di sentirmi così. Invece, le mie dita si chiusero intorno alla sua giacca.

Lui mi strinse più forte, avvolgendomi tra le sue vigorose braccia.

Braccia che mi davano sicurezza.

Il suo respiro mi solleticò il viso, e le sue labbra sfiorarono il mio orecchio.

«Non ho mai visto una ragazza tanto bella quanto lo sei tu stasera» mormorò contro la mia tempia. «Mi hai tolto il fiato quando hai oltrepassato la soglia della chiesa e hai cominciato a percorrere la navata. Sei così fottutamente sexy, vestita come un angelo quando so che c'è un piccolo demone nascosto dentro di te.»

Poggiò una mano alla base della mia schiena. L'altra lasciò una scia di fiamme sulla mia pelle mentre scivolava lungo la mia spina dorsale fino a circondarmi un lato del collo. Le sue lunghe dita si insinuarono nei riccioli che avevo creato con l'arricciacapelli, costringendomi a guardarlo. «Non riesco a smettere di pensare a te. Non riesco a smettere di guardarti. Non riesco a smettere di desiderarti. Che cosa mi stai facendo?»

La mano poggiata alla base della mia schiena mi trasse più vicino al suo corpo. Verso il suo membro turgido che premette contro il mio ventre.

Oddio.

Le mie ginocchia vacillarono, e quella paura riverberò dentro di me. Ma era oscurata dal desiderio che ruggiva nelle mie vene. Il mio stomaco si contrasse. Le mie gambe tremolarono.

«Questo... questo è quello che mi fai. Un solo fottuto sguardo, un solo tocco, e muoio dalla voglia di qualcosa che so che non dovrei avere. Perché tu...» Ridacchiò cupamente. «Mi fai provare cose che non dovresti farmi provare. Mi fa impazzire il pensiero che sei a pochi passi di distanza, proprio di fronte alla mia porta, e non posso averti.»

Lottai per restare aggrappata al buon senso, e strinsi la sua giacca un po' più forte. «Noi due siamo una pessima idea.»

Una dura e aspra risata scaturì dalle sue labbra, così bassa che potei sentirla solo io. Risuonò nelle mie orecchie come un avvertimento. «Non fraintendermi, Red. Non voglio un *noi*. Sono il primo ad ammetterlo. Sono uno stronzo. Non sono fatto per le relazioni. Non più.»

Non più.

Dio, ero una stupida. Il mio istinto di autoconservazione era al tappeto. Perché in quel momento? Tutto ciò che volevo chiedergli era che cosa volesse dire. Di scavare e affondare in profondità.

Scoprire chi si nascondeva sotto.

Lo sapevo. Lo sentivo.

Lyrik era proprio come me.

La sua voce si abbassò ulteriormente, fino a diventare un bisbiglio nel mio orecchio. «Ma ciò che voglio sei *tu*. Voglio portarti al mio appartamento, scartarti come un regalo, e guardarti sdraiata sul mio letto. Voglio toccarti, assaggiarti ed esplorarti. Farti perdere la testa, proprio come tu mi stai facendo perdere la mia. Dimmi cosa vuoi, Red.»

La mia spina dorsale fu percorsa dai brividi.

Lui premette la bocca sul lato del mio collo e borbottò le parole contro la mia pelle. «Basta che tu dica di *no*. Di' di no, e andrò via e ti lascerò in pace una volta per tutte.»

Avevo la sensazione che mi stesse implorando, supplicando

di dire di no.

Una sonora schitarrata risuonò dagli altoparlanti. La canzone terminò. Tempo scaduto.

«Bene, bene!» gridò il cantante al microfono. «È ora di movimentare la festa. Tutti sulla pista da ballo!»

Quella voce ci scosse entrambi dal nostro stato di incantamento e ci riportò alla dolorosa realtà.

La band si lanciò in una di quelle canzoni disco degli anni settanta a cui nessuna generazione poteva resistere.

Goffamente, feci due passi indietro e fissai l'uomo di fronte a me che stava ansimando. Sembrava pronto a balzare su di me. Per distruggere, saccheggiare e devastare.

«*Zio Wyrik... Zio Wyrik*, balla con me! Balla con me! Sono una farfalla!»

Kallie comparve al suo fianco, saltellando su e giù con le braccia sollevate in aria.

Con cautela, Lyrik spostò lo sguardo tra di noi, il petto ansante. Poi prese Kallie tra le braccia, la quale sorrise di gioia, avvolse le braccia intorno al suo collo e le gambe intorno alla sua vita. Lui mi lanciò un'ultima occhiata supplichevole prima di voltarsi e iniziare a ballare con lei.

Facendola rimbalzare, dondolare e ridere a crepapelle.

La terra tremò e l'aria divenne fredda.

La paura mi attanagliò.

Non posso provare tutto questo.

E come una codarda, mi voltai e fuggii.

Dopotutto, fuggire era la cosa che mi riusciva meglio.

Guidai direttamente fino al mio appartamento. Spensi il motore e rimasi seduta nel silenzio per qualche istante, cercando di ritrovare l'orientamento.

Di recuperare il controllo.

Con un profondo sospiro, aprii la portiera e uscii nella notte. Raffiche di vento disturbavano la quiete, frustando tra gli alberi e sferzando sul terreno.

Salii i gradini reggendomi alla ringhiera, trascinando lentamente il mio corpo stanco su per le scale. Le mie scarpe coi tacchi penzolavano dalle dita della mia mano libera e la mia testa era abbassata.

Una solitudine schiacciante mi inghiottì.

Travolgendomi.

Onda dopo onda dopo onda.

Odiavo quanto male facesse.

Volevo innalzare i miei scudi, sollevare il mento e spiaccicarmi quel solito cipiglio duro e feroce sul viso.

Ma mi stavo indebolendo.

Il flebile bagliore di un fulmine lampeggiò da qualche parte in lontananza e i miei capelli si agitarono intorno al mio viso.

Raggiunsi il pianerottolo e mi diressi verso la porta del mio appartamento.

Un profondo e forte rombo echeggiò nell'aria. Avvicinandosi di più. Facendosi sempre più vicino.

Riverberò dentro di me come una scarica di energia, luce e vita.

Oddio.

Mi stava inseguendo?

Perché faceva questo?

Sapevo che avrei dovuto *fuggire*. Chiudermi a chiave nel mio appartamento e non uscire mai più.

Ma ero paralizzata con la mano sulla maniglia della porta.

Una luce intensa mi accecò gli occhi appena Lyrik entrò con la moto nel parcheggio. Piantò un piede a terra quando si fermò. Il motore ruggì e brontolò, martellando nel mio cuore e pulsando nelle mie vene.

Spense la motocicletta e i fari si affievolirono.

La luce del lampione filtrava dall'alto in una bianca foschia. Creando un gioco di ombre sul suo viso.

E mi domandai se fossi fatta male. Se gravitassi intorno agli stronzi, ai manipolatori e a coloro che mi avrebbero solo causato dolore.

Perché il mio desiderio per lui era più grande della paura che mi serrava la gola. Più grande della consapevolezza che quando avesse finito con me, mi avrebbe lasciata indietro.

Completamente devastata.

Sarebbe dovuto essere tutto sotto controllo.

Nascosto, sepolto e camuffato.

La perfetta messa in scena.

Tutte le emozioni rinchiuse.

Soffocate.

Mentre lui mi fissava dal basso e io lo fissavo dall'alto, scavai nel profondo di me in cerca della mia determinazione. Della sicurezza che avevo trovato. Della persona che ero diventata.

Ero *Tamar King*.

E Tamar King non era schiava di nessuno.

Avevo il pieno e totale controllo.

Ma Lyrik West mi faceva sentire come se stessi perdendo quel controllo. Potevo sentirlo sgretolarsi. Rompersi e spezzarsi in mille pezzi.

Scese dalla moto e si raddrizzò in tutta la sua statura.

Era così alto, minaccioso e bello.

Campanelli d'allarme si accesero dentro di me.

«Te ne sei andata» disse con voce dura.

«E tu mi hai seguito» sussurrai di rimando.

Ogni promessa che mi ero fatta mi percorse il corpo in un circolo vizioso. Quelle che avevo fatto a me stessa quando ero solo una ragazzina. Quando ero audace, entusiasta e coraggiosa, e avevo voluto provare tutto almeno una volta nella vita.

Quelle promesse si scontrarono con quelle che mi ero fatta quando avevo vent'anni. Quando avevo voltato le spalle alla ragazza della mia giovinezza ed ero diventata questa dura ragazza che non aveva bisogno di niente e di nessuno nella sua vita a parte sé stessa.

Lentamente, Lyrik salì le scale.

Implacabile.

Si fermò in cima e mi divorò con i suoi occhi scuri.

In lontananza, un tuono rombò. Voltai lo sguardo in quella

direzione.

«Sta arrivando una tempesta» mormorai a bassa voce. Potevo sentirlo nell'aria. Mantenni l'attenzione su quel furore che acquistava velocità, incerta di poter continuare a guardare Lyrik senza soccombere completamente.

Lui non disse nulla mentre si avvicinava.

Infine, girai il viso verso di lui quando mi sospinse contro la porta e poggiò le mani ai lati della mia testa.

E per l'ennesima volta, quest'uomo pericoloso mi imprigionò.

E io mi sentii vulnerabile, piccola e coraggiosa.

Le promesse di quella ragazzina si agitarono in me.

Non volevo più essere spaventata.

Non volevo più essere sola.

«Dammi una sola notte. Mostrami chi sei. Mostrami la tua rabbia. Mostrami perché. Sfogala su di me con quel tuo corpicino sexy.» Le sue parole erano aspre e disperate. «Oppure dimmi di no, *Red*. Dimmi di no. *Dillo*, e me ne andrò.»

La paura mi bruciò la pelle, mescolandosi al fuoco che Lyrik aveva appiccato.

Insieme, le due cose erano esplosive.

Emisi un profondo sospiro.

«Non posso.»

7

LYRIK

Avanzai lentamente e la premetti maggiormente contro il muro. Lei mi guardò con i suoi selvaggi occhi blu, che si agitavano come un cielo tormentato. Sfregai il naso contro la sua tempia e inspirai profondamente. Aveva un odore così dannatamente buono. Un pizzico di cannella e una bella manciata di spezie.

Questa ragazza mi faceva perdere la testa. Cazzo. Mi faceva *perdere* la testa.

Se non avessi perso il lume della ragione, me ne sarei andato. Mi sarei voltato e sarei andato via, senza più guardarmi indietro. Proprio come le avevo promesso che avrei fatto. Lo sapevo nel profondo di me. Lo sapevo come il tramontare del sole che mi conduceva nell'oscurità notte dopo notte.

Questa cosa sarebbe finita male. Solo il fatto che la stessi inseguendo era una prova sufficiente.

Ma in quel momento? Non mi importava, perché non mi sentivo affatto lucido mentalmente.

Sembrava che, per quanto noi due cercassimo di combatterlo, respingendoci a vicenda quando l'altro si avvicinava troppo, la volta successiva ci avvicinavamo solo ulteriormente.

Sempre più vicino, vicino, vicino finché non c'era più modo di tornare indietro.

Non potevo.

Non più.

Me n'ero reso conto stando seduto sul quel palco a suonare quella canzone mentre guardavo le espressioni strazianti che attraversavano il suo viso.

Per una sola notte, lo volevo. Volevo i suoi segreti. Volevo affondare le dita e prenderli da me. Lei era esattamente il tipo di contraddizione che bramavo.

Il tira e molla.

Ma stavolta l'attrazione era troppo grande per essere ignorata.

Tracciai i pollici lungo la curva delicata del suo collo. Li feci scorrere sulla sua morbida, morbida pelle. Il suo cuore pulsava selvaggiamente. La costrinsi a guardarmi mentre tutto il mio corpo si surriscaldava.

«Dimmi cosa vuoi, Red» dissi in un roco mormorio.

In lontananza, un tuono rombò. I suoi occhi blu lampeggiarono. Si accesero di coraggio e paura.

Per qualche motivo, quello sguardo mi fece tremare.

Quasi con aria di sfida, lei sollevò il mento, alzò le sue piccole mani e mi afferrò i polsi.

«Voglio che mi baci.»

Porca puttana.

Solo Red poteva chiedermi l'unica cosa che non volevo dare. I ricordi tracciarono una scia di panico nella mia coscienza. Rammentandomi cosa avevo fatto. Perché non avrei mai potuto avvicinarmi troppo.

Dov'era realmente riposta la mia lealtà.

Serrai la mascella e la strinsi più forte. Il mio cuore stava facendo di tutto per respingere *questo*. Urlandomi di mettere giudizio e di farlo in fretta. Di voltarmi e andare via. Non c'erano dubbi che i miei piedi avessero ufficialmente varcato la zona proibita. Oltrepassato il limite.

Red stava cercando di condurmi in luoghi dove non volevo andare.

Internamente, stavo combattendo come uno stramaledetto pazzo. Diviso tra l'attaccarla verbalmente come avevo fatto l'ultima volta che mi aveva tentato con il bisogno di affondare in lei, di scoprire gli innumerevoli segreti che nascondeva dentro di sé, e il prenderla tra le braccia e svelarle i miei.

Ero in guerra totale con i miei istinti. La cosa assurda era che non sapevo nemmeno più quali fossero.

Non quando si trattava di lei.

Esitando, ondeggiai avanti e indietro in preda all'indecisione. Avvicinandomi di più a quelle carnose labbra rosse ad ogni movimento.

La sua attenzione balenò sul mio viso. Si spostò dai miei occhi alla mia bocca e viceversa. Strinse la mia giacca tra le mani.

«Cosa vuoi tu?» chiese, rivolgendomi la mia stessa domanda. La sua voce era un mix sfrontato e bisognoso tra la sirena che non aveva problemi a mettermi al mio posto e la delicata vulnerabilità che continuava a manifestarsi.

Tirai fuori la lingua e mi umettai il labbro inferiore.

Morivo dalla voglia di assaggiarla.

«'Fanculo.»

Suppongo che mi avrebbe ucciso comunque.

La mia bocca si abbatté con forza sulla sua. Allo stesso tempo, affondai le mani nei suoi riccioli rosso rubino.

Sì. Non c'era alcun dubbio, cazzo. Questo era ciò che volevo. Ogni esitazione mi abbandonò.

Le strinsi i capelli tra le dita e le strattonai la testa all'indietro per avere un migliore accesso a quella bocca imbronciata che era apparsa in molte delle mie fantasie. Avevo *bisogno* di prendere di più da questa ragazza.

Perché, diamine, se dovevo arrendermi, allora mi sarei preso tutto.

«Red» gemetti quando mi ritrassi per un secondo. Riprendendo a baciarla, chiusi le labbra intorno al suo carnoso labbro inferiore che mi seduceva da mesi.

Dannazione, era deliziosa.

Lo tirai e lo succhiai, prima di fare lo stesso con il labbro superiore.

Un brusco respiro le sfuggì dalla bocca, e piccolissime fitte di dolore mi infervorarono maggiormente quando lei affondò le unghie nella mia nuca.

Tamar era bassa, e mi ritrovai a sorridere contro la sua bocca quando si alzò in punta di piedi per avvicinarsi ancora di più a me, mentre io la schiacciavo contro il muro. Intrappolandola contro il mio uccello che era duro per lei da giorni... da un maledetto anno, in verità.

Ma santo cielo, era diventato insopportabile da quando l'avevo buttata fuori da casa mia due giorni fa. Quando avevo cercato disperatamente di tenerla lontana perché sapevo bene che stava cercando di sfondare le mie barriere. Quando ero stato abbastanza sciocco da pensare che ci fosse una possibilità che non saremmo finiti proprio qui.

La sua lingua carezzò la mia. Titubante all'inizio. Come se anche per questa ragazza fosse passato tanto tempo da quando aveva baciato qualcuno. Come se fosse estraneo, troppo, e allo stesso tempo, troppo poco.

Poi lei si aprì maggiormente. Sentendo il bisogno di qualcosa di più.

Intrecciò la lingua alla mia. E gemette.

Fottutamente sexy.

«Esatto, così... mostramelo, Red» mormorai in tono persuasivo contro la sua bocca. «Mostrami ciò che hai.»

Il mio uccello pulsò, e la sollevai da terra così che potesse avvolgere le gambe intorno alla mia vita. Quello era il loro posto. E quel dannato vestito... quel dannato vestito che mi aveva quasi messo in ginocchio quando aveva varcato le porte della chiesa e percorso la navata, si arricciò intorno alle sue cosce.

Tenendola inchiodata alla porta con il mio corpo, feci scivolare con decisione le mani lungo i suoi fianchi. Avevo un unico obbiettivo in mente. I miei pollici lambirono le punte turgide dei suoi capezzoli che spuntavano attraverso il tessuto sottile del suo abito.

Merda.

«Lyrik» ansimò.

Gemetti con un sorriso sulle labbra. Tutto il mio corpo vibrò quando venne travolto da una nuova ondata di lussuria. «Dammi qualche minuto, piccola, e griderai quel nome.»

Me ne sarei assicurato.

Tamar fu percorsa dai brividi, e l'agguantai per quel suo culo prosperoso prima di abbassare le mani e afferrarla per le cosce.

Avevo ragione.

Questa sinuosa bomba sexy si adattava perfettamente alle mie mani.

Il mio palmo caldo si spostò su quel tatuaggio simbolo di tentazione. La mela e il serpente dipinti sulla parte esterna della sua coscia.

Mi domandai chi di noi fosse chi.

Continuai a baciarla perché aveva un sapore maledettamente buono, continuai a strusciarmi contro il sottile strato di seta tra le sue cosce. Infervorando entrambi più di quanto non fossimo già.

«È così bello» mormorò, quasi confusa.

L'inflessione della sua voce? Volevo inghiottirla e in qualche modo renderla parte di me. Probabilmente con la stessa intensità con cui desideravo divorarla. Con la stessa intensità con cui volevo assaggiarla e possedere ogni suo centimetro.

Merda.

Mi sentivo come un cane a caccia che non aveva idea che stesse per essere morso.

Da una piccola vipera rossa, nientemeno.

Mi premetti con più forza contro di lei, provando un desiderio che non provavo da anni.

Forse da sempre.

Era bollente.

Così dannatamente bollente.

Il suo corpicino tonico irradiava calore. La sua pelle era in fiamme.

«Red.» Quel nomignolo fluttuò nell'aria, sospinto dal delirante e lussurioso desiderio che lei riusciva a suscitare in me.

Con quella singola parola, ci accendemmo.

Improvvisamente, eravamo una macchia indistinta di mani disperate e corpi eccitati.

Bocche, lingue e denti.

Lei mi strattonò la giacca, cercando di sfilarmela dalle spalle mentre io armeggiavo con la maniglia della porta.

Non vedevo l'ora di sprofondare in questa ragazza.

Volevo essere ovunque.

Nella sua bocca.

Nella sua fica.

Nel suo culo.

Mi sarei preso tutto.

Per una notte, mi sarei concesso di perdermi in questa donna dalle disorientanti contraddizioni.

'Fanculo le conseguenze o le sensazioni o il rimpianto persistente. 'Fanculo tutte le cazzate che lei risvegliava in me con un semplice barlume di vulnerabilità.

Come se quest'angelo dagli occhi blu mi capisse meglio di chiunque altro.

Perché in questo momento... in questo momento, ogni traccia di tenerezza e di dolcezza era sparita.

Questo demone dai capelli rossi mi stava tentando da troppo tempo.

La porta si aprì e andò a sbattere contro la parete interna. D'un tratto, il suo peso fu completamente tra le mie braccia. La issai più su e lei si avvinghiò a me più forte.

Avanzai incespicando nel suo appartamento, chiusi la porta dietro di noi con un calcio e la premetti contro la parete più vicina. «Cazzo... Red... ho bisogno di te. Ho bisogno di te in un modo che non va affatto bene. Mi mandi fuori di testa.»

La staccai dal muro e la portai verso il corridoio.

«Lo so... lo so... lo so» cantilenò lei, continuando a baciarmi appassionatamente, entrambi così presi l'uno dall'altra che andavamo a sbattere contro le pareti mentre avanzavamo.

«Oh mio Dio... tutto questo è folle... cosa sto facendo... cosa sto facendo?» mormorò tra un bacio frenetico e l'altro.

«Stai prendendo ciò di cui entrambi abbiamo bisogno. Ciò che era inevitabile. Ciò che era inesorabile sin dall'istante in cui sono entrato nel *Charlie's* e ti ho vista dietro al bancone del bar.» Continuai a camminare, arrancando verso la camera da letto identica alla mia. «In quel momento ho capito che dovevo averti.»

Una luce soffusa risplendeva da sopra il muro divisorio che non arrivava fino al soffitto e al di là del quale c'era la sua stanza.

Il mio cuore correva all'impazzata. Troppo forte. Troppo sbagliato. Eppure, continuai ad avanzare, conducendola nella sua stanza e gettandola al centro del letto.

Lei rimbalzò sul materasso e mugolò «Lyrik» con voce roca.

Merda. Mi piacque il modo in cui pronunciò il mio nome. Fin troppo. I miei occhi percorsero il corpo di questa ragazza che era esattamente la mia idea di perfezione. Tutta curve, tette grosse e culo rotondo. Una vita sottile fatta apposta per essere circondata dalle mie mani.

La sua testa si agitava leggermente sul cuscino, e il suo petto si alzava e si abbassava in piccoli sussulti. Per un attimo, la sua espressione mi fece titubare, perché sul suo viso passarono così tante emozioni che non riuscii a stare al loro passo. Non quando non riuscivo a stare al passo con le mie.

Ma stasera non si trattava di decifrare. Si trattava di capitolare. Di prendere. Di arrendersi soltanto per un minuto quando era chiaro che nessuno di noi due aveva un solo giorno da dare.

Salii sul letto e strisciai verso di lei, facendo scorrere le mani lungo i lati delle sue cosce.

Red gettò la testa all'indietro e gemette sommessamente.

Il mio corpo si infiammò e il sangue prese a scorrermi selvaggiamente nelle vene.

Le sue agili dita sciolsero la mia cravatta già allentata, poi slacciarono i bottoni della mia camicia. Scrollandomi l'indumento di dosso, mi avventai sul suo collo. Baciai la sua pelle bianca come la neve, e sentii il suo battito vivo sotto la mia lingua. Contemporaneamente, abbassai la cerniera del suo vestito e glielo sfilai dalla testa.

Appena lo feci, mi sollevai sulle ginocchia e sganciai il gancetto anteriore del suo reggiseno senza spalline.

Quest'ultimo venne via, mettendo in mostra le sue tette.

«Cazzo» sibilai, dando una bella occhiata alla ragazza che desideravo disperatamente di avere da un anno. Era distesa lì tremante, con addosso nient'altro che un paio di mutandine striminzite. «Sei la cosa più bella che io abbia mai visto.»

In assoluto.

Tamar aveva sempre l'aspetto di una ragazza pin-up. Proprio come quelle che tenevo attaccate alle pareti della mia stanza quando stavo attraversando quella transizione da ragazzo a uomo. Quando stavo iniziando a farmi un'idea di ciò che mi piaceva. Ragazze dalle labbra rosse, impertinenti e piene di furore.

Ma questa... questa...

Lei.

Era dura e tenera. Tatuata e immacolata. Arpia e angelo.

Sporca e pura.

La guerra che stavo combattendo si riorganizzò per un'altra battaglia. Gridandomi di fuggire. Perché il mio stomaco si contorse e il mio cuore si serrò con forza. Una sensazione sconosciuta che ricordavo a malapena si formò nel mio petto.

Digrignando i denti, soffocai quella sensazione e catturai la punta rosea di uno dei suoi seni nella mia bocca. Succhiai la carne rosa e turgida, circondandola con la lingua. Lambendo, assaggiando e stuzzicando.

Lei inarcò la schiena e ansimò.

Un ringhio rimbombò nel mio petto. «Così dannatamente sexy... cazzo, Red... cazzo... sei ogni ragazza che io abbia mai desiderato.»

Non sapevo nemmeno cosa stessi dicendo. Le parole erano un mormorio incoerente. La logica aveva abbandonato il mio cervello. Ero privo di ogni pensiero razionale quando spostai la mia attenzione sul tatuaggio sul suo petto e sull'altra tetta. Leccai la curva superiore del suo seno prima di catturare il capezzolo nella mia bocca.

Le sue unghie mi graffiarono la schiena e i suoi fianchi premettero contro i miei.

Supplicandomi.

Quando non riuscii a resistere un secondo di più, scesi dal letto e mi sbottonai i pantaloni, spogliandomi fino a rimanere in mutande mentre guardavo Red che si contorceva sul letto, le sopracciglia corrugate e le mani strette intorno al lenzuolo sotto di lei.

Sapevo di essere a cinque secondi dal far esplodere quel fascio di fuochi d'artificio che sfrigolava e bruciava.

Strisciai di nuovo verso di lei e mi inginocchiai tra le sue gambe. Stavano tremando. Fremendo di desiderio e lussuria. La afferrai per le ginocchia, la sua pelle bollente e arrossata sotto il mio tocco, e così deliziosa da farmi venire l'acquolina in bocca. Le mie mani scivolarono giù e le mie dita tracciarono il serpente e la mela sulla parte esterna della sua coscia sinistra mentre guardavo i suoi occhi blu accendersi di piacere.

A quel contatto, lei emise un gridolino.

Il suono mi fece eccitare ulteriormente. Mi sporsi in avanti e mi chinai oltre la sua gamba in modo da potermi abbassare e assaggiare quel tatuaggio. Feci scivolare la lingua sulle linee del disegno, sulla sua pelle. Continuai a muovermi, tracciando una scia sulla parte superiore e interna della coscia. Succhiai la tenera pelle del suo inguine mentre afferravo tra le mani quelle mutandine striminzite all'altezza dei fianchi.

Dovevano sparire.

Cominciai a sfilargliele.

Red gemette di nuovo, ma stavolta c'era qualcosa in quel suono che inviò un brivido di disagio lungo il mio corpo. Le sue gambe si serrarono intorno ai miei fianchi.

Non per tenermi vicino.

Ma per tenermi alla larga.

Stavano tremando. Quasi quanto le sue braccia tese lungo i fianchi.

Alzai la testa di scatto per guardarla in viso.

«Red» sussurrai con urgenza. Alla vista della sua espressione, balzai all'indietro come se avessi immerso le dita tra le fiamme.

Panico totale.

I suoi occhi erano sgranati e fissi sul soffitto. Ma in qualche modo sapevo che non era davvero qui. Non con me. Non più. Il suo corpo era rigido e le lacrime scorrevano incontrollate dagli angoli dei suoi occhi, riversandosi nei suoi capelli.

Stavolta, quando gemette, suonò più come un singhiozzo.

«Red» sussurrai di nuovo. Un sussurro molto simile a una supplica, perché avrei supplicato se fosse servito a riportarla indietro dal posto in cui era andata.

Il mio cuore batteva forte. Cazzo. Ero così fuori dal mio elemento che non avevo la benché minima idea di cosa fare. Arretrai abbastanza da darle spazio.

Da farla respirare.

Ma c'era una parte di me che non mi permetteva di allontanarmi troppo. Nonostante l'avvertimento nella mia testa mi ruggiva di scappare. Era la parte che mi incitava a confortarla. Calmarla. A cancellare il suo dolore.

Una parte incasinata che si contorse e si stritolò nel vederla in questo stato.

Quando era completamente vulnerabile ed esposta.

Angelo.

Innocente.

Rotolò su un fianco e sollevò le ginocchia in maniera protettiva contro il petto. La sua testa continuò a sprofondare nel cuscino.

Il suo corpo tremò e rabbrividì, scosso da singhiozzi che divennero sempre più forti mentre si raggomitolava su sé stessa. Come se avesse dato qualsiasi cosa pur di scomparire.

Ancora una volta, il mio cuore si serrò nel petto. Dolorosamente. Così forte che non riuscivo a respirare. Come se questa *cosa* – simile a un mostro dentro di me – mi stesse soffocando. Un disumano istinto di protezione che non potevo permettermi di sentire. La rabbia prese a bollire lentamente sotto la superficie della mia pelle.

Scappa. Va' via. Va' via. Va' via. Non puoi fare questo.

Impotente, scesi dal letto e perlustrai con lo sguardo la sua stanza. In cerca di cosa, non lo sapevo.

Una risposta.

O forse un nome.

Sì.

Un fottuto nome. Perché ero abbastanza sicuro di dover uccidere qualcuno. Di dover dare la caccia a chiunque le avesse fatto del male.

Riportai lo sguardo sulla ragazza distesa sul letto mezza nuda che tremava come se fosse stata lasciata a morire nella neve. Afferrai una coperta e la coprii.

«Red» mormorai. Con cautela, passai le dita tra i suoi capelli.

Lei sussultò ma non si spaventò com'era successo prima.

«Red, piccola. Red, sono io... sono Lyrik. Non ti farò del male... lo prometto, non ti farò del male» continuai a mormorare mentre la prendevo tra le braccia.

Oltrepassando un altro limite.

La portai verso la poltrona imbottita situata in un angolo della stanza e la sistemai sul mio grembo.

Lei continuò a piangere e tremare tra le mie braccia.

«Red.» Sfregai le mani su e giù lungo la sua schiena. Cullandola. Tranquillizzandola. Qualsiasi cosa pur di cancellare la sua sofferenza.

Pur di farla stare meglio.

Cazzo. Perché non mi aveva semplicemente detto di no?

L'avevo implorata di farlo.

In quel caso, nessuno di noi si sarebbe trovato qui. Proprio dove non saremmo dovuti essere.

«Mi dispiace tanto.» La sua voce era un roco bisbiglio. Così disperato e flebile che lo sentii scuotermi le ossa. Seppellì il viso nel mio petto e si aggrappò a me come se fossi la sua ancora di salvezza dall'oscurità. La stronza e sfacciata ragazza che serviva drink in un pub era scomparsa. «Mi dispiace tanto.»

Le massaggiai la schiena e premetti piccoli baci sulla sua testa, sussurrandole tra i capelli: «Shh... non scusarti. Non hai nulla di cui scusarti. Nulla. Sei al sicuro. Sei al sicuro.»

«Lyrik.» La sua voce era intrisa di dolore. Tormento. Rimpianto.

«Shh... piccola... Ci sono io con te... Non lascerò che ti accada nulla.»

Feci una smorfia appena quelle parole uscirono dalla mia bocca.

Alzai lo sguardo verso il soffitto e serrai gli occhi.

In che cazzo mi ero cacciato?

«Lo prometti?» sussurrò come se fosse una bambina spaventata.

«Lo prometto.»

Era una bugia.

La verità era che non ero capace di tenere nessuno al sicuro.

Perché i tipi come me?

Causavano soltanto distruzione.

Sentii andare tutto in pezzi dentro di me mentre la tenevo tra le braccia. La tenni stretta finché i suoi piagnucolii si affievolirono e il suo corpo teso finalmente si rilassò. E per tutto il tempo, il mio corpo minacciò di spezzarsi.

Quando fui certo che si fosse addormentata, la riportai delicatamente sul letto. Attento a non svegliarla, la sistemai, ancora avvolta nella coperta, al centro del materasso. Un gemito fuoriuscì dalle sue labbra rosse quando si voltò su un lato. La chioma dei suoi capelli rossi si sparpagliò dietro di lei.

Passai le dita tra quelle ciocche e la rabbia ribollì in me.

Inarrestabile.

Che cazzo avrei fatto ora?

8

TAMAR

Non riuscivo a tenere le mani ferme. Il vetro tintinnò quando cercai di afferrare due boccali dalla rastrelliera di ferro sospesa sopra il bancone del bar. Tirai un respiro profondo, nel vano tentativo di calmare il mio cuore, la mia mente e le mie mani. Servì solo ad agitarmi di più.

Avrei dovuto darmi per malata.

Sarei dovuta restare rannicchiata a letto tutto il giorno. Proprio come mi ero ritrovata stamattina quando mi ero svegliata da sola nel mio letto con indosso nient'altro che le mutandine.

O forse avrei dovuto impacchettare tutte le mie cose, gettarle nel bagagliaio dell'auto e scappare.

Il mio cuore pulsò in maniera lancinante. *Quello era esattamente ciò che avrei dovuto fare.* Lo sapevo. Non potevo restare qui ancora per molto. In questo posto che era diventato la mia casa. Dove avevo degli amici. Persone che tenevano a me. Quelle che erano diventate la mia famiglia.

Questo era il problema. Stava diventando troppo difficile ed io mi stavo facendo coinvolgere troppo. Ma non volevo andarmene. Non volevo ricominciare tutto da capo. Non riuscivo a immaginare di fare spazio a una solitudine maggiore del vuoto in cui già annegavo.

Perché, dopo tutto questo tempo, avevo ceduto?

Soprattutto, perché mi ero arresa a *lui*?

Un tumulto di emozioni infuriavano dentro di me come una rovente tempesta di fuoco. Il mio ventre era in fiamme per via delle carezze di Lyrik. Per il modo in cui mi aveva fatto sentire. Quel caos era alimentato ulteriormente dalla mia patetica reazione di ieri sera. Non mi sarei mai aspettata una cosa simile. Ma mi ero lasciata andare. Mi ero concessa di perdermi nelle sensazioni, nel suo tocco e nelle sue parole fameliche.

In tutto ciò che avevo voluto e che mi ero negata negli ultimi quattro anni.

Mi ero persa in Lyrik prima di perdermi nei recessi della mia mente. Negli angoli bui che volevo fingere non esistessero.

Mi concentrai sul fare entrare e uscire l'aria dai miei polmoni mentre riempivo i boccali di birra alla spina.

Luci stroboscopiche illuminavano il palco. Il resto del locale era immerso nella penombra e vibrante di energia. Solitamente, questo era esattamente il tipo d'atmosfera che mi galvanizzava.

Non stasera.

La band che suonava sul palco era chiassosa e grintosa. Ogni parola cantata dal cantante mi graffiava le orecchie. Ogni accordo della chitarra sembrava uno stridio di unghie che scivolavano sulla mia schiena. Il mio intero essere era nervoso, ansioso e di malumore. La mia concentrazione pari a zero.

La schiuma traboccò oltre il bordo dei boccali.

«Merda» sibilai, mettendo da parte le birre. Frustrata, afferrai uno strofinaccio e, aggressivamente, asciugai il casino che avevo combinato.

«Pensi di riuscire a portarmi quella birra, o non sei neppure capace di svolgere quel semplice compito?» Quell'offesa mi giunse di lato.

Stasera non ero in vena di sopportare cazzate.

Socchiudendo gli occhi, afferrai le birre e spostai la mia attenzione sull'idiota seduto all'estremità del bancone. Un tizio che probabilmente era sulla trentina. Attraente. Chiaramente, quello era l'unico pregio che aveva.

Mi rivolse un sorriso mieloso e beffardo. «È davvero così difficile? Se hai bisogno di aiuto, devi solo chiedere. Sono davvero *bravo* con le mani.»

Insultarmi e cercare di rimorchiarmi nello stesso istante. Che stronzo.

Il mio labbro superiore si arricciò. «Penso di esserne perfettamente capace, grazie tante» ribattei con tutta la compostezza che riuscii a racimolare, facendo del mio meglio per mantenere il controllo quando l'unica cosa che volevo fare era sfogare l'ostilità che mi ribolliva dentro su questo stronzo. Con un sogghigno, passai le birre a lui e al suo amico e piegai la testa di lato. «Soddisfatto?»

Lui inarcò un sopracciglio e parlò con voce melliflua. «Neanche lontanamente. Perché non troviamo un angolino buio così che puoi farti perdonare?»

Quasi mi avesse colpito, impallidii e feci un passo tremante all'indietro.

«Oh, suvvia... guardati... non fare la ritrosa. Sai per cosa vai bene. Vuoi che paghi?» I suoi occhi luccicarono di lussuria, come se fossi lì soltanto per il suo divertimento. «Mi va bene comunque.»

Quelle fiamme ruggirono, quella tempesta vorticò, vorticò e vorticò. O forse era la stanza.

Stavo tremando, cercando di recuperare il respiro che avevo perduto. Il mio petto venne stretto in una morsa e l'oscurità minacciò di offuscarmi la vista. Mi sentivo intrappolata da qualche parte tra quella vulnerabile, stupida ragazza che non volevo essere mai più, e la stronza che voleva prendersela col mondo intero. Balzare sul bancone e squarciare la gola di questo tizio. Fargliela *pagare*.

D'istinto, la mia mano si chiuse intorno al collo di una grossa bottiglia di Jack.

Sentii un solido braccio circondarmi la vita e tirarmi indietro. «Ehi, ehi. Buona, dolcezza» disse una voce in tono calmante al mio orecchio.

Charlie.

Mi accasciai con la schiena contro il suo petto, riprendendo fiato con un rantolo.

«Su, su, calma» mormorò mentre mi trascinava via. Mi fece uscire da dietro il bancone e mi condusse attraverso la porta a vento che dava in cucina. Sulla sinistra c'era un vecchio ufficio malandato, illuminato dalla fioca luce di una singola lampada situata sulla scrivania al centro del pavimento. Charlie chiuse la porta dietro di noi dopo avermi condotto nella quiete della stanza.

Poggiando le mani sulle mie braccia, mi voltò verso di lui. Sussultai quando vidi la sua espressione. La sua bocca era imbronciata, i suoi gentili occhi marroni colmi di preoccupazione e completamente privi della solita serenità.

Corrugò le sopracciglia. «Ehi» disse in tono pacato. «Stai bene, dolcezza? Che ti succede stasera? Accidenti, stavi quasi per cavare gli occhi a quel tizio.»

Sbuffai, benché il suono venne fuori tremante. «Se lo sarebbe meritato.»

«Non ne dubito. Ho già detto a Nathan di occuparsene. È stato buttato fuori. Non voglio che una feccia del genere insudici il mio locale.»

Mi diede una stretta alle braccia. «Ma tu ed io sappiamo bene che hai a che fare con gentaglia simile ogni sera. Normalmente, gestisci la cosa senza che ti si arruffino quelle piccole e graziose penne, ma stasera sei agitata quanto la vecchia lavatrice di mia mamma.»

Mi passai una mano tremolante tra i capelli e abbassai gli occhi sul pavimento, emettendo un soffio d'aria tra le labbra increspate. Con riluttanza, riportai lo sguardo su di lui. «Scusa, Charlie. Non sono proprio al massimo della forma stasera.»

Un sorriso tenero apparve sul suo viso e la sua voce si tinse di sincerità. «Non mi aspetto che tu lo sia sempre, tesoro. Capita a tutti di avere una giornata no di tanto in tanto.»

La sua fronte si increspò. «Ma non penso di averti mai visto così smarrita dal giorno in cui hai varcato barcollando la soglia del *Charlie's* per la prima volta. E, diamine, quel giorno mi hai quasi spezzato il cuore. Dimmi cos'è stato a riportare quello sguardo tormentato sul tuo dolce viso.»

Dolce?

Era questo ciò che vedeva quando mi guardava?

Lentamente, scossi la testa e deglutii nonostante il groppo che avevo in gola. Cercai di far riaffiorare quel sorrisetto che adoravo indossare, ma non ci riuscii proprio. Invece, il mio labbro inferiore tremò. «Non è niente.»

«Non mentirmi. Ti conosco troppo bene.» Socchiuse gli occhi. «Per caso c'entra il matrimonio di Shea e Sebastian di ieri sera? Sapevo che sarebbe stato difficile per te.»

Lo sapeva?

Come?

Quest'uomo riusciva a leggermi dentro?

Un suono frustrato sfuggì dalle mie labbra, e mi passai nervosamente una mano tra i capelli. «No, non si tratta di questo.»

Era tutto ciò che lo circondava. La serata di svago. Il mettermi in gioco. Il pericoloso ragazzo che sembrava aver trascinato con sé il mostruoso carico del mio bagaglio emotivo.

«Eri bellissima, dolcezza» disse Charlie, tentando di risollevarmi il morale. «Davvero splendida.»

Piegò leggermente la testa di lato. «Spero che un giorno mi permetterai di accompagnarti lungo la navata, proprio come la mia Shea Bear mi ha concesso l'onore di fare ieri.»

Sapevo che stava scavando, cercando di arrivare al cuore della mia *essenza*. Proprio come aveva sempre fatto. Mi sforzai di indossare la mia solita maschera nello stesso istante in cui un dolore lancinante mi serrò il petto.

Il tono di Charlie era paterno. Premuroso. Speranzoso per il mio futuro.

Papà.

I ricordi mi investirono. Ero troppo debole e scossa per fermarli.

Charlie non sapeva nemmeno che mio padre esistesse. Pensava che i miei genitori fossero scomparsi. Morti. Che fossi sola. Avevo mentito a quest'uomo altruista e generoso che si era sempre preoccupato per me, pensando che fosse l'unico modo per proteggermi.

E continuavo a farlo perché non sapevo fare altrimenti.

Quella vuota solitudine che irradiava da dentro di me era peggiore di quanto fosse stata negli ultimi quattro anni. Forse in tutti e quattro messi insieme. Sembrava che si stesse insinuando in me come un fantasma smarrito in cerca di una casa, stabilendosi in maniera opprimente nella mia anima.

Perché sentivo che questa vita di finzione stava volgendo al termine.

Mi spiaccicai un sorriso canzonatorio sulle labbra dagli angoli tremolanti. Chiaramente, era fraudolento quanto le parole deboli e impetuose che pronunciai. «Non ci contare troppo, vecchietto. Sappiamo entrambi che non succederà. Questa ragazza se la cava benissimo da sola.»

Lui sollevò il mento. Il sorrisetto sulla sua bocca era genuino e perspicace. «Chi credi di prendere in giro, dolcezza? Perché di sicuro a me non mi inganni.»

«Charlie...»

«Non pensare neppure per un secondo che non ti veda, Tamar King. Che non riconosca la solitudine quando la vedo. Convivo con essa da fin troppo tempo.»

Oddio.

«Chi è solo riconosce chi è solo, non lo sai?»

Cercai di parlare nonostante il nodo che mi ostruiva la gola. Sviando, ostacolando e fingendo che quello che diceva non mi travolgesse come una frana.

«Non so quante volte ho visto le donne accorrere qui solo per vedere te, Charlie. E anche piuttosto carine» dissi, cercando di apparire disinvolta e consapevole di fallire miseramente.

Lui fece un mesto sorriso. «Ma nessuna di loro sarà mai la mia Sadie.»

Le sue parole mi trafissero il petto.

«Non spezzarmi il cuore, vecchietto.» Venne fuori come una supplica scherzosa e ansimante.

I suoi occhi marrone si addolcirono. «A me sembra che sia già spezzato.»

Trasalii.

«Non ti azzardare» mi avvertì, avvolgendomi la guancia nel

grosso palmo della sua mano.

«Cosa?»

«A scappare. Non continuare a fuggire da qualsiasi cosa tu stia fuggendo.»

Rapidamente, scossi la testa. «Non sono sicura di sapere come rimanere.»

Dolcemente, si chinò in avanti e mi diede un bacio sulla tempia, prima di voltarsi e avviarsi alla porta. Dopo averla aperta, si fermò e mi guardò da sopra la spalla. «Continua a fuggire e quello da cui stai fuggendo continuerà a inseguirti. L'unico modo per evitarlo è voltarti e prenderlo per le corna.»

La paura mi percorse il corpo. Non potevo. Non ero pronta. E dopo la scorsa notte, non ero certa che lo sarei mai stata.

Sbattei le palpebre mentre le immagini balenavano nella mia mente.

Lyrik che mi baciava la coscia.

Troppo vicino.

Troppo intenso.

Agitata.

Terrorizzata.

Divorante oscurità.

Deglutii per mandare giù gli ultimi residui di paura.

Sarebbe sempre stato così?

Quando Charlie si chiuse la porta alle spalle, un brusco respiro fuoriuscì dalle mie labbra. Mi voltai e mi accasciai in avanti, avvolgendo le braccia intorno alla mia vita.

Come se potessi difendermi da quel tumulto di emozioni.

Ma stavo cominciando a rendermi conto che gli scudi non facevano nulla per proteggermi. Mi davano soltanto un falso senso di sicurezza. Ed io stavo crollando sotto di essi.

La porta si spalancò di nuovo.

«Charlie» sussurrai senza girarmi. «Non posso...»

Mi venne la pelle d'oca appena la consapevolezza si abbatté su di me.

Con un sussulto, mi voltai. La mia bocca si spalancò e arretrai goffamente.

Lyrik era in piedi sulla soglia con la mano sul pomello. Onde d'urto vibrarono nell'aria, e la sua intensa e vigorosa energia divampò. Assalendomi, colpendomi e togliendomi il fiato. Quelle fiamme che si era lasciato dietro ripresero vita, facendomi ardere di rammarico, paura e una scarica di sgradito sollievo.

No.

Quell'oscuro, minaccioso ragazzo si ergeva come un'ombra sotto la luce soffusa, il suo volto un insieme di linee dure e angoli smussati. Anche da quella distanza, potevo vedere i suoi occhi di ossidiana bruciare. In essi, percepivo un senso di resistenza, come se stesse combattendo la mia stessa battaglia e nessuno di noi due sapesse da che parte avrebbe dovuto schierarsi.

Volevo gridargli di andarsene e, allo stesso tempo, supplicarlo di restare.

Fui attraversata da un brivido di umiliazione. Dio, non riuscivo a sopportare il modo in cui mi ero aggrappata a lui. Implorandolo di sistemare ogni cosa come una debole ragazzina.

Avevo rovinato tutto.

Feci un passo indietro, la mia voce calma ma risoluta. «Per favore, va' via.»

Venni colta dal panico quando, ovviamente, lui non mi ascoltò. Al contrario, entrò nell'ufficio e chiuse la porta dietro di sé. Sembrava che stesse cavalcando su un vortice di rabbia, a giudicare dalla mascella serrata e dai muscoli tesi e rigidi. Il clic della serratura che scattava risuonò nell'aria carica di tensione.

«Sai che non succederà. Non ora. Non dopo ieri sera.»

I miei piedi fecero un passo incerto all'indietro quando lui cominciò ad avanzare.

Mi aveva lasciata ad un certo punto nel cuore della notte. Avevo creduto che forse ne avesse avuto abbastanza. Che mi avrebbe lasciato in pace. E Lyrik West che mi lasciava in pace era l'unica cosa di cui avevo bisogno e l'ultima cosa che volevo.

Schiacciai le mani contro il muro dietro di me che bloccava la mia fuga. La terra tremava sotto i miei piedi ad ogni passo in avanti che lui faceva. Un alone di oscurità lo circondava, e la sua potenza vibrava nell'aria.

Il fremito prima dell'esplosione.

Quella sensazione aumentò man mano che si avvicinava, sempre di più, finché non mi mise di nuovo con le spalle al muro. Ero in trappola. Respiravo i suoi respiri e sentivo il rapido battito del suo cuore.

Cercai di tenere lo sguardo abbassato. Di nascondermi ancora, nonostante avesse già assistito ad ogni singola cosa che non avevo voluto che vedesse. Ma non potevo oppormi mentre torreggiava sopra di me, senza dire una parola. Come se stesse estorcendo dal mio silenzio qualsiasi risposta cercasse.

Quando non riuscii a resistere oltre, sollevai la testa. Il mio sguardo si intrecciò al suo. Odio. Nei suoi occhi scuri ed espressivi potevo scorgere un odio incommensurabile.

Ma non era diretto a me.

Perché esprimevano anche un senso di protezione.

In qualche modo, riuscì a cancellare un altro centimetro tra di noi. Accerchiandomi completamente. La sua voce era roca quando parlò. «Qualcuno ti ha fatto del male?»

Sussultai da capo a piedi, e girai la testa di lato. La sua mano si posò sul mio mento, il suo tocco gentile mentre tutto il resto che lo pervadeva era duro.

«Ti prego.» Chiusi gli occhi con forza quando mi costrinse a sollevare la testa.

«Red.» Il modo in cui lo pronunciò mi trafisse come una lama cocente. E quel dolore mi obbligò ad arrendermi.

«Non tagliarmi fuori» mormorò, carezzando con il pollice il mio labbro inferiore tremante. «Pensi di poter fingere che ieri notte non sia accaduto nulla? Anche se tu puoi, io non posso.»

Proruppi in una risata amara e spalancai gli occhi prima di dare sfogo all'amarezza che provavo. «Sono anni che fingo.»

«Quanti?» sussurrò con quella stessa voce che mi tormentava notte dopo notte. «Quanti anni sono che fingi? Quanti anni sono passati da quando hai permesso a un uomo di toccarti?»

Emisi un gemito.

«Quanti?» insistette.

«Quattro.»

Non riuscii a trattenere quella parola. Era come se lui me

l'avesse tirata fuori con la forza.

Osservai il movimento della sua gola quando deglutì rumorosamente. Spostò lo sguardo di lato, quasi sentisse il bisogno di riprendersi, prima di riportarlo su di me. Qualcosa di simile alla disperazione impregnava le sue parole intense. «Lo volevi? Stare con me?»

La mia risposta venne fuori come un rantolo stridulo quando infine mi costrinsi a pronunciarla. «Sì.»

La cosa inquietante era quanto intensamente l'avessi desiderato.

«Lo vuoi ancora?»

Forse vide la risposta nei miei occhi, nel modo in cui le mie labbra si schiusero e un respiro anelante fuoriuscì da esse. Perché, in un lampo, la sua bocca si abbatté sulla mia, e le sue grandi mani mi circondarono il collo, fino a carezzarmi la nuca con le dita.

Possessivo.

Lo shock morì sulla mia lingua quando lui la leccò in una danza dominante. L'energia scosse l'aria, quel brivido per cui avevo vissuto prese a correre libero e veloce, percorrendomi la pelle e accendendo ogni mia terminazione nervosa.

Mugolai di piacere e strinsi i suoi capelli tra le dita. «Lyrik.»

«Dimmelo» mormorò contro le mie labbra. «Dimmi che lo vuoi ancora.»

«Sì.»

Quella fu l'unica risposta di cui ebbe bisogno.

Mi baciò come se non fossi la fragile, spezzata ragazza che era crollata tra le sue braccia ieri notte.

Un pezzetto di me si innamorò di lui. Proprio in quel momento. Proprio lì.

Parlò tra un bacio e l'altro con voce arrochita. «Resterò qui per i prossimi due mesi. Permettimi di trascorrerli cancellando ogni ricordo di quel bastardo da ogni centimetro di te. Finché lui non esisterà più e io sarò l'unica cosa che conosci.»

Un respiro brusco uscì dalle mie labbra, e il mio cuore prese a battere così forte che potevo sentirlo rimbombarmi nelle orecchie, questo costante bum bum bum che correva per stare al passo con i miei rapidi pensieri.

Perché c'erano ferite talmente profonde che non potevano mai essere cancellate. Ma Dio, volevo che lui ci provasse. Che cancellasse parte di questa acuta solitudine. Che saziasse parte di questa inesorabile attrazione.

Tutto ciò che volevo era sentire, toccare ed essere toccata. Amare ed essere amata.

Ma non ero una stupida. Lyrik non mi avrebbe *amata*. Non nel modo in cui avevo bisogno di essere amata.

Ritraendosi di pochissimi centimetri, mi avvolse la mascella tra le mani. I suoi occhi scrutarono il mio viso. «Ok? Andremo con tutta la calma o la fretta che vuoi tu.» Mi diede una lieve stretta. «Se non vuoi, basta che tu dica di no.»

Mi umettai le labbra secche con la lingua, e le parole roche e imploranti vennero fuori prima che potessi fermarle. «E se facesse male... quando te ne andrai?»

Santo cielo. Doveva trovarmi patetica.

L'oscurità balenò nei suoi occhi che tramontarono come il sole, e un angolo della sua bocca deliziosa si sollevò in un mezzo sorrisetto che mi lacerò le viscere. Perché racchiudeva ogni forma di tristezza.

«Piccola, ti assicuro che non ne valgo la pena.»

«Siamo una pessima idea» mormorai in un ultimo disperato tentativo di fargli ritrovare il buon senso che nessuno di noi due sembrava essere in grado di trovare, desiderando di poterlo allontanare nonostante continuassi ad avvicinarmi a lui.

Andando sempre più a fondo.

Le nostre voci diventavano più sommesse ad ogni parola che pronunciavamo, mentre la tensione aumentava. Rendendo l'aria più densa. I nostri respiri erano ansimanti e i nostri corpi tesi.

«Sì. Una pessima, pessima idea» disse. «Tutti questi mesi in cui mi hai respinto? Avevi ragione... su tutto ciò che hai detto. Sono marcio fino al midollo. E cazzo... so che dovrei starti alla larga... ci ho provato tutto il fottuto giorno. Mi sono detto e ridetto di lasciarti in pace. Di lasciarti perdere. Invece, eccomi qui. Te l'ho detto ieri sera... non posso smettere di pensare a te.

Non riesco a smettere di volerti. E non posso smettere di pensare che forse potresti aver bisogno di me tanto intensamente quanto io ho bisogno di te.»

Alzò la mano e mi sfiorò la guancia con una nocca, prima di sollevarmi il viso verso di lui. Non sussultai, mi limitai a guardare con occhi sgranati questo bellissimo, oscuro e minaccioso ragazzo che non sembrava così minaccioso dopotutto.

Sembravamo essere impostati su pausa. Indecisi su quale direzione prendere. Se premere il tasto riavvolgimento, avanti veloce o cancella.

«Non ti credo» sussurrai infine, così piano da essere a malapena udibile. Allungai la mano e afferrai il colletto della sua maglietta, scoprendo maggiormente l'inchiostro che ricopriva il suo petto forte e che risaliva su per il collo.

Tremai, desiderando di toccare, assaggiare ed esplorare. Di sentirmi, per pochi attimi, come la vecchia me stessa. Quello era il problema con Lyrik West. Riportava in vita quella coraggiosa ragazza. Ma non ero più sicura di chi lei fosse. «Penso che, sotto sotto, tu sia un po' perfetto.»

Potei quasi sentire il suo battito cardiaco accelerare. «Credimi, più a fondo vai e più diventa brutto.»

Sembrava quasi che fosse il suo ultimo avvertimento.

«Buffo, perché più vedo, più mi piace quello che vedo.»

Un piccolo sorriso curvò un angolo della sua bocca. Cambiò posizione e mi cinse la vita con un braccio, attirandomi contro il suo corpo duro, caldo e pericoloso, e posando dolcemente l'altro palmo sulla mia guancia.

«*Blue*» sussurrò.

Blue.

Arricciai il naso, confusa.

Lui sorrise maggiormente e passò le dita tra i miei capelli. «Selvaggia, maliziosa *Red* e dolce, bellissima *Blue*.»

Oh.

Merda.

Sì. Un po' troppo perfetto. E sbagliato in ogni senso.

Mordicchiandomi il labbro inferiore, emisi una debole risata. Come se potessi volare via dalla pesantezza di questo mondo, purché fossi rimasta al sicuro tra le sue braccia. «Mi stai accusando di essere bipolare?» scherzai, i miei piedi che toccavano a malapena il suolo instabile.

Lyrik rise, un suono gutturale che sentii fin nella pancia. «Tutto ciò di cui ti sto accusando è di essere ogni singola cosa che mi piace. Brusca, dura e sarcastica. Dolce e tenera. Una sexy contraddizione che voglio decifrare, poco alla volta.»

Le mie viscere tremarono. «Adesso sei solo in cerca di guai, rockstar.»

Lui avvicinò la bocca al mio orecchio. «E non vedo l'ora di annegarci dentro.»

La lussuria si accumulò nel mio ventre e strinsi Lyrik più forte.

La verità era che lo volevo anch'io. Volevo conoscere quest'uomo sconcertante e irritante. Dentro e fuori. Mente, corpo e anima.

Me lo avrebbe permesso?

«È una follia» dissi.

«Probabile.»

Un sorriso tremulo spuntò sulla mia bocca mentre lo guardavo. «Non sono nemmeno sicura che tu mi piaccia.»

Lui scoppiò in una fragorosa risata. «Certo che ti piaccio. Almeno un pochino.»

Mi sfiorò le labbra con le sue. Avevo ragione. Erano deliziose come quella maledetta mela.

Addolcendosi, mi carezzò la guancia col pollice. «Sei così dannatamente bella. Mi fai perdere la testa.»

No, ero *io* che stavo *perdendo la testa*. Perché non c'era alcun dubbio. Dovevo essere pazza. Completamente, totalmente pazza.

Perché ero più furba di così. Più forte di così. Avevo ricostruito il mio mondo per diventare chi volevo essere.

E con un solo tocco, Lyrik l'aveva fatto crollare.

Raddrizzando la schiena, misi un po' di spazio tra di noi, sentendo il bisogno di un attimo di respiro per cercare di dare un senso a questa complicata situazione. «Come funziona?»

Lui fece spallucce. «Come vogliamo noi.» Il mio sorriso preferito si fece strada sulla sua bocca. Quello letale. Quello che poteva distruggere intere ignare città. *Conquistarti* in un battibaleno. «Penso che dovremmo cominciare con te, che torni vicino a me così che possa divorarti di baci. Adesso che ho cominciato, non sono sicuro di volermi fermare.»

Socchiusi gli occhi fino a farli diventare due fessure. «Solo tu ed io? Perché te lo puoi scordare che io resti nel mio appartamento a guardare una sfilza di ragazze provocanti uscire dalla porta di casa tua ogni mattina.»

Una risatina, bassa e soddisfatta, rimbombò nel suo petto. Mi si avvicinò, stringendomi il fianco con una mano. «Eccola qui... *Red*.» Si chinò verso di me, la sua espressione carica di sincerità. «Ho sbagliato, Blue, a farti una simile bastardata. A sbatterti in faccia qualcosa che non meritavi di vedere. Due mesi... solo tu ed io. E ti prometto... che sarai l'unica ragazza che porterò nel mio letto.»

E poi Lyrik mi baciò.

Mi baciò come se non volesse più smettere.

Suppongo che avessi davvero perso la testa.

Il cuore distorto inciso tra i miei seni pulsò.

Custodisci il tuo cuore.

Custodisci il tuo cuore.

Perché temevo che questo ragazzo potesse essere colui in grado di rubarmelo.

9

LYRIK

Scivolai sull'appartato divanetto a forma di ferro di cavallo dov'erano i miei compagni. Ash sedeva di fronte a me, mentre Zee era situato nel mezzo. I suoi occhi guizzarono tra me e Ash.

Comprendevo perché avesse i nervi così tesi.

Zee era l'irreprensibile del gruppo. Non c'era alcun briciolo di malignità nel suo corpo onesto. Certe volte, desideravo che non si fosse fatto avanti per prendere il posto di suo fratello. Mark si era cacciato nei guai, immischiandosi così profondamente nella corruzione che avvolgeva la nostra vita che alla fine ci aveva rimesso la pelle.

Quando Mark era morto due anni fa, Zee aveva preso il suo posto come batterista. Voleva che l'eredità di suo fratello continuasse a vivere attraverso lui. Lo capivo benissimo. Ciò non significava che mi andasse bene che vedesse la merda orrenda che caratterizzava il nostro mondo. Che questo ragazzo venisse contaminato da essa. Non quando sentivo che era un po' una nostra responsabilità.

«Sta bene?» chiese Ash con un gesto rigido del mento. Le

luci stroboscopiche del palco illuminavano a malapena le linee dure del suo viso. Di solito, Ash era un tipo scanzonato come pochi. Noncurante. Tutto era un fottuto gioco per lui. Finché lo scherzo non era più divertente.

«Sì, sta bene.» Mandai giù parte della violenza che mi ruggiva ancora nelle vene. In cerca di una valvola di sfogo. Perché, ad essere onesto, non ero certo che stesse davvero bene. «Quel pezzo di merda ha ricevuto la lezione che si merita?»

Ash agitò la mano destra, chiudendola ripetutamente a pugno. «Sì, fratello. Me ne sono occupato personalmente. Non penso che vedremo quella testa di cazzo bighellonare al *Charlie's* tanto presto.»

Annuii rigidamente, perché avrei voluto essere io a picchiare a sangue quello stronzo. Ma Ash mi conosceva abbastanza bene da sapere quando dovevo essere messo in panchina. Capiva subito quando stavo per uscire fuori di testa e le cose sarebbero degenerate.

Ieri sera, dopo aver lasciato Tamar ed essere tornato al mio appartamento, mi ero girato e rigirato nel letto per tutta la fottuta notte. Preoccupato per lei quando non avevo il diritto di esserlo. Lottando contro lo stramaledetto e travolgente impulso di rintracciare il bastardo che l'aveva ferita ed infliggergli lo stesso dolore che le aveva causato cento volte tanto.

Ciò contro cui avevo combattuto più duramente era stato il bisogno di tornare da lei e avvolgerla tra le mie braccia. Stringerla a me e alleviare il suo dolore.

Ed era stato proprio questo che mi aveva portato alla decisione di andarmene. Di voltarmi e non guardarmi più indietro. Proprio come avrei dovuto fare sin dal principio.

Non potevo permettermi di preoccuparmi.

Di *tenerci*.

Mi ero convinto che farmi coinvolgere dai suoi casini li avrebbe solo incasinati maggiormente.

L'avrei solo *sporcata di più*.

E sapevo, senza ombra di dubbio, che questa ragazza non aveva bisogno di questo. Né di nessuna parte del mio cuore lurido e nero.

Aveva bisogno delle cose belle che io non potevo darle.

Buffo come Ash non ci avesse impiegato molto a convincermi di venire al pub per un paio di drink. Soprattutto dopo che avevo trascorso l'intera giornata a guardare fuori dalla finestra per poterla vedere, anche solo di sfuggita. Per assicurarmi che stesse bene. Il senso di colpa mi aveva divorato come una malattia mangia-carne, perché non c'erano dubbi che fossi stato io a spingerla oltre il limite.

Avevo provato lo stupido impulso di scusarmi di nuovo.

Invece, avevo premuto la schiena contro il muro per nascondermi quando era uscita di casa, sembrando la cosa più bella che avessi mai visto. E tutto ciò che non potevo avere. Perciò mi ero di nuovo convinto di lasciarla stare.

Ovviamente, quella decisione era andata a farsi friggere appena io, Ash e Zee eravamo entrati nel *Charlie's*. Lei non mi aveva visto, ma io avevo colto la fine di ciò che le aveva detto quel figlio di puttana.

La cosa peggiore era che avevo visto l'espressione negli occhi di lui.

Come se lei fosse sporca e lui fosse pronto a *sporcarsi*.

Charlie era accorso da Tamar, perché ero piuttosto sicuro che lei stesse per perdere la calma, mentre Nathan, l'enorme e robusto barista che fungeva anche da buttafuori, aveva cominciato a trascinare lo stronzo fuori dalla porta.

Avevo visto *rosso*.

Era stato istantaneo. La fitta di rabbia che mi aveva trafitto come una freccia infuocata. Si era abbattuto su di me come un uragano. Il bisogno di proteggere questa ragazza. Il bisogno di ferire chiunque le facesse del male.

Ero corso dietro a Nathan.

Sapevo che erano i postumi della notte scorsa. Della sensazione di impotenza che provavo quando tutto ciò che volevo fare era rintracciare il bastardo che aveva instillato quella divorante paura in lei.

Nulla mi aveva preparato all'espressione di assoluto orrore – terrore – sul viso solitamente fiero e bellissimo di Red.

Ash era intervenuto, mettendosi in mezzo tra di noi e spingendomi da parte. Sapeva per esperienza che se avessi scatenato la mia furia, nulla sarebbe stato in grado di fermare la sua forza. Mi aveva detto di andare a controllare che la sua *Tam Tam* stesse bene mentre lui e Zee si occupavano di ciò che doveva essere fatto. Charlie mi aveva mostrato la giusta direzione senza fare storie.

Non sarebbe dovuta andare a finire con lei premuta contro il muro con le mie mani e la mia bocca sul suo seducente corpo, pronunciando parole che non avrei dovuto dire.

Ma nell'istante in cui l'avevo vista accasciata in avanti, quasi stesse facendo di tutto per reggersi in piedi? Non ero riuscito a impedirlo.

Sembrava che tenerla tra le braccia potesse essere una cosa giusta.

Come se magari avrei fatto qualcosa di *buono*.

Ok, volevo scoparla. Non intendevo mentire. Sapevo che una parte di me era soltanto avida. Desiderosa di qualcosa che non meritavo di avere. Ma forse due mesi le avrebbero dato più di quello. Forse le avrebbero ridato qualcosa che aveva perso. Magari, per una volta, sarei stato considerato un beneficio piuttosto che una macchia indelebile.

Osservai Zee, il cui ginocchio rimbalzava nervosamente e con abbastanza energia da illuminare la città.

«Stai bene?» gli chiesi.

Lui scrollò una spalla. «Se l'è cercata.»

Ash fece un cenno nella sua direzione. «Uno di questi giorni si butterà anche lui nella mischia.»

Zee fece un sorriso. «Mi sembra che tu te la sia cavata benissimo da solo.»

Ash scoppiò a ridere. «Il tizio era un pappamolle. Doveva solo essergli insegnato un po' di rispetto. Io e Nathan siamo stati più che felici di dargli una lezione. Sono piuttosto sicuro che la stia sentendo in tutti i posti giusti.»

«Grazie, amico» gli dissi.

«Puoi sempre contare su di me» rispose lui in tono serio, prima che un sorrisetto astuto spuntasse sul suo viso.

Grandioso.

Il mio sguardo scrutò il locale buio. La folla era eccitata, faceva del suo meglio per avvicinarsi al palco, mentre un'orda di gente si accalcava intorno al bar.

Tamar si era ricomposta ed era tornata dietro al bancone. Si passò le dita sulla camicetta per lisciarla, poi le fece scivolare tra i suoi selvaggi capelli rossi per cercare di domarli dopo che avevo trascorso gli ultimi quindici minuti ad arruffarli.

Lei mi colse a guardarla e l'accenno di un sorrisetto sexy curvò la sua dolce bocca. Ma c'era anche timidezza. Agitò una bottiglia di Jager nella mia direzione.

Vuoi?

Cazzo, sì, la *volevo* eccome.

Sollevai il mento in segno d'assenso.

Certo.

Ash schioccò la lingua. Ogni traccia di serietà era sparita. L'istigatore era tornato al suo posto. «Allora, sei corso dentro come un cavaliere dall'armatura scintillante e hai salvato la damigella in pericolo? Alquanto ironico, perché la mia Tam Tam non sembra proprio il tipo. A me pare che sia perfettamente capace di prendere a calci qualcuno.»

Questo perché non la conosceva.

Affatto.

E per qualche miracolo... io sì.

Scrollai le spalle, per nulla intenzionato a tradire la fiducia che Tamar aveva riposto in me ieri sera. «Abbiamo parlato. Sta bene. E sono sicuro che se la sarebbe cavata benissimo anche da sola.»

Ash inarcò un sopracciglio come se sospettasse qualcosa. Come se avesse fiutato il mio bluff e si stesse preparando a smascherarmi. «Sei sicuro che... avete solo parlato? Vuoi dirmi che diavolo è successo ieri sera? Tamar è sparita di punto in bianco, proprio quando la festa stava entrando nel vivo del divertimento.»

Il suo sorriso si allargò. «E anche tu. Dopo che entrambi sembravate sul punto di saltare oltre il tavolo e uccidervi a vicenda. E io che pensavo che avessi incontrato pane per i tuoi denti. Credevo avessi detto che non ti *piaceva*?»

Lo guardai torvo. «Non è come credi.»

«No?»

«No.»

«Allora com'è?»

Digrignai i denti. «È come sempre. Scopo e vado via. Niente di più semplice.»

Ma semplice non si avvicinava neanche lontanamente a descrivere ciò che *questo* era.

Ash lo sapeva bene quanto me. Sapeva che mi stavo comportando da stupido. Addentrandomi in un territorio che non mi apparteneva. Tutto in questa situazione sembrava miracolosamente giusto ed empiamente sbagliato.

Ash si rilassò contro lo schienale con espressione delusa. «Sei un'idiota.»

Piegandomi in avanti, inclinai la testa di lato e parlai a bassa voce. «Anche se volessi qualcosa di più, hai dimenticato chi sono? Cosa ho fatto?»

Lui sbuffò per la frustrazione. «So esattamente chi sei, amico mio. E non sei altro che uno stupido.»

Tamar scelse quel momento per uscire da dietro il bancone e venire verso di noi, vestita come la mia fantasia preferita. Camicetta bianca, pantaloni attillati in pelle nera e tacchi a spillo da tredici centimetri. Sollevò un tornado dietro di sé, facendo voltare ogni maledetta testa nella sua direzione mentre avanzava. Ogni uomo sbavava dalla voglia di avere un assaggio, ma lei aveva occhi solo per me.

Red.

Quel lato di lei era in pieno vigore.

Dannazione. Questa ragazza era un meraviglioso incubo.

Il mio petto si strinse come un pugno.

Forse avevo davvero incontrato pane per i miei denti.

Reggeva il vassoio in equilibrio su una mano, tutta fuoco e impertinenza mentre spostava lo sguardo su ognuno di noi tre. Posò mezzo bicchierino di Jager davanti a Zee. «Ecco a te, bello» disse.

Lui proruppe in una risatina tinta d'imbarazzo. «Stai cercando di farmi apparire una femminuccia? So di essere il più giovane del gruppo... ma sul serio, penso di poter reggere un cicchetto intero.» Aveva un sorriso a trentadue denti quando terminò di parlare.

«No.» Lei sorrise e gli fece l'occhiolino. «Semplicemente, so che sei più intelligente di questi due che sembrano pensare che sia una buona idea bere alcolici in quantità pari al loro peso, sera dopo sera.»

«Ahi!» Ash si batté una mano sul cuore. «Cosa stai insinuando, tesoro?»

Tamar piazzò un tumbler di fronte al lui, il bicchiere basso e leggermente svasato pieno di liquido quasi nero. «Non preoccuparti, lo sai che ti adoro.»

Ash le rivolse il suo miglior sorriso con le fossette. «Oh, Tam Tam, sei la ragazza dei miei sogni. Mi porti da bere senza bisogno che te lo chieda.»

«Ed è triplo» rispose lei.

«Sono innamorato. Forza, qualcuno mi porti un anello. Voglio mettermi in ginocchio e chiederle di sposarmi subito.»

Tamar rise e gli diede una spintarella alla spalla. «Risparmia il fiato, bello.»

Lui le afferrò la mano. «Dai, Tam Tam, faremmo magie insieme. Spettacolari quasi quanto le magie che faccio in studio di registrazione. Facciamolo.»

Ash mi lanciò uno sguardo con occhi sgranati, stuzzicandomi, mentre Zee mi guardò con un sorrisetto furbo. «Hai intenzione di startene lì seduto e permettergli di parlare della tua ragazza in quel modo?»

La *mia* ragazza?

Ma che cazzo...?

Stronzi. Tutti e due. Provocarmi come se avessi qualcosa da dare.

Entrambi erano così bravi a sottolineare ciò che non c'era.

Come se potessi mai essere degno di lei.

L'espressione di Tamar si addolcì quando si girò nella mia direzione. Il suo atteggiamento sembrò diventare timido. Si piegò in avanti e mi guardò da sotto le ciglia mentre faceva scivolare lentamente un drink verso di me. Era completamente diverso dagli altri.

Un liquido blu elettrico e brillante danzava tra le pareti di vetro del bicchiere.

Ipnotico.

Proprio come lei.

Al pensiero della *speciale* troia dai capelli rossi che mi aveva preparato, guardai il drink con diffidenza, benché, allo stesso tempo, l'eccitazione prese ad agitarsi nelle mie budella. «Cos'è?»

«È un angelo dagli occhi blu» sussurrò vicino al mio orecchio, così che solo io potessi sentirla. Il suo alito caldo mi solleticò il collo. Tutto il mio sangue affluì verso sud.

Blue.

E compresi. Mi stava offrendo un lato di sé che non permetteva a nessun altro di vedere.

Il lato innocente.

Il lato che era spezzato, tenero e puro.

E lo stava affidando a me.

Afferrai il bicchiere e mandai giù il drink.

Sì. I due stronzi avevano ragione. Almeno per un po', questa ragazza era mia.

10

TAMAR

Lanciai un'occhiata all'orologio.

Ancora cinque minuti. Ero agitata. Eccitata e nervosa, come se stessi per dare il bentornato a casa a un vecchio amico, e un pochettino impaurita.

In piedi davanti allo specchio a figura intera, osservai il mio aspetto, i jeans attillati e strappati al ginocchio, la maglietta nera aderente con una stampa figa, e gli unici stivali senza tacco che possedevo.

I miei capelli erano raccolti nel modo in cui sapevo piaceva a Lyrik, perché quando si trattava di lui, ero davvero una babbea.

Indossa qualcosa di comodo perché voglio farti fare un giro sulla mia moto.

Questo era ciò che mi aveva detto quando ci eravamo salutati davanti alla porta del mio appartamento ieri notte. Aveva insistito per accompagnarmi a casa dopo il lavoro, poi mi aveva informato che oggi mi avrebbe portato fuori visto che era domenica e avevo due giorni liberi.

Mi aveva rivolto uno di quei suoi sorrisi letali e dato un bacetto sulle labbra, prima di allontanarsi mentre io mi scioglievo contro la porta.

Ero delusa che non mi avesse chiesto di entrare.

Suppongo che quella fosse la risposta a tutte le mie domande, dubbi e avvertimenti interiori.

Lo volevo.

Volevo quello che era disposto a dare, benché avessi il brutto presentimento che non sarebbe mai stato abbastanza.

Questo ragazzo mi avrebbe segnato in un modo completamente diverso.

Tre colpi risuonarono alla porta d'ingresso. Prendendo un respiro profondo, uscii dalla mia camera da letto e aprii la porta senza tutte le incertezze che mi ero aspettata di provare.

Quel respiro lasciò i miei polmoni di getto.

Lyrik era sulla soglia. La riempiva totalmente, in realtà. La sua presenza così intensa e potente da farmi tremare le ginocchia. I suoi capelli neri ondeggiavano nella brezza. E i suoi occhi erano allegri.

«Ehilà» disse con un sorrisetto che gli curvava un angolo della bocca. Un accenno della sua solita spavalderia fece una ricomparsa quando appoggiò la spalla contro lo stipite della porta e lasciò vagare lo sguardo su di me.

Inarcai un sopracciglio. «Ehilà.»

Sorrise. «Spero tu sia pronta.»

«Sì.» Uscii dall'appartamento e chiusi la porta a chiave dietro di noi. «Ti va di dirmi per cosa sono pronta?»

«Beh, per cominciare, ho una piccola sorpresa per te. Dopodiché, ho pensato che potremmo provare a comportarci come una normale coppia e andare a mangiare un boccone.» Scrollò le spalle. «Poi potremmo tornare al mio appartamento e limonare come due adolescenti.»

Piegandosi in avanti, mi sussurrò all'orecchio: «Magari, se ti va, ti farò venire.»

Mi sentii fremere ovunque.

Un desiderio che non mi sarei mai aspettata di sentire.

Una sicurezza che non avrei mai pensato di trovare.

E, ancora una volta, adorai che non mi trattasse come una

bambola di porcellana. Come se fossi fragile. Come se potessi andare in frantumi con un solo sguardo torvo. Mi sforzai di mantenere un tono disinvolto. Canzonatorio. «Wow, a quanto pare non senti il bisogno di menare il can per l'aia. Sembri terribilmente sicuro di te stesso, rockstar.»

La sua risata spensierata risuonò nell'aria ed echeggiò nel mio petto. Lyrik avvolse entrambe le braccia intorno alla mia vita, facendomi sospirare, e mi attirò a sé. Con un luccichio negli occhi, si passò i denti sul labbro inferiore. «Che c'è? Preferisci tornare al tuo appartamento? Mi sta bene comunque.»

«Oh, pensi che si tratti della posizione? In verità, mi riferivo alla tua capacità di *soddisfare*.»

«Piccola, so tutto sulla *posizione*. E non ci sono dubbi sulla mia capacità di soddisfare. Fammi solo sapere quando sei pronta.»

Scoppiai anch'io in una risata, e avvolsi un braccio intorno al suo collo. Sembrava così naturale. Così bello. Io e lui che battibeccavamo. Anche se adesso non c'era un briciolo dell'animosità che c'era prima. Lo guardai con occhi sgranati. «Te lo farò sapere senz'altro.»

Lui mi rivolse un sorriso che fece scuotere la terra, prima che la sua espressione mutasse. Si riempì di una tenerezza che stavo appena cominciando a riconoscere in quest'uomo. Mi passò le dita tra i capelli e piegò la testa all'indietro quel tanto da guardarmi bene in viso. «Grazie.»

La mia gola si serrò, e sentii un cipiglio corrugarmi la fronte. «Per cosa?»

Lyrik distolse lo sguardo, quasi fosse in difficoltà, poi lo riportò su di me. «Per aver fiducia in me. È passato tanto tempo da quando qualcuno l'ha fatto.»

Sembrò riscuotersi dai suoi pensieri e fece un passo indietro, afferrò il casco che aveva posato a terra e mi porse la mano. «Dai, andiamo o faremo tardi.»

«Tardi, eh? Dovrei cominciare a fare supposizioni su dove mi stai portando?»

«No.» Mi lanciò un'occhiata da sopra la spalla mentre mi conduceva giù per le scale esterne. «Sei mai stata su una moto prima d'ora?»

Un dolore acuto mi trafisse, e inciampai sui miei passi. Lo soffocai con forza e lo seppellii nel luogo a cui apparteneva. «Sì... un paio di volte.»

Quando ero coraggiosa e credevo che il mondo fosse ai miei piedi. Prima che *lui* mi costringesse spietatamente a inginocchiarmi dinanzi al suo.

«Bene... così non dovrò andarci piano con te, *Red*» disse Lyrik con giocosa malizia.

Una lieve risatina mi sfuggì dalle labbra. Non che avessi mai creduto che questo ragazzo ci sarebbe andato piano.

Giunti alla sua moto, si voltò verso di me e sistemò il casco aperto sulla mia testa. I suoi occhi scrutarono ogni centimetro del mio viso mentre allacciava il cinturino sotto il mio mento. Prendendomi di nuovo per mano, salì in groppa alla moto, divaricando le sue lunghe gambe per mantenere l'equilibrio. Era così straordinariamente bello che per un momento il mio cuore smise di battere.

Tirai un profondo respiro per calmarmi. Non mi lasciò mai andare mentre mi aiutava a salire dietro di lui.

Tremai un pochino quando mi sedetti sulla moto, e vecchi ricordi mi assalirono con la stessa velocità con cui era avvenuta la mia caduta. Istintivamente, strinsi le braccia intorno alla vita di Lyrik e affondai il naso nella sua maglietta, proprio sotto il collo. Respirai la sua intensità. Il suo calore. Il suo pericolo. E per qualche ragione, non provai paura.

Lyrik avviò il motore e la sua Harley prese vita con un rombo. Il cromo scintillante vibrò di energia. Un po' come l'uomo alla guida. «Reggiti forte» gridò, stringendomi maggiormente a sé e poggiando una mano sulla mia coscia con fare protettivo. Proprio sul tatuaggio del serpente da cui sembrava un tantino ossessionato.

Tentazione.

Questo tatuaggio era arrivato dopo.

Me l'ero fatto per ricordarmi di quanto facilmente possiamo essere accecati dalle cose che vorremmo. Dalle cose che potrebbero non necessariamente essere buone per noi.

Come quella caramella in più che avevo sempre voluto e che ogni volta mia madre mi aveva avvertito sarebbe stato troppo perché poteva provocarmi mal di pancia o le carie ai denti.

Lyrik fece retromarcia con i piedi, prima di immettersi in strada.

In quel momento, capii di essere indifesa contro questa tentazione. Lo avrei seguito lungo qualunque strada mi avrebbe condotto, sia che mi avesse ferita o guarita.

In qualche modo sapevo che avrebbe fatto entrambe le cose.

La motocicletta divorava la strada mentre Lyrik percorreva le pittoresche strade di Savannah. Il caldo mi scottava la faccia e il motore ruggiva sotto di noi. Gli alberi alti e orgogliosi offrivano sollievo dall'intensa calura estiva, riparandomi gli occhi con la loro ombra. Eppure, mi sentivo bruciare, avevo le viscere in fiamme, la pelle viva, mentre mi aggrappavo a questo ragazzo minaccioso che mi stava portando a fare un giro.

Ovunque volesse condurmi.

Fiducia.

Era qualcosa di precario. Ma era lì.

Cinque minuti più tardi, parcheggiò in un posto auto accanto al marciapiede di una strada del quartiere storico, non molto lontano dai nostri appartamenti. L'insegna appesa fuori al negozio situato al piano terra del vecchio edificio di fronte a noi annunciava i servizi che offriva.

Tatuaggi.

Un senso di disagio si agitò nel mio stomaco.

Lyrik mi aiutò a scendere dalla moto, poi attesi silenziosamente mentre mi slegava il casco e lo agganciava al manubrio.

Mi osservò con attenzione, le pagliuzze dorate e grigie evidenti nei suoi occhi neri. «Cosa c'è che non va?» chiese infine.

Torcendomi le mani, guardai con diffidenza il negozio. «Ci facciamo dei tatuaggi?»

Sorridendo, mi tirò per mano e camminò all'indietro in preda a una sorta di eccitazione mentre si dirigeva verso il negozio. «Ho pensato che sarebbe stato appropriato, no?»

Esitai.

«Coraggio, *Red*.» Il suo tono era canzonatorio e giocoso. «Non dirmi che hai paura di un piccolo ago?»

Lasciò vagare lo sguardo sul mio corpo che non era neanche lontanamente ricoperto d'inchiostro quanto il suo, e che tuttavia, rivelava chiaramente che non ero estranea alla pistola per tatuaggi.

«No... Sono solo...» Sbattei le palpebre mentre cercavo la giusta descrizione. Oddio. Che stupida. Cosa avrei dovuto dire?

«Sono felice» optai infine, sperando che la mia risposta l'avrebbe tranquillizzato.

Lui inarcò un sopracciglio e pronunciò le parole lentamente, come se non riuscisse a stare al passo con la mia follia. «E tu... non ti tatui... quando... sei... felice?»

Mi ero sempre tatuata per una sola e unica ragione.

Per coprire quello che Cameron Lucan si era lasciato dietro.

Quel sentimento si agitò in me.

Combatti o fuggi.

Buffo come avessi creduto di star combattendo per tutto questo tempo. A testa alta. Una fortezza impenetrabile che non poteva mai essere abbattuta.

In realtà, tutto ciò che stavo facendo era fuggire.

Da troppo tempo.

Tirai un respiro profondo, mi alzai in punta di piedi e premetti un bacio sulla sua bocca provocante. «Facciamolo.»

Lyrik sorrise, e la sua eccitazione riapparve. Si voltò per aprire la porta e mi fece cenno di precederlo. Mi fermò proprio mentre stavo per superare la soglia, si chinò in avanti e mi sussurrò all'orecchio: «Cosa ti farai tatuare?»

Cosa mi sarei fatta tatuare?

Lui continuò a sorridere. Quest'uomo complesso, complicato e irritante che volevo sondare finché non avessi scoperto tutto quello che c'era da scoprire. Finché l'unica cosa che conoscevo fosse stata lui.

O forse, finché non mi avesse messo davanti al mio riflesso.

Sì. Mi sarei tatuata qualcosa che avrei dovuto imprimere sulla mia pelle molto tempo fa.

«Che ne dici se invece di dirtelo, te lo faccio vedere dopo?»

Il suo sorriso si trasformò in un ghigno. «Ah, Red, mi piace come ragioni.»

Nessuno di noi mostrò all'altro i nuovi tatuaggi, i disegni rimasero coperti e bendati per il resto del nostro *primo appuntamento*. Se così lo si voleva chiamare. Ma a me sembrava proprio un appuntamento. Come se avessimo appena cominciato, anche se avevamo messo una data di scadenza su qualunque cosa *questo* fosse.

La cena fu piacevole. Scherzammo per tutto il tempo, senza mai addentrarci in argomenti seri che sembravano aleggiare senza risposta intorno a noi.

La verità era che non potevo fare a meno di provare una punta d'orgoglio per ciò che avevo inciso permanentemente su me stessa. Era così diverso da ciò che solitamente usavo per nascondere i danni. Così diverso da ciò che indossavo come armatura.

Era speranza.

Perché per la prima volta dopo tanto tempo, la sentivo. Perché per la prima volta dopo tantissimo tempo, qualcuno si era preso la briga di rompere quell'armatura. Di fare un passo indietro e guardarmi davvero.

Adesso mi tenevo stretta al suo bellissimo corpo mentre percorrevamo le strade in moto. Il caldo mi confortava come una familiare carezza mentre il vento frustava i nostri visi.

Lyrik fece qualche rapida svolta in direzione del nostro condominio, i suoi movimenti fluidi e abili. Quando arrivammo, rallentò e poggiò i piedi a terra per tenerci in equilibrio mentre parcheggiava nel posto assegnato a lui.

Spense il motore.

Il silenzio ci inghiottì e un profondo senso di anticipazione tremò nell'aria.

O forse erano le mie mani e le farfalle che non smettevano di agitarsi nel mio stomaco.

Dio, questa non ero io. Un ansioso fascio di nervi. Almeno, non prima che Lyrik West piombasse nella mia vita e cambiasse tutte le regole.

Lo abbracciai forte un'ultima volta, quasi avessi bisogno di dare a me stessa una buona dose di rassicurazione. Lentamente, lui si voltò di poco sulla sella. I suoi occhi scuri erano indagatori. Come se potesse leggermi nell'anima e vedere tutte le paure che tenevo nascoste dentro.

Lentamente, sciolse le mie mani che erano serrate intorno alla sua vita e mi aiutò ad alzarmi. Senza mai lasciarmi andare, sollevò una gamba oltre la moto e si mise in piedi.

Ergendosi in tutta la sua altezza.

Rubandomi il fiato. I pensieri. Sopraffacendo la mia mente.

Ero su un terreno così pericoloso che potevo sentirlo tremare sotto di me.

Lyrik mi carezzò la guancia con il dorso della mano. La sua potenza sia dolce che severa. «Basta una tua parola e questa serata finisce qui.»

Sollevai lo sguardo sul suo viso. Il mio battito cardiaco accelerò in preda alla paura, all'adrenalina e al desiderio. E per l'ennesima volta, decisi che non volevo avere timore. «Non voglio che finisca.»

Affatto.

Mi scrutò con occhi pensierosi, prima di chinarsi in avanti e premere le labbra sulla mia fronte, dove mormorò la sua promessa. «Piano.»

Piano.

Una travolgente gratitudine mi riempì il petto. Era pazzesco come quest'uomo intimidatorio riuscisse a mettermi a mio agio tanto facilmente.

Dandomi tempo quando, fino a due notti prima, non avevo avuto idea di quanto disperatamente ne avrei avuto bisogno.

Mi lanciò un'occhiata da sopra la spalla mentre mi guidava su per le scale. «Da me o da te?»

«Da te.»

Girò la chiave nella serratura e ci condusse nell'oscurità del suo appartamento. Luci soffuse provenienti dalla strada di sotto filtravano attraverso le porte finestre, proiettando ombre danzanti nel soggiorno.

Lui si spostò di lato. «È tutto tuo.»

Avanzai nel suo soggiorno. Poi lo guardai da sopra la spalla quando mi resi conto che il disastro in cui mi ero imbattuta mercoledì scorso era stato ripulito.

Lyrik si grattò la tempia col dito indice. C'era qualcosa di assurdamente accattivante in lui quando appariva insicuro di sé, e un'altra rigida parte della mia corazza scricchiolò sotto il peso di quell'emozione.

«Ehm... ho messo un po' in ordine dall'ultima volta che sei stata qui.»

Buffo come quel giorno sembrasse essere accaduto una vita fa.

Gli sorrisi e cercai di usare un tono canzonatorio mentre mi guardavo intorno. «Ah... pare che tu debba aggiungere Mastro Lindo alla tua lista di alter ego... oppure hai fatto entrare qualcuno di nascosto per rimettere in sesto questo posto con lo scopo di impressionarmi?»

Il mio sorriso svanì quando guardai di nuovo verso di lui che indugiava vicino alla porta. Piegai la testa di lato per osservarlo meglio mentre la sua espressione mutava in mille emozioni diverse.

Rimpianto. Tristezza. Lussuria.

E una bramosia che mi fece quasi cadere in ginocchio.

Il desiderio tremò lungo il mio corpo.

Volevo insinuarmi dentro di lui.

Per scoprire ogni segreto.

Anche se avevo la schiacciante sensazione che *conoscerlo* sarebbe stata la mia fine.

Cautamente, Lyrik avanzò verso di me.

Alto.

Bellissimo.

Forte.

L'aria si riempì di lui. Così tanto che non ero sicura di poter respirare.

Delicatamente, infilò le dita tra i miei capelli. Non altrettanto delicatamente, mi tirò la testa all'indietro e mi inchiodò con il suo sguardo. Lentamente, si chinò in avanti, e il mio stomaco si contorse in mille nodi deliziosi quando tracciò una febbrile scia di baci lungo il mio collo.

Morbide, setose labbra.

Piccoli guizzi di lingua.

I fremiti mi percorsero la pelle come un incendio di sensazioni.

Poi la sua voce risuonò al mio orecchio. Sussurrando la propria fiducia. «*Blue.*»

Blue. Blue. Blue.

Lei era così impaurita, insicura e innocentemente coraggiosa. Perché *lei* voleva tutte le cose che, come avevo imparato a mie spese, il mondo non aveva da offrire. Ma *lei* voleva che io combattessi per esse comunque.

I polpastrelli callosi di Lyrik scivolarono lungo i miei fianchi, facendomi tremare quando si intrufolarono sotto l'orlo della mia maglietta. Pelle contro pelle.

«Tutto bene?» mi chiese, la voce simile alla ghiaia.

La mia risposta mi grattò la gola. «Sì.»

Lyrik mi sfilò la t-shirt dalla testa, piano ma con decisione.

Un soffio d'aria fredda mi provocò una scarica di brividi lungo la pelle in fiamme. Rimasi in jeans e reggiseno, e inspirai bruscamente mentre Lyrik mi osservava attentamente. Divorandomi con quell'irresistibile intensità.

Sapevo che i miei occhi erano sbarrati mentre lo guardavo. Il mio cuore martellava e il mio spirito si agitava.

«Blue» mormorò di nuovo, mettendosi in ginocchio. Cominciò a rimuovere la benda dal mio fianco, lanciandomi un'occhiata di tanto in tanto. Il mio ventre tremò quando la tolse del tutto, rivelando la dichiarazione che era stata incisa sul mio fianco sinistro sopra le costole, dall'anca fino a sotto l'ascella. Sapevo che la zona doveva essere pulita. Ma per qualche ragione, in quel momento non mi importava.

Volevo solo che lui vedesse.

Le cinque semplici lettere erano scritte in un carattere grande e svolazzante, con fiori e ghirigori che si estendevano dalla prima e dall'ultima lettera.

Sorgi.

Lievemente, tamburellò la punta delle dita sul tatuaggio, sfiorando a malapena la pelle arrossata.

Il suo sguardo saldo si intrecciò al mio. «Penso che tu l'abbia già fatto.»

A disagio, scossi la testa. «No... per un anno, hai inseguito una fuggitiva. Tutto ciò che ho fatto è stato nascondermi mentre fingevo di essere forte.» Un respiro afflitto mi sfuggì dalle labbra. «Ma questa non sono io, Lyrik. Tutto questo...» Indicai il mio corpo con un gesto della mano. «È solo una messa in scena.»

Lui si alzò in piedi. Il suo corpo ondeggiò lievemente. Il mio lo seguì. Quel magnete da cui non potevo fuggire.

Ero impotente contro quest'uomo affascinante.

Posò il palmo sul mio collo e carezzò la mia clavicola con il pollice. «No.» I suoi occhi neri come l'ossidiana lampeggiarono, e avvicinò maggiormente il viso al mio. «Questa ragazza... questa audace, coraggiosa ragazza è parte di te. La vedo. È reale. *Red*» mormorò con un sospiro, sfiorandomi le labbra con le sue.

Si staccò leggermente da me per guardarmi bene in volto. «Ma forse... forse stai superando quel periodo della tua vita. Forse non hai bisogno di lei come prima e adesso *Blue* sta riaffiorando. Magari anche lei desidera essere ascoltata. Avere una voce in capitolo nella tua vita.»

Sbattendo le palpebre per scacciare le lacrime, scossi la testa. «Come fai a saperlo?»

Non era un'obiezione o una giustificazione.

Era una concessione.

Una resa.

La sua bocca si abbatté sulla mia.

Potente.

Inarrestabile.

Le sue grandi mani mi circondarono la schiena, e sentii i

suoi i palmi caldi premere tra le mie scapole. Sollevandomi verso di lui.

Mi persi completamente nel suo bacio, nel suo abbraccio e nel suo cuore che batteva selvaggiamente.

«Non so chi lui sia... che cosa abbia fatto» bisbigliò freneticamente tra un bacio e l'altro. Non si staccò mai dalla mia bocca per recuperare fiato. Al contrario, lo stava rubando. Stava rubando tutto. Il buonsenso, la luce e la paura.

«Ma con me? La tua safeword è no. Hai capito, Blue? Nessuno di quei giochetti idioti. Questo... questo è reale. E se per te diventa insostenibile... dillo. Dillo. Basta che tu dica di no.»

Si ritrasse, il viso corrugato in un'espressione di supplica. «Mi senti?»

L'affetto sgorgò liberamente da me.

«Ti sento.»

Affondai le dita nelle sue spalle perché non riuscivo più a reggermi in piedi.

Un suono carico di desiderio mi sfuggì dalla gola, e Lyrik mi spinse contro la parete.

La scena era così simile a quella di due sere prima.

Ma tutto... tutto era diverso.

Sembrava che conoscessi il suo tocco da un'eternità.

Era tenero, gentile e rude.

Premuroso eppure provocatorio.

Improvvisamente, si mise di nuovo in ginocchio.

Schiacciai la schiena contro il muro per sorreggermi mentre ansimavo.

Lui abbassò la cerniera dei miei stivali e me li tolse, poi slacciò i bottoni dei miei jeans con le sue abili dita.

Improvvisamente, i suoi palmi erano sulle mie cosce nude, scivolando verso il basso per sfilarmi i jeans. Mi tempestò la pancia di baci mentre lo faceva.

Boccheggiai e sussultai.

La sua bocca divenne dolce e delicata quando sfiorò il davanti delle mie mutandine di pizzo.

Oh. Dio.

Afferrò i bordi con le dita. «Basta che tu dica di no.»

Ma non avevo né fiato né parole, e se avessi parlato, l'avrei supplicato di darmi di più. Perciò, infilai le dita nei suoi morbidi capelli.

Avvicinandolo maggiormente a me in una supplica silenziosa.

Lui gemette. «Blue.»

Aria fredda mi colpì la pelle quando mi abbassò le mutandine. Le sue mani scivolarono fino in basso per sfilarmele dalle caviglie, poi risalirono verso l'alto finché non mi afferrò entrambe le cosce, fissandomi con tutta la sua oscura intensità. Trascinandomi più a fondo. Portandomi più lontano.

Piegandosi in avanti, leccò tra le pieghe intime del mio sesso e fece scorrere la lingua fino al clitoride. Non staccò neppure una volta il suo sguardo intenso dal mio viso.

Rabbrividii, mugolai e gemetti: «Sì.»

Quella fu tutta l'approvazione di cui ebbe bisogno. Si portò la mia gamba sulla spalla e mi afferrò le natiche, staccando il mio sedere dalla parete per attirarmi a sé, e divorò fino all'ultima briciola della mia sanità mentale.

Sfondò ogni muro e infranse ogni difesa.

Leccò e succhiò, scopandomi con la sua bocca fino a farmi tremare tra le sue mani esperte.

Finché non sentii l'elettricità percorrermi il petto. Finché non sentii i fremiti d'avvertimento che si agitavano nell'aria densa. L'energia crepitò. Sfrigolò sulla mia pelle, scuotendomi fin nelle ossa.

Come se l'azoto e l'ossigeno avessero preso vita.

Come se ogni elemento presente nell'aria fosse infiammabile.

Esplosivo.

Il fremito prima dell'esplosione.

Ero consapevole che in un battibaleno e senza preavviso potevo essere consumata da quella forza. Dalla natura e dalla luce accecante.

Incenerita.

Spinse due dita nel mio sesso.

Esplosi sotto quell'intensità. Venni catapultata nella tempesta. Nel calore, nel fuoco e nella luce accecante.

Lampo dopo lampo dopo lampo.

Inerme.

Bruciata.

Marchiata.

Mi accasciai all'indietro e scivolai lungo la parete. Dritto tra le sue braccia.

Lui mi abbracciò, mi baciò e passò le dita tra i miei capelli. «Blue... coraggiosa, bellissima Blue.»

Il mio mondo oscillò, e ricambiai il suo bacio. Mi sollevai sulle ginocchia, reggendomi alle sue spalle.

Venni colta da un'irrefrenabile frenesia.

Desiderio. Desiderio. Desiderio.

Gli strattonai la maglietta. Lui sollevò le braccia così che potessi sfilargliela dalla testa, interrompendo il nostro bacio per un brevissimo istante prima di fiondarmi nuovamente su di lui. I nostri petti si fusero, desiderando disperatamente un contatto.

Ondeggiai contro il suo possente e splendido corpo, ogni centimetro di lui duro e implorante.

«Piano» mormorò sulla mia bocca, facendomi sorridere. Era un sorriso malinconico che mi riempì di emozione.

In quel momento, mi innamorai di lui un po' di più.

Di questo ragazzo crudele e pericoloso dal cuore tenerissimo.

Lo sospinsi all'indietro per farlo sdraiare sul morbido e spesso tappeto che occupava gran parte del pavimento del soggiorno.

Era il mio turno di vedere cosa teneva nascosto sul fianco.

Inginocchiandomi accanto a lui, rimossi lentamente la benda. Una luce opaca e soffusa filtrava nella stanza attraverso le porte-finestre, illuminando il suo corpo.

Ma sembrava che non riuscissi a staccare lo sguardo dal suo viso. Era corrugato, quasi stesse soffrendo fisicamente. Aveva gli occhi serrati e la schiena inarcata verso l'alto.

Come se si stesse preparando per una guerra.

Pronto a difendersi.

Agonia.

Era evidente nella rigidità dei suoi muscoli, nello scudo che conoscevo fin troppo bene.

Soffocai un singulto quando vidi ciò che si era inciso sul fianco. Si trovava in un'area che era già eccessivamente tatuata. Sembrava impossibile che un altro tatuaggio potesse entrarci o risaltare.

Eppure era così.

In inverno, lei se ne andrà.

L'intensa ondata di gelosia che mi travolse era qualcosa che non potevo assolutamente permettermi.

Perché sapevo che questa confessione non era rivolta a me.

E non ero altro che una sciocca per aver anche solo contemplato quella possibilità.

Merda. Merda. Merda.

Non andava affatto bene.

E se facesse male quando te ne andrai?

Piccola, non ne valgo la pena.

Quelle parole si abbatterono su di me con forza.

Perché faceva già male.

Cominciai ad arretrare. Per andare via. Per trovare un muro o uno scudo o, ancora più importante, una porta.

Mi sentivo già lacerare dentro.

Lyrik allungò il braccio di scatto e mi afferrò per la nuca, interrompendo la mia fuga.

«Non farlo.» Una supplica era racchiusa in quell'ordine. La sua fronte si corrugò mentre si sforzava di trovare le parole. «Due mesi, Blue... abbiamo due mesi... e due mesi non possono imprimerti in me tanto profondamente quanto quello.»

Soffrivo, stavo male, eppure desideravo farlo stare meglio. Offrirgli quello che stava offrendo a me.

Rifugio. Asilo. Un santuario finché non fossi stata abbastanza forte da trovare una nuova strada. Da trovare me stessa. Chiunque avrei dovuto essere.

Anche se sapevo che farlo significava sottopormi volontariamente ad altro dolore.

Con la mia anima strattonata in ogni direzione, mi arresi e

posai baci frenetici su tutto il suo petto, sopra gli svolazzi d'inchiostro e giù lungo il suo addome scolpito. Una meravigliosa tela con tanto dolore nascosto.

Con mani spasmodiche, slacciai i bottoni della patta dei suoi pantaloni.

«Cazzo!» sibilò Lyrik, scioccato ma ancora eccitatissimo. Il suo uccello scattò verso l'alto quando abbassai i jeans lungo le sue cosce.

Rabbrividii un pochino alla vista del suo membro. Era grosso, sfrontato e minaccioso come il resto di lui.

Il mio stomaco si contorse e la mia bocca si seccò.

«Red» sussurrò con un gemito quando avvolsi entrambe le mani intorno alla base del suo sesso, sfregandolo verso l'alto e poi verso il basso per tutta la sua lunghezza.

Ogni cosa tremò. Il mio cuore, le mie mani e la stanza. Perché volevo questo anche se avevo timore.

Il desiderio si intrecciò alla paura quando vidi la goccia luccicante di liquido preseminale fuoriuscire dalla piccola fessura.

Probabilmente ero una stupida, ma adoravo che avessi la capacità di eccitarlo in questo modo.

Gemetti mentre mi piegavo in avanti così da poterlo assaggiare. Così da poter conoscere quest'uomo. Di mia spontanea volontà.

Per. Mia. Scelta.

Quel gemito divenne un brontolio in fondo alla mia gola quando lo presi in bocca. Il più profondamente possibile che potevo. Le mie mani cominciarono a muoversi in sincronia con la mia bocca.

Mi sentivo potente e bellissima.

Vera.

Lui sussultò, si inarcò e gemette, intrecciando le mani ai miei capelli.

L'euforia sfrigolava nell'aria.

Il brivido.

«Blue.»

Una scarica di energia mi catturò, e continuai a stimolarlo sempre di più, di più, di più. Fino a farlo esplodere.

«Cazzo» biascicò Lyrik.

Mi strinse forte quando venne.

«Blue... Blue... Blue.»

Ingoiai, cavalcando con lui onda dopo onda. Perché sapevo, senza ombra di dubbio, che era con lui che volevo stare.

Sussultammo e tremammo entrambi per i postumi dell'orgasmo.

Crollai in avanti sul suo petto. Ansimando. Annaspando.

Lyrik si portò un braccio sugli occhi, mentre con l'altra mano continuava a carezzarmi i capelli. I deboli e distanti rumori del traffico davano l'impressione che ci trovassimo al di sopra di tutto, i nostri respiri e il battito martellante dei nostri cuori e tutte le domande che mi rimbombavano ancora nella testa gli unici suoni nella stanza.

La sua voce ruppe la momentanea quiete. «Quello è stato... inaspettato.»

Mi mordicchiai il labbro inferiore e lasciai vagare i polpastrelli sui muscoli scattanti del suo petto. «Già» sussurrai sommessamente.

Il mio bisogno di lui mi aveva travolta con la forza di una tempesta di sabbia.

Perché c'era un pezzo di me già legato a lui. Il pezzo che gridava che eravamo uguali. Che ci appartenevamo.

Come Charlie aveva detto, chi è solo riconosce chi è solo.

E il mio cuore riconosceva Lyrik.

Quasi timidamente, sollevai lo sguardo sul suo viso. Lui mi rivolse un sorriso sghembo.

Sazio e soddisfatto.

«Tu, bellissima Blue, mi hai lasciato completamente a bocca aperta.»

«Penso che sia tu che continui a lasciarmi a bocca aperta.»

Mi spostò quel tanto da potersi sistemare i pantaloni, ma io mi mossi, dandogli la schiena.

Colta da un'ondata d'imbarazzo, frugai tra i miei jeans, trovai le mutandine e me le infilai.

Cosa stai facendo, Tamar? Lui ti devasterà.

Mi avrebbe distrutta, saccheggiata e conquistata.

144

Le mie mani tremavano mentre armeggiavo con i jeans. Mi bloccai quando sentii la sua bocca calda muoversi lentamente sulla mia scapola e tracciare una scia di baci lungo la mia spina dorsale. Liberò i jeans dalle mie dita e li lasciò cadere sul pavimento.

«Non rivestirti» sussurrò contro la mia pelle. «Non nasconderti da me. Voglio sentirti.»

Oddio. Quest'uomo.

Riusciva a vedermi dentro.

Come faceva a capirmi così bene?

Stendendosi di nuovo a terra, Lyrik mi prese la mano e mi trascinò con sé finché non fui completamente distesa sopra di lui. Petto contro petto. Posizionò la mia testa sotto il suo mento e, lentamente, disegnò piccoli cerchi con le dita sulla mia schiena. Rabbrividii e mi rannicchiai maggiormente tra le sue braccia. Le sue gentili carezze esplorarono la mia schiena, fino a sfiorare la pelle appena sopra l'orlo delle mutandine.

Sussultai quando fece scorrere deliberatamente le dita sulle vecchie cicatrici. Come se già sapesse che erano lì.

«È stato *lui* a fare questo?» chiese con voce roca, rammentandomi la confessione che avevo fatto in precedenza. Potevo sentire il fremito di violenza che accompagnava la sua domanda. Potevo percepire il suo odio per l'uomo che aveva rubato la mia innocenza e fiducia.

«Quello è stato il mio primo tatuaggio» ammisi nel silenzio immobile, stringendogli il fianco mentre continuava ad accarezzare le mie cicatrici.

A volte mi domandavo come potessero quelle ferite, ormai guarite da tempo e a malapena palpabili, rimanere così profonde.

«Quando sono arrivata qui... a Savannah... ero così spaventata. Non avevo idea di chi fossi o di chi volessi essere. Sapevo solo che non volevo più essere quella stupida, ingenua ragazza. Mi sono tinta i capelli, ho cambiato il mio modo di vestirmi, mi sono truccata in maniera diversa. Ho fatto qualsiasi cosa affinché, quando mi guardavo nello specchio, non vedessi la semplice e credulona Tamar.»

Tirai un respiro profondo. «E non appena quelle ferite sono guarite abbastanza, le ho coperte con i tatuaggi. C'era qualcosa in quel fatto che mi faceva sentire coraggiosa. Più forte. Come se avessi messo una specie di divisione tra lui e me. Una barriera. Come se avessi rimosso parte del dolore.»

Un brivido percorse il corpo di Lyrik, e la sua stretta intorno a me si rafforzò nello stesso istante in cui un pesante sospiro uscì dalle sue labbra. «Chi era? Dimmelo, piccola. Ho bisogno di saperlo.»

In qualche modo, la sua domanda sembrava sia un incoraggiamento che una minaccia.

Una parte di me voleva dirgli che due mesi non potevano imprimerlo in me tanto profondamente quanto quelle cicatrici. Rinfacciargli la sua giustificazione. Una parte di me voleva nascondersi dietro le stesse mura dove si nascondeva lui.

Non c'erano più dubbi ormai.

Lo sentivo nella sua voce durante la notte. Nelle strofe che cantava e nella tristezza che trasmettevano. Nelle parole incise sulla sua pelle. Soprattutto, lo sentivo nel suo tocco.

Ma la parte più forte di me? Voleva solo confidare *qualcosa* a qualcuno. Ma non *uno qualsiasi*. Lui. Questo bellissimo, terrificante uomo che mi riempiva di trepidazione, paura e desiderio. Colui che mi ricordava il pericolo, l'aria e la fede. Colui che mi disintegrava e metteva in mostra ciò che c'era dentro di me.

Quella ragazza?

Voleva giacere qui, nella sicurezza delle braccia di Lyrik, e sussurrare i propri segreti nella sua oscurità. Per qualche ragione, sapevo che lui l'avrebbe tenuta al sicuro.

No, non potevo rivelargli tutto. Quel nome era un segreto che giaceva da troppo tempo sulla mia lingua. Ma non riuscii a impedirmi di parlare. Di dargli i pezzetti che volevo che lui custodisse. «La prima volta che l'ho incontrato, ho pensato che fosse tutto ciò che volevo.»

Quasi fosse stato colpito, Lyrik trasalì. «Lo conoscevi? Stavi con lui?»

Rabbrividii quando fui assalita dai ricordi, e mi resi conto che Lyrik non aveva assolutamente idea del mio passato a parte il fatto che avevo avuto un attacco di panico quando mi aveva toccata. Mi chiesi quanti diversi scenari fossero passati per la sua testa. «Sì.»

Un dolore familiare mi trafisse come un ago arrugginito.

Tamar King desiderava alzarsi e schiacciarlo. Voleva sollevare il mento con aria di sfida, sogghignare e gridare al mondo che nessun uomo aveva il potere di ferirla.

Invece, girai la testa e parlai contro il cuore martellante di Lyrik, la voce poco più che un sussurro. «Esteriormente, era molto simile a te. Oscuro. Pericoloso. Bellissimo.»

Con circospezione, alzai lo sguardo sul suo viso. «Ecco perché odiavo il modo in cui mi facevi sentire. Odiavo il fatto che il primo uomo da cui ero attratta per la prima volta in quattro anni mi ricordasse tantissimo *lui* fisicamente. Che tu mi facessi sentire eccitata e viva. Perciò ho reagito nell'unico modo che conoscevo.»

Abbracciandomi stretta, premette un feroce ma tenero bacio sulla mia testa. «Non ti farei mai del male.»

Le mie viscere tremarono. Ero sicura che non era vero. Quest'uomo stava rapidamente acquistando il potere di distruggermi in tanti modi. Ma sapevo che questo non era quello che intendeva.

Annuii contro il suo petto. «Lo so.»

Il suo silenzio mi spronò a continuare. «Era più grande di me di oltre dieci anni. All'inizio, desideravo stare con lui così tanto... volevo sperimentare il modo intenso in cui mi faceva sentire... che ho ignorato i segnali di avvertimento. Sono stata una tale sciocca. Ripensandoci ora, erano tutti lì. Ho ignorato i miei genitori quando mi supplicavano di smettere di vederlo. Mi sono isolata da loro per non dover sentire la preoccupazione nelle loro voci quando mi imploravano di ragionare.»

Fissai distrattamente le ombre che danzavano sul muro. «Penso che mia madre l'avesse capito la prima volta che l'ha incontrato. Eravamo sempre state molto unite, e non vedevo l'ora di farle conoscere il mio nuovo *fidanzato*. Perché tutti i ragazzi che avevo frequentato fino ad allora erano stati esattamente quello. Ragazzi. Ma *lui* era un uomo.»

Le mie parole divennero tremanti e cariche di rimpianto mentre ripensavo a quel giorno. Il ricordo era così chiaro. Vivido. «Ero così eccitata... così orgogliosa di presentarglielo. Mia madre... è impallidita appena ha toccato la sua pelle quando gli ha stretto la mano. Tuttora, posso quasi sentirlo... il gelido terrore che aveva riempito la nostra piccola cucina. Non dimenticherò mai lo sguardo nei suoi occhi... la paura. Dopo che lui se n'è andato, mia madre mi ha afferrato per il braccio, supplicandomi e avvertendomi che era un uomo pericoloso. Se solo le avessi dato ascolto.»

Lyrik deglutì rumorosamente. «Blue.»

Continuai a parlare, la mia voce pari a un sussurro mentre raccontavo a Lyrik cose che non avevo mai detto a nessuno. «Era un mostro. Perverso nel peggiore dei modi. All'inizio, mi scherniva dicendomi che ero troppo giovane... troppo inesperta... che non ero in grado di sopportare il suo stile di vita, e io mi sono fatta raggirare e gli ho promesso che potevo.»

Un grosso nodo mi si formò in gola, e riuscii a malapena a parlare. «Non avevo idea di cosa stessi promettendo. E non *potevo* sopportarlo, Lyrik. Nessuno dovrebbe. È iniziato tutto come un gioco spinto. Cose con cui non mi sentivo a mio agio, ma che non mi facevano davvero male. Però, prima che mi rendessi conto di cosa stava succedendo, prima che potessi fermarlo, è diventato una tortura.»

Rabbia. Era tangibile. Si irradiava e si sollevava dal corpo di Lyrik in un susseguirsi di onde.

«Spero che stia bruciando all'inferno in questo momento» disse, abbracciandomi più forte. Come se non volesse più lasciarmi andare.

«Vorrei che fosse così.»

Desideravo che fosse morto o che stesse marcendo dietro le sbarre, proprio dove meritava di stare quel sadico. Invece no. Era libero.

Per colpa mia.

Perché avevo creduto di essere coraggiosa, e invece avevo scoperto di non essere altro che una vigliacca.

Lyrik sollevò il mio braccio e premette la bocca sulla parte interna del mio polso, sopra le cicatrici rimaste lì dopo che avevo lottato forsennatamente per spezzare i legacci, dove l'inchiostro celava la prova che ero stata legata.

«Le cicatrici sono il mio nemico» sussurrai con veemenza. «Successivamente, mi sono coperta i polsi, e di nuovo, mi sono sentita bene. È diventato uno schema malato e ricorrente. Ogni volta che mi sentivo impaurita o piccola, mi facevo un altro tatuaggio. Anche dopo che le ferite esteriori erano coperte. Fin quando non ho costruito questa maschera che teneva tutti alla larga. Non volevo che qualcuno vedesse.»

Lyrik abbassò la testa e, allo stesso tempo, sollevò il mio mento verso di lui. I suoi occhi intensi e perspicaci mi scrutarono il viso. Cercando. Scandagliando. Determinando. «Ma a me l'hai permesso.»

Una risata fiacca scaturì dal mio petto. «Forse perché sei la prima persona che si è rifiutata di farmi nascondere.»

Forse perché era tutte le cose che avevo sempre voluto, ma che non avrei dovuto avere. *Che non potevo avere.* La luce più oscura. Un disturbato senso di sicurezza. Duro, impenetrabile e terribilmente tenero.

Feci un sorriso malinconico. «E penso che stessi scappando da te da così tanto tempo che quando alla fine mi sono fermata, tu ti sei schiantato contro di me e hai squarciato tutto.»

E ogni cosa ha continuato a fuoriuscire.

«Hai portato alla luce cose che non sapevo neppure fossero ancora lì.» I miei occhi si colmarono di lacrime. Con la mano, scacciai via quella che scese lungo la guancia. «Detesto essere questa persona. Debole. Fragile. Impotente.»

Lui mi strinse più forte, le sue parole un soffio sopra la mia testa. «No... dolce, coraggiosa, bellissima Blue. Credo che tu sia la persona più forte che io conosca. Sei qui. Viva. Vivendo la tua vita. Abbastanza forte da aprire quella splendida bocca e raccontare ciò che quel bastardo pervertito ti ha fatto.» La sua voce si abbassò. «E adesso sei qui, distesa accanto a me. Sei stata abbastanza forte da *andartene.*»

Incrociai il suo sguardo e confessai l'unica cosa che non ero sicura di volere che lui sapesse. «Non me ne sono andata... sono fuggita.»

E non ho smesso di farlo da allora.

L'oscurità adombrò il suo viso, una tempesta che acquistava potenza. «Voglio sapere chi è. Solo un fottuto nome. È tutto ciò che mi serve.»

La mia voce tremò. «E io voglio solo dimenticare. Voglio che tu lo *cancelli*. Come hai promesso che avresti fatto.»

Non riportarlo a galla.

Perché non ero pronta. E non ero sicura che lo sarei mai stata.

Le sue parole, cariche di minaccia, rimbombarono sopra la mia testa. «*Cancellare* è esattamente ciò che voglio fare.»

Quest'uomo... Minaccioso, terrificante e intimidatorio.

Eppure, non mi ero mai sentita più al sicuro di così.

Tirai un respiro profondo e lasciai vagare i miei polpastrelli sulle battute musicali tatuate intorno al suo braccio. Mi domandai se fossi in grado di decifrare la sua canzone. Fiori e foglie si intrecciavano fra le note, e nella luce soffusa, socchiusi gli occhi e mi concentrai sul nome nascosto all'interno.

Brendon.

Le mie viscere si contorsero in una lenta morsa di terrore mentre tracciavo le lettere con attenzione.

Quasi avessi toccato una visione, e le mie dita stessero scomparendo nei suoi vapori nebbiosi.

Mi resi subito conto quando il dolore lo colpì. Un dolore così brutale che lo sentii trafiggergli il corpo e abbattersi su di me. E di nuovo, Lyrik sussultò. Ricominciò ad allontanarsi. A schermarsi e chiudersi in sé stesso. A tagliarmi fuori.

Due secondi dopo che mi ero confidata con lui.

Lentamente, ritrassi la mano tremante e cercai di ripristinare parte della mia perfezionata e dura facciata. Perché internamente mi sentivo lacerata, indolenzita e dolorante. Come se stessi sanguinando. Versando sangue per questo ragazzo che mi avrebbe solo ferito più profondamente.

Dio, la situazione era precipitata, e in fretta. Sapevo che sarebbe successo. Lo sapevo sin dall'inizio.

«Dovrei andare» mormorai, rotolando via da lui.

Lyrik mi agguantò il polso. «Resta.»

Trasalii, e lui allentò la presa. Quei suoi occhi scuri e penetranti erano colmi di inquietudine. «Per favore» disse.

«Non ho idea di cosa tu voglia da me. Di cosa tu mi stia chiedendo.»

«Due mesi, Blue. Ti sto chiedendo due mesi.»

Potevo farcela? Potevo accontentarmi di questo pezzetto di lui e magari, nel frattempo, trovare alcuni pezzi mancanti di me?

Teneramente, fece scorrere le dita tra i miei capelli. «Per favore.»

«Ok» sussurrai, perché con lui la parola *no* sembrava non esistere.

11

TAMAR

Seduta alla piccola scrivania nella mia camera da letto immersa nella semioscurità, fissavo lo schermo nero del portatile, desiderando che la smettesse di gridarmi di cercare quello che nascondeva all'interno.

Non riuscivo a dormire. Non riuscivo a concentrarmi.

Da quando Lyrik mi aveva messa a nudo due giorni prima, era come se il passato mi stesse alle calcagna. Con i denti scoperti e affilati come rasoi, aspettando il momento perfetto per affondarli nel mio tallone d'Achille. Sarebbe stato un duro colpo quando infine sarei caduta a terra.

Ma potevo sentirlo avanzare, guadagnare terreno e incombere su di me. Come una nube nera che divorava la terra e si preparava a inghiottirmi.

Sapevo che era stato Lyrik a portarlo in superficie. Mi aveva fatto fermare e riflettere quando l'unica cosa che avevo fatto negli ultimi quattro anni era stato fuggire più velocemente che potevo. All'altra parte del paese. Lontano dalla mia famiglia. Seppellendomi nell'oscurità e nell'ignoto.

E proprio come quella notte di due mesi fa, quando ero entrata su Facebook, il bisogno di sfiorare qualcosa del mio passato era quasi irrefrenabile. Inevitabile. Come se la mia famiglia fosse *proprio lì*. Supplicandomi di tornare indietro.

Fui percorsa da un'ondata di disagio quando ripensai a quel messaggio.

Ci serve il suo aiuto. Comprendiamo la sua esitazione, ma abbiamo bisogno di tutte le informazioni che può darci su Cameron Lucan. La prego di contattarmi il prima possibile.

Era da parte di un procuratore distrettuale.

Un procuratore di Tucson.

La mia città natale.

Dove viveva Cameron Lucan.

Sì. Tutti pensavano che fossi di Los Angeles.

L'ennesima bugia.

Ero così brava a farle uscire dalla mia bocca.

Adesso mi chiedevo se qualcuno credesse davvero alle mie bugie. Stavo cominciando a dubitarne.

Da allora, non avevo più controllato il mio account. Ma come quella notte di due mesi fa, mi ritrovai ad annegare in un dolore insopportabile. La solitudine così acuta che sembrava viva.

Paura, speranza e insicurezza si intrecciarono insieme fino a creare un disegno di disperazione tra le fibre del mio essere, nel tentativo di riunirmi a quella ragazza.

Di rendermi lei.

Tamar Gibson.

Avevo trascorso un sacco di tempo ad odiarla. A biasimarla. Ma la cosa assurda era che sentivo anche la sua mancanza.

La luce del primo mattino filtrava attraverso le tende diafane appese alla finestra, pervadendo la stanza di un leggero calore prima del caldo torrido della giornata.

La voce di Lyrik... la sua profonda, malinconica e tormentosa voce aleggiava ancora nell'aria. Mi sfiorava ancora la pelle.

Anche se stavolta non erano i sottili fili della sua presenza che solitamente filtravano attraverso le mie pareti come se cercassero una via d'accesso, trafiggendomi e pervadendo i miei sensi.

No, stavolta ero stata sul pavimento del suo soggiorno con la schiena poggiata contro il divano mentre lui sedeva su di esso e suonava nel silenzio.

Suppongo che non mi sarei dovuta sorprendere che non avesse suonato la solita canzone. Quella che istintivamente sapevo era tatuata intorno al suo braccio, le criptiche battute e note musicali visibili all'occhio ma sorde all'orecchio.

Le canzoni che aveva suonato erano state pacate, eppure potenti e commoventi. E avevo avuto la sensazione che stesse facendo l'amore con me con le sue canzoni, prima che mi toccasse la guancia, il mento, e mi mandasse a casa con un bacio dolcissimo.

Quest'uomo mi stava lentamente uccidendo. Ne ero certa. Spogliandomi finché non sarei rimasta senza difese.

E adesso mi trovavo in uno di quei deboli momenti... quando avevo bisogno di dare una sbirciata al passato.

Immagino che potessi incolpare lui di questa temporanea follia.

Con mano tremante, sfiorai il touchpad con un dito e lo schermo luminoso si animò, trafiggendo l'oscurità. Illuminando la mia stanza come se gli fosse stata assegnata la missione di privarmi della mia riserva d'aria. Della sicurezza della mia vita vissuta a metà.

Rapidamente, prima che perdessi il coraggio o la testa, aprii internet con l'IP disabilitato, come facevo sempre, e accedetti al mio vecchio account.

Dissi a me stessa che volevo solo vedere il viso di mia madre, spinta dalla schiacciante necessità di sentire il suo tocco attraverso il vuoto sconfinato.

Nonostante i tanti messaggi contrassegnati come non letti, riconobbi comunque quello nuovo da parte di mia mamma. Avevo memorizzato le ultime parole che mi aveva scritto.

Ma fu il nuovo messaggio da parte del procuratore distrettuale a catturare la mia attenzione. Una parte irrequieta di me gridò la propria critica. Perché quello che stavo facendo era così stupido e sconsiderato. Dovevo essere pazza. Matta da legare. E ultimamente sembravo dimostrarlo sempre più spesso. Continuavo a fare passi falsi e a mettermi in pericolo. Ma c'era una parte di me che doveva vedere.

Ms. Gibson, sono stati fatti numerosi tentativi per contattarla. Stiamo andando avanti con il caso. Le chiediamo di contattarci prima che venga emesso un mandato di comparizione. Spero vivamente che non siamo costretti a ricorrere a quella soluzione. Abbiamo il video. Ci serve solo che lei risponda a qualche domanda. Non è costretta a salire sul banco dei testimoni. Non deve avere paura.

Furono istantanee. Le lacrime che mi inondarono il viso. Senza sosta. Perché quello era tutto ciò che avevo sempre provato.

Non deve avere paura.

Paura.

Non avevo paura.

Ero terrorizzata.

Sbattei le palpebre per schiarirmi gli occhi, e velocemente contrassegnai il messaggio come non letto, prima di cliccare su quello di mia madre. I suoi messaggi erano sempre gli stessi.

Torna a casa. Ci manchi. Non è stata colpa tua. Non puoi incolpare te stessa. Non per ciò che ti è successo. Non per quello che è successo a lei. Ti prego.

Le sue parole mi trafissero come un coltello affilato, conficcandosi nella parte più profonda di me.

Avevo scritto a mia madre soltanto una lettera mentre attraversavo il paese in autostop. Per dirle che mi dispiaceva. Per assicurarle che ero viva e che sarei sopravvissuta. Le avevo chiesto di non preoccuparsi. Ma sapevo, anche allora, che la mia era una richiesta egoistica. Era ovvio che si sarebbe preoccupata.

Rapidamente, contrassegnai il suo messaggio come non letto.

Rimasi senza fiato quando subito dopo ne arrivò un altro.

So che sei lì. Ti prego, Tamar, chiamami. Ti stanno cercando. Devi tornare a casa.

Quasi mi fossi scottata, ritrassi di scatto la mano e chiusi con forza lo schermo. Ansimavo. Accecata dalle lacrime che continuavano a scendere dai miei occhi. Freneticamente, perlustrai la stanza con lo sguardo, come se potessi trovare un posto dove nascondermi.

Balzai in piedi e cominciai a camminare avanti e indietro.

La paura mi stava soffocando. Non riuscivo a respirare.

Mi afferrai i capelli tra le mani.

Come potevano chiedermi questo?

Non potevo.

Non potevo affrontarlo. Non potevo guardarlo in faccia e dare voce all'orrore che aveva fatto.

Perché ero stata debole.

Ero debole.

Patetica.

Soltanto un'ingenua ragazzina.

E non importava quante false maschere indossassi. Quello era tutto ciò che sarei sempre stata.

12

LYRIK

Ci sono momenti nella vita in cui sai con certezza che stai facendo tutto nel modo sbagliato. Quel piccolo grillo che chiami la tua coscienza? È abbastanza insistente da assicurarti che stai facendo uno sbaglio dopo l'altro. Abbastanza insistente da farti notare che sei un peccatore, un egoista e un tantino malato e perverso. E non c'è alcun dubbio nella tua mente che tutti quegli sbagli stiano ferendo le persone a cui tieni di più.

Eppure, sei talmente egoista da continuare a fare quegli errori senza neanche prendere in considerazione la possibilità di smettere.

Ecco perché, un sacco di tempo fa, avevo scelto di fregarmene.

Di tenere tutti alla larga tranne quei pochi che si erano già assicurati un posto in quel luogo ostile e fragile che costituiva il mio cuore.

L'avevo detto anche a lei.

L'avevo avvertita.

Non lo facevo spesso.

Tenerci.

Ma quando lo facevo? Sembrava che lo facessi in un modo che, invece di fare qualcosa di buono, mi si rivoltava contro e mi rigettava nelle nauseanti profondità di quell'egoismo. Era un dannato circolo vizioso. Prendevi, prendevi, prendevi finché non rimaneva solo ciò che avevi distrutto.

E quando avevi il fegato di fermarti? Eri tu che ne uscivi distrutto.

Era una situazione senza via d'uscita.

Eppure eccomi qui, desiderando disperatamente di rimettere insieme i pezzi rotti di lei. Di rattoppare tutto con la sua forza, bellezza e i suoi audaci, brillanti colori. Di mischiare ogni tonalità di rosso e ogni sfumatura di blu. Di aiutarla, in qualche modo, a dipingere un'immagine che la rendeva intera.

Anche se la verità era che io la vedevo già in quel modo.

Al contempo, stavo facendo del mio meglio per tagliarla fuori. Ogni giorno annaspavo, cercando di proteggere questo fragile accordo su cui stavamo barcollando e, allo stesso maledetto tempo, desiderando qualcosa di più.

Cazzo.

Volevo di più. Tamar era un complicato enigma che volevo custodire nel palmo della mia mano.

Aveva condiviso con me segreti che sapevo non aveva mai detto a nessuno finora. Ero anche piuttosto sicuro che avessimo a malapena sfiorato la superficie del suo passato. Ma avevo anche l'inquietante sensazione che se avessi scoperto tutto ciò che aveva sepolto, forse non sarei stato in grado di gestirlo. Era un po' all'armante la rabbia che mi investiva ogni volta che i suoi luminosi occhi blu si adombravano, quando diventavano scuri e tormentati, e avevo l'impressione che le mie viscere venissero schiacciate e squarciate.

In quei momenti, provavo una profonda sete di vendetta e di sangue, e contemporaneamente le promettevo a bassa voce che era coraggiosa, forte e che sarebbe andato tutto bene.

Questa ragazza tirava fuori il meglio e il peggio di me.

Ash aveva ragione.

Mi piaceva.

Mi piaceva da impazzire, cazzo, ed era completamente sbagliato. Un lampante sfregio contro la promessa più importante che avessi mai fatto. Ma per ora? Sembrava fossi incapace di mettere un freno o di voltare direzione.

E Dio solo sapeva che era maledettamente troppo tardi per fare retromarcia.

Come avevo detto.

Ero un egoista.

Ma avevo due mesi. Quello era tutto il tempo che mi era stato concesso. Due mesi per riportare quell'espressione serena sul suo viso. Due mesi per carezzare, stuzzicare e *cancellare*. Due mesi per fingere che avessi il diritto di farlo.

Sapevo che il tempo si sarebbe esaurito. Più velocemente di quanto desiderassi. Questa cosa buona sarebbe finita. Due settimane erano già volate, e stavo diventando avido. Ansioso. *Egoista*. Volevo che mi dedicasse tutti i suoi minuti e i suoi giorni, e soprattutto tutte le sue notti.

Ero determinato a sfruttarli al meglio.

Perché lei era la prima cosa vera che sentivo da anni. La prima persona a spazzare via tutto quell'odio. La prima a farmi desiderare di fare di più.

Di essere di più.

Non sarebbe durato.

Ma per adesso, ne avevo bisogno tanto disperatamente quanto sapevo che lei aveva bisogno di liberarsi dal suo passato. Di qualcuno che credesse in lei. Che la vedesse nel modo in cui la vedevo io.

Forte e dolce e con tanto da offrire al mondo.

Molto più da dare che versare drink dietro al bancone di un bar.

Seduto sulla grande poltrona imbottita nel soggiorno di Ash che avevo rivendicato come mia, cercai di fingere indifferenza. Cercai di fingere che non mi piacesse così tanto il fatto che lei fosse sul pavimento a destra delle mie gambe con la schiena appoggiata contro la poltrona mentre chiacchierava con i miei amici.

Come se fosse sempre stata lì e lo sarebbe sempre stata.

Ma forse anche lei poteva sentire quel legame che ero pronto a giurare fosse lì ogni volta che entrava in una stanza, poiché girò leggermente la testa e sollevò lo sguardo su di me, i capelli rosso fiammante e le labbra dipinte dello stesso colore lussurioso. Mi rivolse uno dei suoi sorrisetti sexy.

Quella singola occhiata bastò a farmi indurire l'uccello.

E non ero neppure ancora affondato nella mia piccola pin-up rossa.

Pazzesco, perché era senza dubbio il miglior non-sesso che avessi mai avuto.

Ma potevo sentire la tensione aumentare. Entrambi ci stavamo preparando a esplodere. Certamente, questa ragazza mi avrebbe fatto impazzire.

Teneva una gamba sollevata contro il petto mentre sorseggiava una birra, ridendo spensieratamente alla stupida storia che Ash non riusciva a tenere per sé.

Cercai di non fissarla, ma era un'impresa quasi impossibile, diamine.

Sì, era bellissima.

Ma era più di questo. Sentivo l'impulso irrefrenabile di guardarla. Di osservarla più attentamente di quanto avessi mai osservato nessuno prima d'ora. Perché in lei c'era qualcosa di più della semplice bellezza esteriore. Qualcosa di audace e intrigante che implorava di essere risanato.

Mi faceva venir voglia di esplorare il proibito.

Di tuffarmi nella mia stessa dissolutezza.

Di nuotare nel peccato.

Perché stare con lei? Era esattamente quello.

Peccato.

Ash agitò le mani in aria come il pazzo qual era, e alzò la voce mentre rifilava a tutti quella che ero certo era una storiella ingigantita.

«Ragazzi, dovevate essere lì. Stavo letteralmente correndo per salvarmi la vita. Sul serio, pensavo che fosse il mio ultimo giorno e che fossi pronto a passare a miglior vita mentre cercavo di scappare da questa pazzoide. Non intendeva proprio arrendersi o accettare un no come risposta. Continuava a strattonarmi la maglietta e a informarmi che era una VIP. Come se quello significasse qualcosa. E da qualche parte nella sua mente squilibrata, credeva davvero che questo significasse che ero suo. Che aveva carta bianca. Cioè, era sexy e tutto il resto, ma mi ha fatto cagare sotto dalla paura.»

Mi sfuggì una lieve risatina. Avevo imparato parecchio tempo fa che il poveretto non poteva essere biasimato. Non poteva farci niente. Era un fottuto pagliaccio per cui avrei dato la mia dannata vita.

Per ognuno di loro.

Sebastian, Zee e Ash.

Ridendo, Sebastian puntò il collo della sua bottiglia di birra verso Ash, prendendolo in giro. «Come? Non sai difenderti da una ragazza?»

«Ragazza? Questa pollastrella era una specie di culturista o una roba simile. Avresti dovuto vedere i suoi muscoli. Non era normale.» Rabbrividì.

«È perché le ragazze sono toste, giusto, Tamar?» interloquì Shea, sorridendo nella sua direzione.

Quando abbassai lo sguardo su Tamar, provai una fitta al petto, questo contorto senso d'orgoglio che non mi apparteneva. Ma ero contento che si stesse divertendo, che si sentisse a suo agio e al sicuro nella mia cerchia di amici. L'atmosfera era leggera e spensierata, e la vecchia villa di Ash rendeva l'ambiente ancora più rilassato.

Ma forse era proprio quello il mio problema; ero sempre in ansia per *Blue* che si celava sotto *Red*. Mi preoccupavo che qualcosa l'avrebbe fatta scattare, facendola precipitare di nuovo in quel luogo desolato dove non sopportavo che stesse.

Non sapevo perché provassi questo assurdo e viscerale istinto di proteggerla ed evitare che andasse in quel luogo. Come se in qualche modo fosse diventata una mia responsabilità. Un mio dovere.

Tuttavia, in questo momento, era completamente *Red*. Mi rivolse un'occhiata fugace e uno di quei sorrisetti che mi facevano quasi perdere la testa, prima di voltarsi di nuovo verso Ash.

«Sono sicura che hai rigirato la frittata, Ash» lo punzecchiò, piegando la testa di lato. «Probabilmente la ragazza si stava difendendo da quelli come te. Ti ho visto in azione, sai?»

Ash si portò una mano sul cuore. «Oh, Tam Tam. Hai davvero così poca fiducia in me?»

Questa sera, in realtà, avremmo dovuto esercitarci ma, sorpresa sorpresa, la serata si era trasformata nello Ash Evans Show.

Sebastian e Shea erano tornati dalla loro luna di miele di due settimane un paio di giorni fa. Considerando che ci restavano solo sei settimane prima di dover tornare a Los Angeles per terminare i brani, avevamo deciso che sarebbe stato meglio tenerci in allenamento prima che la comoda vita da fannulloni prendesse il sopravvento su di noi.

Non avevamo concluso granché finora.

Sapevo che Shea si sarebbe unita a noi dato che la canzone che lei e Sebastian avevano scritto insieme sarebbe comparsa nel nostro prossimo album. Senza contare che Sebastian non la perdeva di vista un secondo.

Onestamente, non c'era stata alcuna esitazione da parte mia quando Sebastian ci aveva suggerito di prendere in considerazione la loro canzone per l'album. Shea aveva una voce diversa da qualsiasi altra avessi mai sentito. Sarebbe stata l'ultima traccia. Una che avrebbe arricchito le nostre tipiche canzoni chiassose con il suo ritmo morbido, dolce e lento, proprio come la donna di Sebastian.

Tamar si era aggregata al gruppo.

Avrei dovuto essere incazzato? Contrariato dal modo in cui si stava inconsciamente facendo strada nella mia stretta cerchia di amici?

Forse.

Ma la verità era che la volevo qua con noi.

Tuttavia, me ne stavo qui seduto a fingere che non significasse niente.

Dalla sua postazione sul divano di fronte a me con Shea accoccolata sul suo grembo, Sebastian sollevò il mento, e lo colsi a fissarmi mentre osservavo Tamar. Socchiuse gli occhi con espressione interrogativa. Curiosa.

Gli rivolsi un rapido e breve cenno di dissenso con la testa.

Lascia perdere.

Neanche per sogno gli avrei permesso di toccare quel tasto. Non più di quanto l'avrei permesso a Ash o Zee, del resto. Non mi importava che questa fosse la prima volta che mi vedevano con una ragazza da parecchio tempo. Da anni, cazzo. Non da quando non volevo più ricordare.

E non mi riferivo alle ragazze che andavano e venivano tanto velocemente da non riuscire neppure ad afferrare i loro nomi.

Mi riferivo ad una che mi era accanto mentre io stavo al suo fianco.

Ma tra sei settimane sarebbe tutto finito. Alla fine, anche lei sarebbe stata solo un altro corpo senza nome e senza volto?

Un nodo di emozione mi serrò la gola.

No.

Questa ragazza...

Questa ragazza era indimenticabile.

«Ad ogni modo, prima che venissi scortesemente interrotto» disse Ash, lanciando un'occhiata eloquente a Tamar, «stavo dicendo che improvvisamente questa pazza stronza si trovava sullo sporco e sudicio pavimento. Non so se sia inciampata o se si sia lanciata su di me o cosa, ma me la sono ritrovata avvinghiata intorno alla gamba mentre cercavo di scuotermela di dosso come se fosse un incubo. Sono andato nel panico, cazzo. Nel panico totale. Ho cominciato a trascinarla sul pavimento mentre lei continuava ad aggrapparsi a me.»

Scosse la gamba a mo' di dimostrazione.

«Poi ha cambiato tattica e ha iniziato a implorarmi, dicendo di aver visto un indovino e che io ero la sua anima gemella, solo che non lo sapevo ancora, ma avremmo avuto tre maschietti di nome Kurt, Kaleb e Kyle, e che avremmo vissuto in una fattoria nel Missouri. A quel punto, ho dovuto letteralmente staccarle le dita dalla mia gamba perché ne avevo avuto abbastanza delle sue pazzie per la serata.»

In qualche modo, Ash riuscì a rabbrividire e sorridere contemporaneamente. «Voglio dire, so di essere irresistibile, ma dai, una fattoria nel Missouri? E tre maschietti? Pfui. Ovviamente, quella ragazza non mi conosceva affatto. Stava senz'altro mentendo.»

Scoppiai a ridere. «Credi che stesse mentendo, eh? Cosa te lo fa pensare? E da quando sei così selettivo?»

«Da quando questa ragazza poteva quasi spezzarmi in due.»

Ash bevve un sorso di birra, la fronte corrugata come se fosse immerso nei suoi pensieri. «In tutta onestà, lo capisco benissimo e non biasimo la ragazza.» Allargò le braccia, sorridendo come l'arrogante bastardo qual era. «Le ragazze non riescono a trattenersi dal saltarmi addosso e farsi un giro.»

«Sul serio, Ash!» Tamar scosse la testa, eccitandomi con la sua risata gutturale. «Hai mai sentito parlare di questa piccola cosa chiamata umiltà?»

Lui si accigliò. «Cos'è? Sembra una terribile malattia. Mi auguro di non contrarla mai.»

«Sei proprio uno stronzo» lo canzonò lei con un sorriso, prima di bere un sorso. La sua bocca si chiuse intorno al bordo della bottiglia, e io mi mossi a disagio sulla poltrona.

Dannazione.

Con le braccia avvolte intorno al collo di Baz, Shea sorrise. «Suvvia, Ash, non fingere che non possiamo vedere le tue carte. La tua faccia da poker non è così eccezionale e io e Tamar abbiamo capito il tuo gioco. Guarda questa grande vecchia casa che implora di essere riempita da un mucchio di bambini. Prima che te ne accorga, avrai un branco di piccoli Ash che corrono su e giù per le scale.» Spostò gli occhi su tutti i presenti. «Aspettate e vedrete. Ci scommetto cento dollari.»

Zee balzò in piedi e batté le mani. «Accetto la scommessa e rilancio di altri cento, perché non esiste una sola ragazza sana di mente che si fermerebbe qui abbastanza a lungo da sopportare questo cazzone.»

Ash rivolse un sorrisetto compiaciuto a Zee. «Nessuna eccetto te.»

«Amico... non sei divertente. Non sei affatto divertente» rispose Zee con una lenta e offesa scrollata di testa.

Ash si girò e indicò il pancione di Shea, e parlò con tono di finta sincerità. «E nel caso non lo aveste notato, Baz Boy mi ha rubato la ragazza... la mia carissima e bellissima Shea. Ho dovuto sopportare la devastante notizia che quel bambino non è mio. Tutte le mie chance sono sfumate. Mi si è spezzato il cuore. La mia felicità è andata.»

Finse un rantolo e una pugnalata al cuore con una lenta, agonizzante morte mentre cadeva in ginocchio.

Quant'era vero Iddio, doveva essere Ash quello pazzo e non la ragazza.

Ridacchiando, Shea si passò una mano sulla pancia che sembrava essere raddoppiata di dimensioni dal giorno del matrimonio. Baz posò la propria mano sulla sua in maniera protettiva.

Tamar teneva l'attenzione puntata su Shea, sulle due mani intrecciate sul suo pancione. Sorrise nella loro direzione. Era la tenera, dolce Blue che traspariva dalla sua espressione mentre io facevo del mio meglio per distogliere lo sguardo.

Non perché non mi piacessero i bambini. Adoravo da impazzire Kallie, quella dolce bambina che ci girava intorno come se fossimo la cosa più bella del mondo.

Mi raccontava continuamente storie fantastiche sulle farfalle, sulle fate e su tutte le cose irrealizzabili, racconti che rincorrevano immancabilmente quell'assurdo "per sempre felici e contenti". Il tipo di finale che poche persone trovavano, ma lei era ancora troppo piccola per saperlo. La cosa buffa era che non mi dispiaceva ascoltarla. Forse perché mi ricordava la mia nipotina.

Però c'era qualcosa nel pancione di Shea che mi faceva sentire guardingo. Irrequieto e agitato ogni volta che lei era nelle mie vicinanze. Eppure, in un impeto di stupidità le avevo regalato quel maledetto orsetto, come se farlo potesse mai essere una buona idea.

Ma stavamo parlando del bambino di Baz.

E Baz se lo meritava.

Lui si meritava tutto.

Tentai di scrollarmi di dosso quei pensieri. Quello era un buco nero in cui non dovevo cadere, anche se ultimamente

Blue sembrava intenzionata a trascinarmici dentro.

Invece, cercai di rilassarmi e allungai le gambe su entrambi i lati di lei. Tamar avvolse un braccio intorno alla mia gamba e poggiò la testa sul mio interno coscia. Poi reclinò la testa all'indietro e mi guardò.

I suoi grandi e angelici occhi blu erano sgranati e giocosi. Sussurrò, così che solo io potessi sentirla. «Per la cronaca, i tuoi amici sono pazzi.» Indicò Ash. «Quello lì... matto da legare.»

Il modo in cui mi stava guardando? Tutto dentro di me andò in tilt. Si ravvivò, animò ed eccitò.

Cazzo.

Mi piaceva.

«Ma li adori» ribattei, curvando verso l'alto un angolo della bocca.

La sua espressione si addolcì. «Sì, è vero.»

Le carezzai il viso e lei emise un lieve sospiro. Il mio uccello si contrasse di nuovo. Merda, forse ero io quello perverso. Perché volevo questa ragazza in un modo che non era affatto opportuno.

«Accetto la sfida, Zee» disse Shea, continuando a scherzare con i miei compagni. «Duecento dollari che Ash dipingerà tutte le camere da letto al piano superiore di rosa e celeste.»

«Andata» replicò Zee.

Il sorriso di Tamar era dolce e alludeva a cose che non volevo vedere. Cose che non potevo dare, e per l'ennesima volta mi domandai in che cazzo mi fossi cacciato e come diavolo me ne sarei tirato fuori.

Tuttavia, rimasi bloccato lì, nel calore di quelle due pozze blu, intrappolato dal corpo di un'incantatrice dai capelli rossi.

Tentazione.

La sentivo nelle mie viscere e tremare intorno al mio cuore annerito.

Distolsi lo sguardo e lo spostai sul pavimento.

Lealtà.

Quella era l'unica cosa che avevo. L'unica cosa che potevo considerare buona. Dovevo aggrapparmi ad essa.

Il mio cellulare vibrò nella mia tasca. Tre volte in rapida

successione.

Emettendo un sospiro, lo tirai fuori e passai le dita sullo schermo. Cercai di nascondere l'irritazione che sentii balenare sul mio viso.

Figlio di puttana.

Avevo detto a questo stronzo di non infastidirmi più. A quanto pareva, non aveva recepito il messaggio.

Lessi i suoi sms.

Hai riflettuto sulla nostra offerta?

So da fonte sicura che il tuo amico Stone sta per abbandonare il gruppo.

Non lasciarti sfuggire questa opportunità.

Ma che diamine? Questo tizio doveva essere stato un venditore di auto usate in una vita precedente.

Non importava cosa avesse da dire. Cosa insinuasse che Baz avrebbe fatto. Eppure, lo sentii nell'improvviso attorcigliamento delle mie viscere, questo profondo senso di protezione nei confronti dei miei compagni mescolato a un sottile filo di paura.

Con una risatina asciutta, digitai una risposta.

Vaffanculo.

Più chiaro di così non potevo essere.

«Ti spiace renderci partecipi del tuo divertimento?» chiese Ash.

Probabilmente avrei dovuto farlo prima. In privato, solo con i ragazzi. Ma immaginavo che ora fosse un buon momento come un altro.

«Il divertimento sta nel fatto che questo bastardo di Banik... il manager dei *Tokens of Time*?» dissi in tono interrogativo mentre guardavo il cellulare e premevo invio. «Per qualche ragione pensa che lascerò i *Sunder* per prendere il posto di quel pezzo di merda del loro leader che ha piantato in asso la band.»

Buffo che mi stessero praticamente chiedendo di fare lo stesso.

Il silenzio cadde nell'intero soggiorno. La tensione montò e riempì le vecchie mura, calando dal soffitto come una nuvola densa e soffocante.

Suppongo avessi dovuto parlarne prima. Il loro shock era palpabile.

Stagnante.

Come se qualcuno di loro potesse pensare anche solo per un secondo che me ne sarei potuto andare.

La confusione e la rabbia contorsero il viso di Ash. «E perché cazzo pensa che faresti una cosa del genere?»

Con circospezione, mi guardai intorno nella stanza, valutando quanto dire. Sebastian era sul divano, immobile come un sasso, quasi si stesse preparando a ciò che stavo per dire.

Indicai verso di lui con un cenno del mento. «Banik sembra pensare che Baz non resterà con noi ancora per molto, quindi tanto vale che io tagli la corda prima che i *Sunder* colino a picco.»

E forse ero completamente fuori di testa, poiché stavo fissando Baz mentre lo dicevo, osservando la sua reazione, in attesa di vedere che piega avrebbe preso la situazione. Domandandomi che cosa avrei provato.

Perché ero disposto a lasciarlo andare.

Non avrei neppure opposto resistenza.

Forse si trattava di nuovo di egoismo. Il bisogno di pagare una piccola parte del mio debito. O forse perché ci tenevo abbastanza da volere davvero che fosse felice. Una parte di me voleva che lui se ne andasse perché sentivo che aveva bisogno di tagliare i legami da tantissimo tempo.

Perché non avrebbe dovuto quando aveva qualcosa di così dannatamente bello?

Baz scosse la testa. «Quello stronzo non ha la minima idea di cosa stia parlando.» Il suo sguardo si spostò tra Zee, Ash e me. «Qualcuno di voi pensa davvero che me ne andrei di punto in bianco senza preavviso? Senza discuterne? Ne abbiamo passate troppe insieme perché possa succedere. Banik dice un sacco di cazzate. Qualunque cosa stia usando per adescare Lyrik non è altro che una supposizione.»

I miei occhi guizzarono tra lui, Shea e il suo pancione, e le parole uscirono dalla mia bocca prima che potessi fermarle. «Baz, fratello, sai che ti sosterremo. Qualunque cosa tu decida.

Nessuno di noi ti biasimerà se ci lasci, perché le canzoni non saranno mai importanti quanto la famiglia. Te lo dobbiamo.»

Cinque anni fa, gli avevo promesso che ci sarei stato mentre lui era in prigione. Gli avevo promesso che mi sarei occupato della band al suo posto. Che avrei vegliato su suo fratello. Mi sarei assicurato che non sarebbe andato tutto a rotoli quando lui si era sacrificato, donandomi l'unico momento che non avrei dovuto avere.

Lo avrei rifatto. E avrei continuato a farlo.

Eppure, ammetterlo ad alta voce sembrava come se mi stessi pugnalando alla schiena da solo.

Ad ogni modo, non avrei dovuto proporlo in quel momento. Non con un pubblico. Non con Shea. Men che meno davanti a Blue.

Quest'ultima si era spostata, girandosi maggiormente verso di me. Mi sentivo inchiodato sotto il suo sguardo. Sotto tutte le domande, la preoccupazione e la confusione che trapelavano da lei. Mi sentivo intrappolato dal modo in cui sembrava affondare le dita nella mia pelle, scavando sempre più a fondo.

Invadendo.

Intrufolandosi.

Penetrando.

Cazzo.

L'intera stanza sussultò quando una bottiglia di birra sbatté contro il muro, infrangendo il silenzio. Schegge di vetro piovvero giù e tintinnarono sul pavimento di legno. La mia attenzione scattò verso Ash, che mi fissava torvo dal centro della stanza.

Rabbia.

Delusione.

Compassione.

Tirai un profondo respiro fortificante.

Era quest'ultimo sentimento che odiavo di più.

Mi ero scavato la fossa da solo, merda.

«Che cazzo, amico?» mi accusò Ash, piegando la testa di lato con fare litigioso. «Sei tu che decidi per l'intera band? L'hai già fatto in passato, ricordi? Hai preso e te ne sei andato, cazzo, e guarda dove ti ha portato.»

Ero in piedi prima che me ne rendessi conto. La rabbia mi attraversava il corpo in onde fragorose. Cazzo, stavo tremando per lo sforzo di trattenermi. L'amarezza grondava dalle mie parole. «Sono *tornato*, e guarda dove *questo* mi ha portato. Il problema non è stato andarmene.»

Furiosamente, Ash sbatté le palpebre e si passò le mani sul viso in preda alla frustrazione. «Sul serio, amico... pensi che sia stato perché sei tornato? È successo perché eravamo incasinati. Tutti quanti. Abbiamo fatto una cazzata e tutto è andato a puttane. E so che tu hai pagato lo scotto più alto. Hai perso più di tutti noi. Ma sono passati cinque anni, amico, e ce lo stai ancora facendo scontare.»

«Ash» mormorò Sebastian in tono di avvertimento, sciogliendosi dall'abbraccio di Shea e alzandosi in piedi.

Ash gli puntò un dito contro. «Questo va detto, Baz. Ad alta voce. Abbiamo trascorso troppo tempo a girare intorno a questa merda. Fingendo che non ci segua ovunque andiamo. Fingendo che Lyrik non sia ancora bloccato in quel giorno.»

Riportò l'attenzione su di me. La sua voce si abbassò e assunse un tono supplichevole. «È ora di voltare pagina.»

Il mio volto impallidì. Il dolore mi trafisse il petto come se quel giorno fosse ieri.

Perché aveva ragione.

Vivevo ancora in quel giorno. Mi svegliavo ogni mattina solo per morire ancora, e ancora.

«Voltare pagina?» Le parole si fecero più forti, e la mia calma evaporò come nebbia al sole. «Voltare pagina?» dissi di nuovo, facendo un passo incredulo in avanti. «Ho perso tutto. *Tutto*. E per questo pagherò per il resto della mia vita.»

Perché c'erano cose per cui era impossibile fare ammenda.

Ash sapeva bene di non dover tirare fuori quest'argomento. Di non dovermelo sbattere in faccia. Soprattutto in presenza di estranei.

«Ma è proprio questo che non capisci» affermò. «Non devi continuare a pagare per ciò che non puoi cambiare. Ed io non posso guardarti soffrire senza fare niente un giorno di più. Non quando la libertà è proprio *accanto* a te. Proprio davanti ai tuoi occhi, e tu ti rifiuti di vederla.»

Non fece mistero del fatto che si riferisse a Tamar. Come se potessi averla davvero. Come se potessi stare con lei nel modo in cui si meritava.

Rabbia e dolore si abbatterono su di me con la stessa forza di una tumultuosa tempesta. Accerchiandomi. Sentivo che stavo perdendo il controllo. Fibra dopo fibra. Ricordo dopo ricordo. Era una perdita così intensa che mi fece quasi cadere in ginocchio.

Cazzo.

Volevo urlare. Colpire qualcosa o qualcuno.

Superai Ash con una spallata prima di fare qualcosa di stupido come scagliarmi su di lui.

La cosa assurda era che Ash era lo stesso ragazzo che una parte di me non poteva fare a meno di biasimare, nonostante sapessi che nulla di tutto ciò era colpa sua.

La colpa era soltanto mia.

«Lyrik, amico, dai... non fare così» disse Ash alle mie spalle. «Per una volta, smettila di essere una testa calda del cazzo e ascolta. Tutti noi... ci teniamo a te.»

Ci teniamo.

Che bello.

Ero contento che stesse facendo un lavoro coi fiocchi mostrando di *tenerci* a me davanti a persone che non centravano nulla. Portando allo scoperto il mio passato così che lo vedessero. Facendo luce su ciò che era scritto su di me come una macchia nerissima.

«Lyrik!» gridò.

Lo ignorai perché avevo chiuso con le sue cazzate. Oltrepassai le doppie porte in vecchio stile che conducevano all'enorme cucina ed entrai come una furia nello spazio ristrutturato che era più grande dell'appartamento che avevo affittato.

Dentro, era buio. Fatta eccezione per il chiaro di luna che filtrava all'interno attraverso le grandi finestre che si affacciavano sul vasto cortile, i suoi raggi opalescenti che illuminavano i puntini argentati dei ripiani in granito bianco e grigio.

Premendo i palmi sull'isola centrale, abbassai la testa tra le spalle e cercai di riprendere fiato. Di estirpare i ricordi dalla mia mente. Di impedire che la raffica di immagini mi massacrasse. Tagliandomi in due. Di fermare l'assalto dei loro volti che mi colpiva ripetutamente.

Fulmine dopo fulmine.

La perdita.

La perdita.

La perdita.

La porta a vento cigolò e lasciò entrare un fascio di luce mentre si apriva, prima di richiudersi.

Non ero più solo.

L'aria divenne densa. Un'intensità carica di energia pervase la stanza. Aumentando ulteriormente la mia agitazione.

Questa ragazza stava facendo del suo meglio per distruggermi completamente.

«Vattene» dissi a denti stretti.

Chiusi gli occhi con forza.

Tagliando fuori il mondo.

Era la cosa migliore, cazzo. E di sicuro non avevo bisogno che lei mi vedesse in questo stato.

Incazzato, vulnerabile e ferito. Ma sembrava che da quando si era fatta strada nella mia vita, fosse tutto lì, ribollendo appena sotto la superficie.

Tacchi a spillo picchiettarono sul pavimento di legno. Il sangue pulsò nelle mie vene, forte e violento. Martellando sempre più velocemente ad ogni passo del suo lento e guardingo approccio.

I miei polmoni si serrarono.

Lei esitò, la sua presenza vivida e rassicurante e probabilmente una delle dannate cose più terrificanti che avessi mai sentito.

Non potevo farlo. Dovevo fermarmi, cazzo, prima di incasinare la situazione più di quanto avessi già fatto. Prima che il mio senso di colpa crescesse a dismisura e non mi restasse più nulla a cui reggermi.

Mi cinse con le braccia da dietro.

Emisi un respiro tremolante.

Dio, era così piacevole.

Premette il viso al centro della mia schiena.

«La cosa è reciproca, sai.» La sua voce, calda e dolce come il miele, riempì la stanza. Il mio corpo la percepì come una canzone.

«Ero così sola. Non mi sentivo semplicemente sola, Lyrik. Ero *sola*. Vuota. Senza nessuno che mi capisse. E poi sei arrivato tu... questo splendido, terrificante uomo che si stava facendo strada nella mia vita. Esigendo che gli permettessi di vedere quello che ero veramente e non quello che tutti gli altri vedevano. Adesso sono qui a supplicarlo di farmi entrare nella sua anima. Di farmi *vedere*.»

Afferrai le sue mani che erano intrecciate sul mio stomaco. «Non puoi andare lì, Blue.»

Attraverso la maglietta, mi tempestò la schiena di baci delicati. Eppure, scottavano, bruciavano e ustionavano.

Marchiandomi mentre mi implorava silenziosamente.

«Blue.» La afferrai per un polso e la tirai di fronte a me. «Ogni volta che entri in una stanza...»

Deglutii intorno al groppo che avevo in gola quando vidi l'assoluta comprensione sul suo viso. Sollevandola, la posai sul bordo dell'isola centrale e mi feci strada tra le sue gambe che erano ansiose di accettarmi.

Le presi il volto tra le mani. «Ogni volta che entri in una stanza, non mi riconosco più. Mi dimentico chi sono. Dimentico chi dovrei essere.»

I suoi occhi blu scrutarono il mio viso e la sua mano si posò sul mio cuore martellante. «Forse stai finalmente cominciando a vedere chi sei veramente.» La sua voce si addolcì. «L'uomo che vedo quando ti guardo.»

La mia bocca si abbatté con forza sulla sua per impedirle di parlare.

Affondai le dita nella sua setosa chioma rossa.

La baciai follemente.

Proprio come lei stava facendo impazzire me.

Lingua, denti e disperazione.

Cazzo.

Era stupido.

Desiderarla in questo modo.

Ma avevo la sensazione che se mi fossi staccato anche solo di un centimetro, non sarei stato in grado di respirare. Che se avessi messo un qualsiasi spazio tra di noi, sarebbe stata la fine. Che senza *questo* non sarei riuscito a fare un altro passo.

Ecco perché dovevo andarmene, cazzo.

Invece, feci scorrere le mani lungo i suoi fianchi e avvolsi le sue gambe intorno alla mia vita. Lei emise un sospiro voglioso e incrociò le caviglie dietro la mia schiena.

Poi si strofinò contro il mio turgido uccello.

Il tormento ruggì nelle mie orecchie come l'ululato di un incendio.

Fiamme assordanti e logoranti.

Ma questo fuoco?

Era così fottutamente bello che non potevo lasciarlo andare. Non quando potevo averlo solo per questi brevi momenti che si stavano esaurendo in fretta.

La sollevai dal bancone e la portai verso la stretta scala di servizio che conduceva fuori dalla cucina.

Tamar si aggrappò alle mie spalle, reggendosi forte. «Dove stiamo andando?»

«Di sopra» mormorai contro la sua bocca, rifiutandomi di staccarmi da lei per recuperare fiato perché temevo di perdere *questo*. Temevo di perdere la sensazione di avere qualcosa di reale per la prima volta dopo un'eternità.

I suoi polpastrelli affondarono nella mia nuca. «Sei sicuro che sia una buona idea?»

«Penso che sia una fottutissima buona idea» grugnii sulle sue labbra. Il mio cazzo che implorava contro il cavallo dei suoi jeans sembrava una prova più che sufficiente.

La premetti maggiormente contro di me, adorando il fatto che bastasse questo a farla mugolare di piacere.

Avevo bisogno di lei. Avevo bisogno del suo tocco, del suo sorriso e dei suoi respiri affannati.

«Voglio farti venire.»

Tamar emise un gemito che suonava come un sì, ciononostante le sue parole rivelarono la sua riluttanza. «Questo non cancellerà ciò che è appena successo laggiù. Parla con me. Per favore.»

Continuai a baciarla mentre salivo le scale. *Cancellare.* Era quello che avrei fatto. Avrei coperto la macchia lasciata da quel bastardo con me stesso. L'angoscia, il danno e la rovina.

Per una volta... per una volta volevo avere qualcosa di buono da offrire.

E volevo offrirlo a lei.

Ogni residuo di ciò che mi era rimasto da dare.

Le sue dita affondarono maggiormente nella mia nuca e le sue unghie si conficcarono nella mia pelle.

E sapevo... sapevo che anche lei voleva offrirlo a me. Ma la differenza tra di noi era che io non volevo dimenticare.

Raggiunsi il pianerottolo in cima alle scale in fondo al corridoio e armeggiai con la maniglia dell'ultima porta. Quando si aprì, entrai in fretta nella stanza e chiusi la porta con un calcio. Le tende appese alle finestre che si affacciavano sul retro erano spalancate.

La sistemai al centro del letto e rimasi in piedi lì accanto.

«Di chi è questa stanza?» sussurrò nella quiete.

«Mia.»

Questo era il pregio di Ash. Litigavamo. Bisticciavamo come fratelli. Perché era esattamente questo ciò che eravamo. Non fratelli di sangue. Ma sotto tutti gli aspetti che contavano davvero. Mi aveva fatto scegliere una delle stanze e mi aveva detto che non importava dove andassi, avrei sempre avuto una casa.

Gli occhi blu di Tamar luccicarono di speranza.

Resta. Resta. Resta.

Ogni parte razionale di me sapeva che dovevo estirpare quella speranza. Dirle di no. Avvisarla che ci restavano solo sei settimane.

Tutto lì.

Fine.

Tuttavia, non riuscii a far affiorare le parole sulla mia lingua.

Le sfilai una di quelle scarpe sexy e le baciai l'arco interno del piede, poi mi voltai e feci lo stesso con l'altro.

Il suo corpo fu percorso dai brividi e la lussuria mi attanagliò le viscere.

Volevo scoparla più di quanto volessi respirare.

Sperimentare tutto ciò che aveva da dare.

Assaggiare il suo coraggio.

Inghiottire le sue insicurezze.

«Lyrik.» Era un respiro. Una domanda.

«Sei così dannatamente bella.» Parte di me desiderava che non lo fosse. La verità era che stava diventando sempre più difficile guardarla. Perché continuavo a desiderare sempre di più. Andando in cerca di guai. Di angoscia e dolore.

Ero più assennato di così.

Avevo imparato molto tempo fa a scrollarmi di dosso le catene della preoccupazione e delle stronzate. La vita era molto più semplice da affrontare senza alcun peso opprimente.

Già portavo più di quanto potessi sopportare.

Eppure, il mio battito cardiaco aumentò quando mi piegai in avanti e le sbottonai i jeans. Il suono della zip che si abbassava echeggiò contro le pareti. Lei mugolò e sollevò il sedere dal letto, rendendo più facile per me abbassarle i jeans e le mutandine lungo le gambe.

Non tentai neppure di trattenere il mio gemito. Questa ragazza era così incredibilmente sexy. Una promessa del paradiso e una tentazione inviata direttamente dall'inferno.

Proprio il luogo a cui appartenevo.

Poggiando un ginocchio sul letto, mi allungai di lato per poter tracciare il serpente tatuato sulla parte esterna della sua coscia. Percorsi i contorni del tatuaggio con la lingua e contemporaneamente infilai le mani sotto la sua maglietta, trascinandola verso l'alto. La mia lingua seguì lo stesso percorso mentre gliela sfilavo dalla testa.

Il mio corpo era scosso da un desiderio irrefrenabile. Il mio autocontrollo si stava disintegrando.

Red rimase solo con un reggiseno di pizzo nero che doveva essere illegale in tutti e cinquanta Stati. Una punizione ingiusta e crudele, perché sarei potuto morire se non l'avessi toccata.

Le sue tette traboccavano oltre il bordo superiore del reggiseno e il tatuaggio del cuore distorto piangeva al centro del suo petto.

Ante omnia cor tuum custodi.

Fui travolto dall'impulso incontenibile di baciarlo finché non fosse diventato integro e perfetto.

Merda.

Stavo perdendo la testa. Le mie fondamenta.

Un desiderio divorante mi percorse da capo a piedi quando leccai quel cuore rosso spezzato. Infilai una mano sotto la sua schiena per slacciare il gancetto del reggiseno e arretrai quel tanto da poterglielo sfilare.

Il suo battito correva all'impazzata e il suo petto si alzava e abbassava affannosamente.

Impaziente di avventarmi di nuovo su di lei, catturai un capezzolo turgido e rosa nella mia bocca. Lo succhiai con forza, lambendolo con la lingua.

Tamar infilò le mani nei miei capelli. «Merda... Lyrik... è così bello.» Emise un gemito confuso. «Perché mi fai sentire così bene?»

Sorrisi contro la sua pelle. Era esattamente quello che volevo udire. Che si sentiva bene, che io ero l'unico a farla sentire in quel modo.

Le mie labbra scivolarono lungo il lato del suo seno. Mi soffermai su un punto, succhiando la pelle setosa nella mia bocca. Forse un po' più forte del necessario, ma volevo assicurarmi di lasciare un marchio. Perché era ciò che le avevo promesso che avrei fatto.

Le presi i seni a coppa tra le mani, strizzandoli e sollevandoli così che potessi stuzzicarla, torturarla e farla dimenare di piacere mentre spostavo l'attenzione sull'altro capezzolo.

«Ho bisogno di te» disse, afferrandomi la maglietta. Aria fresca mi colpì la schiena quando me la sfilò di dosso, poi riaffondò le dita nella mia pelle, bruciandomi, graffiandomi e supplicandomi di darle di più.

Tuttavia, più di questo non potevo darle.

Meritava di più, ma avrei dato tutto quello che potevo. *Per lei.*

Volevo che si fidasse di me come non si era mai fidata di nessuno da quando quel bastardo l'aveva violata. Che sapesse che era splendida, e che ciò che quell'uomo le aveva fatto non aveva il potere di definirla.

Non aveva il potere di distruggerla.

Volevo che sapesse che io vedevo qualcosa di meraviglioso.

Qualcosa di buono.

Un dono prezioso dato a questo mondo.

La testa mi girava e il cuore martellava un avvertimento contro le mie costole. Batteva al ritmo del suo, selvaggio, erratico e violento, i suoi respiri altrettanto impetuosi.

Freneticamente, Tamar attirò di nuovo la mia bocca sulla sua.

La mia pelle formicolò, e questa sensazione di dolore mi diceva che stavo facendo qualcosa di sbagliato. Che stavo violando una promessa. Ma ricambiai comunque il suo bacio.

Perché non riuscivo a fermarmi, cazzo.

La sua lingua scivolò oltre le mie labbra in una deliziosa provocazione, intrecciandosi alla mia. Avida ed esigente.

Ogni centimetro di me prese fuoco.

Una frenesia pericolosa rimbombò nelle mie vene, e mi sorressi sui palmi delle mani. Abbassai ulteriormente la testa per baciarla con più foga. Il mio uccello coperto dai jeans premette contro la sua fica nuda. Un desiderio irrazionale attanagliò ogni mia cellula, riempiendo i miei respiri, i miei polmoni e la mia testa.

No.

Chiusi gli occhi con forza e lei mi baciò con più fervore. Le sue mani impazienti percorsero la mia pelle come se volessero trovare un punto debole. Una via d'entrata. Un modo per accedere a ciò che era sepolto dentro di me.

«Lyrik» sussurrò mentre mi carezzava le spalle con le mani. Il suo tocco mi bruciò la pelle. Le sue unghie mi graffiarono il petto prima di armeggiare con la patta dei miei pantaloni.

Sentii la paura insinuarsi dentro di me. Qualcosa di inquietante e oscuro. Ciononostante, tutto il resto prese vita.

Una tortuosa contraddizione.

Ma era quello che bramavo.

Il tira e molla.

La volevo. Volevo tutto. Volevo conoscere ogni centimetro.

Il suo corpo. Il suo cuore. La sua mente.

Staccandomi leggermente da lei, scrutai il suo viso, poi abbassai lo sguardo sul suo sesso coperto dalla mia mano, e osservai mentre spingevo due dita dentro.

Era così deliziosamente bagnata, calda e perfetta.

Le sue pareti intime si serrarono intorno alle mie dita e lei inarcò la schiena sul letto. La sua bocca si schiuse in un gemito silenzioso.

Splendida.

Fui travolto da un'ondata di ansia. Non ne avrei mai avuto abbastanza.

Mi avventai di nuovo sulla sua bocca.

Su quella dolce, squisita bocca.

La baciai senza sosta mentre mi sforzavo di muovere le dita lentamente. Di mantenere il controllo quando l'unica cosa che volevo fare era lasciarmi andare. Volevo tutto. Ovunque. E tutto in una volta.

Consumarla, divorarla e annientare ogni sua paura e incertezza.

Prendere, prendere e prendere.

Dare, dare e dare.

Delirio.

Lasciai vagare la mano più in basso.

Le dita scivolose.

Ne spinsi due nel suo stretto e perfetto culo.

Volevo possederla anche lì.

Lei sobbalzò e io feci lo stesso, ritraendomi giusto in tempo per cogliere la paura nella sua espressione. I suoi occhi blu erano diventati scuri, perché stava venendo risucchiata in quel luogo depravato.

Merda.

Merda. Merda. Merda.

Che cazzo mi era passato per la mente? Diventare avventato con questa ragazza? Avrei dovuto aspettarmelo. E quel piccolo grillo che era la mia coscienza urlò che stavo facendo uno sbaglio dopo l'altro. Urlò che ero un peccatore e un egoista. Che ero perverso e malato. E in quel momento capii che non avevo il fegato di lasciarla andare. Non ancora. Non quando c'era quasi. Quando era così vicina ad essere *libera*.

Le lacrime scivolarono dagli angoli dei suoi occhi, bagnandole le tempie e scomparendo nei suoi capelli, mentre il mio cuore prese a battere freneticamente per il rimorso, l'odio e il bisogno di massacrare chiunque l'avesse ferita in quel modo.

La avvolsi tra le mie braccia.

«Non lasciarmi» mormorai ansiosamente, stringendola più forte. «Sono qui. Sono io, Blue. Sono io. Piccola, devi solo dirmi di no. Non ti farò mai del male.»

Ma dal modo in cui i suoi occhi percorsero il mio viso? Lo sapevo già. Sapevo che la stavo già ferendo, cazzo, perché volevo prendermi tutto senza poterle offrire la stessa cosa in cambio.

Si inarcò verso l'alto. La punta del mio membro che spuntava oltre il bordo dei miei jeans sbottonati sfregò contro il suo sesso. Continuando a piangere, conficcò le dita nelle mie spalle, quasi stesse trasferendo parte del suo dolore a me.

«Ti prego... scopami e basta» mi supplicò.

La parte perversa di me? Voleva farlo. La parte che la desiderava così fottutamente tanto che mi incitava a prendere tutto quello che potevo. Invece, la baciai di nuovo, mormorando «Piano» contro le sue labbra rosse. Ringraziando Dio che fosse con me. Che non avessi combinato un tale disastro da farla raggomitolare al centro del letto.

Ma questo era quello che facevo.

Trovavo quei piccoli frammenti di buono nascosti dietro una maschera e li portavo alla luce.

Poi li distruggevo con un colpo devastante.

«Mi fido di te» disse, abbracciandomi più forte e sfregando il suo sesso contro di me.

Fiducia.

Porca puttana. Volevo piangere. Sentii l'emozione serrarmi il petto, come se venissi strangolato. Un cappio intorno al collo.

Freneticamente, mi calai i jeans intorno alle cosce, perché ero abbastanza avido da prendere un po' di più.

«Piano» faticai a dire.

Piano. Piano. Piano.

Continuai a ripetermelo in testa. Anche se mi stava implorando, sapevo che Blue non era pronta per fare sesso.

Cominciavo a domandarmi se io lo fossi. Se fossi in grado di gestirla. Sebbene morissi dalla voglia di affondare in lei.

Feci scorrere il mio uccello lungo il suo sesso, raccogliendo tutto il desiderio che imperlava il centro del suo piacere, le afferrai le spalle e ondeggiai contro di lei.

Un piccolo rantolo sfuggì dalle sue labbra. Confusione e bramosia.

Ripetei il movimento, avvicinandomi ulteriormente a lei perché sembrava che non riuscissi ad avvicinarmi abbastanza.

No. Non mi mossi mai a sufficienza da scoparla, anche se con un solo gesto avrei potuto penetrarla.

Mi limitai a strusciare contro di lei come un fottuto malato che aveva bisogno di venire.

Mi assicurai di muovermi in maniera tale che la corona del mio glande palpitante lambisse il suo clitoride.

I nostri volti erano a un soffio di distanza, le nostre labbra si toccavano appena, i nostri occhi erano spalancati, selvaggi e vulnerabili.

Ondeggiai, ondeggiai e ondeggiai. Usando questa ragazza che avrebbe dovuto usare me invece.

Stavo iniziando a chiedermi chi di noi due avesse bisogno dell'altro.

«Lyrik.» Mi strinse più forte a sé, schiacciando le tette contro il mio petto nel tentativo di avvicinarsi maggiormente a me.

«Lasciati andare» le sussurrai all'orecchio.

Fremette sotto di me quando lo fece, conficcandomi le unghie nella carne, quelle piccole fitte di dolore la perfetta contrapposizione al piacere che fece irrigidire il mio corpo. Sempre di più.

Così calda.

Così bagnata.

Era troppo.

Cazzo.

Fui travolto da una bruciante, straziante beatitudine.

Venni sul suo ventre con un gemito.

La mia testa ricadde in avanti e seppellii il viso nel suo collo, inspirando più a fondo che potevo.

L'aria sapeva di lei

Ogni respiro era *Blue.*

Con riluttanza, mi spostai e la guardai. Le carezzai la guancia con il dorso delle dita. Quegli occhi blu luccicavano mentre mi fissava, le lacrime scorrevano ancora lungo le sue tempie e nei suoi capelli.

Blue.

Dolce, tenera, fiduciosa Blue.

«Mi dispiace tanto» dissi sottovoce.

Lei sbatté le palpebre e deglutì rumorosamente, poi disse in tono sincero: «A me no.»

13

TAMAR

Mi tamburellai le dita sul labbro superiore.

Camminai avanti e indietro.

Poi lo feci di nuovo.

Le tende erano tirate nella mia camera da letto, e i raggi del sole calante filtravano attraverso i bordi. Lanciai uno sguardo alla scrivania dove la mia vecchia Canon giaceva come un faro puntato sul mio passato. Come un ponte verso tutto quello che un tempo era stato e tutto ciò che sembrava appena fuori portata.

Magari, se avessi semplicemente passato le dita sui rialzi e sulle scanalature dell'obbiettivo, sarei stata trasportata indietro nel tempo. Girando gli anelli, avrei messo a fuoco i loro volti, mi sarei collegata a tutte le cose che una volta erano importanti per me.

Le mie aspirazioni, le mie speranze e i miei sogni.

Pensavo che fossero stati annientati. Spazzati via.

Invece erano lì... in attesa, appena sotto la superficie. Dove Lyrik continuava a grattare, grattare e grattare. Mettendo in mostra sempre di più la vecchia me stessa.

Il mio spirito palpitava di possibilità.

La parte più spaventosa? Tutte quelle possibilità avevano

183

cominciato a ruotare intorno a lui. Prendendo vita sotto le sue carezze, le sue parole e quegli occhi scuri e magnetici.

D'altronde, non avevo mai affermato di essere sana di mente quando si trattava di lui.

Tre forti colpi risuonarono alla porta d'ingresso e il mio battito cardiaco accelerò. Gli ultimi brandelli d'incertezza si spezzarono, spronandomi ad agire.

Prima che perdessi il coraggio, afferrai la macchina fotografica. Per un istante, serrai gli occhi e la cullai come se fosse una bambina smarrita. Come se stessi reggendo una parte mancante di me stessa.

Una perdita recuperata.

Una vittima risorta.

Un altro colpo risuonò contro il legno, girai sui tacchi e mi diressi alla porta.

Entusiasta.

Speranzosa.

Diversa.

Girai la chiave nella serratura e, prima che potessi ruotare il pomello, Lyrik si spinse oltre la soglia.

Sussultai per la sorpresa, poi ridacchiai come un'eccitata scolaretta quando mi si avvicinò e mi cinse la vita con le sue forti braccia. Attirandomi contro il suo possente corpo. La sua presenza era così intensa, forte e audace.

Un tempo l'avevo considerata come un avvertimento.

Un cattivo presagio del pericolo che avrebbe portato con sé.

Non avrei mai immaginato che avrei trovato sicurezza tra le sue braccia.

Le sue grandi mani scivolarono lungo i miei fianchi, salendo fino al collo, lasciandosi dietro una scia di piccoli brividi. Mi sospinse la testa all'indietro per potermi baciare. Velocemente e con ardore. Rubandomi il fiato.

Poi si ritrasse. I suoi occhi color ebano luccicavano di allegria.

Malizia, caos e la promessa di una corsa fenomenale e divina.

Ero più che pronta a partire.

«Ciao.» Un sorrisetto si impadronì di quella bocca sensuale, le sue labbra carnose a un soffio dalle mie. Alcune ciocche dei suoi capelli neri gli ricaddero sulla fronte quando mi piegò all'indietro. Chiaramente, il ragazzo arrogante e impertinente che era in lui aveva voglia di giocare.

Non mi sarei di certo lamentata.

Adoravo quando era così. Giocoso e spensierato.

Ma adoravo anche quando era serio e vulnerabile. Quando mi proteggeva e quando mi spronava.

Merda.

Deglutii nel tentativo di domare il tumulto che rimbombava nel mio petto e che mi risaliva su per la gola.

Improvvisamente, l'energia si manifestò sotto forma di pelle d'oca.

Il fremito prima dell'esplosione.

«Ciao» sussurrai di rimando, la voce roca.

Spostò le mani sulle mie costole per reggermi in equilibrio, poi si ritrasse leggermente e lasciò vagare lo sguardo lungo il mio corpo inarcato.

«Ecco la mia ragazza... che assomiglia sempre alla mia fantasia preferita. Una deliziosa pin-up dai capelli rossi mandata qui per farmi uscire fuori di testa.»

La mia ragazza.

Dio, quanto vorrei che fosse vero.

Quel pensiero errante mi attanagliò lo stomaco. Ultimamente erano troppo frequenti. Pensieri di ciò che poteva essere. Di quanto *perfetto* fosse questo bellissimo uomo per me. E c'erano alcuni folli, avventati momenti in cui pensavo che forse anch'io potessi essere perfetta per lui. Che come io gli permettevo di scoprirmi, anche lui mi avrebbe permesso di scoprire chi era.

Di quanto saremmo perfetti insieme.

Ma il cuore di questo ragazzo era un posto instabile. Duro, oscuro e impenetrabile. Senza dubbio, spezzato. Frammenti rattoppati con amarezza e vergogna. Ma era tutta la bontà che continuava a fuoriuscire dalle crepe che mi conquistava.

Mi sforzai di allacciarmi alla sua battuta spiritosa e lo sospinsi all'indietro. «Sono qui per compiacerti.»

Lui mi aiutò a raddrizzarmi, poi allungò la mano e tirò il top del bikini rosso che spuntava da sotto la canotta nera che indossavo. Il costume era stile anni cinquanta. Il suo stile preferito.

Fece scivolare un dito lungo il lato del mio collo e sulla clavicola. Avvicinò il viso al mio e mi sfiorò il naso con il suo. «E mi compiaci eccome.»

La sua sensuale carezza scivolò verso il basso finché non intrecciò le sue dita tatuate alle mie, e l'inchiostro danzò sui muscoli scattanti delle sue braccia.

Mi diede uno strattone deciso. Ridacchiai mentre barcollavo in avanti, andando a sbattere contro quel corpo delizioso e lussurioso.

Dio, quanto mi inebriava.

«Devo portarti fuori di qui, o non ce ne andremo più» disse.

Gli rivolsi un sorriso civettuolo. «Restare qui mi sembra un ottimo piano.»

Erano passate quattro settimane. Quattro settimane in cui avevamo esplorato, imparato e stuzzicato ognuno il corpo dell'altro. Affondando i piedi in acque torridi e bollenti. Rimanendo sull'orlo dell'estasi. Tuttavia, Lyrik aveva iniziato ad apparire riluttante a spingersi oltre.

Forse stavamo entrambi cominciando a preoccuparci che ci saremmo scottati quando finalmente ci saremmo tuffati.

«Non tentarmi, donna. I ragazzi mi taglieranno le palle se non ci presentiamo.»

Inarcai un sopracciglio. «D'accordo... non vorremmo mai che le tue palle scomparissero, vero?

Lui grugnì e seppellì il viso nei miei capelli, carezzandomi l'orecchio con il naso. Poi lo mordicchiò. «*Red*. Non sai con chi stai scherzando» sussurrò come una minaccia. Strinse le mani intorno ai miei fianchi e mi attirò con forza contro il suo corpo duro, poi continuò con voce roca e carica di seduzione. «Cosa devo fare con te? Come posso farti supplicare e urlare, e poi implorarmi di ricominciare da capo?»

Ah. Eccolo lì. Quel cattivo, cattivo ragazzo. Con la sua aura oscura, minacciosa e intensa. Ma che contemporaneamente mi teneva al sicuro nelle sue abili mani.

Perché sapevo, senza ombra di dubbio, che l'unica cosa in pericolo era il mio cuore.

Sollevai il mento. Quando vidi lo sguardo nei suoi occhi, mi si mozzò il fiato in gola. Il desiderio e la lussuria crepitavano come una reazione chimica in cui lottavano con guizzi di qualcosa di più.

«Lo sto già facendo» gli dissi.

Supplicare.

Desiderare.

Arrendermi.

Lyrik infilò le dita nei miei capelli e premette la bocca sulla mia. A labbra chiuse e con forza. Poggiò la fronte contro la mia, prima di fare un passo indietro e porgermi la mano. «Non sto scherzando... devo portarti fuori di qui. Ora.»

Afferrando la sua mano, mi misi la tracolla della macchina fotografica sulla spalla e lo seguii fuori dalla porta, fino alla sua motocicletta al piano di sotto.

Mi misi il casco mentre lui saliva in groppa al metallo scintillante.

Quella era una vista di cui non mi sarei mai stancata. Le mani tatuate di Lyrik che stringevano il manubrio.

Quelle parole.

Canti la mia anima.

Soffrivo un po' ogni volta che vedevo la dichiarazione scritta sulle sue nocche. Il suo corpo flessuoso così potente. Spaventoso e intimidatorio. Eppure, un rifugio incrollabile.

Il motore prese vita con un rombo e il terreno tremò sotto i miei piedi.

Con una sola occhiata, il mio mondo oscillò.

Tamar *King* era sparita.

Cercando di recuperare i sensi, sistemai la camera fotografica nella bisaccia della moto e salii dietro di lui. Lyrik mi strinse maggiormente a sé, come faceva sempre, assicurandosi che la mia presa intorno alla sua vita fosse salda.

Girò in direzione di Tybee Island e guidò verso la villa sul mare dove lui e il resto dei ragazzi avevano soggiornato la prima volta che erano venuti a Savannah un anno fa.

Anthony, il manager dei *Sunder*, era il proprietario della villa, ed era giunto da Los Angeles questo fine settimana per controllare come stava la band. Aveva invitato tutti per un barbecue e un falò sulla sua spiaggia privata prima di tornare dalla sua famiglia domani.

Abbracciai Lyrik con più forza e inspirai il suo odore.

Solo altre quattro settimane.

Quel posto vuoto dentro di me gemette come anime impiccate.

Non sapevo come avrei fatto a sopportare la perdita.

L'inevitabilità di perdere la prima cosa reale che sentivo da anni.

Mi terrorizzava quanto disperatamente non volessi che finisse. Ma mi rifiutavo di considerare questo tempo trascorso insieme come un errore. Non quando quest'uomo stava lentamente infondendo di nuovo vera vita in me.

Risvegliando un'anima che avevo creduto persa per sempre.

Non mi sentivo più così... arrabbiata. Buffo che dovessi dare il merito a quest'uomo irritante.

Il vento frustava tra i suoi capelli, scompigliandoli, e la moto divorava la strada sotto di noi mentre percorrevamo il breve tragitto di venti minuti fino alla casa sulla spiaggia. Lyrik girò intorno al grande viale circolare e si fermò di fronte all'ingresso. Dopo che mi aiutò a scendere dalla motocicletta, mi tolsi velocemente il casco e afferrai la macchina fotografica mentre lui spegneva il motore e abbassava il cavalletto.

Tirai un respiro profondo. Il profumo di mare, di sale e del caldo estivo riempì i miei sensi.

«Wow, questa sì che è una bella casa.» Lanciai un'occhiata di sbieco a Lyrik prima di riportare lo sguardo sullo sfarzo davanti a noi.

Questa era una parte della vita di Lyrik che solitamente non vedevo. I soldi, la fama, le luci della ribalta che lui a malapena menzionava. Era stranamente modesto quando si trattava di queste cose. Ma avevo l'impressione che Savannah fosse diventata il suo rifugio. Una tregua dalle fan, dalla notorietà e dagli incessanti viaggi, tour e città che dominavano la sua vita.

Quando era qui, per alcuni brevi momenti, poteva trovare una sorta di normalità.

Avevo iniziato a considerare un onore il poter condividere quel tempo con lui.

Lyrik mi diede un bacetto sulla bocca. «Come? Adesso ti fai prendere dall'ingordigia?» Mi stava chiaramente prendendo in giro. «Ed io che pensavo che fossi una brava ragazza e non facile da impressionare.»

«Infatti è così.» Lo guardai con espressione seria. «Ma adesso sono impressionata.»

Lui si accigliò.

«Da te» aggiunsi, passando le dita sulla sua maglietta attillata, sopra quel cuore confuso e contraddittorio che batteva nel suo petto. «Sei così diverso da come mi aspettavo» sussurrai dolcemente.

Lyrik si girò completamente verso di me, e per un secondo, si limitò a fissarmi. Poi posò una mano sulla mia guancia. «Tu sei tutto ciò che non mi ero mai aspettato. Che non avevo previsto. Tutto quello che non avrei mai pensato di avere bisogno.»

La tristezza attraversò il suo viso. Mi stava facendo intravedere qualcosa di estremamente privato. Qualcosa di reale. Lo sapevo. Ma nella sua espressione vedevo anche che non voleva aver *bisogno* di me. E nel profondo della mia anima sapevo che avrebbe respinto quel bisogno.

Gli rivolsi un sorriso tremulo, prima di trasformarlo in qualcosa di sexy e civettuolo. «Andiamo, o i tuoi amici manderanno una squadra di ricerca. Credo che Ash sia un tantino bisognoso di attenzioni quando si tratta di te.»

«Il poveretto non distinguerebbe la sua mano dal suo culo se non fossi lì a prendermi cura di lui.»

Gli diedi una piccola spallata, lui mi avvolse un braccio intorno al collo e cominciammo a camminare.

«Ed io che pensavo che fosse il grande e cattivo Baz a

prendersi cura di tutti voi» dissi, intrecciando le mie dita alle sue che ciondolavano sopra la mia spalla sinistra. Mi portai il dorso della sua mano alle labbra e lo baciai.

Così semplice.

Così naturale.

«Pff...» Mi sorrise, la bocca piegata in un'espressione affettuosa. «Penso che sappiamo tutti qual è la verità. Baz è un tenerone. Ha le palle chiuse nella tasca anteriore della borsa di Shea.»

«È lì che avevi paura avrebbero messo anche le tue?»

Scoppiò a ridere, una di quelle risate che scaturivano dalla pancia, e mi accoccolai maggiormente nel calore del suo fianco.

Mi condusse intorno alla casa e verso la spiaggia da cui provenivano voci trasportate dalla brezza. Svoltammo l'angolo e l'oceano si distese di fronte a noi. Dune sabbiose cedevano il passo alla riva, e alti fili d'erba selvatica crescevano da cumuli di sabbia i cui ciuffi ondeggiavano dolcemente al vento.

Il crepuscolo si stagliava all'orizzonte. Una combinazione di rosa e viola tingeva la parte bassa del cielo, un riflesso del sole che tramontava a ovest dietro di noi. Le increspature delle morbide onde scintillavano nella luce calante.

Il mio battito accelerò alla vista della tempesta che si stava formando in lontananza. Un accumulo di nuvoloni. Il caldo continuava a impregnare l'aria umida della Georgia, ma non era più insopportabile poiché si mescolava alla brezza rinfrescante proveniente dall'oceano.

Sollevando il viso verso il cielo, inspirai profondamente. «È bellissimo qui.»

«Già» concordò Lyrik con un breve cenno del capo. «C'è una tale pace qui che non provavo da tantissimo tempo. È così diverso da Los Angeles.»

Spostai lo sguardo su di lui. «In meglio o in peggio?»

Forse stavo scavando. Alla ricerca di quel legame. Ma era già lì, come un filo teso tra di noi. Che tirava e agitava questo desiderio struggente in me che non avevo mai provato prima.

Lyrik scrollò una spalla. «Diverso. Los Angeles è ciò che conosco. Il ritmo frenetico della città. Il trambusto. Le strade affollate. Essere qui sembra una vacanza prolungata. Hai presente quando giungi in una meravigliosa destinazione, un paese che hai sempre desiderato visitare o un'isola che hai solo visto nei tuoi sogni, e l'istante in cui arrivi lì pensi a quanto sarebbe bello rimanerci? Dire "vaffanculo" e dimenticare tutto il resto? Ma sai che alla fine della settimana dovrai fare le valigie, salire su un aereo e tornare a casa. È insostenibile. Il sogno sembra davvero bello. Ma è esattamente ciò che è. Un sogno.»

«Però tu hai sognato abbastanza forte da fare ciò che ami. Ogni giorno.»

«Ma quel sogno ha un prezzo altissimo.»

Corrugai la fronte. «Sebastian ha entrambi. Sta *vivendo* entrambi.»

Lyrik scosse la testa. «Baz è in un limbo. Presto si troverà davanti a un bivio. Puoi avere l'uno o l'altro. La vita non ti dà entrambi, e lui dovrà scegliere.»

«E se ti sbagliassi?»

Aprì la bocca per parlare, ma si interruppe quando Shea gridò il mio nome.

Mi voltai verso di lei che stava sulla spiaggia, tenendo Kallie per mano.

La voce della piccola si mescolò a quella di Shea, diventando più alta ed eccitata man mano che ci avvicinavamo. Cominciò a saltellare accanto a sua madre. «Zio Wyrik... Zio Wyrik! Ti va di nuotare? Fa molto, molto, molto caldo. Il mio papà mi ha già fatto fare un bagno e lo farò di nuovo. Ma mammina ha detto che dobbiamo prima mangiare perché la cena è quasi pronta!»

Qualcosa di dolce attraversò l'espressione di Lyrik. Qualcosa di tenero. Non importava quanto duro apparisse quest'uomo. Nella mia mente non c'erano dubbi che esistesse un'altra parte di lui sotto gli strati di indifferenza che indossava esternamente. Un luogo delicato, tenuto al sicuro sotto quei calli. Un luogo riservato a qualcosa di grande che attendeva di aprirsi un varco.

«Cavolo, sì, mi va di nuotare, purché sia con te. Sono tutto tuo appena finiamo di mangiare. Che te ne pare, dolce Kallie?»

Provai una fitta al petto. «E io?» dissi in tono canzonatorio, nonostante mi sentissi stringere la gola.

Lyrik mi rivolse il sorriso che preferivo. Quello letale. «Oh, mi avrai a tua disposizione per tutto il tempo che vuoi più tardi.»

Lo speravo davvero.

Mi guidò su per i gradini laterali che conducevano sulla grande pedana di legno attaccata al retro della casa. Ombrelloni rossi erano aperti per proteggere dal sole tramontante, gettando ombre e un'aura di conforto sul portico. Anthony tolse delle grosse bistecche dalla griglia e le impilò su un vassoio che reggeva Sebastian.

Ash uscì dalle porte finestre portando una pila di piatti proprio mentre li raggiungevamo. Sorrise. «Cavolo, sì! Ecco Tam Tam. Adesso sarà una giornata stupenda.» Lanciò una finta occhiataccia a Lyrik. «Ovviamente, dovevi presentarti con questo stronzo.» Poi lo guardò in maniera diretta. «Perché sei sempre a braccetto con la *mia* ragazza come se quello fosse il suo posto quando sappiamo entrambi che lei appartiene a me?»

Le narici di Lyrik si allargarono. «Attento a come parli, bello.»

Ash si mise a ridere.

Dopo il litigio che avevano avuto due settimane prima a casa di Ash, non ero sicura di come sarebbero andate le cose tra di loro il giorno seguente. Ma la sera successiva erano venuti al pub comportandosi come se nulla fosse accaduto.

Acqua sporca passata sotto un ponte incrollabile. Spazzata via.

Ma non ero una sciocca. Sapevo che qualunque cosa fosse successa tra di loro era stata profondamente significativa. Qualcosa al di là dei miei confini, dove io restavo ai margini e osservavo come un'estranea.

Qualunque cosa avesse provocato la reazione di Lyrik era il motivo per cui si incupiva e mi tagliava fuori ogni volta che scavavo un po' più a fondo. Ogni volta che mi avvicinavo troppo. Ogni volta che facevo troppe domande. La ragione per cui si irrigidiva quando passavo le dita sul suo braccio sinistro

coperto dalle battute e note musicali di quella canzone ine-
spressa e del suo significato intrinseco.

«È pronto!» gridò Anthony mentre spegneva la griglia.

Un'enorme quantità di cibo era distribuita sul bancone della
cucina all'aperto. Ognuno si riempì il proprio piatto e prese
posto ai tavoli rotondi sotto gli ombrelloni, chiacchierando e
ridendo mentre mangiavamo e guardavamo il giorno svanire
lentamente.

«Finito!» esclamò Kallie, battendo le mani.

Diedi una piccola gomitata a Lyrik. «Penso che ora tocchi a
te.»

«Credo proprio di sì.»

Spinse indietro la sedia e prese Kallie in braccio. «Sei pronta
per quella nuotata, dolce Kallie?» chiese mentre la carezzava
sotto il mento con la nocca del dito indice.

«Sì sì sì!»

Le mie ovaie esplosero.

Mi ero quasi dimenticata di averle.

Finché Lyrik West non era piombato nel mio mondo.

Un cipiglio corrugò la fronte di Shea. «Mia nonna avrebbe
detto... niente bagno subito dopo aver mangiato o ti verrà una
congestione.»

Anthony rise. «Oh, suvvia, Shea. Da quanto tempo vivi nel
sud? Sono piuttosto sicuro che sia solo una sciocca supersti-
zione.»

Lei finse di offendersi. «Per tua informazione, mia nonna
era una donna brillante.»

Il sorriso di Sebastian era tenero quando posò la mano su
quella di Shea situata sul tavolo. Il loro scambio fu silenzioso,
come se un milione di parole passassero tra di loro con un
semplice sguardo. «Starà bene, amore.»

La preoccupazione attraversò gli occhi di Shea, che alzò lo
sguardo su sua figlia che Lyrik reggeva tra le braccia in modo
protettivo.

«Vai pure, tesoro. Diverti e tieniti forte.»

«Non mi sognerei mai di lasciarla andare» disse Lyrik, prima
di guardarmi. «Vuoi venire anche tu?» domandò.

Si rendeva conto di aver fatto trapelare una punta di speranza nel suo tono? Aveva la minima idea di cosa mi stesse facendo?

La terra tremò sotto i miei piedi.

Dio, cosa stavo facendo?

«Vi raggiungo tra poco» promisi.

Avevo bisogno di un momento.

Di spazio.

Chiarezza.

Sebastian si alzò dalla sedia. «Vengo con te, amico.»

Zee e Ash balzarono entrambi in piedi. Quest'ultimo si sfilò la maglietta dalla testa. Il suo corpo era pieno di muscoli sodi, le braccia e le spalle ricoperte di tatuaggi mentre la schiena e il petto erano privi d'inchiostro. Sorrise. Le fossette che aveva sulle guance dovevano essere la sua arma migliore.

«Ehi, non avviatevi senza di noi. Abbiamo tutti bisogno di un po' di Kallie time, vero, Kallie?» disse Ash.

Lei ridacchiò e batté le mani. «Sì... è Kallie time!»

Non riuscii a trattenere un sorriso mentre li guardavo. Provavo un travolgente senso di conforto nel far parte di questo gruppo esclusivo.

Casa sembrava più vicina di quanto non fosse da molto, molto tempo. La solitudine radicata così profondamente in me diminuiva giorno per giorno, con ogni strato che mi toglievo, con ogni vecchia emozione che mi concedevo di provare.

Il mio sguardo rimase inchiodato su di loro mentre l'intera combriccola di meravigliosi ragazzi camminava lungo la passerella di legno verso la spiaggia.

Anthony cominciò a sparecchiare, rifiutando un qualsiasi aiuto, perciò io e Shea ci rilassammo nella quiete. Una dolce brezza soffiava nell'aria, mescolandosi con le leggere raffiche della tempesta in avvicinamento.

«Non è affatto giusto, eh?» rifletté Shea ad alta voce, l'attenzione puntata sui ragazzi che arrancavano nella sabbia.

La guardai con espressione interrogativa.

Lei mi rivolse un sorrisetto malizioso. «Che abbiano... quell'aspetto. Sono tutti decisamente irresistibili.»

Riportai l'attenzione sul gruppo. Lyrik scelse proprio quel momento per guardarmi da sopra la spalla. Nonostante la distanza, vidi i suoi occhi scuri luccicare. Il mio ventre fremette. «No. Non è giusto. Per niente.»

Shea emise un lieve sbuffo. «Potrà anche essere complicato e un gran rompicoglioni, ma so che è un brav'uomo.» Lo disse come se sapesse che avevo bisogno di sentirlo.

Lentamente, annuii, perché non lo mettevo in dubbio. «Ma solo una parte di lui è qui.»

Shea socchiuse gli occhi marroni in un'espressione carica di significato. «Ti rendi conto che vedo la stessa cosa quando guardo te?»

Trasalii, ma lei continuò. «Forse siete entrambi il pezzo mancante... quello che l'altro cerca.»

Mi sforzai di ridere in maniera disinvolta. «Andiamo, Shea. Non facciamo finta di non sapere cosa stia succedendo qui. Quel ragazzo è solo in cerca di un po' di divertimento mentre è in città. Quale modo migliore di passare il tempo se non con me?»

Optai per l'atteggiamento menefreghista tipico della ragazza tosta con cui Shea aveva lavorato per anni dietro al bancone del bar. Quella che non si faceva mettere i piedi in testa da nessuno. Quella che era disposta a giocare fintanto che vinceva.

Ma chi diavolo stavo prendendo in giro? Perché avevo l'opprimente impulso di toccarmi la gola. Di lenire il dolore pulsante che provai nel pronunciare quelle parole.

Shea si massaggiò teneramente il pancione con una mano. «Talvolta la paura urla così forte da sovrastare tutto il resto.»

Beh, di sicuro non stavo ingannando lei.

Ci voltammo entrambe verso la spiaggia. Era inequivocabile l'apprensione che le corrugò il viso mentre guardava Lyrik con sua figlia nell'oceano. Si erano allontanati abbastanza dalla riva che le onde gli lambivano i fianchi.

La bambina strillava, batteva le mani e scalciava in preda all'eccitazione.

Mi domandai se per Shea fosse un tormento guardare, non avere il controllo, sapendo con quanta facilità aveva perso sua figlia tra le onde l'anno scorso in questo stesso periodo. Grazie a Dio, Sebastian l'aveva raggiunta in tempo.

«Come fai a liberartene? Della paura» le chiesi.

La sua espressione si tinse di disagio misto a conforto. Scrollò una spalla. «Penso che arrivi un momento in cui devi permettere alla speranza e alla fiducia di eclissare la paura. Perché non so se la paura scompaia mai veramente. La proviamo tutti. Sta a noi decidere come gestirla. Possiamo nasconderci o possiamo vivere.» Mi guardò, e in tono enfatico disse: «E io voglio vivere.»

L'emozione mi travolse e si intrecciò all'angoscia che già mi attanagliava la gola. Deglutii a fatica mentre osservavo l'uomo che urlava quella speranza e fiducia ma che per qualche ragione non riusciva a sentire lui stesso.

In piedi in riva al mare, Sebastian gridò a Shea: «Porta qui il tuo bel culetto e vieni a nuotare con me!»

Il suo viso si illuminò di vita. Si sporse in avanti e urlò: «Credimi, nessuno ha bisogno di vedermi in costume. Sto bene dove sto.»

Lui sbuffò. «Hai perso la testa, piccola? Non sei mai stata più bella di così. Adesso vieni qua prima che io corra lì e ti carichi in spalla.»

Lei proruppe in una risatina. «D'accordo, d'accordo, arrivo.»

Wow. Sebastian non aveva di certo dovuto insistere.

Risi sommessamente quando Shea si alzò in piedi con un po' più di difficoltà del solito. «Coraggio, non vado laggiù a meno che non lo faccia anche tu.»

Scuotendo la testa, afferrai la mia macchina fotografica e mi unii a lei. Di certo, non sarei riuscita a tirarmene fuori.

Non ero nemmeno sicura di volerlo.

I nostri passi risuonarono contro le assi di legno della passerella.

Si era fatta sera, le nuvole si erano tinte di un rosa acceso nel punto in cui abbracciavano l'orizzonte. Le onde si alzarono, acquistando potenza man mano che la tempesta proveniente da sud si avvicinava.

Posai la fotocamera sul telo steso accanto al falò che Anthony stava accendendo. Il fuoco attecchì. Le fiamme ondeggiarono e fluttuarono verso il cielo. Prendendo vita.

Lyrik aveva passato Kallie a Sebastian dato che nessuno dei due era disposto a lasciarla nuotare da sola.

Il mio battito cardiaco accelerò quando si voltò, quasi percepisse che mi stessi avvicinando.

Mi stava aspettando.

L'inchiostro gli ricopriva il petto e l'addome, scorrendo lungo le sue braccia fino a quelle mani che desideravo disperatamente sentire sul mio corpo. Goccioline d'acqua colavano dai suoi capelli corvino. I suoi occhi intensi erano puntati su di me come se non vedessero nient'altro.

Il mio respiro divenne irregolare.

Era un uomo così oscuro e peccaminoso.

Di un'allarmante e feroce bellezza.

Ma io vedevo di più.

L'energia sfrigolò, fomentata dall'oceano. Ammaliata, mi tolsi la canotta e i jeans e avanzai lentamente tra le languide onde.

Lyrik non distolse mai lo sguardo da me.

L'acqua fredda mi bagnò i piedi, salendo sempre più su lungo le mie gambe mentre mi dirigevo verso l'uomo che mi stava aspettando.

Era così incredibilmente alto.

Sorprendente.

«Vieni qui» mi disse appena fui a mezzo metro da lui.

Strillai quando improvvisamente mi afferrò e mi trascinò più a fondo tra le onde. Mi cinse tra le sue braccia e seppellì il viso nel mio collo. «Ecco la mia ragazza.»

Lottai per ripristinare le mie difese. I miei scudi. Le mie barriere. Perché per tanto tempo avevo creduto che la vulnerabilità fosse il mio nemico.

Ora la sentivo più forte che mai.

Non nel modo in cui Cameron Lucan mi aveva fatto sentire.

No.

La sentivo in un modo profondo.

Sconvolgente.

Come se una mano incerta stesse reggendo il mio cuore in maniera precaria.

Un cuore che poteva essere nutrito o schiacciato.

Lyrik aveva acquisito la capacità di fare entrambe le cose.

Infranse l'intensità di quel momento sollevandomi e lanciandomi in aria. L'acqua mi inghiottì e affondai fino a toccare il fondo prima di risalire in superficie. Mi portai indietro i capelli fradici appiccicati al viso.

«Lyrik!» gridai e sputacchiai. Poi gli diedi un pugno allo stomaco. «Sei proprio uno stronzo.»

Ma non c'era rabbia nelle mie parole.

Nessun veleno.

Perché non credevo più a questa affermazione.

Lyrik balzò all'indietro, il suo addome si fletté e il suo corpo fu scosso da una risata.

Leggera e spensierata.

Fui percorsa da un fremito e quel desiderio nel mio ventre crebbe sempre più forte.

Lui mi rivolse quel suo sorrisetto arrogante.

Dio, adoravo anche quello.

«Qual è il problema, *Red*? Pensi che un po' d'acqua ti faccia male?»

Prevedendo che sarebbe successo proprio questo, avevo messo soltanto un velo di lucidalabbra prima di uscire di casa. La mia faccia era priva di tutto il make up che normalmente indossavo. Non mi importava che tutti mi avrebbero visto in questo modo.

A divertirmi in acqua con un ragazzo.

Un mese fa, chi l'avrebbe mai immaginato?

Chi avrebbe pensato che l'avrei schizzato per ripicca? Che avrei riso e schivato quando lui contraccambiò nello stesso modo?

Chi avrebbe pensato che sarebbe stato così bello? Che avrei bramato la bocca che indugiava a un soffio dalla mia? Che avrei anelato il *suo* tocco?

Chi avrebbe mai immaginato che avrei avuto bisogno di un

uomo?

Che avrei desiderato un uomo?

Mi aggrappai ai suoi fianchi.

Era così.

Avevo bisogno di lui.

Avevo bisogno della sicurezza che avevo trovato tra le sue braccia.

Avevo bisogno della fiducia che brillava nei suoi occhi.

Avevo bisogno di tutto quel male e di quell'inesauribile bene.

Era lì.

In lui.

Mi sfiorò la mascella col naso. «Blue... con te tutto sembra diverso» disse con voce roca.

C'era qualcosa di così intrinsecamente triste nella sua dichiarazione, e la sua voce si contorse dentro di me con l'intento di legare.

Ma andava bene così.

Ero piuttosto sicura di voler essere legata.

Tutti giocammo e ci schizzammo mentre il sole svaniva lentamente dal cielo. L'oscurità tessette un disegno tra le nuvole. In lontananza, i deboli bagliori dei fulmini baluginarono nella tempesta.

Il mio cuore si serrò, pianse e supplicò.

Sentendomi improvvisamente sopraffatta, feci un passo maldestro all'indietro.

Il sorriso di Lyrik svanì. «Stai bene?» chiese preoccupato.

«Sì, sto bene. Vado ad asciugarmi vicino al fuoco.»

Dirgli che stavo bene non era altro che una bugia.

Perché ero sbalordita.

Vicinissima a sentirmi coraggiosa.

Più che impavida.

Intera.

Mi voltai e mi feci strada tra le onde mentre ritornavo sulla spiaggia. Il fuoco ruggiva e i ceppi ardevano dove Anthony stava di guardia vicino al falò.

Un po' come sembrava fare la guardia a tutti i ragazzi. Il loro protettore. Sostenitore.

Suppongo che anche i ragazzi più cattivi ne avessero bisogno.

Mi gettai indietro i capelli ed emisi un sospiro mentre mi avvicinavo.

«Com'era l'acqua?» domandò Anthony.

«Magnifica» risposi.

O forse era l'aria, il cielo e la sensazione di euforia che rispendeva sulla terra, dando fuoco al mio mondo solitario.

Mi sedetti sul telo da mare accanto al fuoco.

Le persone che in qualche modo erano diventate la mia famiglia continuarono a giocare nell'acqua. Zee, Lyrik e Ash lottarono tra le onde come adolescenti, mentre la mia dolce amica che adoravo indossava un bikini bianco che metteva in mostra il suo pancione. Scherzava e giocava con suo marito e sua figlia, libera e senza freni.

Un tenero sorriso piegò la mia bocca e pungolò il mio spirito spezzato.

L'animosità e il sarcasmo erano spariti da tempo.

Nervosamente, lanciai un'occhiata alla mia macchina fotografica. Il mio battito accelerò e il sangue prese a correre rapidamente nelle mie vene. Sfregai i palmi sul telo per asciugarmi le mani. Stavano tremando quando finalmente trovai il coraggio di prendere la fotocamera.

Fui travolta da una sensazione di ottimismo quando puntai l'obiettivo sull'oceano e sulla piccola famiglia che trafiggeva la mia anima con una fitta di dolore e speranza.

Quattro anni fa, mi ero fatta la promessa che non avrei più scattato una foto. Come una sorta di morbosa punizione per le sconsiderate scelte che avevo preso.

Il viso del mio fratellino balenò nei recessi più profondi dei miei pensieri, le parole di mia madre chiare come il sole.

Torna a casa.

Desideravo farlo, perché mi mancavano.

Perché volevo fare la cosa giusta.

Perché volevo essere di nuovo quella ragazza.

Tamar Gibson.

Mi sentivo quasi lei.

Tuttavia, non sapevo come permettere alla speranza e alla fiducia di eclissare la paura che era così intensa. Non sapevo come cancellare la vergogna. Come rimediare alla mia colpa.

Ma restare amplificava soltanto il mio rimorso.

Tirando un respiro fortificante, premetti il pulsante di scatto.

Mi venne voglia di piangere appena ruppi quella promessa.

Una promessa che era stata sbagliata.

Profana.

Male indirizzata.

Un altro modo in cui avevo permesso a Cameron Lucan di rubarmi ciò che amavo.

Una singola lacrima mi scivolò lungo il viso quando scattai la prima foto dopo quattro anni. Una fotografia al crepuscolo di una famiglia che rappresentava la gioia.

Gioia. Gioia. Gioia.

D'un tratto, Lyrik era in piedi accanto a me.

La sua espressione era sia dura che dolce mentre mi guardava. La mia faccia era bagnata dal mare. Ma sapevo... sapevo che quest'uomo distingueva le mie lacrime.

«Blue» sussurrò.

Spostai l'obbiettivo sul suo splendido viso ed ebbi l'impressione che i miei polmoni potessero esplodere. Mi focalizzai su quella bocca carnosa, sulla mascella squadrata e quegli occhi ipnotici.

Clic.

Mi stavo disintegrando mentre un pezzo rotto di me si risanava.

Mi tese la mano. «Blue... vieni qui.»

Tremante, lasciai che mi aiutasse ad alzarmi in piedi. Come potevo rifiutare? Non volevo più farlo.

No.

Volevo sperimentare, sentire e amare.

Volevo *vivere*.

Lyrik si chinò e raccolse il telo da terra.

Non disse una parola mentre mi conduceva lungo la spiaggia. Ci allontanammo di vari metri dalla riva, lasciando una scia di impronte lungo il cammino dove i nostri piedi affondavano nella sabbia umida. Il vento soffiava intorno a noi man mano che la tempesta si avvicinava. Ci inoltrammo maggiormente nella notte, lontano dalle luci delle abitazioni dietro di noi, fino a una zona appartata della spiaggia.

Quando fummo completamente isolati da tutto il resto, mi condusse su per una duna dove l'erba selvatica cresceva alta sull'argine, poi distese il telo in un angolo brullo.

Mi aiutò a sedermi. Immediatamente, puntai la macchina fotografica sull'orizzonte. Sulle nuvole fluttuanti che si accumulavano sempre di più.

Un fulmine balenò nel cielo e un lieve sussulto mi sfuggì dalle labbra quando catturai l'immagine.

Dio, era passato così tanto tempo. Non avrei mai immaginato che sarebbe stato così bello.

Simile alla libertà.

Simile all'assoluzione.

«Blue» mormorò Lyrik mentre si inginocchiava davanti a me. Entrambi indossavamo ancora il costume, il tessuto bagnato e appiccicato ai nostri corpi. Mi sospinse all'indietro sul telo e si mise a cavalcioni su di me, sostenendosi sulle ginocchia per non schiacciarmi.

Tenendomi giù in maniera tale che fossi bloccata, ma sapevo di essere libera. Fotografai ripetutamente il suo viso meraviglioso, mentre le mie viscere tremavano per l'impatto di ogni clic.

«Blue» bisbigliò di nuovo. Delicatamente, mi tolse la fotocamera dalle mani. Le ombre danzavano intorno a noi. L'erba ondeggiava al vento. I suoi capelli neri svolazzavano e il suo grande corpo eclissava il mio.

«Dimmi che succede, piccola.»

La confessione sgorgò dalla mia bocca. «La fotografia era la mia passione. Mio nonno mi ha insegnato a fotografare quando riuscivo a malapena a reggere una macchina fotografica.»

L'emozione mi serrò la gola. «Scattavo foto alle cose più belle. I temporali, il deserto, le persone che amavo. Ma i momenti in cui mi sentivo più viva erano quando ero fuori in una tempesta. Catturando la sua bellezza. Forse è stupido... ma le mie fotografie rappresentavano tutto ciò che volevo essere. Chi volevo essere e come volevo reagire alle persone e alle cose intorno a me. Rappresentavano chi *ero*. Stasera... stasera è la prima volta che scatto una foto dopo quattro anni.»

La comprensione illuminò i suoi occhi scuri come l'inchiostro. Tramonto e alba.

Puntò la fotocamera su di me.

Trasalendo, girai la testa di scatto.

Lui abbassò la macchina fotografica di pochi centimetri e sbirciò il mio viso da sopra il bordo. Il suo sguardo mi bruciò con la sua intensità. Scavando nel profondo di me, mentre io cercavo con tutte le mie forze di nascondermi.

«Dimmi... mostrami. Hai detto che questa fotocamera conteneva solo le cose più belle. Questo è ciò che sei. Non lo capisci, Blue? Sei così fottutamente splendida che mi si mozza il fiato ogni volta che ti guardo. Questo è quello che mi fai. Un solo sguardo e sono perduto.»

Nuove lacrime sgorgarono dai miei occhi e corsero lungo le mie tempie quando riportai lo sguardo su di lui. «Non mi piace essere fotografata.»

«Perché?» chiese.

Scavando, rivelando e mettendo a nudo.

La mia voce era rauca. Addolorata. Serrata.

«Perché era ciò che gli piaceva.»

Lyrik sbatté le palpebre, confuso. «Gli piaceva scattarti fotografie?»

Feci una smorfia e chiusi gli occhi con forza mentre confessavo parte del dolore inciso nella mia anima. «Scattava foto di me legata contro la mia volontà. Mi ha... filmato mentre lasciava che un altro uomo mi stuprasse.»

I ricordi turbinarono nella mia mente, troppo vividi, troppo veloci. «Poi mi ha costretta a guardarlo. Mi ha obbligata a vedere le foto ripetutamente.

Vergogna.

Odio.

Paura.

Minacciarono di prendermi in ostaggio.

Lyrik si irrigidì, la sua rabbia così feroce che prese fuoco nel vento. Qualcosa di selvaggio e violento. Potevo sentire la sua potenza abbattersi su di me, silenziosa ma feroce.

«Dimmi che è morto.»

Scuotendo la testa con veemenza, serrai di nuovo gli occhi, poi li riaprii lentamente quando lo sentii puntare la macchina fotografica un'altra volta su di me. Le parole uscirono dalla sua bocca in maniera impetuosa. «Cosa vuoi, Blue? Hai tu il controllo. Questa fotocamera è tua. Decidi tu quello che contiene e chi lo vede. Basta che tu dica di no. Mi senti? Mi *senti*?»

Ti sento.

Ti sento.

Ti sento.

Ero completamente esposta. Distesa lì a guardarlo.

«Non so come dirti di no.»

In quel momento, compresi che non avrei mai voluto farlo. Clic.

L'energia sfrigolò nell'aria.

Il fremito prima dell'esplosione.

Lyrik mi guardò come se avesse visto la luce del sole per la prima volta in vita sua.

Il cuore palpitò nel mio petto. Si gonfiò di trepidazione, desiderio e di un immenso senso di libertà.

Il vento soffiò forte e un fulmine lampeggiò nel cielo.

Sì.

Stava arrivando una tempesta.

14

LYRIK

*I*n una sorta di frenesia, incespicammo su per le scale del nostro condominio. Tamar era un gradino sopra di me, e mi baciava come la gattina sexy qual era. Feroce, selvaggia e un pochino spaventata. Si affannava ad avvicinarsi maggiormente a me, cercando nello stesso tempo di trascinarmi su per le scale.

Raggiungemmo la porta del mio appartamento e armeggiai con la maniglia, impaziente di entrare dentro. La porta si spalancò e andò a sbattere contro la parete. Gettai le chiavi a terra, perché avevo un modo decisamente migliore di impiegare le mie mani. Affondai le dita nelle sue ciocche color rubino e abbattei di nuovo la bocca sulla sua.

Annegando in questa ragazza.

Era dolce.

Così fottutamente dolce.

«Hai un sapore così dannatamente buono» grugnii contro le sue labbra.

Rosse, deliziose labbra. Mordace, piccola lingua.

Red.

Lei gemette.

I miei movimenti erano frenetici, disperati, mentre la sospingevo nel mio appartamento e chiudevo la porta dietro di noi.

La stanza era immersa nel buio tranne che per le luci scintillanti di Savannah che filtravano attraverso le porte finestre e per i bagliori dei fulmini che permeavano il cielo.

Ad ogni lampo, piccoli gemiti sfuggivano dalla bocca di Tamar. Quei piccoli suoni erotici mi eccitavano più di quanto non fossi mai stato. La tensione crebbe tra di noi. Un'energia feroce che mi bruciava la pelle e che non riuscivo a scuotermi di dosso.

Che mi risucchiava nella sua turbolenza.

Era così forte, sfacciata e sexy da morire. Semplice, dolce e buona.

Non riuscivo nemmeno a dare un briciolo di senso a quell'enigma.

Tuttavia, lei mi permetteva di scoprirlo. Poco a poco.

La pioggia scrosciava contro le finestre e batteva sul tetto. Echeggiava contro le mura esterne in un ritmo martellante. Riempiva l'aria di desiderio e lussuria e di un'avidità insistente.

Il mio cazzo eretto premeva con forza contro i jeans che mi ero infilato di fretta e furia prima di averla praticamente trascinata sulla moto dopo quello che era successo sulla spiaggia.

Dopo che era rimasta lì distesa nella fioca luce del crepuscolo, permettendomi di scattarle una foto dopo l'altra. Permettendomi di esortarla a mostrarmi quello che voleva che io vedessi. La sua espressione mi aveva tolto il respiro. Così piena di fiducia e speranza. Eppure, grondante di un antico dolore che minacciava di spezzarmi in due.

Sradicarlo era diventato una sorta di contorto e incasinato Sacro Graal.

Non avevo mai desiderato distruggere qualcuno nel modo in cui desideravo annientare quel bastardo senza nome. Non avevo mai provato una tale sete di vendetta. Di sangue. Di rivalsa.

La cosa più spaventosa era la ragione per cui lo desideravo così fottutamente tanto. La ragione per cui sentivo il bisogno di avvolgere questa ragazza tra le braccia e tenerla al sicuro da tutte le atrocità di questo mondo.

La parte razionale di me sapeva che avrei dovuto allontanarla. Che dovevo mettere fine a questa pazzia prima che andasse troppo oltre.

Ma quella logica diventava un suono sordo e fastidioso in confronto al ruggito che urlava di abbracciarla e proteggerla. Di persuaderla a uscire da quel guscio. Di permettere a questa ragazza di risplendere perché era la cosa più vivida che avessi mai visto.

Un'ondata di vertigini mi fece girare la testa. Avevo bisogno di lei così maledettamente tanto.

Fottuto. Ero completamente, irrevocabilmente fottuto.

Toccarla sembrava una presa in giro. Un tormento.

Non potevo fare a meno di chiedermi se mi fosse stata inviata come una punizione aggiuntiva per ciò che avevo fatto.

Perché non esisteva una sola anima perfetta. Ma diamine se questa ragazza non era perfetta per me.

E presto sarebbe diventata un altro pezzo strappato a questa mia vita vissuta a metà.

Il senso di colpa mi attanagliò il cuore, e la premetti contro la parete in maniera un po' rude. Nello stesso istante, le avvolsi dolcemente il viso tra le mani.

Conflitto e contraddizione.

«Red.»

Feci aderire il mio corpo al suo e ondeggiai contro di lei, premendo il mio uccello duro sul suo ventre.

Un piccolo mugolio di piacere fuoriuscì dalle sue labbra, e mi persi nei suoi intensi occhi blu mentre mi fissava.

Le strinsi il viso con enfasi. Dandole la possibilità di tirarsi indietro.

Senza dubbio, saremmo stati entrambi molto meglio se l'avesse fatto.

«Stasera ti scoperò, Red. Non mi fermerò finché non ti farò mia. Finché non cancellerò un altro po' di quello stronzo dalla tua pelle. A meno che tu non mi dica di no. Dimmi di no e puoi uscire subito da quella porta.»

Va' via.
Per favore.

Mi strinse la maglietta con entrambe le mani. «Non ti permetterei di fermarti neanche se ci provassi.»

Con un ringhio, la voltai e la sospinsi all'indietro lungo il breve corridoio, baciandola come il pazzo in cui mi trasformava mentre le sfilavo la maglietta dalla testa. Sotto di essa, indossava ancora quel piccolo pezzo di tessuto rosso che chiamava bikini.

La verità?

Quell'indumento striminzito era la mia completa rovina.

Le sue tette traboccavano oltre l'orlo superiore e il tatuaggio inciso appena sopra di esse si abbassava e sollevava ad ogni respiro che prendeva.

«Non fermarti» supplicò contro la mia bocca. Infilò le mani sotto la mia maglietta, schiacciando i palmi sul mio addome mentre la tirava su e me la sfilava dalla testa.

Il mio corpo fu scosso dai brividi al suo tocco.

Porca puttana.

Un torrente di emozioni attraversò i lineamenti del suo viso. «Non fermarti. Ti prego, Lyrik, fammi sentire. Fammi sentire tutto. Non pensavo che avrei mai provato di nuovo simili sensazioni. Non finché sei arrivato tu.»

Blue. *Questa* era Blue.

Innocente.

Vulnerabile.

Nessuna traccia della solita maschera.

Dovevo mantenere la calma. Andarci piano quando in realtà ero sopraffatto dalla voglia di fiondarmi sulla sua pelle candida come la neve. Di divorare e consumare. Di conquistare questa ragazza – cuore e mente, corpo e anima.

Perché probabilmente ero io quello che non aveva provato nulla per troppo tempo. Finora, avevo solo vissuto questo interminabile inferno di vuoto rimpianto e schiacciante senso di colpa. Tutti i corpi che erano stati sotto e sopra di me? Non riuscivo a ricordare una sola faccia.

Insignificanti.

Non un nome. Neanche uno.

Non prima di lei.

Red.

Indimenticabile.

Blue.

«Dimmi di cosa hai bisogno.»

Lei si morse il carnoso labbro inferiore e corrugò la fronte per l'enormità della sua confessione.

«Ho bisogno di te.»

Cazzo.

La sollevai tra le braccia e lei avvolse le gambe intorno alla mia vita. Naso contro naso, la portai rapidamente in camera mia e la adagiai di traverso sul letto, continuando a tenere le sue gambe intorno a me mentre io rimanevo in piedi.

Le luci erano spente. Le tende alle finestre tirate.

La tempesta che infuriava fuori era l'unica fonte di luce che la illuminava.

Mi aveva detto che quello era il posto in cui si sentiva più sicura.

Più libera.

Quindi sì, non c'erano dubbi nella mia mente che fosse stupido ed egoistico. Ma volevo che lei trovasse la sua libertà con me.

In me.

Anche se io sarei rimasto in catene.

Arretrando leggermente, le tolsi le scarpe e i calzini dai piedi mentre un senso di tristezza mi attanagliava il cuore. Mi piegai in avanti e inspirai profondamente, riempiendomi i sensi del suo profumo di cannella e spezie, premendo il naso sulla sua pancia nuda mentre le sbottonavo e abbassavo la cerniera dei jeans.

Inebriante.

Forse era questo ciò che era.

Un incantesimo.

Una maledizione.

Un demone dai capelli rossi inviato per crocifiggere e uccidere.

Perché le sue dita erano una benedizione e il suo tocco un tormento.

Che cazzo avevo fatto?

Permetterle di scombussolarmi in questo modo?

Ero più astuto di così, ma non potevo fare nulla per fermare tutto questo, ed ero fin troppo ansioso di abbassarle i jeans lungo le gambe.

Li lasciai cadere sul pavimento, facendola rimanere con addosso solo il costume rosso con cui mi aveva tentato tutta la sera.

«Hai la vaga idea di quanto meravigliosa tu sia?» mormorai. Feci scorrere i palmi lungo la parte esterna delle sue cosce, fino ad agguantarle i fianchi seducenti. «Lo sai, Red? Sai come devo costringermi a staccarmi da te notte dopo notte? Come non riesco a dormire perché so che sei dall'altra parte del pianerottolo, distesa nel tuo letto? Da sola. Mentre io sono qui, a pensare che sia esattamente dove dovrei essere?»

Lei emise un respiro tremante e mi sfiorò la guancia con la punta delle dita. «Perché te ne vai quando sai che io voglio che tu rimanga?»

Il desiderio, e qualcosa che non volevo provare, mi attanagliò le viscere.

Spostandomi indietro di pochi centimetri, lasciai vagare lo sguardo sul suo corpo.

La sua pelle era bianca e immacolata, tranne che per l'inchiostro inciso sulla sua carne.

Lunghe ciocche rosse erano sparse intorno alla sua testa simili a un'aureola infuocata.

Proprio come la mia ragazza.

Un angelo.

Una sirena.

Sorgi era impresso sulle sue costole in quel bel carattere, e tracciai quell'affermazione con le dita prima di far scivolare le mani sotto la sua schiena, sciogliere il reggiseno del costume e gettarlo sul pavimento.

«Dannazione» sibilai. Avvolsi le sue tette tra le mani, strizzandole e schiacciandole l'una contro l'altra. Chinai la testa e sfiorai la punta turgida di un capezzolo con le labbra. Soffiando uno sbuffo d'aria calda su quella carne perfetta.

Red si inarcò e mi strinse i capelli tra le mani, tirando forte. «Oddio... ti prego.»

Il mio uccello per poco non scoppiò.

Feci lo stesso con l'altro seno, assicurandomi che si dimenasse di piacere.

Che fosse pronta per me.

Perché quant'era vero Iddio, io ero più che *pronto* per lei.

Indietreggiai, mi inginocchiai e mi slacciai gli stivali, prima di alzarmi e togliermi i jeans. Rimasi in piedi davanti a lei con indosso nient'altro che le mutande strette, il cazzo durissimo.

Implorante.

Voglioso.

Ansioso di possedere questa ragazza.

Corpo e anima. Spirito e carne.

Tutto.

Ebbi il depravato, fugace pensiero che forse anch'io avrei trovato un po' di libertà in lei.

Sotto il suo intenso sguardo, mi abbassai le mutande e le scalciai via.

I suoi occhi blu vagarono su e giù per il mio corpo. La ragazza sapeva esattamente come annientarmi. La sua lingua spuntò fuori e scivolò sulle sue labbra quando il suo sguardo eccitato si fissò sul mio cazzo che puntava verso il cielo. Ma poi lo riportò verso l'alto, sopra il mio corpo coperto dalla mia storia. Il buono e il cattivo. Il deturpato e il bello.

Incrociò i miei occhi. Come se fosse sia nell'oscurità – disposta a rinunciare a qualsiasi cosa pur di leggere le pagine incasinate che non riusciva a vedere – che nella luce, dove aveva comunque tutte le cose importanti.

«Sei tu che sei bellissimo, Lyrik. Affascinante. Talentuoso. Spezzato, e nonostante ciò ti prendi la briga di risanarmi. Di farmi ricordare che cosa si prova ad avere qualcuno che si prende cura di te. Che ci tiene a te. Cosa si prova a non aver paura.»

Tenerci.

Sì.

Ci tenevo, cazzo.

Serrai la mascella. «Ma il mio tempo sta per scadere.»

Dolore e speranza balenarono sul suo viso. «Non dev'essere per forza così.»

Invece sì, e lo sarebbe stato, ed era inutile desiderare cose che non si sarebbero mai avverate.

Le cinsi la vita sottile con forza tra le mani e la tirai maggiormente verso il bordo del letto. «Finirà, Red. Lo sappiamo entrambi. Dimmi che ti sta bene. Altrimenti, devi alzarti e andare via, perché non sono il tipo di ragazzo da propinarti bugie. Penso che tu mi conosca meglio di così, ormai.»

Merda. Perché pronunciare quelle parole mi provocò un dolore lancinante nelle viscere?

Ma lei sapeva qual era l'accordo. Sin dal principio.

Tamar chiuse gli occhi con forza. Annuì bruscamente mentre facevo scivolare le mani sotto il suo culo, massaggiando e strizzando.

«Voglio tutto ciò che hai da dare. Anche se finisse qui, è più di quanto avessi mai pensato di avere.»

Poggiandomi le sue caviglie sulle spalle, mi piegai in avanti e cominciai ad abbassare gli slip rossi lungo le sue gambe seducenti. Lei sollevò le caviglie quel tanto da potergliele sfilare dai piedi.

La lussuria si accese dietro i miei occhi e impregnò ogni cellula del mio corpo. Ciò che restava dei miei sensi prese una brusca svolta verso sud.

La sua fica era rosea, glabra e bagnata. Separai le sue labbra intime con le dita e osservai la sua espressione mentre ne infilavo due dentro.

I suoi fianchi si sollevarono di scatto dal letto. «Merda... Lyrik.»

«Adoro udire il mio nome uscire da quella bocca insolente.» Le parole mi graffiarono la gola.

Continuai a pompare le dita nel suo sesso. Lei reclinò la testa all'indietro e spalancò la bocca man mano che le procuravo maggiore piacere.

Quella bocca.

Quella bocca.

Gridò per la frustrazione quando improvvisamente ritrassi le dita. La sfacciata ammaliatrice dai capelli rossi uscì allo scoperto. I suoi occhi blu lampeggiarono e fece per mettersi seduta. «Dannazione, Lyrik... non ti azzardare...»

La interruppi infilando le dita nella sua bocca bollente.

Tamar emise un gemito inarticolato e crollò di nuovo sul materasso. Quel suono voglioso vibrò su per il mio braccio e lungo il mio corpo mentre la sua lingua guizzava intorno ai miei polpastrelli.

Feci scivolare le dita fuori, poi di nuovo dentro.

«Cazzo... sei così sexy, Red. Non riesco a dare un senso a ciò che sei.»

Continuai a scoparle la bocca con le dita, e lei non smise di inarcarsi verso l'alto, sfregando la sua fica contro la punta del mio uccello.

L'energia era palpabile. Densa. L'aria carica di trepidazione, apprensione e desiderio.

Mi ritrassi del tutto e la fissai intensamente.

Red si dimenava sul letto, stringendo le lenzuola tra le sue mani delicate.

Tenera e incredibilmente feroce.

Forte e insopportabilmente dolce.

Questa ragazza era la mia rovina.

«Mettiti al centro» le ordinai.

Lei si spostò indietro. I suoi respiri divennero più veloci e affannosi quando aprii il primo cassetto del comodino e afferrai un preservativo. Lo gettai accanto a lei sul letto.

«Ti scoperò finché l'unico nome che conoscerai sarà il mio.»

Le avevo fatto questa promessa una volta, e intendevo mantenerla.

Si inarcò quando strisciai sopra di lei. Il suo cuore batteva forte. Un ritmo selvaggio che suscitò qualcosa nel profondo di me.

Al di là della finestra, un fulmine lampeggiò.

Mi inginocchiai tra le sue gambe tremanti e mi infilai il preservativo. Allungai la mano e la posai su quel tatuaggio che simboleggiava la tentazione, prima di farla scorrere lungo la sua gamba e portarmi il suo ginocchio sul fianco.

Appoggiai l'altra mano accanto alla sua testa per sostenermi. I nostri volti erano a pochi centimetri di distanza.

I nostri respiri si mescolavano.

I nostri cuori palpitavano, martellavano e correvano all'impazzata.

La tensione crebbe in fretta e i miei muscoli si irrigidirono per lo sforzo di trattenermi. I miei occhi si puntarono nei suoi. «Mi senti?»

Mi sentiva?

Ci riusciva?

Tamar conficcò le dita nelle mie spalle. «Ti sento.»

Inarcò la schiena, schiacciando le tette contro il mio petto mentre si aggrappava a me. Come se mi stesse dando tutto e io stessi facendo lo stesso in cambio.

Fiducia.

Speranza.

Un pizzico di vita che non aveva.

Qualcosa di *buono*.

Stavolta, girò la testa e sussurrò nel mio orecchio.

«*Ti sento.*»

Quella confessione mi scosse come un terremoto.

Mi posizionai tra le sue cosce.

Chiusi la mano intorno alla base del mio uccello e feci scorrere la punta lungo il suo sesso.

Con cautela. Osservando ogni reazione e ripercussione. Qualsiasi segno di paura o panico. Rimasi immobile mentre guardavo l'emozione attraversare il viso di questa ragazza che mi stava affidando qualcosa che non avevo il diritto di avere.

Ma cazzo.

Volevo essere io.

Non sopportavo il pensiero che questo momento appartenesse a un altro uomo.

Un gemito le sfuggì dalle labbra quando inarcò il bacino e si strusciò contro il mio membro. Vogliosa e ansimante.

Mi spinsi in lei. Di pochissimo.

«Merda.» L'imprecazione sfuggì dalle mie labbra mentre il mio stomaco si attorcigliava. Una fiammata di piacere divampò sulla mia pelle. Bruciandomi. Inghiottendomi del tutto.

Le sue unghie affondarono maggiormente nelle mie spalle e i suoi occhi blu si intrecciarono ai miei. Ansiosi, ma privi di orrore o paura.

«Nessuna ragazza dovrebbe essere così deliziosa.»

Red proruppe in una risata incredula, mezza strozzata dal desiderio. Poi mi rivolse uno di quei sorrisetti civettuoli. Tutto sesso e seduzione. Sollevò il mento. «E non mi hai ancora penetrata.»

Le mie labbra si curvarono in un ghigno.

«Sto per rimediare.»

Scivolai in lei fino in fondo.

Possederla cancellò il sorriso compiaciuto dalla mia faccia. Il mio corpo sussultò per l'impatto. Come se mi fossi appena tuffato in un baratro infinito di beatitudine, e anche se mi fosse costato la vita, non volevo più tornare su per prendere fiato.

Catturai il gemito gutturale che sfuggì dalle sue labbra dischiuse con un bacio. Il mio corpo pulsava come un cavo elettrico mentre lei tremava e fremeva, adattandosi alle mie dimensioni.

Reclinando leggermente la testa all'indietro, la guardai. «Stai bene?»

Un sorriso tremulo affiorò sulla sua bocca seducente, facendo trasparire meraviglia, speranza e fiducia. Nello stesso modo in cui mi aveva guardato sulla spiaggia quando le avevo scattato quella prima foto.

«Dire che sto bene sarebbe un vero e proprio insulto.»

Provai una stretta al petto e faticai a respirare. Mi sostenni su entrambe le mani e lasciai che il resto del mio peso ricadesse sulle ginocchia.

I nostri occhi rimasero intrecciati, poi abbassammo contemporaneamente lo sguardo sul punto in cui eravamo uniti mentre mi ritraevo.

Lentamente.

Un suono strozzato e bisognoso scaturì dalle sue labbra.

«Ok?» chiesi, dandole una spintarella stuzzicante.

«Sì» sussurrò freneticamente.

Affondai di nuovo in lei, con forza. Le pareti intime del suo sesso si serrarono intorno al mio uccello mentre la possedevo più profondamente che potevo. Mi spostai leggermente e le afferrai le spalle in una stretta salda e tenera, cercando con tutto me stesso di non perdere completamente il controllo.

Ma era così deliziosa.

Così maledettamente piacevole che non riuscivo a vedere.

Non riuscivo ad aggrapparmi alla realtà o alla sanità mentale o a quel senso di lealtà che si stava affievolendo.

Non riuscivo a sentire una singola cosa a parte Tamar.

Tamar.

Sfumature di blu, rosso, nero e luce accecante.

Per un anno, non avevo desiderato altro che affondare in questa ragazza.

La prima volta che l'avevo vista, sapevo che il sesso con Tamar sarebbe stato sbalorditivo.

Era un fascio di fuochi d'artificio che attendeva solo di essere acceso.

Adesso ero immerso nelle fiamme.

La scopai, inesorabilmente, mentre lei ansimava e gemeva.

«Lyrik. Lyrik. Lyrik.»

Un piacevole formicolio serpeggiò nel mio petto, comprimendomi le costole.

Era sbagliato che mi piacesse così tanto?

Udirla gridare il mio nome. Vederla dimenarsi per avvicinarsi ulteriormente a me nonostante la stessi penetrando così profondamente che ogni parola usciva dalla sua bocca in un respiro ansimante.

Il piacere crebbe in fretta. Si accumulò alla base della mia schiena e mi attanagliò le palle.

«Blue. Ho bisogno che tu venga, piccola. Sei troppo deliziosa, non resisto più.»

Erano passate cinque settimane dall'ultima volta che ero stato con una ragazza. Peggio ancora, avevo trascorso tutta la vita senza stare con questa ragazza.

La cosa più assurda?

Se avessi potuto, avrei vissuto questo momento per sempre.

Avrei tenuto questa ragazza.

Come se potessi *mai* meritarla.

«Toccami» sussurrò.

Scostandomi di pochi centimetri, feci scivolare la mano tra i nostri corpi e le stuzzicai il clitoride con un dito.

Quello fu tutto ciò di cui ebbe bisogno.

Il mio angelo dagli occhi blu prese fuoco.

Tamar gridò il mio nome.

Affondai in lei con più forza e velocità mentre veniva, inarcandosi sotto di me. I miei fianchi sbattevano contro i suoi in modo frenetico e irregolare mentre una travolgente sensazione si abbatteva su di me. Da capo a piedi, dappertutto.

Qualcosa più grande di qualsiasi cosa avessi mai sentito.

Qualcosa sia accecante che luminoso.

Energia e vita.

Boom.

15

TAMAR

La pioggia batteva delicatamente sul tetto. Lyrik mi attirò maggiormente tra le sue braccia. La mia schiena era premuta contro il suo petto e il suo respiro mi circondava. Il battito dei nostri cuori aveva finalmente iniziato ad acquietarsi come la tempesta che andava affievolendosi.

Mi diede un bacio dietro la testa. «Come ti senti?»

Con un profondo sospiro, mi accoccolai ulteriormente contro di lui. La mia mente e il mio corpo si rilassarono nel suo abbraccio confortante. Leggeri e liberi.

Intrecciai le mie dita a quelle della sua mano poggiata sul tatuaggio al centro del mio petto.

«Magnificamente» sussurrai in tono riverente, sollevando le nostre mani unite e premendo la bocca sul dorso della sua mano.

«Sei tu che sei magnifica» mormorò di rimando, sfregando il naso nei miei capelli. Le sue parole serpeggiarono sulla mia pelle, scivolando dentro e fuori, facendosi strada ovunque.

Mi girai verso di lui così da poterlo guardare in faccia. I suoi occhi neri come l'inchiostro mi fissavano nell'oscurità. I suoi capelli erano scompigliati in maniera sexy e le sue labbra rosse erano tumide.

Un brivido mi percorse il corpo.

Mi mordicchiai il labbro inferiore.

Avevo appena fatto sesso con Lyrik West.

Porca vacca.

Ed era stato esattamente quello.

Magnifico.

Innegabilmente, straordinariamente magnifico.

Non ero caduta preda della paura o del panico.

Non mi sentivo prigioniera dei ricordi.

Mi sentivo... libera.

Bellissima.

Voluta e desiderata.

Lui sogghignò, come se mi avesse appena letto nei pensieri. «Sembri un tantino... *soddisfatta.*»

Ridacchiai. Sì. Ridacchiai.

Poi cedetti a questo inebriante senso di euforia mentre sorridevo allegramente e gli sfioravo il mento con i polpastrelli e ripensavo al giorno in cui mi aveva sfidata apertamente al mercato, provocandomi dicendo che l'unica cosa di cui avevo bisogno era essere soddisfatta.

E Dio se quest'uomo mi aveva sfidata. Aveva sfidato ogni convinzione, paura e speranza che avevo nutrito. Mi aveva inseguito finché non le avevo affrontate.

«Non essere troppo orgoglioso di te stesso, rockstar.» Cercai di parlare in tono scherzoso, ma era impossibile non far trapelare nelle mie parole la profonda emozione che provavo.

Buon Dio. C'ero dentro fino al collo.

Lui mi rivolse quel solito sorrisetto compiaciuto. «Oh, mi sento piuttosto orgoglioso al momento.»

Un sorriso mi curvò la bocca. «Ah, è così, eh?»

«Mmm-hmm.»

Era la verità. Potevo leggerlo sul suo viso.

Orgoglio.

Ma non era orgoglioso di sé stesso.

Era orgoglioso di me.

«Grazie.» La mia voce era roca e proveniva da quel luogo dentro di me che non avrei mai pensato di rivedere. Il luogo che lui aveva portato alla luce.

Lyrik passò dolcemente le dita tra i miei capelli, quest'uomo duro e criptico che era così profondamente tenero. «No... grazie a te. Grazie per esserti fidata di me. Per avermi permesso di vedere un lato di te che nessun altro conosce. Per avermi concesso di aiutare *Blue* a risplendere.»

Poggiò un dito sotto il mio mento e sollevò il mio viso verso il suo. «È incredibilmente bella e sono onorato di averla incontrata.»

Le mie terminazioni nervose fremettero.

Quella era la cosa pazzesca. Lyrik mi conosceva meglio di chiunque altro. Forse ancora più folle era il fatto che avessi l'impressione che anch'io lo conoscessi come nessun altro. Come se solo io avessi il potere di comprendere la verità velata dentro di lui. Come se fossi vicinissima eppure lo stessi ancora osservando da lontano.

Feci scorrere la punta delle dita sulla sua spalla, poi le feci scivolare lungo le battute musicali disegnate intorno al suo braccio. Una canzone sconosciuta che urlava di essere cantata.

Leggerissimamente, tamburellai le dita sulle note. Quasi stessi suonando gli accordi.

Lyrik trasalì.

Il mio sguardo si spostò tra il dolore scritto così chiaramente sul suo viso e le note incise sul suo braccio. Per alcuni secondi, studiai la sua espressione, cercando di dargli un senso. Di dare un senso a lui. A quest'uomo minaccioso e intimidatorio che talvolta sembrava incatenato e oppresso. Volevo liberarlo. Magari restituirgli un po' di quello che mi aveva dato.

Riportai lo sguardo sulle mie dita che tracciavano le battute musicali e pronunciai la mia confessione con voce calma e sommessa. «A volte, nel cuore della notte, quando sono sola soletta e non riesco a dormire, ti sento suonare.»

Arrischiai un'occhiata al suo viso.

I suoi occhi erano serrati e il suo corpo era rigido. Come se si stesse facendo forza.

Riportai l'attenzione sulla sua canzone. «Mi sento quasi in imbarazzo a confessartelo... perché non vorrei mai che pensassi che io possa guardati come qualcosa di diverso dal ragazzo della porta accanto... il ragazzo che mi ha cambiata.»

Deglutii rumorosamente. «È stato tre anni fa quando ho ascoltato per la prima volta una canzone dei *Sunder*. Era tarda notte... ero appena tornata dal lavoro ed ero da sola nel mio appartamento, persa nella stessa lancinante solitudine in cui ho vissuto negli ultimi quattro anni. Poi alla radio hanno dato questa canzone...»

Una lieve risatina scaturì dalle mie labbra. «Si potrebbe pensare che sia stato irrilevante, nulla che sarebbe rimasto impresso nella mia memoria, ma ricordo il fremito che mi scosse il corpo quando le prime note risuonarono dagli altoparlanti. Ricordo che ero seduta sul mio letto, incantata. Dovevo scoprire chi fosse. Dovevo sapere chi stesse cantando. Dare un volto alla voce che era così ossessionante e confortante allo stesso tempo.»

L'energia sfrigolò sulla mia pelle a quel ricordo. «Dicono che la musica ci emozioni come poche altre cose riescono a fare, e giuro che in quel momento ho avuto l'impressione che la persona che cantava stesse cantando proprio per me. Che avesse trovato le parole per la mia solitudine. Quasi si fosse messa in contatto con essa. E per pochi minuti non mi sono sentita più così sola.»

«Blue» sussurrò Lyrik nel tentativo di farmi tacere, ma io continuai a parlare.

«Ho scoperto che quella canzone... quella canzone non era cantata dal leader della band che solitamente cantava la maggior parte delle loro canzoni. Era cantata da uno splendido ragazzo dai capelli neri. Stava cantando *Sunday Gone*, una canzone che successivamente ho scoperto è stata scritta da lui. Restavo seduta per ore davanti al computer a guardarlo suonare con la sua chitarra nera in grembo e la bocca premuta contro il microfono. Lo guardavo all'infinito perché era l'unico momento in cui mi sentivo realmente compresa.»

Tirai un respiro profondo. «Poi ho scoperto che eri tu, Lyrik.»

Si trattava della canzone con cui mi ero torturata quando mi rifiutavo di cedere alle sue avance. Quando ero stata terrorizzata da lui semplicemente per il modo in cui mi faceva sentire. Quando ero stata certa che mi avrebbe usata e gettata via.

E sapevo che l'avrebbe fatto.

Gettarmi via.

L'aveva messo bene in chiaro. Il mio cuore si contrasse per la certezza che questo sarebbe finito. Che *questo* era tutto ciò che lui aveva da dare.

Ma sapevo anche che non mi stava usando.

Mi stava riempiendo.

Mi avrebbe dato l'opportunità di riempirlo un pochino a mia volta?

Poggiai una mano sul suo cuore martellante. «Ti sento, Ly-rik.»

Lui tremò.

«Sento le tue parole e sento il tuo dolore. Condividilo un po' con me. Come tu ti stai accollando la mia sofferenza. Cantami la tua canzone.»

In un battibaleno, seppellì il viso nel mio collo. «Dannazione, Blue. Perché continui a farmi questo? Continui a provare e riprovare ad insinuarti in quel luogo dove non posso lasciarti entrare.»

«E se fossi già lì?»

Doveva essere così.

Tutto questo non poteva essere unilaterale e mi rifiutavo di credere che questo bellissimo ragazzo potesse essere immune.

Non quando io ero stata toccata così profondamente.

Non dopo quello che avevamo appena condiviso.

Non dopo che eravamo arrivati fin qui.

Mi abbracciò forte. I suoi respiri divennero bruschi e affannosi e le sue mani mi bruciarono la schiena quando mi attirò maggiormente a sé.

Dio, stavo male per lui. Per me. Per noi.

«Non dovresti farmi sentire in questo modo» sussurrò, quasi fosse una confessione, pieno di vergogna e di sensi di colpa che però si rifiutava ancora di lasciare andare. «È stata una pessima idea.»

Quelle cinque parole. Se non altro, rafforzarono le motivazioni del mio riserbo, del mio bisogno di mantenere le distanze da quest'uomo devastato.

Mi teneva stretta, protetta e al sicuro tra le sue braccia, ma potevo percepire parte del suo spirito staccarsi e fluttuare via. Con la stessa fermezza con cui lottava per rimanere attaccato a me.

La sua voce tremava quando finalmente la liberò contro la pelle sensibile del mio collo in un torrente di straziante passione.

Lyrik cantò come faceva durante la notte.

Avrei dato tutto.
Invece mi sono perso lungo la strada.

Solo due versi. Quello fu tutto ciò che mi diede della sua canzone sconosciuta.

Due versi del suo mistero.

Le parole impregnate di incertezza e oscurità.

Entrambi sembravamo sospesi in quel momento, nel silenzio echeggiante che seguì e che si aggrappò all'energia che permeava l'aria.

«Dovrei andare» mi costrinsi a dire quando non fui certa di poter rimanere sotto quel peso schiacciante un secondo di più.

Lui mi attirò ulteriormente a sé e si sistemò la mia testa sotto il mento, le sue parole altrettanto intense quanto la canzone che era sgorgata dalla sua bocca. «No, Blue. No. Dovresti decisamente restare.»

16

TAMAR

Bussai alla porta di Lyrik. Dopo un paio di secondi senza ricevere risposta, tesi l'orecchio verso il legno.

Nessun suono o movimento dall'altro lato.

Tirando un respiro profondo, girai il pomello ed entrai. Cercai di trattenere un sorriso gioioso quando ripensai al giorno in cui mi aveva concesso di accedere un po' di più negli angoli privati della sua vita.

«*Sono passata da te questo pomeriggio, ma tu non c'eri.*»

«*Perché non sei entrata? Il mio appartamento non è quasi mai chiuso a chiave.*» Sogghignò. «*La pecca di avere amici pigri, ficcanaso e troppo invadenti come Ash e Zee. Ho smesso di provare a tenerli fuori dai miei affari parecchio tempo fa.*»

«*Ti senti piuttosto temerario, eh, rockstar? Dare a qualcuno la possibilità di entrare liberamente nel tuo appartamento.*»

Lui fece spallucce. «*No, semplicemente non mi importa granché delle cianfrusaglie. Inoltre, mi piace avere una ragione per prendere a calci in culo qualcuno.*»

I suoi occhi simili all'ossidiana luccicarono e Lyrik mi sfiorò la guancia con la punta del dito. I brividi mi percorsero il corpo come una valan-

ga. «Ma sul serio, piccola, niente mi renderebbe più felice che entrare in camera e trovarti distesa sul mio letto. Preferibilmente nuda. La prossima volta, non esitare.»

Cioè, darmi libero accesso al suo appartamento sembrava una cosa importante. Giusto? Non potevo fare a meno di sperare che stesse cambiando idea. Che magari stesse cominciando a desiderare le stesse cose che io non potevo evitare di volere, le speranzose idee che erano germogliate e avevano messo radici nel mio cuore e nella mia mente.

Risuonavano di parole come reale, impegno e per sempre.

Probabilmente era un desiderio sciocco e ingenuo.

Un lento, gelido brivido mi attraversò il corpo quando ricordai tutte le promesse che mi ero fatta. Che non mi sarei mai più ritrovata in questa posizione. In un luogo di vulnerabilità e debolezza. Mi ci volle un solo secondo per cancellare quel pensiero perché quello che avevamo io e Lyrik era completamente diverso. Ben lontano dall'essere la stessa cosa.

Lyrik mi rispettava.

Ci teneva a me.

Sapevo che era così.

Quando si trattava di lui, non c'era molta esitazione da parte mia. Non più. Volevo tutto quello che potevo avere e poi un po' di più.

Il sole del tardo pomeriggio filtrava attraverso le porte finestre, riversando luce naturale nell'appartamento. Con le braccia ingombre di borse della spesa, mi trascinai verso la cucina dove posai le buste sul piccolo tavolo rotondo.

L'eccitazione fluttuò in una lenta danza nella mia pancia mentre iniziavo a disfare le borse della spesa.

Era stupido sentirmi così bene per il fatto che avessi ritrovato un po' della vecchia me stessa?

Lo scroscio della doccia trapelava dal bagno annesso alla camera da letto attraverso le pareti, e quell'eccitazione si accentuò. Venandosi di desiderio e lussuria.

Canticchiando sottovoce, presi una pentola dall'armadietto inferiore e la riempii di acqua, poi mi voltai e mi diressi ondeggiando i fianchi a ritmo di ballo verso la cucina a gas sul lato opposto.

Il fornello scattò quando girai la manopola e un anello di fiamme prese vita. Sistemai la pentola sul fuoco e tornai all'altro lato della cucina dove sciacquai le patate rosse che avevo comprato prima al mercato. Le lavai e le misi nell'acqua che stava cominciando a bollire.

Passai alle grosse bistecche e iniziai a prepararle, immaginando che le avremmo cotte sulla piccola griglia sul balcone di Lyrik.

L'eccitazione divampò appena udii le tubature stridere quando l'acqua della doccia venne chiusa.

Il sorriso che mi curvò le labbra era irrefrenabile. Era completamente folle che morissi dalla voglia di vederlo? Completamente assurdo che mi fossi lasciata coinvolgere così profondamente da questa non-relazione che il mio corpo lo bramava ogni secondo che eravamo separati?

Per un po', era sembrato che il tempo che trascorrevamo insieme fosse diventato lo stesso. Ma da quando avevamo fatto sesso per la prima volta due settimane fa? Io e Lyrik eravamo diventati un tutt'uno. Mani disperate. Sesso strabiliante e incredibile. Conversazione facile.

Dio, non ne avevo mai abbastanza di lui.

E a sua volta, Lyrik era insaziabile, mi possedeva in continuazione.

E stoltamente, non volevo che si fermasse.

Che importava se quello che avevamo era solo temporaneo? Ci restavano ancora due settimane, e intendevo sfruttarle al massimo.

Dei passi risuonarono sul pavimento di legno. Le assi cigolarono sotto il peso di Lyrik.

Era a piedi nudi.

Sapevo di avere ragione ancor prima di vederlo.

Buon Dio, ero davvero così in sintonia con lui?

Lo sentii fermarsi alla fine del corridoio. Attratta, sollevai lo sguardo. E mi si mozzò il respiro.

Eccolo lì. Si stava strofinando un asciugamano sui capelli bagnati. Il petto nudo. I fianchi cinti da un paio di jeans a vita bassa.

Era a piedi nudi. Proprio come pensavo.

Oscuro e luminoso. Corrotto e puro.

L'energia infuriò, un ciclone d'intensità che vorticò, ruotò e riempì la stanza.

Le mie braccia furono percorse dalla pelle d'oca.

Per l'amor del cielo, a un uomo non dovrebbe essere permesso di essere così bello. Le mie ginocchia vacillarono e la terra tremò sotto i miei piedi.

Il fremito prima dell'esplosione.

Lyrik sogghignò e sollevò il mento. «Bene, bene, bene... guarda un po' se non è *Red* nella mia cucina, vestita come la mia fantasia preferita. Stai cercando di distruggermi, piccola?»

Staccai lo sguardo dall'uomo in piedi all'altro lato della stanza e lo feci vagare sul mio abbigliamento.

Sì, mi ero vestita per lui.

I miei capelli erano raccolti in un intricato chignon e tenuti fermi da una bandana nera. Indossavo un paio di jeans bianchi attillati che terminavano appena sopra le caviglie e una camicetta a pois bianca e nera annodata in maniera tale che mettesse in mostra una grossa porzione della mia pancia, e le labbra dipinte di un rosso acceso.

Scrollai le spalle, fingendo noncuranza, mentre Lyrik mi guardava come se fosse a due secondi dal divorarmi.

Dio, speravo proprio che lo facesse.

«Non che mi stia lamentando... di trovarti qui.» Girò intorno al bancone ed entrò in cucina.

Il mio cuore prese a battere velocemente e i miei respiri si fecero corti quando mi avvolse le braccia intorno alla vita da dietro. Le sue grandi, abili mani andarono dritte sulla striscia di pelle a cui sapevo non sarebbe stato in grado di resistere, e i suoi palmi caldi premettero sulla mia pancia.

Il mio stomaco fece una capriola.

Lyrik seppellì il naso nei miei capelli. «Non c'era bisogno che facessi tutto questo per me, piccola. Sarei stato felice di portarti fuori a cena.»

Feci spallucce, optando per un atteggiamento indifferente.

Come se fosse un nonnulla. Ma le parole uscirono liberamente dalla mia bocca, in una sorta di dichiarazione incontrollata mentre voltavo la testa quel tanto da essere naso contro naso. «Fallo personalmente se vuoi che conti.»

Per un istante, Lyrik si irrigidì, poi mi abbracciò più forte. Il suo gemito vibrò lungo la mia spina dorsale. «Cosa devo fare con te?»

«Cosa non hai intenzione di fare con me?» Stavolta, non ebbi difficoltà a parlare in tono civettuolo e scherzoso, perché non c'era nulla di finto.

Quest'uomo mi provocava il disturbo della personalità multipla. Audace, sexy e sotto controllo. Dolce e gentile.

Eppure non potevo fare a meno di pensare che quel mix rappresentasse appieno me stessa.

Rimasi senza fiato quando premette l'uccello contro il mio sedere. Era grosso e duro. «Vuoi scoprire che cosa intendo farti esattamente? A come ho pensato per tutta la settimana di entrare dove ancora non sono stato?»

Ondeggiò contro il mio culo, e il suo tono assunse una nota seducente. «Basta che tu dica di no... ma spero sinceramente che tu non lo faccia.»

Fui attraversata dai fremiti, l'eccitazione mi percorse e mi attanagliò i sensi mentre la trepidazione turbinava nel mio stomaco.

Lyrik aveva abbattuto tutte le mie barriere. Mi aveva presa ovunque e in ogni modo. Tranne lì. Inarcai il bacino all'indietro. «Sono tua.»

Lui si immobilizzò e, contemporaneamente, mi abbracciò un po' più forte.

Con fare protettivo.

Tuttavia, non ero più sicura di chi stesse proteggendo.

Dio, stava diventando sempre più difficile tenermi dentro le emozioni che provavo. Il modo in cui crescevano ogni giorno e si amplificavano ogni notte.

Mi diede un bacio sulla tempia, fece un passo indietro e si passò le dita tra i capelli neri umidi. «Come posso aiutarti?»

Svitai il tappo del barattolo delle spezie e le sparsi sulle bistecche. «Perché non vai a scaldare la griglia? Le patate stanno bollendo e fra poco preparo l'insalata.»

«Mmm... mi vizi troppo.»

«Sono qui per compiacerti» risposi in tono malizioso e carico di sottintesi.

Lui ridacchiò e mi diede un colpetto sul naso. «E mi compiaci eccome.»

Emisi una risatina quando ripeté le nostre battute, l'atmosfera di nuovo leggera. Stare con Lyrik richiedeva di essere pronti per tutti gli alti e bassi.

Puntò un dito contro di me mentre cominciava ad arretrare in direzione del balcone. «Non muoverti» disse.

«Non vado da nessuna parte» promisi.

Poi scomparve nella luce scintillante.

Mi voltai per lavare le verdure, mi asciugai le mani e aprii un cassetto in cerca di un coltello.

Cassetto delle cianfrusaglie.

Cominciai a richiuderlo quando una fotografia ficcata in fondo a tutto catturò la mia attenzione. Okay, forse era nascosta sotto una pila di carte. L'angolo appuntito era l'unica cosa visibile.

Con un movimento delle dita, spinsi da parte le carte che la coprivano.

Un brivido di apprensione fece spuntare un velo di sudore sulla mia pelle.

Merda. Merda. Merda.

Cosa mi passava per la testa?

Forse non stavo pensando affatto, perché allungai la mano e la tirai fuori.

Di nuovo, ebbi la sensazione di non essere diversa dalla svampita ragazza di un film horror che stava finendo dritta in una trappola.

A pochi istanti dall'essere sventrata.

No, non istanti. A un millesimo di secondo.

Perché non ebbi neppure il tempo di riprendere fiato. Al contrario, l'aria fuoriuscì dai miei polmoni in una sorta di shock perverso. Come se avessi il diritto di sentirmi in questo modo.

Di guardare questa foto come se fosse un insulto nei miei confronti.

Come se fossi stata tradita da una specie di relazione illecita.

Era un'istantanea. Il viso di Lyrik splendeva. Felice. Era così maledettamente felice e spensierato che mi sentii strattonare in tutte le direzioni. Lacerata in due. Era completamente privo del peso e delle catene che lo trascinavano giù adesso. Privo di quell'onnipresente aura oscura e nefasta.

Cingeva tra le braccia una ragazza da dietro. I lunghi capelli castani di lei svolazzavano al vento, sfiorandogli il viso, il suo sorriso largo quanto quello di Lyrik.

Tentai di mandar giù il groppo che avevo in gola.

Impossibile.

Poiché era troppo grande, troppo pesante e soffocante, gravato da tutte le limitazioni che Lyrik continuava ad appendere intorno al nostro collo.

Perché ciò che era immortalato nella foto?

Era senza limiti.

Eterno.

Mi premetti una mano sulla bocca e cercai di soffocare il singhiozzo che mi salì in gola. Cercai di trattenere le lacrime che mi bruciavano gli occhi.

Dio, questa ragazza sembrava così giovane. Anche Lyrik lo era, indubbiamente. La foto doveva essere di almeno cinque o sei anni fa. Ma la ragazza... questa splendida ragazza dalla bellezza seducente? Era evidente nei suoi occhi.

Giovinezza.

«Che cazzo credi di fare?»

La voce di Lyrik era bassa, pericolosa e cupa.

Mi girai di scatto a guardarlo. Ero stata così presa dalla foto che non mi ero neanche accorta che fosse tornato dentro.

La rabbia scaturiva da ogni suo poro.

«Chi è lei?»

Stupida, stupida, stupida.

Come diavolo potevo essere così folle da chiederglielo? Ero davvero regredita fino a questo punto? Bisognosa e senza alcun istinto di autoconservazione?

La cosa peggiore era che non ero certa di poter sopportare la sua risposta.

Perché lo sapevo già.

Questo era amore.

Lyrik serrò la mascella, e potei quasi sentire il digrignare dei suoi denti mentre cercava di mantenere la calma. «Ti ho chiesto, che cazzo credi di fare? Frughi tra le mie cose? Te l'ho detto sin dall'inizio di non ficcare il naso dove non devi.»

Avanzò verso di me e mi intrappolò contro il bancone.

Sollevai la foto tra di noi. «Chi è?» Era una domanda disperata. Pronunciata come la stupida qual ero. Una stupida che era fuggita, fuggita e fuggita ma che poi era tornata indietro e gli aveva permesso di raggiungermi.

«Non. Tu.» Le sue due orribili parole mi trafissero come pugnali.

Almeno, sembrarono tali quando mi colpirono.

Non. Tu.

Trafiggenti e taglienti.

Strazianti.

Avrei dovuto essere preparata. Mi aveva detto che il sesso era tutto ciò che aveva da dare.

Perché apparteneva a qualcun'altra.

Lentamente, chiusi gli occhi con forza e pregai di riuscire a tenere a bada le lacrime. Almeno finché non sarei uscita dalla porta del suo appartamento. Dove sarei crollata e andata in pezzi. Dove mi sarei leccata le ferite e mi sarei sforzata di rialzarmi. Dove avrei ricostruito le mura che non avrei mai dovuto permettergli di abbattere.

Ma prima? Gli diedi un ultimo briciolo della mia onestà. Dolcemente, il mio sguardo percorse il suo viso un'ultima volta.

«Ti sento.»

Poi mi feci forza e uscii dal suo appartamento.

17

TAMAR

Preparandomi psicologicamente, uscii dal mio appartamento sul pianerottolo. Tenevo la testa alta, quel vecchio ghigno di nuovo sulla bocca, le labbra dipinte di un rosso acceso. Avevo deciso che dovevo essere sempre preparata per quello in cui mi sarei potuta imbattere qui fuori. Perché mi rifiutavo di essere colta alla sprovvista ancora una volta.

Il sole del tardo pomeriggio mi abbagliò gli occhi. Il mio corpo andò a sbattere contro il solido muro di umidità.

Il caldo afoso rendeva difficile respirare a pieni polmoni.

Scossi la testa per schiarirmela. O forse feci quel gesto come forma di ammonimento. Come un silenzioso comando che mi urlava di darmi una regolata.

Sapevo che sarei stata solo una bugiarda se avessi dato la colpa di questa sensazione opprimente al clima.

Come se non conoscessi il motivo per cui mi sembrava di avere un milione di mattoni ammucchiati sul petto che continuavano a piovere dall'alto, bersagliando, schiacciando e distruggendo.

Detestavo di essere stata talmente sciocca da dargli il potere di farmi sentire in questo modo.

Sapevo che sarebbe finita così.

Sapevo che sarebbe finita così.

Sapevo che sarebbe finita così.

Ma non importava quante volte me lo ripetessi sottovoce. Ogni singola emozione che provavo rimaneva. Il guadagno e la perdita. La rinnovata fiducia in me stessa che lui mi aveva dato contro ciò che aveva così facilmente strappato via.

Sembrava crudele che lui fosse la ragione per cui avevo ricominciato a vivere per davvero dopo anni. Barlumi di quella vita erano ancora lì, in cerca di una via d'uscita, il disperato bisogno di recuperare una parvenza di chi ero una volta. Di tornare a casa ed essere coraggiosa. Benché tutto ciò fosse eclissato dal dolore che mi serrava la gola come un pugno.

Era un antico dolore che bisbigliava il suo veleno.

Come hai potuto essere così stupida? Così incauta? Come hai potuto lasciarti usare così facilmente? Sfruttata e gettata via come spazzatura.

Sporca.

Il respiro entrava e usciva con difficoltà dai miei polmoni troppo stretti mentre restavo lì, a pochi passi dal suo appartamento. Talmente vicini, eppure la distanza tra di noi non sarebbe potuta essere maggiore di così.

La sovrabbondanza di pensieri, preoccupazioni e speranze turbinava intorno a me come un ciclone. Non ero certa di avere la forza di resistere sotto il peso di quell'amaro miscuglio di emozioni.

Attirata verso casa mentre quest'uomo bellissimo mi spingeva via.

Dio, questo dolore lancinante non svaniva mai. Non si smorzava o attenuava mai.

Per quanto duramente ci provassi, non potevo sfuggire all'inesorabile sofferenza che mi inseguiva durante il giorno e mi perseguitava di notte.

Ma restare qui accendeva un furioso impeto di rabbia, dolore e tradimento così intenso da farmi girare la testa e darmi la sensazione che il mio cuore potesse letteralmente spezzarsi. Vacillare, sanguinare e condurre alla fine.

Il mio labbro inferiore tremò mentre tendevo l'orecchio verso la musica heavy metal che risuonava a tutto volume dai confini delle vecchie mura di mattoni che sapevo lo tenevano nascosto. Le tende erano chiuse. Proprio come lo erano state nelle ultime due settimane.

Lottai per mantenere il controllo, gridando silenziosamente il mantra con una mano chiusa a pugno lungo il fianco. *Non guardare. Non guardare. Non guardare.*

Ma quell'assurda consapevolezza non mi lasciava andare. Il terrore scivolò lungo la mia spina dorsale in un rivolo gelido. Tremando, spostai lo sguardo sulla pila di scatoloni situati alla sinistra della porta del suo appartamento.

Lyrik West era scribacchiato sui lati con un pennarello.

La loro vista mi fece quasi crollare il mondo addosso. La realtà si abbatté violentemente su di me.

Due mesi.

Non era riuscito neppure a darmeli. E io avevo permesso a me stessa di essere abbastanza ingenua da sognare molto di più. Che i nostri momenti avessero significato qualcosa. Perché per me, avevano cominciato a significare tutto.

Barcollai sui miei tacchi da tredici centimetri e appoggiai di scatto la mano sul muro per impedirmi di crollare a terra. Tirai un respiro per inspirare aria inesistente. Dovetti impiegare tutte le mie forze per non cadere in ginocchio.

Ma ci riuscii.

Perché Tamar King sarebbe sempre rimasta in piedi.

Voci urlavano nel tentativo di essere udite al di sopra della band country che suonava sul palco. La gente rideva e gridava. Una ressa di corpi faceva a gara per ottenere un posto vicino al luccicante bancone di legno intagliato e decorato, come se toccarlo garantisse un gran divertimento.

Tipico di un estivo venerdì sera, il *Charlie's* era gremito.

Non potevo fare a meno di essere grata per quella distrazione. Mi affaccendavo dietro al bar perché ero maledettamente brava nel mio lavoro.

Ok, forse non era il sogno della mia vita. Forse non mi riempiva di speranza, meraviglia e del desiderio per cose che non sarebbero mai potute essere.

Ma era sicuro. Privo di tutte le sciocche e assurde idee che Lyrik aveva istigato in me.

Meglio estirparle adesso piuttosto che lasciare che mi distruggessero alla fine.

«Come va, dolcezza?» La voce di Charlie mi giunse da dietro. Più dolce del solito. Quasi sentisse il bisogno di avvicinarsi a me con cautela e non con tutta la scioltezza che usava prima che Lyrik scombussolasse la sicurezza che avevo consolidato in questa vita.

Detestavo anche questo.

Lanciai un'occhiata al mio vecchio amico. A un componente della famiglia che avevo trovato qui. Il fremito di disagio che mi percorse le viscere mi avvertì che presto avrei perso anche *questo* falso rifugio.

Un sorriso malizioso spuntò sul mio viso. Forzato. Posticcio. «Va alla grande, vecchietto. E tu? Credo che a Nathan non dispiacerebbe se tu gli dessi una mano piuttosto che startene qui a guardarmi le spalle come se non avessi niente di meglio da fare» dissi in una sorta di scherzosa presa in giro, inarcando contemporaneamente un sopracciglio e il labbro superiore.

Un sorriso balenò sotto la sua barba ispida, anche se i suoi occhi marroni rimasero teneri. «Beh... suppongo che dal momento che hai tutto sotto controllo, sia meglio che io mi tenga occupato.»

Sotto controllo.

Giusto.

«Sei sicura di non aver bisogno di niente?» aggiunse.

Lo scacciai via. «Sciò, sciò! Me la cavo benissimo da sola. L'ultima cosa che mi serve è che tu mi rallenti. Sai che vivo per il trambusto.»

Arretrando, Charlie alzò le mani in segno di resa. «D'accordo, d'accordo. Messaggio ricevuto. Tamar sta *bene*... da sola.»

Gli lanciai un'occhiata torva. Sapevo cosa stava facendo. Cosa stava insinuando. Perché il suo tono si fece paterno e le sue parole si riempirono di preoccupazione.

«Esatto. Sto benissimo. Da sola» sottolineai.

«Come dici tu, dolcezza. Sappi solo che non stai ingannando nessuno a parte te stessa. Ma scommetto che non riesci nemmeno in questo.»

Charlie mi rivolse uno sguardo significativo prima di voltarsi e andare a controllare Nathan, mentre io mi costrinsi a riportare l'attenzione sul mio lavoro.

E feci proprio quello.

Cercai di fingere che andasse tutto bene.

Che non stessi crollando a pezzi.

Che non mi stessi lacerando.

Spaccando.

Sgretolando.

Tentai di fingere di non avere la sensazione di essere spezzata in due.

Sophie, una delle cameriere del week-end, posò il vassoio sul bancone e si appoggiò su di esso.

«A che punto sei con quell'ordinazione?» chiese. «Il tavolo diciannove sta per dare di matto.» Sospirò drammaticamente. «A volte vorrei che i ragazzi delle confraternite non venissero qui a svagarsi.»

Pareva un miracolo, ma una bassa risata scaturì dalla mia bocca. Scossi la testa con espressione divertita. «Allora siamo in due. Dammi solo... due... secondi...» dissi lentamente mentre finivo di versare la tequila nei tre bicchierini.

Feci scivolare i drink verso di lei. «Ecco a te, bellezza. Non lasciarti scoraggiare da quei ragazzi. Non ne valgono la pena.»

Nessuno di loro. Nemmeno per un secondo.

«Grazie.» Sistemò i bicchieri sul vassoio, mi lanciò un sorriso e, mentre si allontanava, gridò da sopra la spalla: «Augurami buona fortuna!»

«Buona fo...» Le parole mi si bloccarono in gola quando le porte del locale si spalancarono, cosa che avevano fatto durante tutta la serata. Ma stavolta... stavolta mi fermarono sui miei passi.

La consapevolezza si diffuse dentro di me.

La tensione crebbe.

Più intensa, più forte e più velocemente.

Acquistando velocità mentre si muoveva in avanti come un treno in corsa.

Malvagio, oscuro e minaccioso.

Il mio cuore si bloccò prima di riprendere a battere di scatto.

In modo selvaggio e irregolare.

Ash avanzò come se fosse il padrone del posto, con il suo sorriso contornato da fossette e il suo sguardo famelico che osservava il frenetico caos che si agitava tra queste vecchie mura. Era chiaro che moriva dalla voglia di unirsi alla mischia.

Due passi dietro di lui c'era Zee.

Ma era il ragazzo che li seguiva a breve distanza che spiccava più di tutti.

Eclissando ogni cosa.

Come una luce che frantuma e devasta.

Quell'uomo sinistro avanzò nel locale in tutta la sua furiosa intensità. Il suo corpo era rigido, come se quella selvaggia energia fosse condensata e accentuata.

Ridotta a un puntino luminoso.

Pronto a far fuoco.

Abbattendo chiunque e qualsiasi cosa sul suo cammino come la devastante onda d'urto di una bomba atomica.

Il fremito prima dell'esplosione.

Ma stavolta, il colpo avrebbe potuto rivelarsi fatale.

Quanto folle era che lo volessi ancora? Che anche dopo aver visto quella foto e aver udito le sue parole, continuassi ad aggrapparmi ai momenti che avevamo condiviso insieme come se avessero contato qualcosa? Quando invece *lui* li aveva distrutti uno ad uno.

Due settimane. Due settimane di *silenzio*. Un silenzio sotto forma di musica violenta, aggressiva e assordante che trapelava dalle pareti. Dopo tutto quello che avevamo condiviso fisicamente ed emotivamente, lui aveva semplicemente mollato. Aveva mollato *me*. Senza una parola. Senza una spiegazione. Come se non mi dovesse nulla.

Perché desideravo sempre le cose che mi avrebbero fatto più male?

Furtivamente, spostai lo sguardo nella sua direzione, sperando che non se ne accorgesse, ma avevo bisogno di un'ultima immagine da tenere con me per quando sarebbe andato via.

Da imprimere nella mia mente.

Cosa per nulla difficile da fare. Era impossibile che potessi dimenticare. Stasera indossava una t-shirt bianca attillata con scollo a V. I tatuaggi che ormai conoscevo bene vibravano sopra i muscoli tesi del suo corpo, come se ogni fibra del suo essere ribollisse di rabbia propria.

L'emozione bruciò i miei occhi traditori, e con la stessa velocità con cui l'avevo guardato, voltai le spalle prima che potesse cogliere l'angoscia che ero certa dipingeva ogni centimetro del mio viso.

Per la seconda volta quel giorno, le mie mani scattarono in avanti per reggermi in piedi. Il mio corpo tremava mentre mi aggrappavo al bordo del bancone e cercavo di prepararmi per quando mi sarei ritrovata faccia a faccia con Lyrik West. Cercai di nascondermi dietro la sicurezza delle mura che avevo costruito. Di guadagnare un terreno solido. Di fortificare e proteggere.

Mai più gli avrei permesso di controllarmi.

Con la testa abbassata, le mie labbra si mossero silenziosamente, quasi stessi inviando una preghiera silente verso l'alto. O allungando un braccio verso un salvagente. Una supplica per trovare la verità nelle parole che mi avrebbero permesso di rimanere a galla.

Sei forte. Non sei schiava di nessuno. Lui ha potere ed effetto solo se glielo dai. E tu non gli permetterai di averlo.

Emettendo un profondo sospiro, indossai quella stoica e arrogante maschera, sollevai il mento e tornai al lavoro. Per tutto il tempo, finsi di non essere dolorosamente consapevole che fosse lì in piedi sotto il bagliore della luce sospesa sopra di lui.

Di non sentire il calore del suo sguardo intenso che mi brucia-va.

Una risata aspra e incredula riverberò nel mio petto dolo-rante. Per un fuggevole istante, la mia armatura cadde, lascian-domi vulnerabile sotto il suo sguardo acuto.

Perché ora? Perché si faceva vedere dopo due settimane quando non avevo colto nient'altro che uno scorcio della sua nuca durante tutto quel tempo? Era come se avesse calcolato ogni sua mossa, assicurandosi di schivarmi, evitarmi ed elu-dermi in qualsiasi maniera.

Così facilmente dimenticabile.

Sporca.

Sentii la tensione nell'aria spezzarsi, il cambiamento, e capii che Lyrik aveva seguito Ash e Zee fino al divanetto appartato dove gli piaceva nascondersi. Lontano da occhi indiscreti e dalla loro fama da rockstar. Anche se, a dire il vero, non sem-bravano avere tanti problemi qui intorno. I gusti della maggior parte della gente del posto vertevano verso la musica country e venivano al pub a frotte nelle serate in cui suonavano le band country più popolari.

Ma questo non significava che i ragazzi non attirassero l'at-tenzione semplicemente per il loro aspetto.

Le ragazze in cerca di svago non potevano resistere a questi ragazzi che sembravano così cattivi.

Forieri di guai, caos e strabiliante divertimento.

Il dolore mi trafisse lo stomaco quando immaginai Lyrik andare via di qui con una ragazza. O più probabilmente, con due. Quello era sempre sembrato il suo stile. Fotografie di un lato di Lyrik che non conoscevo affatto balenarono nella mia mente, il luccichio lussurioso nei suoi occhi peccaminosi men-tre era circondato da donne fin troppo compiacenti.

Non riuscivo a scuotermi di dosso la paura che fosse qui per spassarsela un'ultima volta nella piccola cittadina di Savan-nah prima di lasciarsi tutto alle spalle.

Prima di lasciarsi me alle spalle.

Aveva promesso che l'avrebbe fatto.

Ma non avrei mai immaginato che sarebbe stato in questi

termini.

«Ehi, Tamar.» Sophie irruppe nei miei pensieri tormentati quando mi chiamò dall'altro lato del bancone. Piegò la testa in direzione del divanetto appartato. «I tuoi amici sono qui.»

Come se non l'avessi notato.

«Il biondino carino insiste che sia tu a occuparti di loro. Ha detto che si tratta di un'emergenza. Ovviamente, l'ha fatto con un sorriso sul viso, quindi non sono sicura che sia così urgente, ma ho pensato che non ti sarebbe dispiaciuto più di tanto considerando che solitamente vai di corsa in quella direzione l'istante in cui oltrepassano la soglia.»

Di corsa?

Era davvero stato così nelle settimane in cui le cose tra me e Lyrik andavano bene? Ero davvero corsa da lui così prontamente?

Un altro ignaro agnellino condotto volontariamente al macello.

Dio, ero stata così stupida.

Non più.

Andai verso la sconfinata varietà di liquori allineati sul mobile bar e afferrai una bottiglia di vodka. Lanciai a malapena un'occhiata alle mie spalle per rispondere. «Beh, invece mi dispiace.»

Lei sollevò entrambe le spalle fino alle orecchie e cominciò ad indietreggiare. «Scusa... troppo tardi... gli ho detto che saresti stata felice di servirli.»

«Allora va' a dire loro che *non* sono felice di farlo.»

Nervosamente, Sophie spostò il peso da un piede all'altro e si morse il labbro inferiore, così trasparente e piena di sensi di colpa. «Il biondino mi ha, più o meno, invitata a casa sua stasera dopo il lavoro se avessi consegnato il messaggio.»

Esasperata e combattendo contro la paura, mi sfregai la fronte.

Doveva essere uno scherzo.

Mi voltai verso di lei. «Grazie per avermi gettato in pasto ai lupi. E nel caso volessi saperlo, il biondino carino si chiama Ash.»

Era impossibile non notare il tono pungente delle mie parole. Ma andiamo, vendermi per una notte con una rockstar? Non era affatto bello.

Sophie mi rivolse uno sguardo supplichevole. «Mi dispiace, Tamar. Davvero. Ma è stato così insistente.»

Suppongo che dovessi darle un po' di tregua. Lavorava qui solo da un mese. E anch'io sapevo che quelle fossette erano letali. Probabilmente, quel ragazzo sarebbe stato capace di convincere un vegetariano a unirsi al circolo della "bistecca del mese".

Sospirai. «Va bene. Mi occuperò di loro.»

La sua fronte si corrugò in segno di scusa. «Grazie. E per la cronaca, pensavo di farti un favore.»

Mi accigliai. «Ti prego, non farmi più altri favori.»

Okay, forse mi stavo comportando da stronza. Ma non potevo farci nulla. Non potevo evitare il modo in cui l'inquietudine si agitava nelle mie budella e scorreva sulla mia pelle, sfrigolando contro la viva, potente energia che già impregnava l'aria densa.

Facendomi coraggio, mi diressi verso la fine del bancone e scivolai nella sala principale, avanzando impettita lungo le assi di legno sui miei tacchi vertiginosi. La vibrazione inviò una scarica di brividi lungo il retro delle mie gambe, simile a un boom boom boom continuo che pulsava attraverso il mio corpo.

Il suono aumentò solamente man mano che mi avvicinavo, e quell'energia si scatenò quando il mio cuore prese a martellare e il mio stomaco sobbalzò.

Quelle sciocche farfalle della mia infanzia decisero che era il momento perfetto per prendere il volo quando lo sguardo impassibile di Lyrik si posò su di me.

In quegli occhi peccaminosi sembrò baluginare sia lussuria che rimpianto. Notai la scintilla di desiderio nelle narici dilatate del suo naso e l'angoscia nella sua fronte corrugata. Come se provasse dolore nel guardarmi.

Merda. Merda. Merda.

Non andava affatto bene.

Mi rifiutavo di cadere di nuovo preda di quest'uomo.

Conoscevo i suoi giochetti.

Era crudele e ingiusto.

Mi spiaccicai sulla faccia il mio vecchio ghigno. Stasera, non fu così difficile farlo. Perché a dire la verità? Ero *ancora* arrabbiata e ferita dalle sue parole insensibili. Mi sentivo tradita per il modo in cui mi aveva messo da parte. Per il modo in cui mi aveva lasciata uscire dal suo appartamento quando in realtà era stato lui a buttarmi fuori.

Quello che avevo fatto era sbagliato. Lo sapevo. Sapevo che non avrei dovuto ficcanasare. Non avrei dovuto permettere alla mia ossessione di conoscerlo, di avvicinarmi a lui – di comprendere le sue riserve e il suo dolore – di annebbiare il rispetto che avevo per lui. Non avrei dovuto pretendere delle risposte che non voleva darmi. Soprattutto quando la mia gelosia era stata la forza propulsiva dietro il mio comportamento.

Ma in egual misura, lui avrebbe dovuto rispettare me.

Chiedermi di mettere la foto a posto.

Di lasciar perdere.

Invece, era andato dritto alla giugulare.

Sventrandomi e tagliandomi con quelle deplorevoli parole.

Il mio ghigno si trasformò in un perfetto sorrisetto sexy. Mi portai una mano sul fianco. «Benvenuti al *Charlie's*. Cosa vi porta qui stasera?»

Mi comportai come se non li conoscessi affatto – come se non fossi turbata – mentre, al contrario, sembrava che io fossi l'unica cosa che Lyrik riuscisse a vedere.

Ok, forse una parte di me provò un po' troppo piacere per il modo in cui il suo sguardo si fece bramoso.

Sei tu che mi hai gettato via.

Probabilmente era sbagliato che stessi ringraziando la mia buona stella per come mi ero vestita stasera.

Magari anche lui avrebbe avuto un assaggio del dolore in cui mi aveva lasciata sguazzare. Un assaggio di quel dolore sordo che adesso era amplificato dalla sua presenza.

Ma la parte migliore di me – quella che lui aveva risuscitato – voleva carezzargli la guancia, sentire il flebile battito del suo cuore, dirgli che avrei cancellato parte del suo dolore se lui avesse promesso di fare altrettanto col mio.

Se solo mi avesse permesso di entrare nel suo cuore.

Ma era la parte sciocca di me a parlare così.

Ash emise una goffa risata. «Ahhh... Tam Tam... non spezzarmi il cuore fingendo di non essere felice di vedermi. So che devo esserti mancato, perché è impossibile che queste mura siano le stesse senza un po' di Ash. Ho pensato che prima di fare le valigie e partire per Los Angeles domani, fosse meglio che venissimo qui e spargessimo una spolverata di rock 'n' roll nel locale un'ultima volta.»

L'occhiata che lanciò a Lyrik smentì la sua affermazione perché quest'ultimo trasalì, fece una smorfia e spostò lo sguardo sulla parete.

Una nuova forma di dolore mi trafisse appena compresi che Lyrik non voleva essere qui. Quando compresi che era stato trascinato oltre la soglia, probabilmente persuaso, spronato e stuzzicato da Ash finché non si era arreso, qui solo per dimostrare che davvero non mi voleva.

Oddio.

Folle. Completamente, totalmente folle. Ecco cos'ero. Perché improvvisamente mi resi conto di aver sperato che fosse qui per me. Che si trovasse qui per scusarsi o magari per dirmi addio.

Qualcosa, almeno.

Avevo perso completamente la testa.

Insieme al mio cuore.

Mi costrinsi a spostare gli occhi su tutti e tre, rifiutandomi di indietreggiare o sussultare quando li posai su Lyrik.

Red. Red. Red.

Mi aggrappai a lei come un'ancora di salvezza.

Il mio sorriso si allargò, per quanto forzato fosse. «Beh, visto che siete qui per diffondere un tocco di allegria rock 'n' roll, e sapete quanto mi piacciono i ragazzi tatuati e turbolenti...» Abbassai lo sguardo su Lyrik, come se la sua presenza non mi desse alcun fastidio. «Sarò felice di aiutarvi» continuai. «Cosa vi porto?»

Ash sorrise e mi fece l'occhiolino. «Prendo il solito, tesoro.»

Lo guardai con occhi socchiusi. Stava sicuramente tramando qualcosa.

La voce di Zee era calma. «Solo una coca per me. Dopo devo riportare questi stronzi a casa.»

Spiaccicandomi di nuovo un ghigno sul viso, guardai Lyrik. «E tu? Vuoi che ti prepari qualcosa di molto speciale?»

Le mie parole vennero fuori sprezzanti, anche se mi graffiarono la gola in una sorta di tradimento.

Fu Ash a rispondere. «Penso che il nostro amico qui vorrebbe un piccolo assaggio di qualsiasi cosa tu abbia da offrire. Purché tu non lo faccia strozzare. Sembra essere un po' giù di corda ultimamente.»

Santo cielo, Ash. Per quanto lo adorassi, doveva smetterla.

«Certo» dissi, assicurandomi di ancheggiare vistosamente in faccia a Lyrik mentre mi voltavo per andarmene.

Chi poteva biasimarmi?

Ero io quella con le spalle al muro.

Inchiodata ad esso, in verità.

Una vampata di calore saettò lungo il mio braccio quando sentii la grande mano di Lyrik chiudersi intorno al mio polso.

Ammanettandomi.

Bloccandomi.

Un ceppo di ferro intorno al mio cuore.

In preda al panico, mi voltai di scatto a guardarlo, gli occhi sgranati e scioccati.

Mi sforzai di socchiuderli per fissarlo torva.

Aveva davvero l'audacia di toccarmi?

«Che c'è?» sbottai, strattonando il braccio per liberarmi dalla sua presa.

Con riluttanza, lui mi lasciò andare. La sua bocca si piegò in una smorfia triste, e quegli occhi simili all'ossidiana luccicarono. «*Blue.*»

Accidenti a lui e ai suoi giochetti. Voleva caricarmi come un giocattolo a molla. Guardarmi girare, girare e girare. Non gli avrei permesso di farmi di nuovo questo.

Il disprezzo e l'ultimo brandello del mio spirito di autoconservazione mi fecero serrare la mascella. «Scusa, ma non ho idea di cosa tu stia parlando.»

Girando sui tacchi, mi rifugiai rapidamente dietro al bancone del bar. Grazie a chissà quale miracolo, riuscii a tenere la testa alta mentre preparavo i loro drink.

Versai a Lyrik lo stesso bicchiere di Jager come Ash.

Non meritava la parte migliore di me. Non più. Non meritava ciò che era sacro e speciale e che era stato offerto soltanto a lui. Non meritava la mia gioia o la mia fiducia o la mia speranza.

Con i drink disposti su un vassoio, mi diressi verso di loro. Mi fermai di botto quando vidi Ash tornare al loro tavolo.

Con tre ragazze al seguito.

Il mio stomaco sprofondò.

No. No. No.

Perché Ash mi faceva questo?

Questo *non* potevo sopportarlo. *Non* potevo affrontarlo. Un rivolo di gelosia si contorse dentro di me come una vipera maligna. Trafiggendomi la pelle con le sue zanne e affondando nella mia carne. Riempiendomi di veleno.

Il veleno faceva male, no?

Bruciava e pungeva mentre sfrecciava nelle tue vene, uccidendo ogni cellula.

Sophie sorrise mentre mi passava accanto. Diedi il vassoio a lei. «Tieni, portalo ai miei *amici*. Ma sta' attenta... pare che tu abbia perso il tuo appuntamento per stasera.»

O forse Lyrik si sarebbe portato tutte e tre le ragazze a casa. Merda.

Se non fosse stato così tardi, avrei chiesto a Shea se potevo dormire da lei.

Non sarei riuscita a sopportare di imbattermi in loro fuori dal mio appartamento stanotte.

L'attenzione di Sophie guizzò nella loro direzione. Il suo viso si adombrò. «Che stronzo» borbottò sottovoce.

Già. Che stronzo. Ma non ero del tutto sicura a chi mi stessi riferendo.

Sophie si diresse verso il loro tavolo, con lo stesso atteggiamento ostile e spavaldo che avevo mostrato io dieci minuti prima, e per tutto il tempo cercai di non guardare in quella direzione. Cercai di fregarmene. Di ritornare ad essere la persona che ero stata prima che Lyrik avesse oltrepassato la soglia del *Charlie's* più di un anno fa.

Ma non ero più sicura di conoscerla.

Non ero sicura di chi di noi due fosse reale.

Sophie consegnò le bevande, e si fermò quando Ash la tirò verso il basso così da poterle sussurrare qualcosa all'orecchio. Stava quasi correndo quando tornò verso il bar con un sorriso incancellabile sul viso.

«L'invito è ancora valido» disse gongolante, completamente ignara del mio tormento.

«Grandioso» risposi, celando a malapena il sarcasmo nella mia voce.

«È davvero carino» aggiunse.

«Sì, lo è» concordai, perché comprendevo pienamente il fascino di Ash, anche se io sembravo esserne del tutto immune dal momento che Lyrik era l'unico che aveva il potere di farmi *provare emozioni*.

«Chi è carino?»

Alzai lo sguardo per trovare il possessore di quella voce. Un uomo, che era poco più che un ragazzo, appoggiò gli avambracci sul bancone e si sporse verso di me. Non poteva avere più di ventuno anni, e portava il colletto alzato. Doveva essere uno di quei fighetti, figli di papà che frequentavano il locale di tanto in tanto.

Corrugai la fronte e lui sorrise.

Con atteggiamento sfacciato e audace, piegò la testa di lato e mi rivolse un sorriso smagliante. «Speravo che stessi parlando di me dal momento che ho pensato la stessa cosa di te mentre ero seduto *laggiù* e tu te ne stavi *quaggiù*. Sembrava un vero peccato, perciò eccomi qui.»

Era adorabile. Volevo quasi dargli una pacca sulla testa e rispedirlo a casa.

Ma quando percepii lo sguardo intenso e penetrante di Lyrik, mi ritrovai a piegarmi in direzione del ragazzino.

«Pensi che io sia carina, eh?» Suppongo che avrei assecondando il suo gioco.

Lui ridacchiò e abbassò lo sguardo in maniera spudorata sul mio seno. Cercai di non rabbrividire per il disgusto.

«Mi vengono in mente aggettivi migliori per descriverti» disse. «Che ne dici se più tardi te li sussurro all'orecchio? Ho una stanza qua vicino.»

Wow, mi ero completamente sbagliata.

Questo ragazzino non era adorabile. Era un imbecille presuntuoso.

Mi avvicinai maggiormente a lui, ignorando la nausea che turbinava nel mio stomaco e che mi saliva su per la gola.

Sorgi.

Scacciai via quel pensiero errante.

Negli ultimi quattro anni, avevo usato il mio corpo come un'arma. Ma sempre per difendermi. Uno strumento per tenere gli uomini a distanza. Troppo bollente da maneggiare. Troppo pericolosa da toccare. Dando l'impressione che sarei stata fin troppo felice di farli a pezzi se avessero anche solo provato a ferirmi in qualche modo, anche se in realtà sarei stata io a farmela sotto per la paura.

Ma stasera? Odiai me stessa un po' di più perché usai quest'arma contro Lyrik. Nonostante avesse distrutto parte di ciò che aveva portato alla luce. La usai contro l'ardente speranza che non smetteva di ribollire nel mio spirito.

Allungai il braccio oltre il bancone e feci scorrere la punta del dito indice lungo il viso dello sconosciuto. «Certamente, tesoro. Smonto alle tre.»

Come se fossi una ragazza davvero facile.

Scribacchiai dieci cifre su un tovagliolo e glielo misi in mano.

Ovviamente era il numero di telefono sbagliato. Neanche per sogno gli avrei permesso di toccarmi.

Odiai ogni secondo di quello scambio.

Ero tornata a fingere di essere qualcuno che non ero.

Flirtando con questo ragazzo nonostante le sue avance fossero sfacciatamente offensive.

247

Vendicativa nelle mie azioni.

Ma l'unica cosa che aveva senso in quel momento era ferire Lyrik nel modo in cui lui stava ferendo me.

In maniera lenta e agonizzante. Aspra e inclemente.

Come se mi stessi lentamente dissanguando.

Dovevo ricostruire le mie mura. Dovevo ripristinare le fondamenta che avevo costruito per sopravvivere. Avevo bisogno di proteggerle e preservarle, di perseverare. E sapevo che lui mi stava guardando, che aveva recepito il messaggio.

Non puoi farmi del male.

Con la coda dell'occhio percepii, piuttosto che vedere, Lyrik alzarsi dal divanetto. Provando una fitta al petto, guardai nella sua direzione e incrociai il suo sguardo.

Duro.

Amareggiato.

Forse persino deluso.

Mi fissò intensamente per alcuni strazianti momenti. La mascella tesa, il pomo d'Adamo evidente mentre deglutiva. Poi mi diede le spalle e uscì dal locale. Portò via con sé tutta quella potente energia, lasciando la sala cavernosa vuota e desolata.

Mi accasciai in avanti. Il dolore era così lancinante che rimasi senza fiato.

Non puoi farmi del male.

Ma conoscevo la verità.

Lyrik West era l'unico che poteva farlo.

18

TAMAR

*E*rano appena passate le tre e venti quando finalmente tornai a casa quella notte. Arrancai su per le scale esterne verso il mio appartamento. La stanchezza e la tristezza mi opprimevano. Mi sentivo come se fossi legata da catene, il corpo esausto e il cuore fiacco. L'oscurità avvolgeva il cielo tempestato di stelle, il trillo degli insetti che banchettavano tra gli alberi un costante ronzio. L'aria umida sembrava un manto sul mio corpo.

Eppure avevo freddo.

Mi sentivo sudaticcia.

Come se stessi per avere un collasso.

Aggrappandomi alla ringhiera, mi costrinsi a salire le scale. Il ticchettio dei miei tacchi risuonò come un grido della mia solitudine. Come un severo promemoria del mio isolamento.

Mi tremava la mano mentre armeggiavo in cerca della chiave giusta. La feci scivolare nella serratura ed entrai nell'acuta desolazione del mio appartamento.

Un tetro sospiro mi sfuggì dalle labbra, gettai le chiavi sul bancone della cucina e mi incamminai lungo il corridoio verso il bagno così da poter rimuovere la maschera dal mio viso.

Ero così maledettamente stanca di indossarla.

Stanca di fingere di essere qualcosa che non ero.

Stanca di nascondermi dal passato che cercava di raggiungermi, che gareggiava per diventare parte del mio futuro.

Sapevo che la scelta era imminente.

O avrei dovuto affrontarlo.

Tornare a casa e fronteggiare il mio passato a testa alta.

O sarei dovuta fuggire.

Andare via.

Ma non sapevo se avessi la forza di fare una delle due cose, e non ero certa di cos'altro mi restasse da fare.

Bagnai un asciugamano con acqua calda e mi lavai la faccia, cancellando ogni traccia della dura e fredda ragazza.

Lasciai cadere l'asciugamano nel lavandino e fissai il viso privo di make-up. La desolazione che si agitava in quegli occhi blu che mi guardavano senza speranza.

«È colpa tua» dissi ad alta voce. Ma non era Tamar King ad ascoltare. Era la ragazza che stava urlando, supplicandomi di trovarla.

Ignorandola, spensi la luce e mi diressi verso il mio letto vuoto dove sapevo avrei annaspato nella solitudine. Dimenandomi nel tumulto. Dove sarei stata strattonata in ogni direzione finché non sarei stata ridotta a brandelli.

Dove mi sarei svegliata domattina e avrei cercato di raccogliere i pezzi della mia anima senza avere la minima idea di come rimetterli insieme. Non quando non conoscevo più lo schema del puzzle.

Un leggero bussare risuonò contro la porta d'ingresso. Sussultai e mi pietrificai al centro della mia stanza, sapendo istintivamente che era lui.

Deglutii rumorosamente, incerta su quale direzione seguire. Il mio cuore implorava di vederlo un'ultima volta, mentre la mia testa diceva di lasciarlo andare. Era la cosa migliore.

Lo sapevo sin dall'inizio.

Sapevo che non avrei dovuto lasciarmi coinvolgere così tanto.

Sapevo che non avrei dovuto permettergli di esplorare e invadere. Di insinuarsi dentro di me, sotto la mia pelle dove mi aveva marchiata e sfregiata, come un inchiostro invisibile impresso sul mio cuore dove aveva lasciato il suo marchio.

Risuonarono altri due colpi. Il secondo a parecchia distanza dal primo, il suono più debole.

Quasi fosse stato fatto con rassegnazione.

Con un senso di sconfitta.

Come un ultimo *ti prego.*

Prima che potessi ripensarci, mi avviai verso l'ingresso, attratta dall'oscurità.

Verso l'oscurità.

Verso l'uomo minaccioso e crudele che sapevo si trovava dall'altro lato della porta.

Lentamente, girai la chiave nella serratura.

Il suono stridulo del metallo echeggiò nella quiete.

Ancor più lentamente, aprii la porta.

Suppongo che fossi una masochista.

Quasi mi piegai in due per il tormento che la sola vista di lui mi provocava, l'ardente desiderio e la sconvolgente energia.

Quel vertiginoso fremito vibrò nell'atmosfera in piccole, esplosive onde d'urto.

In piedi fuori al mio appartamento, mi fissava intensamente con quegli occhi neri come l'ossidiana. Teneva le mani infilate nelle tasche. Le spalle accasciate. Così diverso dall'audace, intoccabile ragazzo che era solitamente. Questo era un uomo che era stato *toccato.*

Deglutii.

Dio.

Era bellissimo.

Splendido in modo devastante.

Perché era esattamente così che mi sentivo mentre me ne stavo lì, tremante davanti a lui.

Devastata.

Che stupida.

«Ehi» disse, facendo spallucce e continuando a tenere le mani nelle tasche.

Sembrava quasi che questo spavaldo, arrogante ragazzo non

sapesse minimamente cosa fare.

«Ciao» risposi a fatica, sentendomi graffiare la gola.

Passarono vari secondi, nei quali eravamo entrambi prigionieri dell'incertezza e del dubbio, prima che lui lanciasse un'occhiata circospetta nel mio appartamento silenzioso. Il suo sguardo era duro quando lo riportò su di me. «Sei sola?»

La vergogna mi colpì dritto al petto.

Abbassai la testa e annuii.

Il sollievo e la frustrazione erano evidenti nel suo sospiro. Spostò lo sguardo a terra e si passò nervosamente una mano tra i capelli. Poi alzò gli occhi, mordicchiandosi il labbro inferiore, e quel barlume di vulnerabilità scomparve nel vento, lasciando il posto alla sua tempesta. «Non credevo che fossi una civetta.»

Bastardo.

Se ne stava lì impalato comportandosi come se questa situazione fosse colpa mia.

Emisi uno sbuffo che ero certa venne fuori spezzato. «Che diavolo te ne importa?»

Una risata priva di umorismo scaturì dal suo petto. Il suono riverberò dentro di me come se stessi troppo vicina a un treno in corsa. «Te l'ho detto che non lo faccio spesso. Me ne strafrego di tutto e di tutti perché non ne vale lo sforzo. Non ne vale la pena. Ma non ho mentito quando ho detto che ci tengo a te. Perché, Red? Perché dovrei tenerci a te?»

L'ultima frase suonò come un disperato sussurro.

La terra tremò sotto i miei piedi, e cercai di rimanere su un terreno solido. Ma potevo sentirlo spezzarsi. Percepire le sue crepe e fessure. La minaccia dell'imminente crollo.

Lyrik mi rendeva così fottutamente debole.

Si sporse in avanti, abbastanza vicino da far sfiorare i nostri nasi. La sua espressione era per metà selvaggia e per metà triste mentre mi fissava torvo nell'ombra. «Hai intenzione di andare a letto con lui? Di sostituirmi con un bel faccino ancor prima che il mio aereo decolli?»

Il senso di colpa mi bruciò perché aveva colpito nel segno. Fatto centro. Soffocai quel sentimento e contrattaccai. «Che mi dici delle tre ragazze al vostro tavolo?»

«Cosa c'entrano loro? Ash mi ha costretto ad andare a quel maledetto pub stasera. Lo stronzo pensava che dovesse dimostrare qualcosa trascinandomi lì, sbattendomi in faccia ragazze che sarebbero state fin troppo contente di saltare nel mio letto.»

Le sue parole si ridussero a un teso sussurro. «Ash crede che sia il suo sacrosanto diritto smascherare le mie stronzate. Costringermi a guardare in faccia la verità. E la verità è che l'unica fottuta cosa che voglio adesso sei tu. Tu.»

Serrai gli occhi con forza di fronte alla sua confessione. Era molto più facile proteggere il mio cuore quando lo odiavo.

«Sei uno stronzo» sussurrai mentre la sua mano tracciava il cuore distorto tra i miei seni. Il mio corpo si inarcò, desiderando già disperatamente di avere di più.

«Penso che questo l'abbiamo già stabilito.»

«Cosa ci fai davvero qui, Lyrik?» Era difficile persino dar voce alla mia domanda con lui lì in piedi, gli scatoloni imballati, pronto a portarsi via tutto. «Cosa vuoi?»

Che differenza avrebbe fatto ora?

Lyrik emise una risata. Un suono a metà tra odio e disgusto. Mi osservò. Guardingo. Valutando cosa dire.

«Sono rimasto a letto nelle ultime due ore, fissando il soffitto, cercando di non tendere l'orecchio verso i rumori che indicavano il tuo ritorno. Verso le voci che sapevo non sarei riuscito a sopportare di sentire. Cercando di fregarmene che quel piccolo bastardo del bar potesse essere in camera con te.»

Mandai giù il dolore che mi serrava la gola e tentai di racimolare un minimo di razionalità nonostante quest'uomo riuscisse sempre a strapparmela via.

«Non hai più il diritto di preoccuparti di una cosa simile.» La mia voce era a malapena un sussurro.

Lui mi fissò attentamente. Con aria di sfida. «Mi hai promesso due mesi.»

«Sì, anche tu me li hai promessi... e non sei riuscito nemmeno a darmeli.»

«Blue...»

Trasalii. «Non chiamarmi così.»

«Perché?» Fece un passo avanti, avvolgendomi nella sua ombra, torreggiando sopra di me. «Perché, Blue?» insistette. «Pensi che io non ti veda? Che non sappia quello che hai cercato di fare stasera?»

Serrai i pugni lungo i fianchi. «Dimmi cosa vuoi... dimmelo... perché non penso di poter sopportare oltre questa situazione.»

Non potevo restare lì senza crollare ai suoi piedi.

Lui esitò. Quasi stesse cercando di trattenersi mentre tutto ciò rimasto in sospeso tra di noi cresceva, acquistava forza e si infiammava. Compresi l'istante in cui finalmente si arrese.

Agitò la mano in preda alla frustrazione, come se volesse prendere a pugni qualcosa, poi abbassò la testa, scioccandomi con la velocità con cui avvicinò il viso al mio mentre le parole fuoriuscivano dalla sua bocca in una supplica incazzata.

«Mi sei mancata, cazzo, ok? Mi sei mancata da morire e mi ha quasi ucciso il pensiero che ti portassi a casa quel ragazzo, cazzo. Mi ha straziato il pensiero che tu stessi con un altro uomo. Che quel bastardo mettesse le mani su di te, prendendo ciò che è mio. Avrei dovuto avere due mesi. *Due mesi.*»

«E adesso è troppo tardi.» Le parole tremarono quando uscirono dalle mie labbra.

Quasi fosse stato schiaffeggiato, il suo viso scattò di lato. La sua attenzione sembrava rapita dalla notte, dagli alberi inquieti e dallo scorrere del tempo. Alla fine, si voltò verso di me, i capelli neri sferzati dal vento, quell'energia che incitava una tempesta. «Abbiamo stanotte.»

Dio, lo volevo. Volevo capitolare e arrendermi.

«E se facesse male quando te ne andrai?» sussurrai.

Una sorta di antica sofferenza contorse la sua espressione. Fece un passo avanti e mi prese dolcemente il viso tra le mani. Le parole che disse erano molto più delicate della prima volta che le aveva pronunciate. «Piccola... ancora non l'hai capito? Non ne valgo la pena.»

Gli carezzai la guancia, sfiorandogli le labbra con le dita. Lui schiuse la bocca in un sospiro.

Avrei voluto che sapesse quanto prezioso fosse. Quanto di più vedessi in lui.

«Blue» mormorò di nuovo.

Dolce, gentile seduzione.

Crudele manipolazione.

«Ti odio» tentai di dire in tono convincente, ma i miei occhi si stavano già riempiendo di lacrime.

Mettendo a nudo. Rivelando. Scoprendo.

Una lacrima cadde, scorrendo lungo la mia guancia. Una singola goccia di rischio e speranza.

Lyrik sospirò sollevato e, lentamente, mi avvolse nella sicurezza delle sue braccia. Premette la mia guancia contro il suo cuore che batteva selvaggiamente. Quest'uomo era un groviglio di caos, che spingeva, tirava e confondeva. Eppure tra le sue braccia, tutto diventava chiarissimo.

«Eccola qui. *Blue*. La mia bellissima, coraggiosa Blue. Pensavo di averla persa.» Mi passò le dita tra i capelli, poi le spostò sul mio viso e mi costrinse a guardarlo.

Sbattei le palpebre e altre lacrime caddero lungo le mie guance, scivolando tra le sue dita. Mi strinse il volto, le sue spalle si tesero e il suo corpo ondeggiò in preda all'indecisione. Spostò lo sguardo tra i miei occhi e la mia bocca. Si passò la lingua su quel delizioso labbro inferiore, prima che ogni traccia di esitazione svanisse.

La sua bocca si abbatté sulla mia con la forza di una frana. La sua lingua si insinuò tra le mie labbra, scontrandosi con la mia resistenza, che rapidamente si trasformò in resa.

Perché ero già perduta.

Persa in quest'uomo. Persa nella sua oscurità, nei suoi fantasmi e nel suo duro, irraggiungibile cuore.

Ero una cretina.

Una cretina.

Una cretina.

Una cretina.

Cedere mi avrebbe solo causato altro dolore.

Ma in quel momento, non mi importava.

Perché il mondo stava vorticando e in esso non c'era nulla

migliore di lui. Nulla migliore della morbidezza delle sue labbra e del desiderio sulla sua lingua, le sue mani calde su di me mentre il suo corpo supplicava contro il mio.

Mi aggrappai alle sue spalle e mi alzai in punta di piedi.

Morendo dalla voglia di avere qualcosa di più.

Ed era esattamente così che mi sentivo.

Come se fossi morta se non avessi avuto quest'ultima notte.

Un ultimo assaggio.

Un ultimo ricordo.

Le cicatrici erano ancora lì – le vecchie ferite ancora fresche e doloranti – e tuttora la confusione regnava nel mio cuore e nella mia mente. Il mio spirito era più incerto del mio futuro adesso di quanto non fosse mai stato finora. Ma stanotte, contava solo questo momento.

«Non avevo finito» grugnì a bassa voce. I suoi denti mi sfregarono il mento, prima che la sua bocca disegnasse una scia di baci ardenti lungo il mio collo. Succhiò il punto dove pulsava il mio battito cardiaco, facendomi ansimare, contorcere e mugolare di piacere.

«Due mesi» mormorò. «Avrei dovuto avere due mesi. Due mesi per cancellare. Due mesi per lasciare il mio segno. Due mesi per farti scordare tutto eccetto il mio nome.»

Rabbrividii sotto i suoi mormorii. Quest'uomo non aveva idea di quanto profondamente mi avesse segnata. Degli incancellabili marchi che aveva impresso e del vuoto enorme che si sarebbe lasciato alle spalle.

«Dimmi di no, Blue. Dimmi di no» mi implorò mentre mi attirava maggiormente a sé, la disperazione nel suo corpo perfetto in netto contrasto con le sue parole. Mi divorò la bocca col suo bacio, proprio come demolì i miei sensi e devastò l'ultimo brandello della mia forza di volontà.

Lyrik West mi possedeva.

Ma questa era la mia personale sconfitta.

Una mia scelta.

Data di mia spontanea volontà.

Questa singola notte mi arrendevo a lui.

Anche se sapevo che le conseguenze avrebbero potuto distruggermi. Mi era rimasto così poco a cui aggrapparmi per non crollare. Ma sentivo di aver bisogno di questo per sopravvivere.

L'opprimente rabbia e il tradimento, il desiderio e la speranza, crebbero fino a diventare una frenesia tumultuosa. Traboccante. Mettendomi a nudo. «Ti odio» mormorai di nuovo in preda al delirio, le dita graffianti e la bocca esigente, il corpo che si inarcava e supplicava.

Lo odiavo per avermi inseguita.

Lo odiavo per avermi smascherata.

Lo odiavo per avermi fatta sentire in questo modo.

Odiavo me stessa per aver bisogno di lui così tanto.

E Dio, quanto amavo tutto ciò.

«Mi fai dimenticare chi sono» disse lui in risposta, sollevandomi tra le braccia. Istintivamente, avvolsi le gambe intorno alla sua vita.

Lyrik mi baciò come se mi stesse baciando per l'ultima volta.

Perché sapevamo entrambi che era la verità.

«Piano.» La parola venne fuori come un mormorio proveniente dalla sua anima. Un promemoria di chi eravamo. Di ciò che mi aveva dato. Della sicurezza che mi aveva fatto sentire tra queste braccia così forti e rassicuranti quando invece avrei dovuto percepire la loro minaccia.

Volevo piangere – l'emozione così intensa che mi sentivo strozzare – perché domani sarebbe andato via, portandosi con sé ogni cosa.

La mia dignità.

Il mio cuore.

La mia anima.

Li possedeva tutti.

Mi portò nella silenziosa oscurità del mio appartamento, lungo il breve corridoio fino alla mia camera da letto. Mi rimise a terra e fece due passi indietro. Con quel suo sguardo potente incollato su di me, si tolse le scarpe. I suoi respiri affannosi riempivano l'aria già satura di energia.

«Spogliati» mi ordinò. «Voglio vederti.»

Un ansito proruppe dalle mie labbra tumide e arrossate.

Eccolo lì. L'uomo intimidatorio che non mi trattava coi guanti o come se fossi fatta di vetro. Quello che non mi trattava come una ragazza spezzata. Anche se sapevo che si stava preparando a spezzarmi un po' di più.

Si sfilò la maglietta dalla testa.

I miei occhi vagarono su quel corpo in cui volevo affondare e scomparire per sempre.

Reprimendo un gemito, mi godetti la magnifica vista di fronte a me. Senza dubbio, sarebbe stata l'ultima occasione che avrei avuto.

«Ora» disse.

La mia attenzione si spostò su quegli occhi ardenti, e rabbrividii quando mi sfilai le scarpe coi tacchi, riducendo la mia altezza di tredici centimetri.

Lyrik torreggiava sopra di me.

Invalicabile.

Impenetrabile.

Irraggiungibile.

Ma per stanotte, era mio.

Mi tremavano le dita mentre sbottonavo goffamente il primo bottone della mia camicetta, mettendo in mostra la parte superiore del tatuaggio del cuore deformato.

Custodisci il tuo cuore.

Troppo tardi.

Apparteneva a lui.

Con il petto ansante, passai al secondo bottone. Il corpo di Lyrik si indurì visibilmente.

«Sai con quante ragazze sono stato?» Il suo tono era aspro, quasi furioso.

Inspirai bruscamente e le mie dita si bloccarono. «Ti prego, non farlo» lo supplicai. Quella era *l'ultima* cosa che volevo sapere. Gli innumerevoli corpi, volti e ragazze che erano venute prima di me. Quelle che sicuramente sarebbero venute dopo. Eppure, riuscii a slacciare il terzo bottone, mettendo in mostra il mio reggiseno di pizzo bianco.

Un suono strozzato vibrò nella sua gola. Ma continuò a

parlare, ignorando la mia supplica. «Così tante che non riesco a contarle. Così tante che non ho provato neppure a tenere il conto. Così tante che non *ricordo*.»

Crudele.

Perché doveva essere così crudele?

La stessa gelosia che avevo provato prima al pub accese una scia di fuoco dentro di me. Un'ondata di veleno che si era agitata in me nelle ultime due settimane e che in quel momento prese a bruciarmi nelle vene.

Non volevo essere una di quelle ragazze.

Dimenticabile.

Usata e gettata via.

Ma neppure quello riuscì a impedirmi di sciogliere il nodo della mia camicetta e lasciar cadere il tessuto dalle spalle.

Perché ero impotente.

La mia mente era estasiata dalle sue parole e dalla disperazione incisa nella sua espressione.

Il mio corpo fu percorso dai brividi sotto la sua intensità, il mio spirito venne avvolto dalla sua energia, e quella tempesta incombente acquistò velocità.

«E tu... sei tu che non riesco a togliermi dalla testa. Tu che non riesco a cancellare dai miei pensieri. Tu che non riesco a lavare via dal mio corpo. Sei *tu* che non riesco a dimenticare.»

Le sue parole mi suscitarono la pelle d'oca.

Ricoprendomi interamente.

Tenendomi in ostaggio.

«Zitto» dissi debolmente. Niente di ciò che diceva ora poteva avere importanza. Questa era la fine, e i secondi scorrevano in fretta.

Questo era il nostro ultimo addio.

Lyrik si slacciò il primo bottone dei jeans, e i suoi occhi neri divennero ancora più scuri. Le pagliuzze grigie e dorate si adombrarono. Tramontando come il sole e risucchiandomi nel suo crepuscolo infinito. Dove fluttuai da qualche parte fra la luce e l'oscurità. Persa nella malizia, nella cattiveria e nel pericolo, e in questo tenero, dolce ragazzo che si era preso la briga di vedermi.

Che si era preso il tempo di *tenerci*.

Lo imitai mossa per mossa. Entrambi ci scrollammo di dosso i pantaloni allo stesso tempo.

Feci per togliermi il reggiseno.

«Ferma» disse, avanzando. Si avvicinò a me, invadendo il mio spazio e togliendomi il fiato e la ragione. Reclinai la testa e il busto all'indietro finché il suo viso fin troppo bello fu a pochi centimetri sopra il mio. Avvolse un braccio intorno alla mia schiena per impedirmi di cadere.

Fu allora che capii. Ero già cascata ai suoi piedi.

Mi aveva conquistata pezzo dopo pezzo finché non c'era più nulla di riconoscibile. Finché non sapevo più chi ero eccetto che sua.

Mi divorò con i suoi occhi voraci, come se avesse bisogno di imprimermi nella sua mente nello stesso modo in cui avevo fatto io con lui.

Inspirò.

Espirò.

I suoi respiri affannosi si fecero più forti, più corti e più veloci.

Qualsiasi cosa l'avesse trattenuto finora, si spezzò.

Si ruppe.

O forse fu Lyrik a spaccarsi.

Mi sollevò tra le braccia come se non pesassi nulla. Le sue braccia mi circondarono. Il suo bacio mi sopraffece. Il suo corpo prevalse sul mio.

«Red» mormorò contro la mia bocca, infilando una mano nei miei capelli e tirandomi la testa all'indietro per avere accesso alla mia mascella, al mio collo, al cuore sfigurato che sembrava aver preso vita. Mi spinse sul letto e si tolse le mutande nello stesso istante in cui la sua bocca si avventò sul mio seno.

Succhiò forte, facendomi inarcare i fianchi di scatto. Un piacevole dolore mi attraversò il corpo, alimentando il desiderio che divenne un battito costante tra le mie cosce.

«Non ti farei mai del male, Blue» sussurrò dolcemente un attimo prima di mordermi il capezzolo.

L'hai già fatto.

«Non chiamarmi così» lo implorai con voce bassa ed esile. In un ultimo tentativo di aggrapparmi a *Red*, la ragazza che non poteva essere toccata. Quella che non era vulnerabile e tremante tra le sue braccia. Serrai le mani intorno ai suoi capelli, strattonando, tirando e chiedendo di più.

Lyrik ringhiò, il suo uccello grosso, duro e più che pronto nel punto in cui premeva contro il mio interno coscia. A pochi centimetri da dove avevo più bisogno di lui.

Questa era l'unica cosa che sapevo per certo. Fra tutte le cose di cui ero sicura.

Avevo trovato la libertà nel tocco di Lyrik.

Avevo ottenuto la convinzione che non tutte le mani erano malvagie.

La certezza che non tutte le carezze erano meschine.

Tutto il resto era un guazzabuglio di confusione, disordine e dubbio.

Si sollevò sulle mani, i capelli selvaggi come i suoi occhi. Il mio petto si alzava e si abbassava. Come se i nostri cuori avessero preso a battere all'unisono. Entrambi rapidi e irregolari. Intensi e liberi.

Mi passò le dita tra i capelli. L'accenno di un sorriso curvò un angolo della sua bocca. «Sei stata mandata da me per tormentarmi, vero?» chiese.

Le parole vennero fuori come una sorta di canzonatura, anche se cavalcavano la corrente di follia che lui aveva generato nella stanza. «Sempre uguale alla mia fantasia preferita.»

Quasi scoppiò a ridere, ma il tono della sua voce era triste quando continuò. «Tentazione. Ecco ciò che sei. Un angelo travestito da demone. Paradiso e inferno. Un dono e la mia più grande rovina.»

Socchiusi gli occhi, confusa. «Non capisco.»

«Non c'è molto da capire, piccola. Ti basta un solo sguardo per vincere.»

La disperazione si abbatté su di me, schiacciandomi il petto. «Allora perché ho la sensazione che perderò?»

«Cazzo... cazzo, Blue.» Le sue spalle si tesero quando si issò sulle mani e abbassò la testa per baciarmi, sfiorandomi a malapena le labbra e lambendomi la lingua con la sua. Così dolce. «Se potessi, piccola, ti darei tutto.»

Il mio spirito soffrì. Gemette. Un confuso tumulto alimentato da quell'affermazione astratta. Una miriade di domande turbinarono sulla punta della mia lingua, ma furono zittite dall'improvviso assalto della sua bocca.

«Red.»

Emisi un gridolino quando inaspettatamente mi tirò su per le ascelle. Mi fece mettere sulle ginocchia e voltare dall'altra parte.

Poi si chinò su di me da dietro, eclissandomi col suo grande corpo, e chiuse le mie mani intorno alla testiera di metallo, tenendomi prigioniera per i polsi con una mano.

Il battito erratico del mio cuore accelerò, un rombo martellante che scaturiva da ogni mia cellula.

Oddio.

Gemetti.

La sua bocca mi sfiorò l'orecchio. «Basta che tu dica di no.»

I brividi mi percorsero da capo a piedi. Il mio corpo prese fuoco. Tremando, strinsi maggiormente le mani intorno al metallo. «Non posso.»

Non volevo farlo. Volevo lui e tutto ciò che aveva da darmi. Volevo che mi marchiasse e che mi segnasse, che mi lasciasse con i ricordi di ciò che si era preso il tempo di cancellare.

Mi si mozzò il fiato quando lo sentii far scorrere la punta del suo membro su e giù lungo la fessura delle mie natiche, dove l'unica barriera era rappresentata dalle mie mutandine di pizzo nero.

«Blue» mormorò. Cambiò posizione e poggiò il palmo della sua mano libera sul mio petto. Proprio sopra il violento ruggito del mio cuore, che martellava allo stesso ritmo di quello che sentivo battere contro la mia schiena.

Stanotte. Stanotte. Stanotte.

Era tutto ciò che avevamo, perciò mi inarcai all'indietro, verso il calore bruciante del suo corpo. Una supplica per avere di più.

«Ti prego.»

Abbassai lo sguardo per osservare la sua mano tatuata scivolare verso il basso, sopra i miei seni. Il mio stomaco fremette quando premette il palmo contro il mio ventre, prima di infilare le dita nelle mie mutandine. Delicatamente, carezzò le mie pieghe intime e sospirò contro il mio orecchio.

«Così calda. Così morbida. Così deliziosa.»

Ansimai.

Con un grugnito, mi lasciò andare i polsi e cominciò a togliermi le mutandine. Come se pesassi nulla, mi sollevò quel tanto da farle scivolare lungo le mie gambe e sfilarmele dalle caviglie.

«Sei mia» ringhiò contro il mio orecchio.

Quel suono inviò una scarica elettrica lungo la mia spina dorsale, concentrandosi nel mio basso ventre. Potevo sentirlo crescere, crescere e crescere. Il brivido e l'eccitazione. I lampi di energia nell'aria. La trepidazione quasi palpabile. Una nuvola travolgente che disorientava i miei sensi.

Mia.

Quanto avrei voluto esserlo.

Ma quella era soltanto una fantasia.

Mi slacciò il gancetto del reggiseno. Le bretelle scivolarono lungo le mie braccia ancora aggrappate alla testiera del letto.

Lyrik grugnì, il respiro affannoso, il petto che si alzava e abbassava contro la mia schiena. Quel movimento non fece altro che eccitarmi ulteriormente mentre la sua pelle sfiorava contro la mia.

Calda e febbricitante.

«Lui ti ha legata.» Era un addolorato lamento nel mio orecchio, così basso e pieno di rabbia che rabbrividii. Non ero sicura se per trepidazione o per paura.

Annuii.

Lyrik sapeva già la risposta.

«Ti fidi di me?»

Annuii di nuovo.

Avrei dovuto mostrare riluttanza. Ma non fu così. Perché mi fidavo. Mi fidavo di lui con il mio corpo e, *stupidamente*, mi fidavo di lui con tutto il mio cuore. Il mio spirito desiderava disperatamente provare qualcosa, sentirsi vicino a qualcuno in grado di capire.

E Lyrik West era l'unico capace di farlo.

Avvolse il reggiseno intorno ai miei polsi e lo legò alla testiera. In maniera allentata. La stretta non una costrizione ma una promessa.

«Basta che tu dica di no. Devi solo dire di no. Sei tu al comando. Mi controlli. Mi possiedi...» sussurrò al mio orecchio, quasi in tono afflitto.

Ondeggiai sulle ginocchia, sopraffatta dalla lussuria e da quest'uomo che mi circondava con il suo corpo, la sua oscurità un manto protettivo.

Chiuse le mani intorno alla testiera, accanto alle mie. «Cosa vuoi, Red?»

«Te. Tutto. Ovunque. Prendimi.» Le parole sgorgarono dalla mia bocca come acqua da una diga rotta.

Libere.

Tirando un respiro profondo, si posizionò alla fessura del mio sesso e si spinse in me da dietro.

Fino in fondo e con forza.

Boccheggiai.

Senza fiato.

Si ritrasse e ripeté il movimento.

«Blue... Blue... Blue.» Era un mormorio confuso carico di affetto.

Volevo implorarlo di chiamarmi *Red*. Ma lei non era presente nella stanza. Ogni vulnerabilità, ogni paura e ogni speranza era devota a lui.

Affondò in me.

Ancora e ancora.

Implacabile.

Inesorabile.

Spietato.

Le sue mani mi agguantarono i fianchi. Le sue dita sprofondarono nella mia pelle.

«Ti fidi di me?» chiese di nuovo. La disperazione aveva preso il sopravvento su di lui, rendendo i suoi movimenti quasi frenetici. «Dimmelo, Blue. Dimmi che ti fidi di me. Voglio prenderti ovunque. Permettimelo.»

«Mi fido di te.»

Allungò la mano verso il comodino e rovistò nel cassetto. Il tubetto che tirò fuori fece schizzare il battito già irregolare del mio cuore a una velocità vertiginosa. Si ritrasse da me, e lo sentii tremare. In maniera incontrollabile come me. Ansimai e strinsi forte la testiera del letto mentre aspettavo, la testa china e i capelli che mi incorniciavano il viso, oscurandomi la vista.

Eppure, ogni mossa si svolse davanti ai miei occhi in vivide immagini che lampeggiavano in bianco e nero.

Svitò il tappo del tubetto e si lubrificò il membro, prima di portare le dita su di me.

Delicatamente.

Le fece scivolare su e giù lungo il solco delle mie natiche.

Mi irrigidii quando spinse lentamente un dito dentro.

«Basta che tu dica di no.» La sua voce vorticò intorno a me come un ciclone. Sferzando e turbinando rumorosamente.

Sapeva che questa era la mia più grande paura.

Una barriera fisica.

Una che stavo offrendo a lui.

«Sei tu, Blue... tu.» D'un tratto, la sua mano fu di nuovo sul mio collo, sotto il mio mento, la sua bocca accanto alla mia mentre mi costringeva a guardarlo. I suoi occhi erano così scuri, duri e tormentati. Anche se si addolcirono appena incrociarono i miei.

«Mi senti?» sussurrò. «Sei tu.»

«Ti sento.»

Si umettò le labbra con la lingua e tremò visibilmente per lo sforzo di mantenere il controllo quando si posizionò alle mie spalle e cominciò a spingersi in me.

L'oscurità baluginò agli angoli dei miei occhi.

La scintilla di una tempesta.

Un lampo di luce.

«Cazzo» mormorò Lyrik con voce roca, stringendomi più forte. «Dimmi che stai bene, piccola. Dimmelo, Blue.»

«Sì» riuscii a dire a malapena con labbra tremanti.

Affondò maggiormente in me, dilatandomi e suscitandomi un piacere bruciante. Il mio respiro si fece corto a quel dolore rovente, delizioso e pericolosamente oscuro. Boccheggiai e mi dimenai mentre Lyrik si spingeva sempre più a fondo, finché non iniziai a fremere e tremare.

Costringendosi a restare immobile, mi strinse maggiormente a sé. Non c'era più alcuna distanza fra di noi. Né spazio per alcun respiro, pensiero o azione che non fosse condivisa tra noi due.

Sporca.

Ricordi di quella maledetta parola guizzarono nei recessi della mia mente.

Ma no.

Mai prima d'ora mi ero sentita più vicina a un'altra anima. Mai prima d'ora avevo saggiato una bellezza pari a questa.

Il tipo di bellezza che si trova nella resa totale.

In un posto dove sei indifesa.

Volontariamente.

Dove la tua sopravvivenza proviene dalle mani che potrebbero facilmente schiacciarti.

L'emozione attanagliò ogni cellula del mio corpo, avviluppandomi il cuore e riempiendomi la testa. Crebbe così tanto che sentii il mio spirito spezzarsi e disperdersi nel frenetico tentativo di unirsi al suo.

Lyrik aveva abbattuto ogni muro. Cancellato ogni barriera fisica. Eclissato ogni paura.

E aveva rimpiazzato tutto con sé stesso.

Proprio come aveva promesso di fare dal principio.

Ma sapevo che andava ben al di là di quello.

Questo minaccioso, misterioso ragazzo aveva completamente catturato il mio cuore.

«Dimmi che stai bene» disse a denti stretti, e sapevo che si stava aggrappando a malapena a una corda che si stava rapidamente sfilacciando. «Dimmi che sei con me. *Me.*»

«Sono con te.»

Perché mi aveva catturata completamente.

Presa.

Posseduta.

Lentamente, si ritrasse, prima di scivolare di nuovo dentro di me. Avvolse un braccio sotto i miei seni e infilò l'altra mano nei miei capelli. Mi tirò leggermente la testa di lato e posò la bocca sul mio collo scoperto, mordicchiandomi la pelle, carezzandomi il mento. Oh, fu così tenero quando mi sfiorò l'orecchio con le labbra.

«Hai la vaga idea di come mi sento? Cosa provo a stare dentro di te in questo modo? Cazzo... è fottutamente bello, Blue. Nessuna ragazza dovrebbe essere così deliziosa.» Annaspò in cerca di fiato. «Ma non è solo questo. Sei tu. Perché ti fidi di me. Perché mi concedi di prendere ogni cosa. Cazzo... come vorrei poterti dare tutto. Mi senti? Che cosa hai fatto? Che cosa hai fatto?»

Mi ero innamorata.

Cominciò a muoversi in una danza ipnotica.

Lento e feroce.

Attento e sfrenato.

Afflitto e perfetto.

L'energia sfrigolò nell'aria. Crescendo, montando e divampando.

Il mondo intero scomparve e precipitammo in una caduta libera.

Quell'assenza di gravità era meravigliosa. Eravamo incuranti del suolo contro cui ci saremmo schiantati in fretta. Indifferenti alle spigolose e taglienti rocce che aspettavano di trafiggerci al nostro atterraggio.

Lyrik sciolse la stretta da sotto i miei seni e spostò il palmo bollente sulla mia pancia mentre si muoveva dentro di me, i nostri corpi persi in un ritmo avventato e spericolato. Le sue dita callose scivolarono lungo il mio basso ventre, fino a divaricare le pieghe intime del mio sesso e carezzarmi il clitoride.

«Lyrik.»

Si fuse con me finché non fui persa. Finché la mia testa non girò vertiginosamente e il mio corpo bruciò di beatitudine. Finché non iniziai a tremare e a inarcarmi all'indietro contro di lui, desiderando qualcosa di più quando non ero certa di quanto altro ancora potessi sopportare.

Finché, proprio come lui aveva detto, l'unica cosa che conoscevo era il suo nome.

Lyrik.

Lyrik.

Lyrik.

Urlai quando venni, dissolvendomi tra le sue braccia mentre lui si avvinghiava a me, reggendomi quando le mie mani legate e le mie gambe cedettero contemporaneamente.

I suoi fianchi sobbalzarono e il suo corpo si inarcò contro il mio.

Rabbrividì e gemette.

«*Blue.*» Quel sussurro mi carezzò come il tocco delicato di un lenzuolo di seta.

Mi accasciai tra le sue braccia e lui sciolse velocemente il reggiseno che aveva legato intorno ai miei polsi e mi liberò le mani.

Mi sgretolai nel suo abbraccio. Con attenzione, mi fece stendere al centro del letto, senza mai lasciarmi andare. Mi rannicchiai contro la sua durezza, il suo calore e il suo mistero. Lui seppellì il naso nei miei capelli e sospirò nella notte. «La mia coraggiosa, bellissima Blue.»

Il silenzio ci avvolse, gli unici rumori nella stanza il flebile ronzio di un'auto che passava in lontananza, il fruscio dell'aria fredda che fuoriusciva dal condizionatore e il battito erratico dei nostri cuori martellanti.

Dio.

La sentii.

Quasi fosse stata staccata.

Fisicamente rimossa.

Quella facciata dura a cui mi aggrappavo era sparita.

Andata in pezzi.

Quella ragazza da cui ero fuggita per così tanto tempo era risorta, come se fosse rimasta in attesa tra le radici più profonde. Dormiente durante l'inverno. Fiorendo sotto il sole. Sbocciando a nuova vita.

Libera.

Lyrik mi strinse più forte a sé, e potei percepire la sua esitazione, un tumulto represso che premeva contro il calore che ci avvolgeva. Come un'eco della mia stessa paura e speranza. «Vieni con me in California domani.»

Mi pietrificai per lo shock, ma le parole continuarono a sgorgare senza tregua dalla sua bocca, quasi volesse fermarle ma non ci riuscisse. «Partiamo presto e farò visita alla mia famiglia prima del concerto che Anthony ha organizzato per domani sera. Vieni con me. Shea sarà lì per un'ultima volta prima che nasca il bambino. Voglio che ci sia anche tu. Trattieniti per il week-end. Non sono pronto a dire addio a questo.»

«Questo?» mi arrischiai a chiedere, incapace di camuffare oltre quanto vulnerabile mi facesse sentire. Le cose che mi faceva desiderare. «Noi? O il sesso?»

Lui deglutì rumorosamente. «Non ne sono più sicuro.»

Confusa, sollevai la testa e guardai quest'uomo volubile disteso sul letto al chiaro di luna. Questo ragazzo che non riuscivo più a considerare cattivo.

Ma lo sapevo.

Sapevo che le parole che fuoriuscivano dalla sua bocca lo rendevano più pericoloso che mai. Sbattei le palpebre e cercai di orientarmi. Di trovare un terreno solido, anche se era Tamar Gibson a cercarlo.

«Chi è lei?» bisbigliai il più delicatamente possibile per evitare che desse di matto. Il più dolcemente possibile per nascondere la gelosia che il ricordo di quella ragazza avvolta tra le sue braccia accendeva in me.

Ma questa era l'unica cosa che dovevo assolutamente sapere. Se avevo intenzione di giocarmi il tutto e per tutto. Se avevo intenzione di permettere che questo andasse al di là di stanotte.

Dovevo sapere.

Potevo sentirla tremare. Pulsare nell'aria. Quell'energia tempestosa.

Mi avvolse la guancia con una mano, l'espressione carica di dolore. «È il culmine di ogni sbaglio che ho fatto. Ogni mio rimpianto. Tutto ciò che non dimenticherò mai.»

Stupidamente, annuii come se potessi accettarlo, come se quello da solo non mi schiacciasse. Lasciai che mi cingesse tra le sua braccia confortanti e schiacciai il viso contro la pelle tatuata del suo collo.

I nostri cuori battevano lentamente all'unisono mentre scivolavamo in una falsa quiete.

Lyrik premette la bocca sulla mia testa, le parole smorzate e strascicate per via del sonno. Eppure, mi trafissero l'anima. «Se il mio cuore mi appartenesse, lo darei a te.»

19

TAMAR

«Sei sicuro che te la caverai?» Ero seduta sul bordo del letto, il telefono premuto all'orecchio. Le prime luci del mattino filtravano attraverso le finestre, e la voce di Charlie era impastata dal sonno dal quale l'avevo strappato con la mia chiamata.

«Suvvia, dolcezza. Pensi davvero che io sia così incapace?» mi canzonò, e potei quasi vederlo disteso di schiena sul letto mentre si massaggiava la lunga barba ispida e guardava il soffitto con un sorriso. Non sarei rimasta molto sorpresa se fra cinque secondi si fosse presentato davanti alla mia porta per aiutarmi a fare le valigie.

«Semplicemente, non mi piace il pensiero di lasciarti nei pasticci. Sai che non è il mio stile.»

«Sì... so esattamente qual è il tuo stile. Rintanarti dietro al bancone del mio bar, fingendo di essere felice lì. Che quello sia il tuo posto. Quando sappiamo entrambi che è bel lungi dalla verità.»

«Charlie...» dissi in tono implorante. Un brivido mi corse lungo la schiena nuda quando le dita callose di Lyrik tracciarono la mia spina dorsale.

«Vai, Tamar» mi esortò Charlie con calma. «Non ti ho mai vista illuminarti come quando sei con lui. Mai. Neanche una volta. Non fingerò di sapere tutti i dettagli della tua storia, dolcezza. I tuoi segreti. Ma non sono uno sciocco, e so che ci sono. Come so che quando c'è lui, improvvisamente non sembra più così importante per te nasconderti dietro i tuoi segreti. Vai. Scopri se è lui quello che stavi cercando.»

La gratitudine divenne un tutt'uno con la persistente paura nascosta sotto le mie costole. «Grazie.»

«La famiglia prima di tutto, Tamar.»

Aveva la minima idea di cosa mi facessero le sue parole? Del modo in cui mi gonfiarono il petto, riempiendo la mia mente di ricordi che mi spronavano in avanti.

Verso casa.

Dio, mi mancavano. Mi mancavano i loro volti e le loro risate. Mi mancava il modo in cui mia madre mi guardava, come se già sapesse cosa stavo pensando ancora prima che dicessi una parola. Come se capisse quello che stava accadendo dentro di me prima che me ne rendessi conto io stessa.

Il bisogno di essere coraggiosa era diventato così acuto che potevo sentire la debole presa delle mani del tempo trascinarmi indietro. Ma se una volta avevo temuto che mi avrebbero incatenata, adesso sapevo che mi avrebbero liberata.

Tuttavia, la cosa più difficile era fare il primo passo.

L'idea di stare di nuovo di fronte a Cameron mi faceva annegare in un vortice di panico.

Voltandomi, guardai Lyrik alle mie spalle. Quell'uomo meraviglioso era disteso di schiena.

Sul mio letto.

Teneva la testa poggiata sul mio cuscino, i capelli neri scompigliati e selvaggi. Le lenzuola erano un groviglio stropicciato dopo le poche ore di sonno che eravamo riusciti a recuperare durante la notte.

Adesso, nelle prime luci dell'alba, coprivano a malapena la sua vita sottile, mettendo in mostra il suo torso, le sue braccia e il suo collo dove la sua insondabile storia era incisa in vivido inchiostro.

E mi domandai... mi domandai se ci fosse ancora un po' di spazio.

Se lui avesse un posto vuoto e non segnato per me o se tutte le sue pagine fossero già state scritte.

Perché desideravo ardentemente riempirlo nel modo in cui lui aveva riempito me.

«È strano che stiamo facendo questo?» chiesi.

Cambiando posizione, Lyrik mi cinse la vita con le braccia e mi diede un bacio sul fianco, prima di alzare lo sguardo tormentato sul mio viso. «Strano? No. Stupido? Sì.»

Sbattei le palpebre quando fui travolta da una nuova ondata di confusione. «Stupido?»

Mi abbracciò più forte. «Blue... stare con te... è probabilmente la cosa più stupida che abbia fatto da tanto, tanto tempo. La più avventata. Creo solo problemi. Sono un fottuto egoista. Pretendo di avere di più da te quando sappiamo entrambi che non posso tenerti con me. Ma adesso, non so proprio come fermarmi.»

Mi misi a cavalcioni su di lui, poggiando le mani sulle sue spalle e facendo allineare i nostri corpi.

Lyrik grugnì e mi afferrò per i fianchi, guidandomi sopra di sé.

«Non voglio che tu ti fermi» sussurrai contro le sue labbra.

Non fermarti mai, mai.

Anche se era stupido.

Perché l'amore faceva fare cose stupide.

Un'ora e mezza dopo, l'auto si fermò al terminal privato dell'Hilton Head Airport. Il sole sorgeva ad Oriente e i suoi raggi si allungavano per abbracciare la cima del rigoglioso boschetto d'alberi che delineava l'area, le cui verdi foglie imperlate di rugiada scintillavano come luci natalizie.

Tutti erano già lì, riuniti intorno al piccolo jet privato ad attenderci.

Emisi un sospiro nervoso e guardai l'uomo oscuro e minaccioso seduto al mio fianco, la cui bocca deliziosa era curvata in un sorrisetto d'intesa, prima di riportare lo sguardo sull'assurdo sfoggio di denaro davanti a noi.

Le farfalle assalirono il mio stomaco.

Avevo la netta sensazione che stessi per entrare nel mondo di Lyrik di cui non sapevo nulla, tranne che per quei pochi scorci che mi erano stati concessi: le poche fan che l'avevano riconosciuto al pub, la villa sulla spiaggia di Anthony, gli articoli di riviste che avevo letto e i titoli di copertina che avevano catturato la mia attenzione.

«Fate sempre le cose così in grande?»

Lyrik rise leggermente. «No... ma è sicuramente bello quando lo facciamo.»

Lo guardai con occhi sgranati e fintamente innocenti. «Dev'essere dura quando siete costretti a prendere un volo commerciale di prima classe. Un'atrocità.»

Stavolta scoppiò in una grossa risata, poi si piegò in avanti e mi afferrò il mento per impedirmi di distogliere lo sguardo. Premette il naso contro il mio. «Hai intenzione di startene qui seduta a farmi la predica quando sono stato così gentile da invitarti? Da viziarti con un po' di lusso? Portarti nel backstage di un concerto?»

I suoi occhi scuri luccicarono di malizia, una giocosa minaccia che fece dimenare le farfalle nel mio stomaco. «Cioè, sappiamo quanto ti piacciano i ragazzi tatuati e turbolenti, no?»

Mi sfiorò le labbra con le sue. Brevemente. Maliziosamente.

Faticai a respirare.

Si staccò da me e si passò i denti sul labbro inferiore.

Santo cielo! Nessun uomo avrebbe dovuto essere così bello o avere il potere di stregare le donne in questo modo.

Inclinò la testa di lato. «Allora, vieni o resti qui?»

Le ombre che avevano tormentato i suoi occhi la scorsa notte erano sparite. Al loro posto, c'era l'uomo spietato venato da questo fanciullesco entusiasmo che illuminava l'espressione sul suo viso. Non potevo fare a meno di sentirmi nello stesso modo.

«Oh, vengo eccome.»

Ridacchiando, scosse la testa e aprì la portiera. «È quello che pensavo.»

Lyrik scaricò le valigie dal portabagagli, afferrò la custodia della sua chitarra e mi passò la borsa della macchina fotografica. Me la misi a tracolla e lo seguii a pochi passi di distanza mentre trascinava le valigie verso i nostri amici.

Shea stava sorridendo quando mi avvicinai. Era raggiante di gioia e il suo pancione era diventato enorme.

Morivo dalla voglia di catturare questo momento, di cedere a quel vecchio bisogno che mi inondò come una grotta marina che si riempie con l'alta marea.

«Non riesco a credere che tu venga con noi!» strillò, precipitandosi in avanti e stringendomi tra le braccia. Mi cullò in un abbraccio come se non mi vedesse da anni. D'un tratto, avvicinò la bocca al mio orecchio e parlò a bassa voce, in modo che nessun altro potesse sentire. «È così bello riaverti tra noi.»

Era possibile che mi leggesse così facilmente? Che vedesse al di là della mia dura facciata?

Mi lasciò andare con la stessa velocità con cui mi aveva abbracciata. Il suo tono aumentò di volume, come se stesse parlando all'intera folla. «Questo sarà il miglior week-end di sempre. Ogni volta sono da sola con tutti i ragazzi. Era ora che ci fosse un'altra ragazza a tenermi compagnia.»

«Non farti strane idee, Shea.» Potevo percepire la presenza di Lyrik pervadermi da dietro. «Blue è qui per passare il weekend con me. Non con te.»

Gli lanciai un'occhiata perplessa da sopra la spalla. «Di che parli? Mi hai detto che ci sarebbe stata anche Shea. Questa è l'unica ragione per cui ho accettato.»

Lyrik mi cinse tra le braccia, premendo il petto contro la mia schiena. «Ah, è così?» domandò, aderendo maggiormente a me. Stuzzicandomi con quel suo corpo che sapeva mi lasciava senza difese.

«Beh... suppongo che non mi dispiaccia passare un po' di tempo anche con te.»

Prendendomi per mano, mi fece girare verso di sé. Il suo bel viso si contorse in un sorrisetto compiaciuto. «Non ti dispiace, eh? Di sicuro non ti è *dispiaciuto* più di tanto ieri notte.» Si avvicinò ulteriormente a me e abbassò la voce. «O stamattina, se è per questo.»

Ridacchiai.

Proprio così, ridacchiai.

Oh. Dio.

Esausta.

Era così che mi aveva lasciata.

Mi diede una pacca sul sedere. «Adesso porta il tuo bel culetto sull'aereo.»

Con un gridolino, mi gettai tra le sue braccia. Una scarica di eccitata e gioiosa adrenalina mi attraversò il corpo. Poi Lyrik si addolcì, mi prese a coppa una guancia e mi fissò con sguardo intenso, dopodiché mi baciò teneramente.

Momenti simili? Mi rendevano un groviglio confuso e disorientato.

Perché erano i momenti in cui sembrava che ci fosse qualcosa di *più*.

«Andiamo» sussurrò. Voltandosi, mi condusse per mano verso le scale che Shea e il resto dei ragazzi stavano già salendo.

Bé, tutti tranne Ash.

Era appoggiato contro la ringhiera in fondo ai gradini, le braccia incrociate sull'ampio petto.

Lyrik gli passò accanto, avviandosi su per le scale.

Ash ci rivolse uno sguardo che era sia beffardo che sincero.

Come diavolo ci riusciva?

«Spero che ieri notte abbiate trascorso una piacevole serata» disse. Il suo sorriso si allargò e, contemporaneamente, il suo sopracciglio si inarcò verso l'alto.

Lyrik gli lanciò un'occhiataccia carica di pugnali e coltelli. «Non cominciare a rompere il cazzo, amico.»

Ash sorrise, scrollando le spalle con fare innocente. «Non comincio nulla. È solo che voi due sembrate un po' più intimi rispetto a ieri sera, tutto qui. Un ragazzo non può fare una semplice osservazione?»

«No, non può. Non di quel tipo» lo avvertì Lyrik con un tono più leggero di quanto mi aspettassi, continuando a salire le scale e trascinandomi con sé.

Una bassa risata scaturì da Ash, che cominciò a salire i gradini dietro di noi. «Purtroppo, non sono il tipo di ragazzo che nasconde la testa sotto la sabbia. Non sono tanto sciocco da non notare ciò che ho proprio davanti agli occhi.»

Lyrik non si girò indietro, si limitò a stringermi la mano un po' più forte.

Cautamente, mi voltai a guardare Ash con un cipiglio. Per chiedergli di smetterla con le sue frecciatine per una volta.

Mi sentivo protettiva verso la traballante relazione che avevamo io e Lyrik, se pure la si poteva definire tale. Di sicuro io non avevo idea di come etichettare il nostro rapporto.

Un minuto prima avevo accettato che non l'avrei mai più toccato e quello successivo stavo salendo su un aereo per trascorrere il fine settimana a Los Angeles con lui, e per giunta avremmo fatto visita alla sua famiglia.

Ma soprattutto? Mi sentivo protettiva nei confronti di Lyrik.

Era già abbastanza difficile per noi gestire la cosa, destreggiarci in questo territorio sconosciuto. Avevo la sensazione che nessuno di noi fosse sicuro di quale passo si sarebbe rivelato sbagliato. Quello che ci si sarebbe ritorto contro e che avrebbe provocato una reazione a catena che avrebbe condotto alla fine.

O forse, come quella foto, sarebbe stata una disastrosa esplosione.

Ma l'espressione di Ash era molto diversa da come mi aspettavo. Il suo sorriso era tenero, gentile mentre spostava l'attenzione su Lyrik, prima di riportarla su di me con sguardo serio.

Eloquente.

Ha bisogno di te tanto quanto tu hai bisogno di lui.

Lo capisci?

Non arrenderti. Non mollare.

Suppongo che fosse la consapevolezza che non sarei stata

io a prendere quella decisione la causa del dolore acuto che mi attanagliò le viscere.

Non ero una puttana assetata di denaro, ma avrei mentito se avessi detto che attraversare il paese su un jet privato non era uno sballo. Il volo fu pieno di risate e chiacchiere e interminabili cocktail mimosa, il tempo trascorso insieme così piacevole e naturale che era facile convincermi che questo fosse il posto a cui appartenevo.

I ragazzi si erano lanciati in una sorta di sessione di prove acustiche, suonando le canzoni che avrebbero eseguito stasera. Ci fermammo per la sosta più veloce della storia per fare rifornimento, prima di ritornare in aria. Poi, dopo quelli che sembrarono pochi minuti, stavamo atterrando di nuovo.

Los Angeles.

Mi torsi le mani quando fui travolta da un'ondata di nervosismo.

Assurdo, si presumeva che questa fosse casa mia. Il luogo dove tutti credevano fossi cresciuta, perché era stata la prima città che mi era venuta in mente quando Charlie mi aveva chiesto da dove venissi. Era un luogo familiare perché la mia famiglia ci era venuta spesso per le vacanze essendo a solo otto ore di macchina dalla città nel deserto da cui ero fuggita quattro anni prima.

Guardai fuori dal piccolo finestrino la giungla di edifici e strade che ci venivano velocemente incontro dal basso.

«Hai intenzione di visitare qualcuno della tua famiglia mentre sei in città?»

La domanda di Shea mi strappò dal mio stato di trance, e spostai di scatto l'attenzione nella sua direzione. I suoi occhi marroni erano curiosi. Come se avesse colto i miei pensieri colpevoli e puntato il dito contro il mio passato da cui diventava sempre più difficile sfuggire man mano che mi avvicinavo.

Anche Lyrik mi guardò.

Con aria d'aspettazione.

Come se, dal momento che avrei fatto visita alla sua famiglia, fosse logico che anche lui conoscesse la mia.

Merda. In cosa mi ero cacciata? Ma sapevo sin dal principio che questo momento sarebbe arrivato.

La decisione.

Fuggire o affrontare.

Ma in quel momento non avevo la forza di uscire da questo limbo, perciò mi riscossi dal mio stato confusionale. Mi costrinsi a sorridere e mi schiarii la gola.

«No.» Inclinai la testa verso Lyrik. «Si tratta di una breve vacanza, e io e Lyrik andremo a trovare la sua famiglia prima del concerto di stasera. Dubito che ci sia tempo.»

Questo di per sé avrebbe dovuto essere sufficiente a farmi riconsiderare l'intera faccenda. Etichettarla come un'idea davvero pessima. Mi rendeva nervosa il pensiero di presentarmi alla casa d'infanzia di Lyrik senza sapere nulla della sua famiglia. Di essere all'oscuro, non al corrente degli eventi che lo tormentavano, estranea a ciò che aveva reso il suo cuore insensibile.

Un sospiro pesante fuoriuscì dai miei polmoni. Dovevo smetterla con questa linea di pensiero, prima che cominciassi a considerare questo fine settimana qualcosa di più di quanto non fosse in realtà.

Lyrik si accigliò. «Non abbiamo ancora comprato il tuo biglietto di ritorno. Possiamo ritagliarci del tempo per andare a trovare la tua famiglia, se vuoi.»

Tuttavia, le sue parole erano intrise di cautela perché soltanto a lui avevo concesso di sbirciare oltre le mura di cui mi ero circondata. Nel posto in cui custodivo i miei segreti. E adesso teneva la chiave per rivelarli al mondo intero.

Il mio sorriso forzato tremolò, e fu come se lui sapesse. Come se potesse leggermi dentro. La fiducia che ci legava sfrigolò intorno a noi, così palesemente chiara.

Guardò Shea con quel suo sorriso letale. Le sue parole vennero fuori cariche di doppio senso. «Sono piuttosto sicuro che terrò occupata la nostra cara Tamar per tutto il week-end.»

Il suo sorriso divenne assolutamente tenero quando riportò gli occhi su di me.

Sebastian avvolse le braccia intorno a sua moglie e le sussurrò qualcosa all'orecchio.

Girandosi nel suo abbraccio, Shea lo baciò.

Fiuu, argomento deviato.

Ero salva.

Atterrammo e sbarcammo. Ad attenderci c'era un SUV nero ed estremamente lungo. Io e Lyric ci accomodammo sui sedili in fondo a tutto, fianco a fianco. Mi cinse tra le braccia e io appoggiai la testa sulla sua spalla. Come se l'avessimo fatto un migliaio di volte, e io fossi sua e lui fosse mio e sarebbe sempre stato così.

Sotto il cielo azzurro della California, il cui lontano orizzonte era ingrigito dallo smog, ci dirigemmo verso la casa dei *Sunder*.

Era surreale, per usare un eufemismo.

Il numero di volte che avevo ascoltato le loro canzoni, il numero di volte che mi ero rifugiata nel santuario rappresentato dalla voce di Lyric che risuonava dai miei altoparlanti, mentre sognavo che fosse l'unica persona al mondo in grado di capirmi.

Pazzesco come alla fine si fosse rivelato davvero così.

Destino.

Buon Dio.

Ero una tale sciocca. Una completa, totale sciocca.

Perché volevo veramente che fossimo destinati a stare insieme.

La città sfrecciava fuori dal finestrino in un'immagine sfocata di autostrade, palazzi e semafori, inframmezzata da monumenti che diventavano sempre più familiari man mano che ci avvicinavamo alle Hills. Finalmente, l'autista uscì dall'autostrada e ci condusse attraverso West Hollywood.

La mia faccia era quasi spiaccicata contro il finestrino per ammirare lo scenario.

Feci una smorfia. Probabilmente, sembravo una sorta di

fangirl, impaziente di intravedere lo splendore e le luci della ribalta che andavano di pari passo con questa città.

Ma questa ero io. La vecchia me stessa. La ragazzina che aveva guardato il mondo con occhi sgranati e innocenti. Con trepidazione e meraviglia, prima di scoprire che gran parte di esso era in realtà colmo di orrore.

Percepii il calore di Lyrik dietro di me, un attimo prima che mi cingesse la vita con le braccia e poggiasse il mento sulla mia spalla. Parlò con voce bassissima così che nessun altro nell'auto potesse sentirlo. «Mi pare che, per qualcuno che sta tornando a casa, tu sia tremendamente affascinata da ciò che ti circonda.»

Un lieve rantolo mi sfuggì dalle labbra. Mi voltai a guardarlo e vidi la comprensione luccicare nelle pagliuzze dorate dei suoi occhi.

Questo ragazzo mi conosceva meglio di chiunque altro.

Lentamente, scossi la testa.

No.

Non ero a casa.

Ma avrei potuto esserlo.

Lui sospirò, quasi stesse lasciando andare parte dei suoi dubbi, o forse in segno di accettazione. Poi mi avvolse un braccio intorno alla spalla e mi attirò contro il suo solido petto e il battito regolare del suo cuore.

Bum.

Bum.

Bum.

Un tempo, avevo creduto che fosse una marcia di distruzione.

Invece, no.

Era un canto di salvezza, sicurezza e perfezione.

L'autista imboccò la strada tortuosa che portava alle Hills. Era un posto a me familiare solo grazie ai film e alle foto impresse nella mia mente.

Potevo solo immaginare chi e cosa si nascondesse dietro le mura di roccia e i cancelli di ferro, dietro le saracinesche dei garage che sembravano così innocui nel punto in cui erano stati costruiti vicino alla strada, camuffando le case edificate sull'altro lato.

Il SUV svoltò a sinistra in un viale situato quasi in cima alla collina e che conduceva a una maestosa villa a due piani riparata da alberi altissimi e giardini lussureggianti.

Ci fermammo sul vialetto di ciottoli davanti alle ampie doppie porte della casa le cui mura esterne in stucco erano calde e accoglienti. Questo era il luogo dove quest'uomo duro e minaccioso cercava una tregua dal trambusto del suo stile di vita scintillante quando si trovava in città. Era molto diverso dal posto che mi aspettavo.

Non solo per lui, ma per tutti loro, in realtà.

Suppongo che l'apparenza potesse davvero ingannare.

Lyrik sfregò il naso contro il mio orecchio. «Siamo a casa.»

«Anno di scuola preferito?»

«Mmm...» I ricordi attraversarono la mia mente come fotografie in un album. Non impiegai molto per afferrare quello giusto. «Sesto.»

«Perché?» chiese Lyrik, lanciandomi una rapida occhiata prima di riportare l'attenzione sulla strada.

Le mie guance si tinsero di rosso.

Merda.

Adesso arrossivo pure? Lyrik aveva davvero abbattuto tutte le mie barriere.

«Perché era il mio primo anno di scuola media. C'era un club di fotografia che si riuniva due volte a settimana dopo la scuola. Riuscivo a malapena a stare seduta ferma durante le lezioni in quei giorni, tanto ero ansiosa di entrare in quella camera oscura dove potevo sviluppare le foto che avevo scattato quella settimana.»

A un semaforo rosso, Lyrik fermò il suo grosso, rombante pick-up, quello che aveva lasciato qui a Los Angeles.

Allungando il braccio oltre la console centrale, afferrò la

mia mano e mi sfiorò le nocche con le labbra. «È sempre stato il tuo sogno, vero? Scattare fotografie?»

La gioia mi pervase come una leggera brezza. «Sì... almeno, sin da quando ho capito cosa fossero i sogni.»

Gli rivolsi la stessa domanda. «E il tuo anno preferito?»

Era tornato a stringere le mani tatuate intorno al volante in pelle, le parole incise sulle nocche in risalto contro gli altri disegni intricati.

Canti la mia anima.

E fu la mia anima che cantò quando una ciocca dei suoi capelli neri cascò di lato mentre mi fissava, prima di schiacciare l'acceleratore appena il semaforo tornò verde. Questo splendido, minaccioso ragazzo appariva così potente dietro al volante del suo pick-up.

Dannazione, scatenava in me cose pazzesche.

Cose folli, adorabili e meravigliose.

Dal modo in cui mi guardava, non c'erano dubbi che entrambi fossimo su un terreno accidentato.

Che stessimo camminando su una corda tesa. Alta e sottile.

Mentre i nostri piedi si sentivano abbastanza agili da farci avanzare a gran velocità.

«Il nono» rispose, inarcando un sopracciglio e piegando quelle sue labbra rosse in un sorriso seducente. «Quando ho finalmente ottenuto la mia ragazza.»

Fui travolta da una fitta di possessività, e il suo sorriso si allargò, trasformandosi in canzonatorio e civettuolo. «Da allora, la porto con me ovunque vada. È la mia fedele compagna. Viene con me in ogni città. È al mio fianco ad ogni concerto. Si sta facendo un po' vecchia e consumata, ma la amo ugualmente.»

A quel punto, compresi il significato delle sue parole. Con una risata giocosa, gli diedi uno schiaffo sul braccio. «Stai cercando di farmi ingelosire della tua chitarra?»

Lui sgranò gli occhi. «Ha funzionato?»

«Forse... sembra essere la tua preferita.»

«Lo è.»

«Chi te l'ha data?» chiesi.

Il suo sorriso si addolcì. «Mia mamma. Per il mio quattordicesimo compleanno. Quell'anno ho lavorato per tutta l'estate per mettere dei soldi da parte per comprarla, ma i miei risparmi non erano neanche lontanamente sufficienti. Poi ho scoperto che lei aveva fatto dei turni extra per potermela regalare al mio compleanno.»

«Non ti disse nulla delle sue intenzioni?»

Lyrik scosse la testa. «No. Voleva che io me la guadagnassi. Che significasse qualcosa quando finalmente l'avrei ottenuta. Ha sempre voluto che capissi che le cose migliori richiedono impegno.»

«Ed è stato così? Ha significato qualcosa?»

Conoscevo già la risposta. Ma volevo sentirgliela dire. Volevo che mi lasciasse entrare nella sua anima un po' di più.

Si adombrò e si mosse a disagio sul sedile. «Ha significato tutto finché non mi è costato ogni cosa.»

Corrugai le sopracciglia, confusa. «Non capisco, Lyrik. Sembra che tutto ruoti intorno alla tua band. Un attimo prima, i *Sunder* sono la tua famiglia e quello dopo, li consideri il tuo più grande fardello. Far parte del gruppo non ti rende felice?»

Emise un sospiro dal naso. «Non lo so, Blue. Immagino di sì. Abbiamo lavorato tutti così duramente per raggiungere il successo. Stare sul palco... scrivere canzoni e vedere la gente cantarle come se *capisse* quello che stai cercando di trasmettere? C'è qualcosa di indescrivibile in quel momento, quando cogli l'espressione di qualcuno mentre grida la tua canzone tra la folla. E per un brevissimo istante pensi che *capisca*. Che senta la stessa cosa che hai sentito tu quando l'hai scritta. Che magari puoi fare la differenza. Ma tutto ha un prezzo.»

«E rimpiangi di averlo pagato?» chiesi, indagando più a fondo, consapevole di star camminando su un terreno pericoloso. Ma buon Dio, volevo sapere. *Dovevo* capire se avevo qualche possibilità di cancellare parte della sua sofferenza.

Lyrik si passò nervosamente una mano tra i capelli e parlò con voce strozzata, le parole a malapena udibili. «Non mi è stata data molta altra scelta.»

Il caos si agitò dentro di me alla sua ammissione.

Le nostre tempeste acquistarono velocità. Crescendo, intensificandosi e devastando. Seguendo una scia che le avrebbe condotte in rotta di collisione.

Osservai il movimento del suo pomo d'Adamo quando deglutì rumorosamente. Senza distogliere l'attenzione dalla strada, disse: «Sono state tutte le scelte che ho fatto fino a quel momento che mi hanno strappato via tutto. Che hanno *rovinato* ogni cosa. Ti ho avvertito, Blue. Prendo sempre ciò che di buono mi viene dato e lo distruggo. Non so fare nient'altro.»

Pronunciò la sua confessione con veemenza, lasciandomi incerta se le sue parole fossero destinate a me oppure no.

Con esitazione, allungai la mano e gli toccai il braccio. «Le tue canzoni... hanno fatto la differenza per me.»

Tu fai la differenza per me.

Avrei voluto essere abbastanza coraggiosa da dirglielo.

Coraggiosa.

Volevo esserlo con tutta me stessa.

Lui mi guardò con espressione addolorata sul viso meraviglioso. «Di dove sei, Blue?»

Sussultai e, lentamente, scossi la testa. «Non di qui.»

«Questo l'avevo già capito.»

Lyrik era la prima persona da quando ero fuggita che aveva scavato dentro di me, cercando di trovare la ragazza sepolta sotto le macerie, sotto quelle pietre coperte da una patina di sfacciataggine, ostinazione e cazzutaggine.

«Tucson» ammisi infine con lo sguardo rivolto sul grembo e con voce così bassa che credevo non mi avesse sentita.

«Arizona» disse sommessamente, più per conferma che altro, perché annuì lentamente, come se stesse cercando di compartimentalizzare quello che gli stavo dicendo e applicarlo alla sua realtà.

Spostò il suo sguardo penetrante su di me. «Perché nasconderlo?»

Per un istante, serrai gli occhi, cercando di dare un senso alle cose. Alla fine, tornai a guardarlo. Osservai il suo profilo, la curva dura e ben definita della sua mascella, le sue morbide e carnose labbra. «Cosa stiamo facendo, Lyrik?»

«Stiamo parlando» rispose, ma dal modo in cui sbiancò, sapeva chiaramente che gli stavo chiedendo qualcosa di più.

Forse era il fatto che ci stessimo dirigendo verso la sua casa natale che gli ricordò che non sapevamo quasi nulla l'uno dell'altra. Entrambi eravamo ignari dei piccoli, irrilevanti dettagli delle nostre vite che sommandosi diventavano qualcosa di significativo.

Le fondamenta di chi eravamo.

Suppongo che fosse la somma di tutto questo, le enormi conseguenze delle decisioni che avevamo preso lungo la strada, che in qualche modo creavano un grosso divario tra di noi.

Ci tenevamo tutto dentro, ma il passato continuava a cercare di venire a galla, come magma compresso da milioni di anni di pressione.

In attesa di eruttare.

Una risata priva di umorismo scaturì dalla sua bocca. «Sai, a volte ti guardo e provo una strana sensazione... proprio qui...» disse, battendosi per due volte il pugno al centro del petto. «Come se ti conoscessi meglio di chiunque altro. Come se *tu* mi conoscessi meglio di chiunque altro. E cazzo, Blue... mi *piace* un casino questa sensazione.»

La sua voce si abbassò fino a diventare un sussurro carico di sensi di colpa. «E voglio continuare a provarla. Conoscerti meglio.» Con cautela, si voltò verso di me. «Ed è questa la cosa che mi spaventa di più.»

Quando ci fermammo a un altro semaforo rosso, incrociai il suo sguardo intenso. In quel momento, sapevo che quest'intoccabile ragazzo non era mai stato più vulnerabile di così. Completamente a nudo. Per un brevissimo istante, le sue emozioni visibili a tutti. Come se stesse supplicando di avere un po' di tregua dai suoi demoni. Una reale possibilità di essere *toccato*.

«Mi sono nascosta perché quando sono fuggita, sono fuggita per salvarmi la vita.» La mia voce si incrinò. «E in tutto questo tempo non ho mai creduto che fosse sicuro voltarmi indietro.»

In un lampo, Lyrik portò la sua grande mano sulla mia nuca e mi carezzò la mascella col pollice. «Ti terrò al sicuro, Blue.

Nessuno ti farà del male. Mai più.»

Ci fissammo intensamente l'un l'altro, entrambi prigionieri di qualunque cosa stesse accadendo tra di noi. Qualunque cosa ci stesse legando. Sussultammo al suono di un clacson dietro di noi.

Lyrik ritrasse velocemente la mano dalla mia nuca e accelerò.

Un silenzio inquieto ed agitato riempì l'auto.

Entrambi sapevamo che aveva appena oltrepassato una linea invisibile.

Ti terrò al sicuro, Blue. Nessuno ti farà del male. Mai più.

Guardai fuori dal finestrino i quartieri che attraversavamo. Le case erano diventate più piccole, intervallate da edifici residenziali che apparivano un po' fatiscenti man mano che ci avvicinavamo a Long Beach.

Lyrik emise un sospiro malinconico che spezzò la tensione. «Cavolo, queste strade mi riportano alla mente un sacco di ricordi. Io e i ragazzi scorrazzavamo per queste vie, sognando in grande. Non eravamo altro che teppistelli che non vedevano l'ora di lasciare questo posto. Pensavamo che il mondo avesse molto di più da offrirci. Buffo come, ogni volta che vengo qui, abbia sempre la sensazione di tornare a casa.»

Lo guardai e cercai di immaginare come doveva essere stato da adolescente. «Scommetto che causavi un sacco di problemi.»

Lui rise. «Sempre. Ti aspettavi forse qualcosa di diverso da me?»

«Assolutamente no» dissi, come se pensarla diversamente fosse stato offensivo nei suoi confronti.

Sospirò di nuovo, stavolta più forte. «Ho imparato tantissimo su queste strade. Sulla vita e su chi volevo essere. Qui è anche dove ho mandato tutto a puttane.»

Svoltò in un vicolo fiancheggiato da casette di ogni colore. Molte di esse sembravano essere state ristrutturate e rimodernate. Probabilmente vendute a caro prezzo data la vicinanza al litorale. Altre abitazioni erano logore e sbiadite, cadute in rovina dopo anni di abbandono.

Indicò una casa celeste. «Quella era casa di Ash prima che i suoi genitori tornassero in Ohio. Abbiamo trascorso la nostra adolescenza nel suo garage, a scrivere canzoni e a farci. Vivendo a pieno la vita mentre sognavamo di sfondare. Sembrava tutto così facile all'epoca.»

Mi domandai quando e come la situazione gli fosse sfuggita di mano.

Non fingevo di non sapere che lui e i ragazzi avessero avuto un passato turbolento.

Sesso, droga e rock 'n' roll.

Quello slogan era sinonimo del loro nome. E non erano soltanto rumor. I loro trascorsi di overdose, arresti, e la morte del loro batterista erano ben risaputi.

Ma Lyrik non ne parlava mai. Teneva tutto segreto e nascosto.

Dopo circa quattrocento metri, fermò il pick-up accanto al marciapiede di fronte a una piccola casa rosa dai cornicioni bianchi. Un prato ben curato si estendeva tra la casa e la strada, e due alberi dai rami tentacolari ombreggiavano l'ingresso.

Un lieve sorriso mi piegò la bocca.

Quest'abitazione sembrava sia ristrutturata che fatiscente.

Vissuta e amata.

«Eccoci arrivati» disse Lyrik, spegnendo il motore.

Il nervosismo mi attanagliò lo stomaco.

«Sei sicuro che questo non sia strano?» Non potei evitare di chiedergli la stessa domanda che avevo fatto stamattina.

Buffo, sembrava una vita fa.

«No... sono brave persone. Le adorerai.»

Annuii e aprii lo sportello, proprio mentre la porta d'ingresso si spalancava e una bambina, che doveva avere più o meno l'età di Kallie, si precipitava fuori.

Teneva i capelli castani raccolti in due codini.

E un sorriso smagliante.

Provai una stretta al cuore.

Lyrik stava già girando intorno al pick-up, andando dritto verso di lei. La bambina si gettò verso di lui, che la sollevò tra le braccia e la lanciò in aria. La piccola strillò di gioia, riempiendo l'aria con la sua dolce voce. «Zio Lik!» gridò, mentre gli avvolgeva le braccia intorno al collo.

«Ecco la mia ragazza» disse Lyrik, baciandole la guancia e carezzandole il viso col naso. Era talmente a proprio agio con questa bambina che mi tolse il fiato. «Mi sei mancata da impazzire, Penny Pie.»

«Anche tu mi sei mancato.»

Sentendomi fuori posto, scesi dall'auto e chiusi silenziosamente la portiera, cercando di non attirare l'attenzione su di me.

«Chi è quella lì?» chiese lei.

Voltandosi nella mia direzione, Lyrik si sistemò la piccina sul fianco. «Quella lì è la mia Blue.»

La mia Blue.

Oddio.

Stava davvero cercando di distruggermi.

«Bwue? Che nome buffo.»

«Non quanto Penny» replicò Lyrik, dandole un colpetto sul naso.

Lei scoppiò a ridere, dimenandosi di qua e di là quando lui le fece il solletico.

Lentamente, mi avvicinai a loro e allungai la mano.

Sì.

Come no.

Avevo davvero intenzione di presentarmi a una bambina stringendole la mano? Forse davvero mi ero rintanata per troppo tempo dietro al bancone di un bar.

Ritrassi il braccio e la salutai con un gesto della mano, invece. «Ciao, Penny. È un vero piacere conoscerti.»

Timidamente, lei nascose la testa sotto il mento di Lyrik e mi guardò con i suoi occhi neri, tanto simili a quelli di suo zio.

«Bene, bene, bene. Guarda un po' chi c'è, il mio fratellone. Finalmente è sceso dal suo castello per fare visita alla gente comune.»

Mi girai in direzione della voce che aveva parlato. Una ragazza, probabilmente uno o due anni più giovane di me, era appoggiata contro lo stipite della porta con le braccia incrociate sul petto. La sua bocca si allargò in un ampio sorriso quando

Lyrik si voltò verso di lei.

«Ah ah ah, quanto sei divertente» ribatté lui in tono scherzoso.

Si assomigliavano così tanto che rimasi quasi spiazzata. Avevano i capelli e gli occhi dello stesso colore.

Lyrik avvolse il braccio libero intorno alla mia vita e mi attirò a sé. «Blue... ti presento la mia sorellina, Mia. È una gran rompiscatole ma le voglio bene comunque.»

La sua frecciatina la fece ridere. Poi scosse la testa e avanzò verso di noi, e ringraziai Dio per il sorriso caloroso che mi rivolse.

«Piacere di conoscerti, Mia» dissi, sciogliendomi dall'abbraccio di Lyrik. Barlumi di quella vecchia insicurezza cercarono di farsi strada dentro di me. Mi domandai se fosse saggio espormi in questo modo e che diavolo stessi facendo davvero qui.

«Il piacere è tutto mio. È bello incontrare qualcuno che riesce a sopportare quest'idiota per più di tre secondi.»

Mia avvolse entrambe le braccia intorno alla vita di suo fratello e poggiò la testa sul suo petto. Le loro espressioni si addolcirono quando lui la strinse in un forte abbraccio, continuando a reggere sua nipote.

«Mi sei mancato tanto. Non stare via così a lungo la prossima volta» gli disse.

Wow.

Questo non me l'aspettavo proprio.

Spostai il peso da un piede all'altro, a disagio.

Lyrik le premette un bacio sulla testa. «D'accordo, te lo prometto.»

Lei si ritrasse. «È meglio che tu vada dentro. Mamma è talmente eccitata di vederti che rischia di farsi venire un aneurisma. Ha cucinato così tanta roba da svuotare la cucina e, se non mi sbaglio, ti ha fatto pure un paio di mutande nuove.»

«Mutande?» ripeté Penny, come se fosse la cosa più assurda che avesse mai sentito.

Lyrik scoppiò a ridere. «Non mi stupirebbe per niente.» Lasciò andare sua sorella e mi porse la mano. «Vieni, voglio farti conoscere i miei genitori.»

Potevo quasi sentire l'intensità dello sguardo di Mia mentre i suoi occhi curiosi si spostavano dal mio viso alle nostre mani unite. La sua energia era percepibile quasi quanto quella di suo fratello. Ma diversa. Più calda e priva di quell'amarezza che sembrava alimentare il fuoco di Lyrik.

Continuando a reggere Penny, quest'ultimo mi accompagnò lungo il vialetto e su per l'unico gradino che conduceva alla porta d'ingresso.

«Sono a casa!» gridò, appena oltrepassammo la soglia.

Una volta dentro, mi pietrificai.

Oh mio Dio.

Mi sentivo come se avessi messo piede in un universo alternativo. Un po' come il giorno in cui ero entrata nell'appartamento di Lyrik senza chiedere il permesso e l'avevo trovato ricoperto di glassa. Ma stavolta quella sensazione era dieci volte superiore.

Cavolo, probabilmente cento volte superiore.

I ricordi che avevo della casa di mia nonna non si avvicinavano neanche lontanamente a ciò che avevo davanti agli occhi, ed ero certa che lei non si fosse sbarazzata di una sola cosa che aveva collezionato durante la sua vita.

L'odore di zucchero e spezie che aleggiava nell'aria era così intenso che potevo quasi vedere vapori profumati riversarsi nel corridoio dalla cucina. Senza dubbio la madre di Lyrik stava cuocendo girelle alla cannella nel forno. Le pareti erano tappezzate di fotografie, e ogni mensola e tavolino era ingombro di cianfrusaglie e manufatti. Centrini a uncinetto decoravano la superficie di antichi mobili in legno e una colorata coperta afgana ricopriva lo schienale del divano.

Non una sola cosa si abbinava all'altra.

Fallo personalmente se vuoi che conti.

A tutto quel caos si aggiungevano giocattoli sparsi qua e là sul pavimento del salotto, una tenda a castello da principessa in un angolo e una pila di enormi cubi di legno color pastello nell'altro.

Un uomo che sedeva su una vecchia poltrona reclinabile davanti alla TV si alzò in piedi. Era chiaramente il papà di Lyrik.

«Lyrik... ragazzo mio. Sono contento di rivederti.»

Lasciandomi andare, Lyrik gli andò incontro a metà strada, gli strinse la mano e gli diede una pacca sulla schiena. L'uomo sorrise quando si ritrasse. «Ovviamente, dipende soprattutto dal fatto che tua madre sta per farmi perdere la testa con i suoi preparativi e lavoretti, convinta che debba sistemare la casa da cima a fondo per suo figlio quando viene a farle visita.»

«Non per lui, Karl... per la sua ospite!» gridò una voce dal fondo del corridoio.

Il rossore mi salì su per il collo e mi imporporò le guance.

Stavo arrossendo di nuovo.

In cosa mi ero cacciata?

«Sono Tamar» mi presentai, porgendogli la mano e facendo appello a un po' della sicurezza di Tamar King.

«Ehi... pensavo che il tuo nome fosse Bwue» disse Penny.

La mia attenzione scattò su di lei. Forse fu per via della tensione e del nervosismo. O forse per l'incertezza e le domande che mi erano frullate in testa durante tutto il viaggio. Ad ogni modo, scoppiai a ridere come una pazza lunatica quando vidi la confusione sul bel faccino della bambina.

Bella quanto suo zio e sua madre.

Buon Dio, non era Karl ad aver perso la testa.

Se prima ero preoccupata di cosa avrebbero pensato di me, adesso avevano abbastanza motivi per pensare che fossi matta.

Folle.

Ma mi sentivo così sin dal momento in cui Lyrik era entrato nella mia vita.

Come se il suo peso avesse causato uno spostamento del mio asse.

Da allora, avevo perso il contatto con ciò che avevo cercato di rendere la mia realtà.

Anche il papà di Lyrik cominciò a ridere e, invece di stringermi la mano, mi cinse in un abbraccio. «Siamo davvero felici di averti qui. Mi chiamo Karl, nel caso non avessi sentito mia moglie gridare il mio nome dalla cucina.»

Emisi un'altra risatina, nonostante l'emozione che mi serrava il petto.

Lyrik aveva ragione.

Li avrei adorati.

Ne ero già certa dopo solo cinque secondi che avevo trascorso con loro.

Il rumore di passi frettolosi echeggiò lungo il corridoio. Lyrik si voltò, mise Penny a terra e andò incontro a sua madre, sollevandola in un abbraccio travolgente.

Lei non si oppose e lasciò che suo figlio la strapazzasse come una bambola di pezza.

Poco dopo, Lyrik la mise giù e le avvolse un braccio intorno alle spalle. «E questa hippie sarebbe mia madre, Katy.»

Assomigliava poco al resto della famiglia. Era più bassa di sua figlia di almeno dieci centimetri, aveva i piedi scalzi e i capelli castano chiaro lunghi e fluenti come la gonna stravagante e i gioielli che indossava.

Ma il sorriso...

Era quello di Lyrik.

Sebbene fosse privo della sua tipica malizia.

Gli diede un buffetto sul petto e, contemporaneamente, vi poggiò sopra la testa. «Oh, chiudi il becco. Ti piace sempre prendermi in giro.»

«Che altro dovrei farci con te?» la punzecchiò affettuosamente, stringendola un po' più forte, quasi volesse rassicurarla che era preziosa.

Che era tutto. Perché una cosa era palesemente chiara. Questo era l'unico posto in cui Lyrik si sentisse veramente libero. Senza freni e senza i fantasmi che sembravano perseguitarlo ovunque andasse.

Lei si rilassò per qualche istante nel suo abbraccio, prima di staccarsi e spostare l'attenzione su di me. Il suo sorriso si fece estremamente tenero.

«Tu devi essere Tamar.» Mi avvolse le mani tra le sue. «Sono davvero contenta che tu sia qui.»

«Grazie per avermi invitata, soprattutto con così breve preavviso.»

Liquidò le mie parole con un gesto della mano. «Non dirlo

293

nemmeno. Sono sempre molto lieta di avere ospiti. Specialmente se si tratta di qualcuno come te.»

Un timer trillò dalla cucina e i suoi occhi marroni si spalancarono. «Lyrik ha detto che non potete trattenervi per cena a
causa del concerto di stasera, così ho pensato di preparare
qualcosa per pranzo. Spero che abbiate fame.»

Lyrik si massaggiò lo stomaco. «Sono affamato.»

«Benissimo. Allora, andiamo a mangiare.»

Quando Katy West cucinava, cucinava *davvero*.

Aveva preparato prosciutto con patate e fagiolini e un'insalata, senza contare le girelle alla cannella che servì calde, appena
sfornate.

Pranzammo intorno al piccolo tavolo della cucina, con Lyrik seduto al mio fianco. Ero sicura che non fui l'unica a mangiare fino a sentirmi scoppiare. Ridemmo e conversammo allegramente, e fu bellissimo rilassarmi in quell'atmosfera spensierata.

Nessuno di loro mi fece sentire un'estranea. Solo Penny,
seduta in ginocchio sulla sedia, mi bombardò di domande per
soddisfare la sua curiosità, chiedendomi cose come il mio colore, film e libro preferito.

Quando finimmo di mangiare, mi offrii di aiutare Katy a
sparecchiare la tavola, ma lei mi scacciò via e mi disse di andare
a divertirmi insieme agli altri. Così mi ritrovai sul folto prato
del giardino posteriore, con Penny che strillava mentre Lyrik la
spingeva sull'altalena.

«Più forte, zio Lik!»

Rimasi in disparte e li osservai giocare.

Quando si stancò di scendere giù per lo scivolo dopo averlo
fatto circa cinquantadue volte, gridò: «Giochiamo a "Papera,
Papera, Oca"! Devono partecipare anche mamma e Bwue, giusto, zio Lik?» Lo prese per mano e lo guardò. Sollevò gli occhi

su quel ragazzo potente e minaccioso che appariva ancora più alto al suo fianco, talmente bello e maestoso sotto il cielo della California, eppure così premuroso con sua nipote.

«Giusto» rispose Lyrik, lanciandoci un'occhiata e un sorriso mentre si lasciava trascinare da Penny verso il punto erboso sotto il frassino lussureggiante che cresceva orgogliosamente sul lato destro del cortile.

«Ti va?» mi chiese Mia. «Sa essere una vera peste quando vuole.»

«È meravigliosa» dissi.

Il sorriso che fece Mia era caloroso, eloquente, come se la mia risposta fosse perfettamente ragionevole e non avesse la minima intenzione di contraddirmi.

Insieme, ci dirigemmo verso il cerchio che Penny stava formando.

«Zio, tu ti siedi lì... e mamma si siede qui... e Bwue... là!» disse, puntando il ditino verso il posto accanto a Lyrik.

«Esatto, tu ti siedi qui» ripeté lui, tirandomi per mano.

Persi l'equilibrio.

E caddi.

Dritto tra le sue braccia.

Mi sfuggì un gridolino. «Lyrik! Cosa credi di fare? Te la farò pagare per questo.»

Un'improvvisa ondata di gioia mi fece girare la testa e tremare le ginocchia. La terra vibrò e quel fremito sfrigolò nell'aria, illuminando ogni cosa intorno a noi.

Questo ragazzo pericoloso era così incredibilmente meraviglioso.

Volevo crogiolarmi nell'eccitazione e nel brivido che mi spingevano in avanti, verso lo spazio aperto dove non potevo nascondermi da nessuna parte.

Lyrik era consapevole di ciò che mi provocava?

Mi strinse a sé e mi baciò la fronte.

Era così tenero.

Così dolce.

Così *diverso*.

Potei percepire il suo sorriso contro la mia pelle, e sorrisi a mia volta mentre gli stringevo la maglietta tra le mani.

Volevo aggrapparmi a lui per sempre.

«Comincio io!» esclamò Penny, interrompendo il nostro momento idilliaco. Perché nulla durava per sempre.

Scesi dal grembo di Lyrik, mi sistemai la maglietta e cercai di rimettere in ordine le mie emozioni che erano tutte contorte e aggrovigliate.

Mi voltai verso Mia, giusto in tempo per cogliere il suo sorrisetto astuto mentre ci guardava mordendosi il labbro, prima di riportare l'attenzione su sua figlia e dire: «Siamo pronti.»

Penny cominciò a saltellare intorno al piccolo cerchio, toccando le nostre teste mentre ci passava accanto.

«Papera... papera... papera...» Girò intorno a noi tre volte prima di toccare la mia testa e gridare: «Oca!» Quando mi alzai in piedi si mise a correre. Il suo sorriso era così spensierato mentre la inseguivo intorno al cerchio.

Si sedette al mio posto.

«Salva!»

Certo che lo era.

«Accidenti» borbottai, e Lyrik mi rivolse un sorriso quando diede il cinque a Penny. «Sei troppo veloce per la nostra Blue.»

Girai in tondo due volte prima di gridare «Oca!» toccando la testa di Mia.

Okay.

Chiamatemi pure fifona.

Ma preferivo prendere la strada più sicura.

Perché quelle che stavo percorrendo oggi erano diventate improvvisamente pericolose. Piene di fossi e buche e curve inaspettate che mi facevano sentire fin troppo bene. Ero certa che doveva esserci un camion fuori controllo che sfrecciava a tutto gas nella mia direzione.

Corsi intorno al cerchio, muovendomi più velocemente del previsto perché, dannazione, Mia era veloce. Girai il busto, schivando la sua mano che mancò la mia schiena per un pelo, prima di scivolare al suo posto.

Penny scoppiò a ridere. «Hai battuto mia mamma!»

Le pungolai il pancino. «Certo che sì... Non devi avere per

forza delle gambe lunghe e meravigliose per correre veloce. Anche le ragazze basse come noi possono riuscirci.»

«Ah!» esclamò Mia, cominciando a girare lentamente intorno al cerchio. «Rinuncerei alla mia altezza per quelle curve in qualsiasi momento.»

Lyrik spostò lo sguardo nella mia direzione, gli occhi scuri luccicanti di malizia e lussuria. «Anche a me piacciono quelle curve.»

Gli lanciai un'occhiata di avvertimento.

Piccole orecchie in ascolto. Piccole orecchie in ascolto.

Finalmente, Mia toccò la testa di Penny e gridò: «Oca!» Penny la inseguì, e Mia corse lentamente, ma non si fece catturare da sua figlia prima di sedersi al suo posto. «Ce l'ho fatta!»

Penny era fin troppo felice che toccasse di nuovo a lei, e girò varie volte intorno a noi, finché non toccò la testa di Lyrik. «Oca!»

Lui scattò in piedi e cominciò a inseguire sua nipote.

Penny strillò e mosse le gambette più velocemente che poteva.

«Corri, Penny, corri! Non farti acchiappare!» la incitai, allargando le braccia per accoglierla.

Lei mi si gettò addosso, facendoci cadere all'indietro sull'erba.

Ridemmo entrambe, lei mi abbracciò e io l'abbracciai a mia volta.

Era così piacevole.

Così naturale.

D'un tratto, la mancanza che sentivo della mia famiglia crebbe a dismisura.

Un tremito mi percorse il corpo, partendo dall'interno e diffondendosi all'esterno.

Casa.

Volevo trovarla.

Volevo trovare i pezzi che avevo perso, scansato e che mi ero lasciata indietro e quelli che ancora attendevano di essere scovati in futuro.

«Credo di volerti bene» disse Penny con un filo di voce,

rannicchiandosi maggiormente nel mio abbraccio.

Era così innocente e sicura. E offriva il suo cuore con così tanta facilità.

La strinsi più forte e serrai gli occhi. «Credo di volerti bene anch'io» sussurrai.

Andava bene amare liberamente? Senza la paura che l'amore ti venisse strappato via?

L'aria si fece carica di bruciante intensità. Un calore così grande da essere palpabile, un peso tangibile. Il mio petto si serrò. I brividi mi percorsero la pelle, amplificati dai raggi del sole che mi carezzavano le braccia e il viso.

Mi costrinsi ad aprire gli occhi e incrociare lo sguardo insondabile che mi fissava.

Quell'uomo era così meraviglioso, duro e terrificante. Una tempesta magnifica. Pericoloso e implacabile.

Più pericoloso di quanto non fosse mai stato.

Perché questo non era il malizioso, dispettoso uomo segnato dall'amarezza che era entrato nel *Charlie's* un anno prima. Non era quello da cui ero fuggita perché mi ricordava tutte le cose che dovevo temere.

Questo era lo stesso ragazzo della foto che avevo trovato in fondo al suo cassetto.

Il suo viso brillava di puro amore, gioia e affetto.

E stava guardando me.

L'ultima fragile benda intorno al mio cuore si ruppe.

Potei sentire lo schiocco.

Quel peso schiacciante sollevarsi.

L'ondata di emozione che mi inondò il petto e vorticò nel mio spirito.

Il grido della mia anima.

Amore. Amore. Amore.

Cercando di recuperare il fiato, staccai Penny da me e le diedi un tenero bacio sulla guancia mentre la spostavo di lato. «Ho bisogno di un bicchiere d'acqua» dissi.

Bugia.

Bugia.

Bugia.

Ero semplicemente scombussolata.

Sotto shock.

Mi alzai in piedi con gambe tremanti.

«Stai bene?» chiese Lyrik, la testa piegata di lato con espressione preoccupata.

«Sto bene.» Sorrisi. «Vado a prendere da bere. Ti porto qualcosa?»

«No... sto a posto.» Spostò lo sguardo su Penny che era salita in grembo a sua madre. «Gioco con le mie ragazze per qualche altro minuto, poi faremo meglio ad andare.»

«Okay.»

Salii i due gradini del portico e varcai la porta che conduceva nella cucina buia e silenziosa. I genitori di Lyrik non si vedevano da nessuna parte.

Lentamente, mi diressi verso il lavello e la finestra che si affacciava sul cortile.

Attratta.

Perché non riuscivo a distogliere lo sguardo.

Lyrik era seduto sull'erba, di fronte a sua sorella e sua nipote.

Osservai attentamente tutto ciò che desideravo. Sembrava così vicino, eppure la distanza era costellata di ostacoli.

«Lo ami.»

Sussultai e mi voltai di scatto per trovare la madre di Lyrik ferma sulla soglia della cucina a guardarmi.

La sua non era una domanda.

Spalancai la bocca, poi la richiusi. La mia mente ronzava di consapevolezza e speranza.

«Non volevo» dissi, prima che potessi fermare quell'ammissione, ma appena le diedi voce, mi resi conto che era la verità.

Non avrei voluto innamorarmi di Lyrik West.

Ero fuggita da quella possibilità.

L'avevo combattuta con tutta me stessa.

E nel frattempo, lui aveva combattuto per me.

Era così difficile conciliare il ragazzo a cui sentivo di potermi rivolgere per qualsiasi cosa, quello che mi avrebbe protetta fino al suo ultimo respiro, con il ragazzo che si chiudeva in sé stesso, riparandosi e fortificandosi dietro le mura di cui si circondava.

Una lieve risata scaturì dalla sua bocca delicata. «Raramente lo vogliamo.» I suoi occhi marroni si addolcirono mentre inclinava la testa di lato. «Dubito fortemente che anche lui intendesse innamorarsi di te.»

La speranza si agitò in preda all'eccitazione.

Scossi la testa per schiarirmela.

No.

Si sbagliava.

«Sono piuttosto sicura che io sia qui solo come accompagnatrice» le dissi, sbattendo le palpebre per scacciare via le lacrime che si stavano formando nei miei occhi.

Debole.

Era così che lui mi rendeva.

«Ne sei sicura? In tutta la sua vita, mio figlio ha portato qui soltanto due ragazze. E della prima ne era innamorato follemente.»

Il dolore che mi trafisse fu un pessimo segno. Era come se il mio petto venisse fatto in mille piccoli pezzi.

Dovevo essere un'idiota.

Ma conoscevo il rischio di venire qui, ricordai a me stessa. Avevo imparato molto tempo fa che non tutti i cieli sono dipinti d'arcobaleno dopo una tempesta.

«Ti ha parlato di lei?» mi domandò.

Scossi la testa con veemenza.

La sua espressione si tinse di compassione, ma era chiaro che non fosse sorpresa. Fece un passo esitante in avanti. Il mio sguardo fu attirato di nuovo verso la finestra. Vidi Lyrik ridere, il modo tenero in cui guardava sua sorella e sua nipote.

Il dolore dentro di me si amplificò.

«Tamar, non ti parlerei mai di lei per ferirti o farti sentire inferiore, e forse non dovrei dire proprio niente» continuò Katy con cautela. Si avvicinò ulteriormente alle mie spalle.

«Te lo dico perché significa qualcosa il fatto che ti abbia portata qui. Molto più di qualcosa... specialmente dopo tutto quello che ha passato. Non sono il tipo da trovare scuse per i miei figli. Lyrik ha commesso terribili errori con lei. Errori che sta pagando sin da allora. Errori che sono sicura pagherà per il resto della sua vita. Ma la amava. La amava da impazzire. Molto spesso, il primo amore sembra la cosa più importante del mondo, quando in realtà è lì soltanto per darci un assaggio... per prepararci a come ci sentiremo quando incontreremo l'unica persona con cui siamo destinati a trascorrere la nostra vita. Perché il primo amore impallidisce al confronto del vero amore.»

Mi si serrò la gola. Così tanto che ebbi difficoltà a respirare.

La dolce voce di Katy riempì l'intera stanza, come se anche lei fosse rapita dalla scena che si stava svolgendo nel giardino sul retro.

«Sai, quando Mia è rimasta incinta... non aveva nemmeno diciotto anni. Lyrik era così protettivo nei suoi confronti. Lo è sempre stato. Avrebbe mollato tutto per venire a prendersi sicura di sua sorella quando quell'inetto del suo fidanzato l'ha scaricata il giorno in cui Mia ha scoperto di aspettare Penny.»

Mi lanciò un sorrisetto carico d'intesa. «Quel piccolo bastardo è stato fortunato che Lyrik non l'abbia scorticato vivo.»

La sua voce si addolcì di nuovo. «Quando Penny è nata, Baz era appena uscito di galera dopo tutti i guai in cui lui e i ragazzi si erano cacciati.»

Dio, volevo chiederle anche di questo.

Era molto più difficile affrontare qualcosa quando si andava alla cieca.

«Le cose stavano appena cominciando a smuoversi per i *Sunder*» rifletté ad alta voce. «Stavano ottenendo attenzione in tutto il paese e avevano firmato con una casa discografica. Lyrik voleva farci trasferire in un'abitazione più grande. Prendersi cura di noi. Ma questa è sempre stata la nostra casa. E cosa ancora più importante, Mia aveva bisogno di trovare la sua strada, anche se la sta ancora cercando.»

Con enfasi, piegò la testa verso la finestra. «Proprio come lui. E forse la sua strada ha sempre puntato verso di te.»

Sconcertata dalle sue parole, mi voltai a guardarla. Mi aveva incontrata solo oggi. Eppure, potevo quasi sentirla sussurrare *per sempre.*

Riportai lo sguardo fuori dalla finestra. Rimasi a fissarli per un istante, prima che la mia attenzione venisse catturata da qualcos'altro.

Sotto la finestra, a sinistra, in mezzo a un mucchio di altri gingilli, c'erano due orsetti fatti a mano simili a quello che avevo trovato nell'appartamento di Lyrik. Lo stesso tipo di pupazzo che aveva realizzato per il figlio di Sebastian e Shea. Questi due orsetti erano visibilmente consumati dall'uso, uno chiaramente fatto per un maschietto e l'altro per una femminuccia.

Potevo quasi immaginare Lyrik come un bambino selvaggio e vivace che correva per casa con un mantello sulla schiena, la sua sorellina che lo seguiva sgambettando, cercando di tenere il passo, mentre entrambi si trascinavano appresso i loro orsetti.

Fallo personalmente se vuoi che conti.

Sopraffatta da tutto ciò, mi voltai di scatto a guardare la madre di Lyrik.

«Qual è la canzone tatuata sul suo braccio? Il nome?» chiesi prima che potessi fermarmi.

Lei scosse la testa tristemente. «Non spetta a me raccontare questa storia. Ma guardati...»

Per un secondo, indietreggiai, barricandomi dietro un muro difensivo. Dietro un barlume di *Red*.

Ma la sua espressione era priva di qualsiasi giudizio. «Cara ragazza... ti vedo... mentre cerchi di nascondere le cose che vorresti poter cancellare.»

Riusciva davvero a capirlo solo guardandomi?

«E mio figlio? Potrebbe non comprendere pienamente tutto, ma ciò non significa che non *capisca*. Proprio come so che nonostante potresti non conoscere ogni singolo dettaglio del passato di Lyrik, questo non significa che tu non lo *capisca*. E come se ti stesse supplicando silenziosamente di *vederlo*, di *capirlo*. Anche se so che questo lo terrorizza. Lui non vuole dimenticare, Tamar, ma è ora che vada avanti. Forse tu sei quella che può aiutarlo a farlo. Merita di essere amato. Tanto quanto te.»

Possibile che avesse ragione? Che quello che Lyrik voleva veramente fossi io?

Katy mi guardò. Mi guardò come se potesse vedere tutto quello che avevo passato ogni giorno e ogni momento degli ultimi quattro anni. Come se sentisse ogni mia paura. Come se conoscesse ogni mia ferita.

«Forse avete rinunciato a voi stessi. Ma non rinunciate l'uno all'altra.»

20

TAMAR

«*S*ei sicura di voler stare in platea?»

L'oscurità avvolgeva lo spazio ristretto del backstage, il basso soffitto e l'angusto corridoio dove Lyrik mi teneva premuta contro il muro.

La gente andava avanti e indietro spostando l'attrezzatura mentre la band di apertura sgomberava il palco per fare spazio ai *Sunder*. Voci urlavano ordini e indicazioni, e l'atmosfera scoppiettava di una frenetica eccitazione.

«Credi che non sappia badare a me stessa?» dissi, sollevando il mento in segno di sfida e lasciando trapelare un po' di *Red*. Tuttavia, mi piaceva che questo ragazzo intimidatorio sembrasse volermi prendere tra le braccia e nascondermi.

Era così protettivo.

Difensivo.

Possessivo.

«Semplicemente, non capisco perché tu voglia stare laggiù quando potresti stare qui, al lato del palco con Shea. Non esiste miglior visuale di questa, piccola.»

Sbuffai. «Anche guardare un video sullo schermo del computer è una visuale piuttosto buona, ma sappiamo entrambi che non è la stessa cosa.»

«È un manicomio là fuori stasera» mi avvertì, come se quell'informazione mi avrebbe fatto cambiare idea. «Senza dubbio la platea si scatenerà tantissimo.»

«Ancora meglio.»

Lui si avvicinò ulteriormente a me. Tirai un respiro profondo, come se potessi inalare tutti gli elementi di quest'uomo potente. O magari, come se potessi difendermi contro di essi.

Perché erano travolgenti.

Divoranti.

Mi schiacciai maggiormente contro la parete.

La voce di Lyrik era un brontolio mentre faceva scorrere la bocca su e giù lungo la mia mascella. «L'ultima cosa di cui ho bisogno mentre sono sul palco è dovermi preoccupare che la mia ragazza venga calpestata da un branco di ragazzine che vogliono solo lasciarsi andare.»

La mia ragazza. La mia ragazza. La mia ragazza.

Era possibile?

Sembrava così fattibile.

Raggiungibile.

Questo ragazzo intoccabile sembrava a portata di mano.

Reclinai la testa all'indietro contro il muro, garantendogli un miglior accesso alla mia gola mentre disegnava una scia di baci lungo la pelle sensibile del mio collo. Affondò le dita nei miei fianchi e premette il pene già eretto contro il mio ventre.

«Stai cercando di distrarmi?» gracchiai verso il basso soffitto, combattuta tra cedere alle sue richieste o supplicarlo di portarmi nel suo camerino.

«Qualunque cosa, pur di farti cambiare idea» mormorò contro la mia pelle. «Che terribile sacrificio che devo fare.»

«Come no» biascicai. Una risata, che rivelava l'euforia che le sue azioni suscitavano in me, scaturì dalla mia gola. Alla fine, lo sospinsi all'indietro e incrociai i suoi occhi scuri come il carbone. «Starò attenta. Lo prometto. Voglio solo...»

Mi morsi il labbro inferiore, domandandomi se *capisse*.

Serrando le labbra in una linea sottile, Lyrik sembrò giungere a una decisione. Con un sospiro rassegnato, mi strinse in un abbraccio. «Anch'io ti sento» bisbigliò.

Un'ondata d'affetto mi colmò il petto e le mie emozioni si agitarono in ogni direzione mentre guardavo in faccia quest'uomo. Questo splendido, minaccioso uomo che ormai significava tutto per me. A fissarlo era la ragazza che guardava il mondo con occhi spalancati e uno spirito carico di trepidazione e impazienza.

Una ragazza che si sentiva come se fosse sul punto di sperimentare le cose belle che il mondo aveva da offrire.

Il brivido, l'eccitazione e il fremito costante.

E intanto, quelle dure, durissime lezioni che avevo imparato lungo il cammino baluginarono in lontananza. Nei recessi della mia mente che non erano poi così arrugginiti. Alimentando ulteriormente le fiamme crescenti.

«Lyrik!» chiamò improvvisamente Ash dal fondo del corridoio. «Porta il culo qui, amico. È ora di entrare in scena.»

Lyrik mi rivolse un sorriso minaccioso. «Non costringermi a saltare giù dal palco per uccidere qualcuno.» Mi diede un bacetto sulla bocca. «Sai che lo farei.»

Le farfalle si agitarono e svolazzarono nel mio stomaco.

Oddio.

«Farò in modo di stare lontana dal pericolo.» Mi sollevai in punta di piedi e lo baciai un po' più a lungo di quanto lui avesse baciato me. «Ci vediamo dopo.»

Seguii Lyrik lungo il breve corridoio dell'auditorium, salutai Shea con un gesto della mano che mi guardò come se fossi matta mentre le passavo accanto e mi diressi verso l'entrata laterale.

Ebbene, sì.

Forse ero un tantino matta.

Ma mi andava perfettamente bene.

Il buttafuori si fece da parte per lasciarmi passare e scesi i cinque gradini finché non diventai un'altra faccia indistinguibile tra la folla scatenata.

C'era il pienone e tutti si accalcavano in avanti per avvicinarsi il più possibile al palco.

L'eccitazione scoppiettava nell'aria. Mi riempii i polmoni di essa, diventando un tutt'uno con il vivo, esuberante anello di energia che avvolgeva la sala.

Luci luminose risplenderono da sopra il palco.

Impaziente, la folla si infiammò.

Imperterrita, mi feci largo tra la massa di corpi che cercava di tenermi indietro, finché non arrivai quasi di fronte al palco.

Presi posto di lato, dove sapevo si sarebbe messo Lyrik. Dove la sua vecchia e amata chitarra nera era appoggiata su un supporto tra altri due strumenti.

Luci colorate danzarono sui volti delle fan, incitando ed elettrizzando.

Tenendo le bacchette sollevate in aria, Zee uscì sul palco.

Grida e urla si levarono dalla folla.

Subito dopo comparve Ash, e quell'energia sfrigolò. La sentii crescere intorno a me, luminosa e scintillante come le luci blu del palcoscenico che roteavano e pulsavano.

Quasi esplose quando Lyrik uscì da dietro le tende rosso scuro.

E bastò quello per togliermi il fiato.

Le mie ginocchia tremarono.

Il mio cuore batté freneticamente.

Bum.

Bum.

Bum.

Teneva stampato sul viso il mio sorriso preferito mentre attraversava il palco. Quello letale. Il ragazzo arrogante e impertinente da cui ero fuggita per mesi prese il sopravvento quando si mise la chitarra al collo.

Era così potente e audace.

Splendido.

Un bellissimo predatore che con un semplice gesto del dito richiamava a sé un branco di prede consenzienti.

Dio, ero proprio una sciocca, perché in quel momento mi resi conto che adoravo anche quel lato di lui.

Adoravo tutto di lui.

Il pericolo e l'oscurità.

La minaccia di quelle grosse mani.

Il dolce senso di sicurezza che mi trasmettevano quando mi abbracciava durante la notte.

Quest'uomo contorto e disorientante che era qualcosa di eccezionale.

Le fan andarono in delirio quando Sebastian uscì sul palco e i *Sunder* al completo furono di fronte a loro.

Non c'era da meravigliarsi che Shea avesse perso la testa per lui.

Per un brevissimo istante, le luci si spensero. L'improvviso silenzio servì solo ad aumentare il furore della folla.

L'energia si condensò.

Rimase imprigionata.

Imbottigliata.

Prima che le accecanti luci bianche dei riflettori tornassero a splendere.

Nello stesso momento, Lyrik suonò il primo erratico accordo.

La folla si scatenò. Fu come se la bolla di energia concentrata ai piedi del palco esplodesse e si diffondesse ovunque, consumando ogni cosa sul suo cammino.

Gli spettatori si dimenarono, saltando al ritmo duro e selvaggio della musica mentre Sebastian gridava al microfono il testo aggressivo e rabbioso della canzone.

Mi sentivo parte di tutto questo. Eppure, allo stesso tempo, distaccata mentre guardavo il ragazzo di fronte a me perdersi nelle parole, nella melodia che riversava nel microfono, aggiungendo una nota tagliente e aspra a quel caos.

Una leggera foschia riempì la sala e le luci stroboscopiche lampeggiarono sui corpi che si agitavano e scuotevano.

E Lyrik...

In qualche modo, Lyrik incontrò il mio sguardo intenso.

I suoi occhi erano scuri e profondi.

Penetranti.

Provocanti.

Come se io fossi l'unica cosa che vedesse.

Attrazione.

Mi chiesi se anche lui l'avesse sentita fin dal principio.

Quando infine i *Sunder* uscirono dal palco, mi feci largo tra il labirinto di corpi fino all'ingresso laterale che conduceva dietro le quinte. Alcune persone rimasero in sala a chiacchierare mentre i buttafuori cercavano di sospingerle verso la porta principale. Altre indugiarono vicino al palco, sperando chiaramente di ricevere quell'ambito invito nel backstage.

Fui assalita da una leggera ondata di panico quando mi chiesi se il buttafuori mi avrebbe riconosciuta.

Quello sì che sarebbe stato fantastico, starmene qua fuori come una sorta di aspirante groupie, in attesa che Lyrik si rendesse conto che non ero nel backstage. Avevo lasciato il cellulare nella mia borsa nel suo camerino insieme alle sue cose, quindi non avevo nemmeno modo di chiamarlo.

Ma avrei dovuto saperlo. Lyrik era già lì ad aspettarmi dietro il robusto buttafuori, fissandomi con il suo sguardo bramoso.

Con un sorriso, chiesi permesso e mi feci largo a spallate, fregandomene dei brontolii e sibili che mi rivolsero.

L'unica cosa che volevo era raggiungere il mio uomo.

Il mio uomo.

Poteva esserlo davvero? Poteva darmi più dei due mesi che mi aveva promesso? Più di questo week-end che nessuno di noi era in grado di definire? Perché dopo l'importante illuminazione che avevo avuto a casa dei suoi genitori, c'era una parte di me che mi implorava di metterlo alle strette. Di costringerlo a dire le parole che potevo leggere chiaramente nei suoi occhi.

Ad ogni passo che mi avvicinava a lui, l'emozione pulsò nelle mie vene. Ma era un nuovo bisogno, diverso da qualsiasi cosa avessi provato finora. Come se tutte le paure, le incertezze e le preoccupazioni che avevo accumulato negli anni fossero state improvvisamente sciolte e liberate, e adesso si stessero riversando come una cascata, mischiandosi e unendosi alla fiducia che lui aveva creato, dando vita a un fiume di devozione che si levava rapidamente per riempire ogni buco e fessura.

Amore. Amore. Amore.

«Eccoti qua» sussurrò Lyrik, avvolgendo la sua grossa mano dietro al mio collo per tirarmi in avanti e baciarmi, quasi percepisse l'entità di ciò che turbinava e si agitava dentro di me.

«Come t'è sembrato?» mi chiese quando si ritrasse.

Strinsi la sua maglietta sudata tra le mani. «Penso che tu sia l'uomo più bello che abbia mai visto.»

Lui proruppe in una risata impertinente. Poi sorrise maliziosamente mentre faceva scivolare la mano lungo il mio braccio fino a intrecciare le sue dita tatuate alle mie, come se stessimo scrivendo la nostra storia. «So di essere assolutamente irresistibile, ma mi riferivo allo spettacolo.»

Un sorriso giocoso mi curvò la bocca. «Credo che tu trascorra troppo tempo con Ash. Temo che possa avere una cattiva influenza su di te.»

Lyrik scoppiò in una risata profonda e melodica. Inarcò un sopracciglio scuro con espressione scettica. «Pensi che sia Ash ad essere una cattiva influenza?»

Il suo sorriso si addolcì e la mia espressione si fece tenera. Era impossibile nascondere le mie emozioni.

«Sai già cosa penso della tua musica» gli dissi.

«Ah, davvero?»

«Sì... della tua voce. Del modo in cui mi avvolgi quando suoni. Di come non mi sento più sola quando sono circondata dalle parole che sembra tu abbia scritto appositamente per me.»

Feci un sorriso auto-ironico. *Red* era ormai così distante che non ricordavo più chi fosse o chi avessi cercato così disperatamente di essere.

«Che tristezza essere quella ragazza seduta tutta sola nel suo appartamento ad ascoltare ripetutamente la stessa canzone, fingendo che questa intoccabile rockstar fosse lì e che tutto non sembrasse più così brutto.»

Lyrik mi passò le dita tra i capelli e mi piegò la testa all'indietro per guardarmi negli occhi. «Non sei sola, Blue. Non più.

Non devi più fingere.»

Davvero?, volevo domandargli in tono implorante, mentre quel fiume si trasformava in un cavallone di insicurezza.

«Vieni» disse. «I *Sunder* hanno una piccola tradizione dopo ogni concerto. Ti voglio lì con me.»

«E che tipo di tradizione sarebbe?»

«Cicchetti.»

«Che sorpresa» mormorai in tono secco.

Un sorrisetto curvò quella sua bocca deliziosa, poi girò sui tacchi e cominciò ad avanzare tra la folla del backstage. Avvolsi la mano libera intorno al suo polso, rifiutandomi di lasciarlo andare mentre cercavo di tenere il passo con le sue lunghe, decise falcate. Mi diede una stretta alla mano, una silenziosa rassicurazione che non mi avrebbe lasciata andare, che sapeva dov'ero.

Che magari sapeva chi ero.

Ti sento.

La sua voce vibrò nel mio spirito.

Le persone gli davano pacche sulla schiena mentre passavamo, e osservai l'intera scena con esuberanza e occhi spalancati.

Ero sul ciglio di un dirupo.

Pronta a fare l'ultimo passo e buttarmi oltre il bordo.

A saltare.

Dritto in una caduta libera.

Lyrik sarebbe stato lì sul fondo ad afferrarmi?

«Spettacolo grandioso, amico» gli disse uno dei ragazzi della band di apertura, rallentando il nostro avanzamento e bloccandoci la strada.

Il caldo permeava l'angusto e buio corridoio, rendendo l'aria umida e densa. Con espressione divertita, il ragazzo abbassò gli occhi marroni sulle nostre mani intrecciate.

«Dov'è la gemella?» chiese, inarcando un sopracciglio con fare allusivo.

Trasalii.

Wow.

Le sue parole fecero più male di quanto mi aspettassi.

311

Ma non era né un segreto né una sorpresa. Quello era lo stile di Lyrik. In quasi tutte le foto che lo ritraevano con una ragazza, non ce n'era mai *una* sola. Era un fattore che accomunava sia le foto scattate dai paparazzi che dalle fan.

Lyrik West era sempre circondato da molte donne.

In quegli scatti, il suo atteggiamento suggeriva quasi che non si rendesse conto che erano lì, se non fosse che la sua espressione tradiva che era pronto a saccheggiare e annientare.

Rovinare, depredare e distruggere.

Una volta che le usava, ero certa che non si lasciasse nulla alle spalle.

Tranne che per la ragazza che avevo visto in quella foto.

«Vaffanculo, Brinks» rispose semplicemente Lyrik, riprendendo a camminare e tirandomi con sé. Mi girai giusto in tempo per vedere l'espressione scioccata del ragazzo che continuava a fissarci mentre Lyrik mi trascinava maggiormente nell'oscuro labirinto del backstage.

Anch'io ero un tantino scioccata.

E parecchio sollevata.

Lyrik salutò un po' di gente quando entrammo in una delle sale d'attesa dietro le quinte che era stata quasi vuota quando l''avevamo attraversata questo pomeriggio.

Stasera era gremita di persone, alcune delle quali catturavano l'attenzione con le loro voci chiassose e rumorose, mentre altre erano chiaramente a disagio e non avevano idea di cosa fare.

Musica heavy metal risuonava a tutto volume dagli altoparlanti, intensificando l'atmosfera caotica che vibrava lungo il pavimento e le pareti.

Per lo più, Lyrik si limitò a sollevare il mento in segno di saluto verso coloro che chiamavano il suo nome e che gareggiavano per ottenere la sua attenzione. L'attenzione di questo pericoloso, volubile uomo che appariva distaccato e distante.

Mi condusse in fondo alla sala dov'era stato allestito un bar.

Qui, la maggior parte delle persone presenti nella stanza si teneva alla larga, dandoci spazio.

Anthony apparve al nostro fianco con un sorriso spiaccicato sul viso. Diede a Lyrik una pacca sulla spalla. «Lyrik, è bello rivederti. Sei contento di essere tornato in città?»

«Certo» rispose lui con un po' meno entusiasmo di quanto ci si potesse aspettare.

Anthony spostò gli occhi su di me, scrutandomi, ma diversamente dallo stronzo che avevamo incontrato in corridoio, il suo sguardo indagatore era dolce e privo di qualsiasi giudizio. Era semplicemente... curioso.

«Piacere di rivederti, Tamar.»

«Anch'io sono felice di rivederti.»

Ash si unì a noi, con la sua solita dirompente personalità, interrompendo la nostra conversazione. «Anthony, come va, amico? Ti sei superato stavolta. Abbiamo fatto il tutto esaurito. Suppongo che non possiamo chiedere di meglio, vero?»

«Cavolo, sì!» concordò Sebastian mentre si avvicinava al bar, mano nella mano con Shea, rifiutandosi di lasciarla andare.

Lei mi guardò con un sorriso d'intesa.

Pazzesco, eh?

Scossi la testa e sorrisi, pensando che fosse davvero pazzesco il fatto che Lyrik mi tenesse stretta a sé come Sebastian faceva con Shea.

Devoto e risoluto.

Che fossi qui, e che per il momento fossi *sua*.

Quella sensazione si agitò di nuovo dentro di me: la promessa di qualcosa di buono.

Stupida, stupida ragazza.

Perché quell'emozione tremò per le conseguenze derivanti dal rendermi vulnerabile e debole.

In quel momento, non ero più sicura che mi importasse. Non ero sicura che avessi la forza di combattere.

Strinsi la mano di Lyrik, affondai il naso nel suo braccio e inspirai il suo odore.

Forse era meglio soffrire, sanguinare e piangere piuttosto che essere vuota e sola.

Forse la paura non era poi così orribile, dopotutto.

Ash si allungò oltre il bancone del bar e afferrò una bottiglia di Jack, allineò una lunga fila di bicchierini e vi versò dentro il liquido ambrato.

Sentii un angolo della mia bocca curvarsi. «Mi sento una scansafatiche a vederti versare da bere mentre io me ne sto qui senza fare niente. Sei sicuro di non volere che sia una professionista a occuparsene?»

Ash scoppiò a ridere e scosse la testa, guardandomi con un luccichio astuto negli occhi azzurri. «Ah, Tam Tam... apprezzo la tua offerta, ma...»

La sua attenzione si spostò su Lyrik che teneva la testa girata e piegata di lato per poter sentire qualunque cosa gli stesse dicendo Anthony, senza badare a noi.

Poi Ash riportò lo sguardo su di me. «Penso che tu abbia già parecchio da fare. Il mio amico qui presente è una bella gatta da pelare. Non vorrei metterti in una posizione di svantaggio» disse in tono canzonatorio, ma non mi sfuggì la nota di avvertimento che si insinuò nelle sue parole.

«Lo terrò a mente» risposi, accettando il bicchierino che mi passò.

«So che lo farai.»

Ash diede una lieve gomitata al braccio di Lyrik, che si voltò, interrompendo la sua conversazione con Anthony, e prese il cicchetto che gli offrì l'amico. Tutti sembravano conoscere la routine, alcuni fecero un passo indietro e altri in avanti, radunandosi fino a creare un piccolo cerchio di amici.

Questi ragazzi che mi erano sempre parsi così cattivi.

Gli stessi che avevano scosso il mio asse nell'istante in cui erano entrati nel *Charlie's*, perché avevano portato con sé questo spezzato ragazzo dai capelli neri che aveva sconvolto il mio mondo.

Una bellissima tempesta.

Continuando a tenermi per mano, Lyrik mi rivolse uno di quei sorrisi letali e un occhiolino.

Le mie budella andarono in tilt.

Con uno sfrigolio e uno schiocco.

Ash sollevò il bicchiere. «Al futuro dei *Sunder*. Che le nostre strade siano lastricate d'oro e che fantastiche canzoni continuino a sgorgare dalle nostre anime. Ah, e che siamo sempre circondati da un mucchio di ragazze.»

Sorrise come lo Stregatto e ingollò il cicchetto.

Shea gli diede uno schiaffo sul petto. «Ehi!»

Lui si scansò, balzando indietro e intrappolandole la mano. «Non preoccuparti, bellissima Shea. Sappiamo che Baz Boy è sottochiave. Nessun problema. Significa che ce ne sono di più per noi.»

Tirando via la mano, Shea gli puntò un dito contro. «Ricorda che ho scommesso duecento dollari che tu riempirai la casa con un'orda di piccoli Ash. Vincerò, amico. Ho bisogno di un nuovo paio di scarpe.»

Ash si strinse il petto come se provasse dolore. «Oh... Dio... mi stai uccidendo, Shea. Riempirò volentieri di scarpe il tuo maledetto armadio se servirà a toglierti dalla testa questa folle idea.»

Per tutto il tempo, Lyrik mi strinse la mano. Forte. Quasi disperatamente. Come se anche lui non sapesse cosa sarebbe successo tra di noi, ma non riuscisse a sopportare il pensiero di lasciarmi andare.

Ricambiai la stretta.

Non lasciarmi andare. Ho bisogno di te. Ti voglio. Ti amo.

Mi senti?

Improvvisamente, mi guardò. «Sei pronta ad andare via da qui?»

«Sì.»

«Noi ce ne andiamo» disse Lyrik in tono disinvolto al resto dei ragazzi.

Senza aspettare i loro saluti, cominciò a trascinarmi di nuovo attraverso la folla. Un attimo prima di uscire dalla stanza, si pietrificò quando un uomo di mezza età gli bloccò la strada.

Era calvo e sogghignante, e chiaramente non il benvenuto.

«Eric Banik...» Lyrik sembrò elaborare la sua presenza, poi irrigidì la mascella. «Che cazzo credi di fare qui? Questo non è il momento né il luogo per i tuoi giochetti.»

Eric Banik.

Un brivido di disagio mi attraversò il corpo.

Era lo stesso nome che aveva mandato in crisi Lyrik la sera

in cui aveva litigato con Ash. La sera in cui Lyrik aveva perso parte del suo autocontrollo. Quando mi aveva usata come se fosse lui ad aver bisogno di me e non il contrario.

Eric sorrise. «Ho pensato di passare per vedere se avevi riconsiderato la mia offerta.»

«Te l'ho detto mille volte e non è cambiato nulla. Ma se hai bisogno di un promemoria, eccolo...» disse Lyrik, avvicinandosi a lui. «Vaffanculo.»

Un freddo, che non avevo mai sentito scaturire da Lyrik, gelò la stanza. I suoi occhi scuri divennero completamente neri quando si lanciò uno sguardo alle spalle, verso i ragazzi che continuavano a chiacchierare vicino al bar.

«Adesso, se fossi in te, girerei sui tacchi e non mi farei più vedere. Ti assicuro che ti ho dato un'accoglienza più calorosa di quanto ti darebbero i miei amici.»

L'uomo scoppiò a ridere, come se Lyrik non lo turbasse minimamente. «La moglie di Baz è una vera bellezza, eh?»

In un lampo, Lyrik afferrò Eric Banik per la camicia e lo sollevò da terra. «Ti avverto... voltati ed esci da questa fottuta stanza. E non tornare. Te lo sto chiedendo *gentilmente*. Ma fra cinque secondi non mi sentirò più così amichevole. Sono stato chiaro?»

Alzando le mani in un gesto pacificante, Eric fece marcia indietro. «Va bene. Sappi solo che l'offerta non durerà in eterno.»

«Questo sì che mi addolora» borbottò Lyrik, superandolo.

Cercai di tenere il passo mentre mi trascinava oltre l'entrata e lungo lo squallido corridoio. La rabbia irradiava da ogni suo poro. E non capivo perché una proposta dovesse turbarlo così tanto. Certo, il tizio era chiaramente uno stronzo. Ma non era mica costretto ad accettare.

Rimasi quasi sorpresa che Lyrik non prese a pugni il povero scarno ragazzo che improvvisamente gli si parò davanti alla fine del corridoio, come un bersaglio posizionato direttamente sul sentiero di guerra di Lyrik.

«Lyrik West. Le dispiace se le faccio un paio di domande?»

Lyrik borbottò sottovoce qualcosa a proposito degli *stronzi*, e gli diedi un piccolo strattone alla mano. Questo ragazzo sembrava molto meglio dei paparazzi che si erano fiondati su di noi l'istante in cui eravamo scesi dall'Escalade quando eravamo giunti all'auditorium questo pomeriggio, sparando una domanda dopo l'altra. Ciascuna delle quali era stata ignorata.

«Va tutto bene» lo incoraggiai.

Lyrik sospirò e si passò una mano tra i capelli ribelli, ancora visibilmente agitato. «Fai in fretta.»

Il ragazzo fece un timido ma grato sorriso mentre si affrettava a tirare fuori uno di quei taccuini datati. «Grazie mille per rispondere alle mie domande. Ehm...»

nervosamente, si grattò il lato della testa. «Sappiamo che l'uscita del prossimo album dei *Sunder* è prevista per questo inverno. Si vocifera che Shea Stone, moglie di Sebastian Stone, nonché Delaney Rhoads, farà parte dell'album. Può confermare o smentire?»

«Non è un segreto che abbiano scritto musica insieme.»

«Mmm... okay... e si unirà al tour dei *Sunder*?»

Lyrik sbuffò. «Ne dubito. Ha una famiglia a cui badare. E tournée e famiglia non sono esattamente compatibili» disse in tono amaro.

Rimasi al suo fianco, cercando di capire da dove provenisse tutta quell'ostilità e, contemporaneamente, di reprimere l'ondata di panico che minacciò di travolgermi quando notai che l'attenzione del giornalista si spostava continuamente su di me.

Questi corrugò le sopracciglia e piegò la testa di lato, scrutandomi. «Hai un'aria molto familiare.»

Merda. Merda. Merda.

Mi ero lasciata coinvolgere così tanto dalla proposta di Lyrik che non avevo neppure preso in considerazione la possibilità che qualcuno potesse riconoscermi.

Lentamente, scossi la testa e feci un passo indietro. L'inquietudine che avevo provato di fronte a Eric Banik si raddoppiò. Ma non avevo perfezionato la mia maschera per nulla. Mi costrinsi a fare un sorriso sexy e sfavillante con l'intento di distrarlo, ed emisi una risatina spensierata. «Impossibile... non sono nessuno. Sicuramente non mi hai mai vista prima.»

Lui annuì con un breve cenno del capo e tornò a rivolgersi a Lyrik. «Si dice anche che il prossimo album presenterà alcune canzoni nello stesso stile di *Sunday Gone*, con te come voce principale. Questo indica forse che Sebastian Stone potrebbe lasciare la band?»

Lyrik sembrò innervosirsi ulteriormente. «La band sta attraversando un periodo di transizione in questo momento. Ma posso assicurarti che continueremo a fare musica insieme. Niente cambierà questo fatto.»

Il giornalista scribacchiò qualcosa sul taccuino, ma potevo vederlo sbirciarmi con la coda dell'occhio. Vedere la curiosità che non lo lasciava andare. La consapevolezza.

Quasi in preda alla frustrazione, rivolse la sua completa attenzione su di me. «Sei sicura che non ti conosca?»

Scuotendo di nuovo la testa, feci un altro passo indietro e mi misi alle spalle di Lyrik, odiando il modo in cui desiderai che la sua ombra mi inghiottisse e mi portasse in un luogo dove sarei potuta sparire.

Nascondermi.

Nasconditi. Nasconditi. Nasconditi.

Ero così stanca di nascondermi. Di fuggire da tutto ciò che mi spaventava, ma non sapevo come fare dopo essere fuggita per così tanto tempo. Non sapevo come sopportare le conseguenze. Come resistere all'improvvisa comprensione che illuminò il viso del ragazzo.

Lo stavo guardando da dietro a Lyrik quando d'un tratto agitò il dito indice nella mia direzione con un sorriso che lasciava intendere chiaramente che non aveva idea che avesse appena distrutto le fondamenta che avevo creato.

Dov'ero rimasta in equilibrio su un terreno instabile.

Sapendo che un giorno una parte avrebbe ceduto.

«Sì... sì... sei quella ragazza! Tamar Gibson. Madeline Shields era di qui... di Los Angeles. Il caso sta per andare in tribunale in Arizona, vero? L'ho visto ai notiziari la scorsa settimana.»

Corrugò la fronte quando l'intera storia gli venne in mente e il suo viso si contorse per la confusione. «Ti stanno ancora cercando?»

Era fatta.

Alla fine, le fondamenta si sbriciolarono sotto i miei piedi.

L'oscurità mi avvolse quando la mia mente fu travolta da una sfilza di ricordi orribili.

Madeline Shields.

Il dolore mi trafisse come la lama di un coltello smussato e arrugginito.

Paralizzandomi.

Le mie gambe vacillarono mentre il mio cuore e le mie ginocchia vennero meno.

Tutte le mie funzioni vitali si spensero.

«Blue.» Lyrik era improvvisamente al mio fianco. Sorreggendomi.

Avvolse un braccio intorno alla mia vita in maniera protettiva e lasciò che seppellissi la faccia nel suo petto. «Direi di smetterla con le domande per stasera.»

Cominciò a guidarmi attraverso ombre, voci e corpi. Posò la mano libera sulla mia guancia, premendomi maggiormente a sé e coprendo la parte del mio viso ancora visibile.

Bloccando.

Schermando e proteggendo.

Lyrik mi strinse più forte, la sua voce un'eco ai margini del mondo in cui ero sparita. «Va tutto bene, piccola. Ancora pochi metri. Dobbiamo solo oltrepassare questa porta. Ci sono io con te. Non ti lascerò andare. Sono qui.»

Serrai maggiormente le mani nella sua maglietta. Potevo sentire il sommesso mormorio della sua voce mescolata a quella di un altro uomo, lo stridio di una porta di metallo che veniva aperta.

Aria fresca soffiò sulla mia pelle umida e appiccicosa, spazzando via il sudiciume dell'auditorium.

Ma non provai alcun sollievo.

Era soltanto un altro strato che veniva scoperto.

Un'altra spazzata sullo sporco.

Che rivelava la mia dimenticata realtà.

Madeline.

Non avevo permesso al suo nome di insinuarsi nei miei pensieri per anni. Provavo troppi sensi di colpa. Troppa vergogna.

Adesso quasi crollai sotto tutto quel peso.

Lyrik mi aiutò a salire sul sedile posteriore del SUV in attesa. Il cuoio nero era freddo contro la mia pelle sudaticcia. Poi scivolò al mio fianco e mi cinse di nuovo tra le braccia.

«Sono qui con te» sussurrò sopra la mia testa.

«Mi dispiace tanto» mormorai in preda a quell'antico dolore. Non riuscivo più a trattenerlo perché l'avevo tenuto rinchiuso dentro di me per troppo tempo.

«Shh... non scusarti. Non hai nulla di cui scusarti. Nulla. Sei al sicuro. Sei al sicuro.»

Ricordai la sua voce e le sue parole.

Lyrik.

La notte in cui mi aveva trovata per la prima volta. Quando aveva dissotterrato tutto ciò che avevo sepolto come una reliquia maledetta.

«Lyrik.» La mia voce era piena di dolore. Tormento. Rimpianto.

«Shh... piccola... Ci sono io con te... Non lascerò che ti accada nulla.»

«Promesso?»

«Promesso» rispose.

Durante il viaggio in auto fui travolta da una sfilza di confusi ricordi mentre finalmente aprivo del tutto la porta della mia anima.

Lasciando entrare dentro ogni cosa.

Ogni paura.

Ogni speranza.

Ogni ricordo.

Mi aprii ad ogni ferita che non era mai guarita.

Lasciai che ognuna di esse mi invadesse.

Era arrivato il momento. Era giunta l'ora.

Ero così stanca di essere la ragazza che non ero.

Inoltre, lei mi mancava. Tamar Gibson. La ragazza che Cameron Lucan aveva cercato di distruggere.

Proprio come aveva distrutto Madeline Shields.

Sembravano essere trascorsi solo pochi secondi quando il SUV si fermò. Lyrik aprì lo sportello, scese velocemente e, con cautela, mi aiutò a mettermi in piedi.

«Riesci a camminare?»

Annuii con occhi annebbiati, e lui avvolse di nuovo un braccio intorno alla mia vita, sorreggendomi mentre avanzavamo lungo il vialetto acciottolato.

Ad ogni passo, in qualche modo mi sentivo sempre più forte.

Sempre più coraggiosa.

Le lacrime corsero lungo il mio viso senza controllo.

Una volta, avevo creduto che mi rendessero deboli.

Ma ora traevo un certo potere da esse.

E forse mi sentivo un po' folle, un tantino fuori di testa a provare un simile tumulto e, allo stesso tempo, accoglierlo di buon grado.

Lyrik frugò nella sua tasca, tirò fuori le chiavi e aprì la porta della maestosa villa che chiamava casa. Le ampie finestre all'altro lato dell'enorme soggiorno si affacciavano su una piscina e sulla scintillante città sottostante.

Senza esitare un istante, mi fece girare a destra, mi condusse su per le scale e lungo il corridoio fino alla sua camera da letto.

Ci ero stata solo per pochi minuti questo pomeriggio, prima che andassimo a fare visita ai suoi genitori. Ma era molto simile a lui. Scura e piena di mistero, gli angoli colmi di ombre che morivano dalla voglia di raccontare la stessa storia che lui aveva inciso sulla propria pelle.

Lasciandomi andare, chiuse silenziosamente la porta a chiave dietro di noi.

In piedi al centro della sua stanza, mi voltai a guardarlo.

Per una volta, non stavo nascondendo nulla.

Le mie emozioni erano libere e chiare come un libro aperto.

E faceva male, faceva male, faceva male.

Ed era così straordinariamente giusto.

Lyrik mi prese il volto tra le mani.

Dolcemente.

Delicatamente.

«Dimmi chi sei.»

Incapace di rimanere in piedi, crollai lentamente in ginocchio.

Senza lasciarmi andare il viso, Lyrik mi seguì.

Le lacrime mi serrarono la gola. «L'unica cosa che ho sempre voluto è dimenticare. Ma non posso più farlo, Lyrik. Mi sento troppo *reale*. Troppo me stessa. Troppo simile alla persona che ero un tempo.»

Lui annuì in segno di incoraggiamento, come se capisse.

Trovai la voce per continuare. «Ricordi quando ti ho detto che sono fuggita? Quando l'ho fatto, sono scappata da Cameron Lucan.»

Non pronunciavo quel nome da così tanto tempo.

Lyrik digrignò i denti e trasalì, combattendo la rabbia che le mie parole avevano chiaramente suscitato in lui.

Rabbia per ciò che avevo subito.

Era sbagliato che lo amassi ancora di più per questo?

Mi umettai le labbra con la lingua. «Come ti ho detto, all'inizio, quando ci siamo messi insieme, le cose andavano bene, e poi lentamente sono degenerate. Ripensandoci ora, mi rendo conto che mi stava abituando al suo stile di vita. Desensibilizzandomi. Convincendomi che i suoi perversi desideri fossero anche i miei. Privandomi di tutta la sicurezza e di ogni istinto di autoconservazione finché non mi sono completamente sottomessa alla sua volontà.»

Tirai un respiro profondo. «Non ha impiegato molto a persuadermi a tagliare i legami con la mia famiglia, dicendomi che stavano soltanto cercando di tenerci separati. Mi ero già trasferita da lui quando le cose sono peggiorate.... quando ormai gli avevo già permesso di usarmi, anche se dentro di me sapevo che c'era qualcosa di sbagliato.»

Abbassai lo sguardo sul pavimento, prima di incrociare di nuovo i suoi occhi intensi che si erano adombrati fino a diventare neri come la pece. «Le cose erano diventate così orribili, Lyrik, così tanto in così breve tempo che non avevo idea di come uscirne. Ero arrivata al punto di pregare di morire.»

La mia voce si fece roca. «Che tutto finisse. Mi lasciava legata nella sua stanza al buio dove restavo disorientata per giorni. Affamata. Senza sapere quando sarebbe tornato e se sarebbe tornato da solo.»

I muscoli di Lyrik si contrassero. Una rabbia palpabile che si agitava appena sotto la superficie. Si levò e vibrò nell'aria.

Eppure, era pervaso da una delicata dolcezza che non era mai stata presente prima d'ora.

Questo bellissimo ragazzo era sempre stato sia cauto che avventato quando si trattava di me. Le sue richieste aggressive esternate con carezze gentili.

Ma percepii il cambiamento quando lo condussi con me in quel luogo dove non avrei mai voluto tornare.

I ricordi sfrecciarono davanti ai miei occhi come vecchie, sbiadite fotografie che non sapevo fossero state scattate, ma che in qualche modo riconoscevo intimamente. Sbattei le palpebre.

«Persi la cognizione del tempo, ma immagino fossero passati circa sei mesi dal giorno in cui mi aveva rinchiuso in quella camera al piano di sopra quando mi svegliai e lo vidi trascinare dentro un'altra ragazza.»

L'orrore che avevo provato a quel tempo vorticò intorno a me. Riuscii a malapena a parlare. «Suppongo che nel tempo in cui mi teneva isolata, avesse cominciato lo stesso procedimento con Madeline, facendola innamorare di lui e abboccare alle sue bugie. Facendole tagliare i legami con la sua famiglia. Convincendola che non era nulla senza di lui. Rendendola completamente dipendente da lui finché non l'ebbe in pugno. Senza risorse. Senza più voglia di combattere.»

Raddrizzai le spalle e le mie parole si fecero improvvisamente forti quando alzai lo sguardo sull'espressione feroce di Lyrik. Rabbia contenuta dall'agonia. Come se volesse scattare in piedi e dare la caccia a Cameron e, allo stesso tempo, si rifiutasse di lasciarmi sola.

Gli toccai la guancia. «Ma non aveva spezzato tutta la mia voglia di combattere, Lyrik. Era ancora lì, nel profondo di me. Osservai e aspettai. Ascoltai. Contai i nodi delle corde che mi legavano. Li memorizzai finché non fui in grado di scioglierli mentalmente.»

Deglutii rumorosamente. «In un angolo... aveva lasciato una videocamera sul treppiede, tormentandoci per giorni e giorni.» Mi venne la pelle d'oca a quel pensiero. «Attesi finché non lo udii avviare la sua motocicletta e andare via. Era tutto così chiaro nella mia testa. Slegarmi. Slegare Madeline. Correre e saltare. Ma lei sembrava così scioccata quando improvvisamente mi liberai, e gridò quando infransi la finestra con la videocamera.»

Sull'onda dei ricordi, le parole mi si spezzarono in gola e guardai la parete spoglia alle spalle di Lyrik mentre mi costringevo a dare voce alla mia confessione.

«Madeline... era troppo spaventata, Lyrik. Troppo impaurita di saltare. Troppo terrorizzata di fuggire. Mi supplicò di restare. Di non lasciarla lì da sola. Non dimenticherò mai la sconfitta che lessi nei suoi occhi quando la guardai un'ultima volta, dandole un'ultima possibilità, prima di saltare sulla gronda del tetto del secondo piano.»

Le parole sgorgarono dalla mia bocca come un fiume in piena. «Ma ero io la codarda, Lyrik. Perché l'ho *lasciata* lì. L'ho abbandonata senza dire una parola e sono fuggita. Non mi sono più guardata indietro. Madeline aveva fatto la sua scelta e io avevo fatto la mia. Non ho mai preso il telefono per chiamare perché farlo avrebbe significato dar voce a quello che Cameron aveva fatto. Era molto più facile fingere che non fosse mai successo. Molto più semplice diventare qualcuno che non ero. Qualcuno che *nessuno* poteva toccare.»

Nessuno tranne lui.

La stretta di Lyrik era forte. Salda. I suoi occhi scrutavano ogni centimetro del mio viso.

Scossi la testa con tristezza. «Ho scoperto solo un anno dopo che avevano trovato il suo corpo. Mi... mi mancava così tanto mia mamma. Sono entrata nel mio vecchio account di Facebook... perché sentivo il bisogno di vedere il suo viso. C'era un articolo in cui ero stata taggata che parlava di noi... uno che mi indicava come una persona scomparsa dopo che avevano scoperto Madeline. Stavano cercando Cameron come principale sospettato.»

Lyrik mi strinse più forte, la voce tagliente come vetro rotto, carica di incredulità e odio. «L'ha uccisa?»

Scossi la testa mentre altre lacrime mi rigavano il volto, supplicandolo di capire. «No, Lyrik. Si è suicidata. Lui l'ha scaricata. L'ha gettata via come se fosse spazzatura. Era sparito quando la polizia si è presentata a casa sua. Alla fine, l'hanno acciuffato e arrestato. Sta... per essere processato.»

La stanza vorticò, e il momento di prendere una decisione incombette su di me come un cappio.

Fuggire.

O voltarmi indietro.

«Cristo.» L'atteggiamento di Lyrik si addolcì e divenne cauto. Asciugò le lacrime che mi bagnavano le guance con il dorso della mano, poi infilò le dita nei miei capelli.

«Blue. Voglio distruggerlo. Non ho mai desiderato fare del male a qualcuno tanto disperatamente quanto voglio ferire lui. Non riesco a sopportarlo, cazzo... il pensiero che qualcuno ti faccia del male. Cosa posso fare? Dimmi cosa fare e lo farò. Dillo ed è fatto.»

Gli afferrai entrambi i polsi e mi sporsi verso di lui. «Baciami.»

Due mesi prima, mi aveva promesso che avrebbe cancellato Cameron Lucan dal mio corpo. Di toccarmi e riempirmi finché non avrei conosciuto nient'altro che il suo nome.

Ma in verità mi aveva fatto ricordare qual era il mio.

Senza esitazione, Lyrik mi attirò contro il calore del suo forte corpo e mi baciò con trasporto.

Ma questo bacio... Questo bacio era così tormentosamente lento.

Calcolato.

Misurato.

A cominciare dalle sue labbra che sfregavano e succhiavano le mie, fino a ogni languida carezza della sua lingua contro la mia.

Una danza deliberata.

Pacata eppure piena di desiderio.

A malapena contenuta.

Mi sentivo stordita.

«Così coraggiosa. Sei così incredibilmente coraggiosa.»

Travolti dalla passione, ci carezzammo con mani vogliose ma delicate.

Ritraendosi leggermente, mi sfilò la maglietta dalla testa e sussurrò: «Blue.»

L'aria fresca mi provocò la pelle d'oca e il mio corpo fu percorso dai brividi quando Lyrik si piegò in avanti e mi baciò la curva della spalla.

Reclinai la testa all'indietro.

Lui posò la sua fervida bocca sul mio collo.

E mi cinse i fianchi con le sue mani calde.

Armeggiai con la sua maglietta e gliela tolsi. Il mio sguardo famelico vagò sul suo petto, quasi potessi decifrare ogni contrazione dei suoi muscoli, la pelle liscia ricoperta da stuzzicante inchiostro.

Lo divorai con gli occhi mentre lo toccavo ed esploravo con mani altrettanto vogliose, ubriaca di libertà e lussuria.

Il mio spirito era finalmente privo di catene.

Sciolto da ogni costrizione.

Le sue dita callose tracciarono il cuore distorto impresso sul mio petto. Traducendo. Comunicando.

Custodisci il tuo cuore.

Era suo.

Fremetti quando vi premette cautamente un bacio sopra.

Oh Dio. Quest'uomo...

Mi sollevai sulle ginocchia e mi inarcai contro di lui, stringendogli i capelli tra le mani. La sua bocca si mosse delicatamente sul mio reggiseno di pizzo, il suo fiato simile a una calda carezza sulla mia pelle.

Un piccolo mugolio di piacere mi sfuggì dalle labbra, e lo strinsi più forte a me mentre leccava e succhiava dolcemente.

Il bisogno di conoscerlo era più grande di quanto non fosse mai stato. Il suo spirito scuro e tenebroso prese struttura e forma, risucchiando tutta l'aria finché l'unica cosa di cui fossi consapevole era lui.

Feci scivolare i palmi sulle sue spalle e lungo le sue braccia. Sui disegni incisi lì. Con i polpastrelli, tracciai la canzone sul suo braccio sinistro e il nome nascosto all'interno.

Dimmi chi sei.

La domanda spuntò sulla punta della mia lingua, ma fu zittita dalle sue labbra quando improvvisamente mi catturò la bocca. Circondandomi la nuca con una mano, piegò la testa di lato e mi baciò più a fondo, trascinandomi nel suo crepuscolo.

Dimmi chi sei.

Lyrik mi sollevò dal pavimento e mi portò verso il letto. Senza mai lasciarmi andare, mi fece distendere al centro e salì sopra di me.

Avvolgendomi, circondandomi e avviluppandomi.

Ma se solitamente io e Lyrik prendevamo subito fuoco, stavolta ci infiammammo lentamente.

I suoi movimenti erano controllati. Ponderati.

Si ritrasse e, senza mai distogliere lo sguardo da me, mi sollevò il piede per la caviglia e mi tolse lo stivale, poi si voltò e fece la stessa cosa con l'altro.

Piegò quel suo splendido, audace corpo in avanti per sbottonarmi i jeans, e il mio cuore prese a battere selvaggiamente quando fui eclissata dalla sua ombra.

Un sospiro fuoriuscì dalle mie labbra mentre sollevavo i fianchi per aiutarlo.

Lui mi sfilò i pantaloni insieme alle mutandine.

«Blue» sussurrò contro la mia pancia, poggiando la mano sulla mela tatuata sopra la mia coscia. «Che cos'hai fatto? Che cosa ho fatto?» disse in un mormorio confuso che si perse nell'energia che ci circondava.

Rabbrividii, inchiodata al letto dal peso del suo sguardo. La sua intensità così acuta e dominante che sentii i nostri spiriti fondersi.

Non esisteva nient'altro che noi.

Mi girava la testa tanto ero ubriaca di questa sensazione.

Mi sentivo leggera. Leggera. Leggera.

D'un tratto, Lyrik fu di nuovo sopra di me, il corpo totalmente nudo.

Poi si spinse in me.

Completa.

Mai prima d'ora mi ero sentita così completa.

Mi afferrò per la nuca e schiacciò il petto contro il mio. Il battito martellante dei nostri cuori era l'unico movimento frenetico presente nella stanza.

Lyrik ondeggiò in avanti, lento e in qualche modo disperato.

Un lieve gemito sgorgò dalle mie labbra.

I suoi occhi insondabili si incollarono ai miei nell'oscurità, la sua bocca a un soffio dalla mia.

Mi bloccò i polsi sopra la testa, muovendo il corpo in un ritmo regolare, una frenesia a malapena contenuta.

Una violenta tempesta tenuta sotto controllo.

I nostri ansiti si levarono nell'aria.

«Lyrik» boccheggiai.

Ondeggiò e oscillò i fianchi, poi seppellì il viso nel mio collo e mi lasciò andare i polsi. Avvolsi le braccia intorno a lui, stringendolo forte mentre si muoveva dentro di me, ripetendo in tono implorante: «Blue... Che cos'hai fatto? Che cos'hai fatto?»

«Lyrik... ti prego...» Era una supplica inutile, perché stavo già raggiungendo il culmine del piacere.

«Blue.»

Il mio corpo si tese sotto di lui quando venni.

Fluttuai verso i cieli più bui. Andai alla deriva tra nuvole che ruggivano la loro minaccia. Mi persi nel pericolo di questa crescente tempesta.

Il fremito prima dell'esplosione.

Lyrik sussultò e spalancò la bocca, aggrappandosi convulsamente a me e affondando le dita nella mia carne.

Le parole uscirono dalla sua bocca con sofferenza, quasi dolorosamente.

«Tu canti la mia anima.»

Così sommesse.

Eppure assordanti.

Tu canti la mia anima.

Ogni cosa si fermò. Il movimento rotatorio della stanza, il battito martellante del mio cuore, il ragazzo in preda al panico che giaceva immobile sopra di me.

Era inconfondibile.

Il dolore che improvvisamente filtrò dai suoi pori e dai suoi respiri spezzati e che si riversò nella stanza.

«Che cosa hai detto?» Non volevo che la mia domanda venisse fuori così bisognosa, ma non potei evitare che fuggisse dai confini della mia bocca.

Perché dovevo sapere.

Cercai di scostarlo leggermente. Di vedere il suo viso.

Lui girò la testa di lato, la mascella rigida e la gola tesa.

Continuando a rifiutarsi di guardarmi, scese lentamente dal letto.

Non scambiammo una parola mentre si rinfilava le mutande e i jeans. Il silenzio era quasi soffocante mentre se li abbottonava.

Afferrò la maglietta dal pavimento e se la mise.

Per tutto il tempo, rimasi distesa sul letto con il lenzuolo stretto al petto. Scioccata. Sgomenta. Sia felice che terrorizzata.

«Cos'hai detto?» chiesi di nuovo in tono implorante.

«Niente» borbottò, passandosi nervosamente una mano tra i capelli scuri.

Scesi in fretta dal letto. «Non dirmi che non è niente quando sappiamo entrambi che significa qualcosa.»

Lui mi guardò con espressione dura e furiosa. «Ho detto che non è niente. Smettila.»

Lo afferrai per un braccio. «Lyrik.»

Lui si scrollò la mia mano di dosso e si diresse verso la porta.

Ma che diavolo...?

Mi rivestii più in fretta che potei e lo rincorsi giù per le scale.

Ash e Zee stavano appena rientrando in casa quando raggiungemmo il pianerottolo.

Merda.

Ma non avrei lasciato perdere l'argomento.

Mi rifiutavo di rinunciare a questo rigido, impenetrabile uomo che era chiaramente spezzato.

Perché forse anche lui aveva bisogno di me tanto disperatamente quanto io avevo bisogno di lui.

Forse anche lui aveva bisogno di essere salvato.

Non mi interessava chi avrebbe assistito al nostro scontro.

Non mi importava.

Poiché l'unica cosa che mi importava era lui.

Quello che diceva e ciò che significava e dove questo *ci* avrebbe condotto.

«Lyrik, ti prego» lo implorai, afferrandolo per l'orlo della maglietta.

Lui si voltò di scatto. Le parole che pronunciò erano basse, crudeli e vili. «Ti prego cosa, *Red*?»

Mi guardava come se fossi spazzatura.

Sporca.

«Non fingere di non sapere quale fosse l'accordo tra di noi» continuò. «Due mesi e hai avuto ciò che volevi. Scopi come una vera professionista. Complimenti.»

Il respiro mi si strozzò in gola e indietreggiai. Mortificata. Travolta da un dolore così grande che mi fece quasi cadere in ginocchio. Dopo tutto quello che gli avevo rivelato. Dopo la fiducia che gli avevo dato. Era *questa* la sua risposta?

La mia mano si sollevò prima che potessi fermarla, e registrai a malapena la forza con cui si abbatté su quel viso dannatamente fin troppo bello.

Suppongo che avessi avuto ragione fin dal principio.

Lyrik West non era altro che un bastardo.

21

LYRIK

Ci sono momenti nella vita in cui sai con certezza che stai facendo tutto nel modo sbagliato.

Che non sei altro che un bugiardo, un bastardo e un imbroglione.

Senza dubbio, questo era uno di quei momenti.

È come guardare tutto svolgersi al rallentatore mentre la tua mente è ancora impostata sulla velocità normale.

Osservi tutto sapendo che non c'è una sola fottuta cosa al mondo che puoi fare per impedirlo.

Specialmente quando sei tu il pezzo di merda che ha messo tutto in moto, in primo luogo.

Sapevo che sarebbe successo, perciò mi preparai per il colpo secco della sua mano.

Lo accolsi di buon grado, in verità.

Odiami, Blue. Odiami.

Era l'unica opzione che ci era rimasta. Specialmente dopo che avevo mandato tutto a puttane.

Lo schiocco echeggiò nella stanza.

Vibrando per l'enormità della ferita che le avevo appena inflitto.

Odiami, Blue. Odiami.

Sapevo che quelle parole l'avrebbero ferita profondamente. Ma erano le uniche che forse potevano cancellare le parole che erano fuoriuscite dalle mie labbra senza permesso al piano di sopra. Le uniche che forse avrebbero impedito a questa splendida ragazza di guardarmi come se fossi il suo salvatore, la sua luce e la sua vita.

Perché Dio solo sapeva che ormai era così che io la guardavo.

La guancia mi faceva un male cane quando ritrasse la mano tremante. Reggendosi il polso, Tamar si cullò la mano contro il petto, l'espressione completamente inorridita e ferita, e forse un tantino sioccata per il fatto che mi avesse effettivamente colpito.

Me lo meritavo.

Meritavo ogni fottuta ripercussione che si sarebbe abbattuta su di me per essermi lasciato sfuggire *quelle* parole dalla bocca.

Sia quelle che erano uscite senza il mio permesso al piano di sopra che quelle innescate da questo panico accecante che continuava a farmi battere il cuore all'impazzata.

Chi non se lo meritava era Blue.

La mia coraggiosa, bellissima Blue.

Volevo urlare un milione di scuse. Mettermi in ginocchio come un dannato mendicante e implorare il suo perdono. Ma come lei mi aveva detto una volta, era un bene che le mie scuse fossero rare perché non significavano granché comunque. E se ora avessi aperto la bocca, l'avrei soltanto ferita di più.

Avrei dovuto voltarmi e andare via la prima volta che mi aveva fatto sentire *diverso*. La prima volta che mi aveva colmato di rimorso e rimpianto. La prima volta che mi aveva fatto sentire quei barlumi di gioia.

Sapevo dove ci avrebbero condotto.

E come un bastardo, l'avevo inseguita lo stesso. Ancora e ancora. Incapace di lasciarla andare.

Egoista.

Questo era quello che facevo. Prendevo quei piccoli frammenti di buono che mi venivano dati e li schiacciavo.

E adesso? Non c'erano dubbi che questo fosse esattamente ciò che avevo fatto.

Avevo schiacciato una ragazza innocente perché ero fottutamente troppo debole per starle alla larga.

La mia sirena dai capelli rossi che stava cercando con tutta sé stessa di rimanere in piedi, di fingere che non le avessi appena inferto un colpo mortale.

Ma quelle sue calde pozze blu non erano capaci di mentire.

Lo sentivo tremare nel profondo di me e intorno al mio cuore annerito. Quel sentimento che non potevo permettermi di provare.

Tu canti la mia anima.

Dio, questa ragazza mi faceva desiderare qualcosa di più.

Distolsi lo sguardo e lo abbassai a terra.

Lealtà.

Quella era l'unica cosa buona che avevo, e non importava quanto questo mi stesse uccidendo. Quanto profondamente la stessi ferendo. Questa cosa doveva finire. Dovevo mettere fine a questa follia prima che fosse troppo tardi. Prima che cancellassi le linee di confine che continuavo ad espandere. Era sciocco fingere che prima o poi non le avrei oltrepassate.

Lentamente, Tamar indietreggiò scuotendo la testa come se stesse cercando di orientarsi in mezzo al caos che era appena scoppiato.

Eravamo stati una bomba pronta a detonare.

Un fascio di fuochi d'artificio in attesa di un fiammifero.

Ed io adoravo fin troppo giocare col fuoco.

«Vaffanculo» disse infine, la bocca tremante e il viso bagnato dalle stesse lacrime che non avevano smesso di cadere da quando quel ragazzino l'aveva riconosciuta all'auditorium.

Sì.

Vaffanculo a me.

Perché tutto ciò che volevo fare era raggiungerla. Stringerla tra le braccia. Supplicarla di restare quando era chiaro che era giunto il momento che andasse via. Avevo già lasciato che questa cosa si trascinasse per troppo tempo.

Quando non risposi, girò sui tacchi e corse su per le scale. Potevo sentirla sbattere le cose in giro al piano di sopra, e improvvisamente fui consapevole dello sguardo bruciante di Ash che mi trafiggeva la schiena come pugnali e del disagio che irradiava da Zee. Entrambi erano fermi sulla soglia della cucina.

Proprio quello di cui avevo bisogno.

Un maledetto pubblico mentre facevo a pezzi un'altra vita.

Tamar si precipitò di nuovo giù per le scale, con la valigia che rimbalzava su ogni gradino mentre la trascinava dietro di sé. Mi sfrecciò accanto come una piccola palla di energia infuocata, eppure così incredibilmente grande e intensa.

Era una ragazza straordinaria. Incarnava il sesso e il peccato. Era pura, tenera e dolce.

Un enigma.

Una tentazione.

Mi passai una mano tra i capelli, sentendomi lacerare dentro.

Lei si diresse verso la porta, senza neppure degnarmi di uno sguardo.

Il panico si agitò dentro di me come un frenetico battito d'ali e, prima che potessi fermarmi, pronunciai il suo nome. «Tamar.»

Lei si pietrificò.

Merda.

Era la prima volta che la chiamavo così? Ma sapevo che chiamarla in qualsiasi altro modo sarebbe stato solo un affronto. Un altro insulto nei suoi confronti.

Lentamente, si voltò verso di me, e il mio stomaco si serrò, perché era così dannatamente bella da mozzarmi il fiato. Così incantevole. E mi stava guardando come se mi stesse implorando di supplicarla di restare.

Merda. Merda. Merda.

Tirai fuori il portafoglio dalla tasca posteriore dei jeans ed estrassi tutti i contanti che avevo.

Sei banconote da cento dollari perfettamente lisce.

Lei rimase lì immobile, imbambolata, la fronte corrugata per la confusione. Gliele misi in mano e chiusi le sue dita intorno ad esse.

Speravo che sarebbero bastate per farla tornare a casa. Per portarla via da questo posto. Lontano da me. Dove non avrei potuto ferirla come aveva fatto quel bastardo di Cameron.

Mi domandai quanto fossimo diversi, io e lui, dal momento che avevamo entrambi distrutto qualcosa di così bello.

Alla fine, lei mi guardò con occhi socchiusi. Lasciando trapelare un barlume di *Red*. «Che cazzo sono questi?»

Deglutii rumorosamente. «Soldi... per tornare a casa.»

Il suo viso si contorse in un'espressione offesa. E le parole che pronunciò erano amare e incredule. «Cosa? Adesso pensi che io sia la tua puttana? Credi che voglia i tuoi soldi?» Sollevò la mano e li appallottolò, prima di gettarmeli in faccia. «Va' all'inferno, Lyrik West.»

Nessun problema.

Ero già lì.

Si precipitò verso le doppie porte e spalancò l'anta destra, facendola sbattere contro la parete.

Aveva quasi oltrepassato del tutto la soglia quando si voltò di scatto, come se avesse cambiato idea. «Sai una cosa?»

Mentre mi fissava a testa alta, quei barlumi di *Red* che avevano cercato di risorgere scomparvero.

E rimase solo la mia ragazza.

Blue.

La mia coraggiosa, bellissima Blue.

Indicò il pavimento sotto di sé, quasi stesse rivendicando qualcosa. «No.»

No.

Provai una fitta al petto.

Di tutte le volte che l'avevo supplicata di dirmi di *no*, proprio adesso doveva farlo? Quando non potevo farci nulla al riguardo? Quando non potevo rispettarla nel modo in cui avrei dovuto?

Odiami, Blue.

«Non hai il diritto di farlo» disse, facendo un passo in avanti mentre io ne facevo uno indietro. «Ho trascorso anni a nascondermi e so cosa vuol dire nascondersi.»

Si portò una mano al petto. «E conosco te. Ciò che hai detto di sopra...»

Serrai i pugni lungo i fianchi, cercando di non perdere la calma.

«Non so cosa *significhi* esattamente, ma ho *sentito* quello che intendevi dire.»

Mi sfregai le mani sul viso, e lei continuò a parlare, come se non si rendesse conto che mi stava facendo completamente a pezzi.

«Mi hai chiesto due mesi. Due mesi, Lyrik. E in questi due mesi hai cambiato ogni cosa. Ti sei introdotto con forza nella mia vita, hai stravolto tutto ciò che pensavo fosse giusto quando in realtà il modo in cui vivevo era completamente sbagliato. Hai ridato un senso alla mia vita. Pensavo che avessimo una data di scadenza. Una fine. Invece ho scoperto che eri il mio inizio.»

Serrai gli occhi, sperando di poter impedire alle sue parole di trafiggermi.

Infilzarmi.

Crocifiggermi.

Solo che io non ero un santo.

La speranza si fece strada sul suo viso triste. «Torno a casa, Lyrik. In Arizona. Il luogo da cui sono fuggita per anni. Vado perché tu mi hai ricordato cosa vuol dire essere *coraggiosi*. Mi hai mostrato che va bene essere spaventati e vulnerabili. Che a volte esserlo è la cosa migliore. E no, non sono guarita. Ho un sacco di cicatrici da sanare...»

Si asciugò le lacrime che continuavano a scorrerle sul viso come fiumi scintillanti e tirò un respiro profondo per farsi forza. «E sì, mi *terrorizza* il pensiero di sedermi su quel banco e testimoniare contro Cameron. Ma lo farò, perché è la cosa *giusta* da fare. Perché non posso più scappare da chi sono. Perché tu mi hai costretta a fermarmi e a guardarmi dentro.»

Fece un passo indietro. Scuotendo la testa, abbassò lo sguardo sui propri piedi e strinse saldamente il manico della valigia, riflettendo tra sé e sé.

Alla fine, riportò gli occhi su di me.

Era così coraggiosa e audace. Dai colori vibranti. Il buio più scuro e la luce più accecante.

«Ti amo, Lyrik West. E quando uscirò da questa porta, ti assicuro che farà male.»

Mi fissò intensamente. «*Ma tu ne vali assolutamente la pena.*»

Afferrò la maniglia della porta e si girò per andarsene.

Digrignai i denti così dannatamente forte che ero certo si sarebbero sbriciolati, e mi costrinsi a rimanere in silenzio. A non cedere, anche se era l'unica cosa al mondo che desideravo fare.

Perché tutto ciò che volevo era lei.

Ma non potevo averla.

Come le avevo detto, il mio cuore non mi apparteneva.

Ma cazzo se stasera non avevo la sensazione che se lo stesse portando via con sé.

Fermandosi sulla soglia, mi lanciò un'ultima occhiata da sopra la spalla. «E per la cronaca, penso che noi due fossimo la miglior idea che tu abbia mai avuto.»

Poi si chiuse delicatamente la porta dietro di sé.

E io la lasciai andare.

Come aveva detto Ash, spesso ci spezziamo il cuore da soli.

Rimasi lì impalato a fissare lo spazio vuoto dove fino a pochi attimi prima c'era lei.

Odiando me stesso.

Odiando le mie scelte.

Desiderando di poter tornare indietro e cancellare tutto.

Rimettere le cose a posto, in qualche modo.

«Quindi è così... Hai davvero intenzione di startene lì come un cagasotto e lasciarla andare via?»

I miei occhi scattarono verso destra, dov'erano Ash e Zee.

Cazzo.

Mi ero completamente dimenticato che fossero lì, ad assistere alla tempesta di merda che continuava a dominare la mia vita.

«Non è cambiato niente, Ash. Te l'ho già detto.»

Zee fece un passo in avanti, scuotendo la testa con espressione delusa. «Vaffanculo, Lyrik. Vado ad assicurarmi che alla tua ragazza non succeda nulla visto che è l'una del mattino, cazzo.»

Uscì come una furia dalla porta, sbattendosela alle spalle.

Sussultai al fragore del legno che sbatacchiava. Alla verità delle sue parole. Alle conseguenze delle mie azioni. Ma non avevo la più fottuta idea di come sistemare le cose.

Ash sbuffò sommessamente e parlò con voce ancora più calma. «Pensi che non sappiamo perché te la fai sempre con due ragazze alla volta, amico? Che è troppo pericoloso per te avere una sola ragazza perché potresti affezionarti troppo? Eppure, mi pare che *qualcosa* sia cambiato.»

Avanzò verso di me. C'era un che di ostile nel suo atteggiamento. Un filo di rabbia e una vena di disgusto.

O forse erano solo il riflesso delle mie emozioni.

Piegando la testa di lato, mi inchiodò con il suo sguardo furioso. «Pensi davvero che Kenzie...»

Fu come se mi avesse colpito in faccia, dato un calcio nello stomaco. Il mio corpo sussultò per l'impatto che quel nome ebbe su di me.

Mi si serrò il petto e il cuore prese a battermi selvaggiamente contro le costole.

Ash se ne accorse. Il suo viso si tinse di incredulità e un sospiro proruppe dalla sua bocca. «Non riesci neppure a pronunciare il suo nome, vero? Dopo tutto questo tempo, non riesci neppure a dire il suo nome, cazzo.»

«Smettila» gli intimai, cercando di tenere a bada la rabbia. Solo che non sapevo con chi fossi più arrabbiato.

Lui continuò a parlare, avvicinandosi ulteriormente, affondando il coltello nella piaga e trafiggendomi l'anima. «Credi davvero che *Kenzie* sia da qualche parte in città a infilare aghi in una bambola voodoo dai capelli neri? Maledicendo il tuo nome? Sperando che tu marcisca all'inferno?»

La mia risata era stridula, spezzata come tutto il resto dentro di me. «Dopo quello che ho fatto? Pensi davvero che non lo stia facendo?»

Ash sbuffò. «L'unico inferno in cui ti trovi, amico, è quello che hai creato tu stesso. Ti sei condannato da solo, Lyrik, ed è esattamente lì che marcirai se non apri i tuoi fottuti occhi e guardi ciò che è proprio di fronte a te. Ciò che ti è stato dato...» Distese il braccio di lato. «Perché hai appena permesso alla cosa migliore che ti sia mai capitata di uscire da quella porta.»

Fanculo Ash e il modo in cui vedeva le dannate cose.

Scossi la testa e parlai con voce gelida. «Sai che non posso tenerla con me.»

Il suo viso si rattristò. «Quando la smetterai di biasimarti?»

Deglutii, nonostante il groppo che mi serrava la gola come un macigno.

Fece un altro passo in avanti, una mossa che sembrava sia implorante che predatoria. «E che mi dici di me, amico? Mi consideri ancora colpevole? Pensi che non mi uccida sapere che ho contribuito anch'io a quel che è successo? Che non mi faccia star male il pensiero che sono stato io a convincerti a venire quella sera?»

La sua voce era tesa mentre mi sputava in faccia quelle parole dure ed enfatiche. «Kenzie era una brava ragazza. E sì, hai combinato un casino. Un gran casino. Eravamo tutti così incasinati all'epoca. Sbagliavamo continuamente, facevamo un errore dopo l'altro. E so che tu hai pagato il prezzo più alto. Ma sono stufo, cazzo. Sono stufo marcio di vederti soffrire perché pensi di non meritare di vivere. Anche tu hai perso tanto, amico. Lei non è stata l'unica a rimanere ferita da tutto quel casino.»

Girai la testa di lato e parlai a denti stretti. «Ho fatto una promessa.»

Ash fece un passo indietro. «Davvero? E dimmi, che differenza ha fatto quella promessa? Chi ne ha tratto beneficio? Non lei, e di sicuro non tu.»

«L'ho promesso. Non mi rimangerò la parola ora.»

Né mai.

Lui scoppiò a ridere, benché non ci fosse nulla di divertente nella sua risata. «Tu e il tuo fottuto senso di lealtà. Pensi che non abbia visto quel bastardo di Eric dopo il concerto stasera? E sai una cosa, Lyrik? Sono felice che tu lo mandi a quel paese. Che non ti lasci abbindolare dalle sue cazzate. Ma lo fai per le ragioni sbagliate, cazzo. Perché ti senti obbligato. Tanto vale che firmi con loro... perché non abbiamo bisogno di quel tipo di lealtà. L'unica cosa verso cui sei veramente leale è la tua infelicità.»

Lo spinsi da parte, passandomi il dorso della mano sulla bocca come se potessi cancellare parte dell'amarezza che provavo, reprimendo l'odio che sentivo ribollire dentro. Mi diressi verso le ampie porte scorrevoli che conducevano in piscina, sentendo il bisogno di una boccata d'aria.

Spalancai le porte e non rallentai, nemmeno quando la voce di Ash si abbatté su di me da dietro. «Dimmelo, Lyrik! Che senso ha quella promessa? Chi sta aiutando? Resti qui perché tieni a noi? Alla band? O lo stai facendo perché pensi di essere in debito con noi?»

Appena fui fuori, mi afferrai la testa tra le mani mentre i suoni della notte rimbombavano intorno a me: il fruscio della fresca brezza che portava con sé i flebili rumori di una festa che si stava svolgendo più sotto, il sordo ronzio degli insetti che si aggiravano tra gli alberi. Tutto ciò mi colpì come un'eco della solitudine che sentivo strisciare su di me come una malattia, rendendo quel vuoto incolmabile che avevo dentro sempre più grande.

In lontananza, un tuono rombò.

Il mio petto era serrato in una morsa così stretta che riuscivo a malapena a respirare.

Potevo quasi vedere i loro volti, uno sfarfallio di ricordi inviati per mettermi alla prova e tormentarmi.

Potevo quasi sentire il suo nome sulla mia lingua.

Ma quando gridai, il nome che uscì dalla mia blocca era *Blue*.

22

LYRIK~ SEI ANNI PRIMA

*E*rano le undici e quarantasette di un sabato sera. Non sapevo quando la mia vita fosse diventata una festa senza fine. Forse era stato graduale. Forse era successo da un giorno all'altro. Sul serio, l'ultimo anno non era stato altro che un susseguirsi confuso di alti e bassi. Io e i ragazzi ci eravamo trasferiti in questa piccola casa, continuando a scrivere musica e a supplicare i locali di farci esibire, e allo stesso tempo, avendo l'impressione di vivere il sogno americano.

La musica risuonava a tutto volume dalle casse mentre ero seduto sul sudicio, logoro divano con la mia piccola accoccolata sulle ginocchia, pizzicando le sue corde e carezzando il suo corpo. Sentendo quel tumulto dentro di me, qualcosa di potente, come se la canzone sgorgasse dalla mia anima.

Ash era strafatto e raccontava di quanto grandiosi sarebbero diventati i *Sunder* non appena avessimo avuto la nostra occasione a un branco di randagi che si erano intrufolati in casa. Più o meno come facevano tutti coloro che erano senza dimora e smarriti. Che si sentivano abbandonati e cercavano uno scopo da rivendicare.

A quanto pareva, questo era il luogo dove trovarlo.

Mark era in un angolo, perso nel suo mondo isolato, gli occhi stretti in due fessure. Nella vecchia poltrona reclinabile a destra del divano, Sebastian era già rintronato dopo il veleno che si era iniettato nelle vene, e il suo fratellino Austin era seduto per terra a giocare a un videogioco, il naso schiacciato contro la TV per poter sentire al di sopra del caos che lo circondava.

Senza dubbio, questo non era l'ambiente migliore per lui. Nessun tredicenne avrebbe dovuto assistere a una simile merda. D'altronde, non era neppure il posto peggiore. Sicuramente era meglio che starsene a casa e farsi prendere a botte dallo stronzo che avrebbe dovuto essere suo padre.

Proprio di fronte a me, si trovava il tavolino su cui erano perfettamente allineati cinque shottini del colore della liquirizia. Accanto ad essi, c'erano tre grosse linee di cocaina.

Avevo appena cominciato.

Sollevai a malapena lo sguardo quando bussarono alla porta e un nuovo gruppo di persone entrò dentro. Ash si dimostrò accogliente ed ospitale mentre scambiava strette di mano e dava qualche pacca sulla schiena.

Ma fu l'improvviso brivido di consapevolezza che provai a farmi alzare la testa.

Incrociai un paio di occhi marroni.

Sgranati e curiosi.

Sia spudorati che timidi.

Vagarono sul mio viso, sulla mia chitarra e sulla merda disseminata sul tavolino, prima di ritornare su di me.

Per tutto il tempo, rimasi semplicemente a fissarla.

Forse la scarica di adrenalina che mi percorse il corpo dipendeva dalla droga che stava prendendo il sopravvento su di me, ma il mio cuore prese a battere forte come un rullo di tamburi che annunciava qualcosa di grandioso.

Non c'erano dubbi: dovevo avere questa ragazza.

La sua amica le toccò il braccio per attirare la sua attenzione e, con riluttanza, lei distolse lo sguardo da me e la seguì in cucina. Ash avvolse un braccio intorno alle spalle dell'amica, sussurrandole sicuramente qualcosa di sdolcinatamente osceno.

Era chiaro che fosse stato Ash ad invitarle.

Ma io ero ben felice di partecipare al divertimento.

Lei accettò il drink che Ash le versò, poi ritornarono nel soggiorno e presero posto sul divano. Potevo sentirla avvicinarsi lentamente a me, proprio come io mi sentivo sospinto nella sua direzione.

La serata proseguì in un susseguirsi di cicchetti, strisce di cocaina, voci assordanti e musica non-stop.

Tuttavia, la ragazza rimase il centro della mia attenzione. I miei occhi erano attratti da lei e il mio cazzo era duro come il marmo.

Ogni volta che incrociavo i suoi occhi marroni incorniciati da ciglia scurissime, la desideravo sempre di più. Il suo delizioso corpo tonico supplicava di essere divorato. Indossava un paio di jeans attillati e una maglietta nera strappata legata dietro la schiena dove la sua pelle bianca come il latte mi stuzzicava costantemente.

Ash continuò a riempirla di drink. Ad ogni shottino, lei si avvicinò maggiormente a me, e sorrisi quando d'un tratto me la ritrovai seduta accanto. Condivisi un bicchierino con lei e le asciugai la goccia di liquore che le rimase attaccata al labbro superiore, dopodiché la leccai via dal mio pollice. Poi le catturai la bocca con la mia e lei si mise a cavalcioni su di me, baciandomi con ardore.

Le infilai le mani nei capelli e lei conficcò le unghie nella mia pelle.

Mi alzai in piedi, portandola con me, senza mai interrompere il bacio.

Quant'era vero Iddio, non avevo mai assaggiato niente di così dolce.

Era una droga diversa da qualsiasi altra avessi mai provato.

La condussi nella mia stanza, la misi a terra e chiusi la porta dietro di noi con un calcio. La stanza era immersa nell'oscurità, ma questa ragazza era l'unica cosa che mi interessava vedere. Un angelo avvolto nell'ombra che spiccava come il miglior tipo di peccato nella luce soffusa che filtrava dalla finestra.

Per un attimo, restammo lì a fissarci col fiato corto, poi feci un passo in avanti. Lei mi guardò con quei suoi grandi occhi marroni mentre mi sollevava la maglietta. Le sue dita esplorarono la pelle del mio addome, quasi con cautela, e diamine se quella non era la cosa più sexy che avessi mai visto. Poi cominciò a sbottonarmi la patta dei jeans. Mi tolsi le scarpe e, contemporaneamente, le sfilai la maglietta e il reggiseno bianco.

La presi tra le braccia e la gettai sul letto.

I resti della mia sniffata di quella mattina erano ancora sparsi su un vassoio sul comodino. Passai un dito nella polvere e strisciai sul letto, leccandomi le labbra mentre mi sistemavo sopra di lei.

Lei sembrò un tantino riluttante e mi guardò con occhi sgranati quando infilai il dito nella sua bocca, ma un attimo dopo, lo succhiò con un gemito e io la baciai di nuovo.

Mi sentivo come un re.

Maledettamente potente.

Come se nulla al mondo potesse toccarmi.

Nulla eccetto questa ragazza.

Disorientato, sbattei le palpebre contro i soffusi raggi di sole che filtravano dalla finestra, dando l'impressione che la stanza fosse trafitta da pugnali traslucidi e luccicanti. Sbattei di nuovo le ciglia, cercando di trovare la fonte di ciò che mi aveva strappato dal sonno. Il sonno da cui non mi volevo svegliare, dal momento che ero certo non doveva essere passata nemmeno mezz'ora da quando mi ero addormentato.

Ero in compagnia di una ragazza.

E non una ragazza qualsiasi.

Ma quella ragazza fottutamente ammaliante della scorsa notte.

Era in piedi accanto al mio letto, e mi guardava come se stesse memorizzando un segreto che avrebbe custodito per sempre. I suoi occhi marroni erano assorti eppure confusi e un tantino spaventati.

Dio.

Alla luce del giorno, era davvero incantevole. Sembrava risplendere in quel chiarore scintillante che danzava intorno ai suoi capelli arruffati e al suo viso da cherubino.

Davvero incantevole, cazzo.

E fottutamente giovane.

Mi sfregai una mano sulla faccia, quasi potessi cambiare l'immagine che avevo davanti, e la guardai strizzando gli occhi. «Cosa stai facendo?» riuscii infine a chiedere, la voce ruvida come la ghiaia.

Lei deglutì rumorosamente e si umettò ansiosamente le labbra con la lingua. Cominciò a fare un passo in avanti, poi sembrò ripensarci. «Devo andare» disse con voce così bassa che riuscii a malapena a udirla.

Socchiusi gli occhi. «Perché?»

«Devo tornare a casa» sussurrò, nervosa e agitata. «Sono già in ritardo... e se mio padre...» Si interruppe, lasciando che fossi io a colmare il resto.

Porca puttana.

Mi misi seduto di scatto e poggiai i gomiti sulle ginocchia, massaggiandomi la nuca con entrambe le mani.

Il lenzuolo sottile nascondeva a malapena il mio corpo nudo.

Portai la mia completa attenzione su di lei. «Dimmi che non stai dicendo quello che penso.»

Lei fece una smorfia e deglutì. «Ieri sera... io... non lo faccio... cioè... l'ho fatto in passato, ma con il mio ex-ragazzo... ma tu continuavi a guardarmi...» Agitò una mano verso di me. «E poi *guardati*.... così, tra un bicchierino e l'altro...»

Il panico cominciò a insinuarsi nella sua voce. Spostò il peso da un piede all'altro, a disagio.

Il senso di colpa mi strinse in una morsa.

In che diavolo mi ero cacciato?

Era innocente, eppure un tantino selvaggia. Non riuscivo a capire come le due cose potessero combaciare.

345

«Vieni qui» dissi infine.

Lei esitò.

«Vieni qui» ripetei, stavolta in tono più dolce, porgendole la mano pur sapendo che mi stavo cacciando in un mare di guai. Ma non riuscivo a fermarmi. Volevo cancellare la vergogna che leggevo sul suo viso.

D'accordo. Volevo anche toccarla di nuovo.

Sì.

Volevo davvero toccarla di nuovo.

Alla fine, lei cedette. Intrecciò la sua morbida mano alla mia e mi permise di trascinarla sul letto. Si mise a cavalcioni su di me, sostenendosi sulle ginocchia a entrambi i lati dei miei fianchi. Si aggrappò alle mie spalle e io le cinsi la vita tra le mani.

I suoi lunghissimi capelli si sparpagliarono intorno a noi come un velo.

Nascondendo ciò che non avrebbe mai dovuto essere.

Noi.

Finalmente compresi qual era il segreto che aveva tentato di portare via con sé.

Mi sembrava di avere la gola scorticata quando ripresi a parlare, senza avere la minima idea di come esprimermi. Perché accidenti, questa ragazza mi aveva colto alla sprovvista. «Ascolta... mi dispiace se mi sono approfittato di te in qualche modo, ieri notte. Non intendevo farti del male. Non avevo idea che avessi...»

Ignaro e un po' spaventato dalla sua risposta, la guardai in cerca d'aiuto.

«Diciassette anni» disse, mordendosi il labbro inferiore.

«Diciassette» ripetei. Mi rigirai quel numero in testa, e arrivai alla conclusione che la differenza tra diciassette e venti non era poi così tanta. Giusto?

Poggiai il palmo della mano sul suo collo caldo, dove sentii il battito erratico del suo cuore, e feci scivolare le dita nei suoi capelli. «Mi dispiace se rimpiangi ciò che è successo la scorsa notte.»

Lei si morse il labbro un po' più forte. «Non lo rimpiango. Affatto. È stato...»

«Perfetto» dissi.

Un sorriso tremulo affiorò sulla sua bocca. Sembrava sollevata. Quasi si fosse domandata se avesse avuto su di me lo stesso effetto che io avevo avuto su di lei.

Se solo avesse saputo.

«Sì» rispose timidamente e dolcemente, tenendo gli occhi bassi. Poi lanciò uno sguardo verso la porta. «Dovrei davvero andare.»

I miei occhi vagarono sul suo viso mentre prendevo una decisione. «E se dicessi che non voglio che tu vada via?»

Il rossore le imporporò le guance e le parole fuoriuscirono dalla sua bocca come una sorta di segreto. «Allora risponderei che desidero tanto tornare.»

Sorridendo, le carezzai la guancia col dorso della mano. «Come ti chiami?» chiesi.

Lei mi rivolse un sorriso dolcissimo. «Kenzie. Mi chiamo Kenzie.»

Kenzie sgattaiolò nel mio letto la notte successiva e quella dopo, finché non divenne una routine. Sembrava strano quando lei non c'era. Come se mi mancasse un pezzo di me stesso. Quel pezzo doleva le notti in cui non poteva uscire di soppiatto dalla sua finestra, quando doveva tenere un profilo basso perché le bugie si stavano accumulando e i suoi genitori stavano diventando sospettosi. Le scuse e le storie che si inventava stavano cominciando a puntare l'attenzione sulla nostra colpevolezza.

Poteva usare la scusa che dormiva a casa della sua amica Tricia solo un certo numero di volte, dopotutto.

Si adeguò al nostro stile di vita come se ne avesse sempre fatto parte, facendo baldoria con tutti noi, rimanendo sveglia tutta la notte con me prima di sgattaiolare di nuovo in casa sua alle prime luci dell'alba attraverso la finestra della sua camera da letto da cui era uscita solo otto ore prima.

La maggior parte delle volte, perlomeno.

Stamattina mi svegliai con lei ancora avvinghiata intorno a me. Teneva la testa sulla mia spalla e i capelli contro il mio viso.

Premetti il naso nella sua chioma. «Kenz, piccola, cosa ci fai ancora qui? Devi andare a scuola.»

Lei sollevò la testa di scatto. Disorientata, sbatté le palpebre e guardò l'orologio sul comodino. Erano le undici e quarantotto. Almeno potevamo ancora definirla mattina.

«Merda» borbottò. Poi sembrò mettere da parte il panico e lasciò ricadere la testa sulla mia spalla. «Non ce la faccio, Lyrik. Ho la sensazione di non dormire da giorni. Voglio solo restare qui... in questo letto... tutto il giorno.»

Voltandomi, mi posizionai sopra di lei. «Mi piace quest'idea.»

Kenzie mi rivolse un sorrisetto civettuolo, poi ci pietrificammo entrambi quando udimmo bussare forte alla porta d'ingresso.

«Facciamo finta di niente» dissi.

Ma il martellare continuò e il suo cellulare si illuminò sul comodino. Lei allungò la mano e lo prese, poi serrò gli occhi quando vide il numero sullo schermo. Alla fine, disse: «È mio padre. Ci sono circa... dieci chiamate perse da parte sua.»

Scorse i messaggi non letti, scuotendo la testa. «Si è presentato a scuola per parlare con Tricia, la quale ha ceduto. Gli ha detto dove ho trascorso la notte. È tutta colpa mia» sussurrò con un filo di voce. «Se solo mi fossi svegliata in tempo.»

I colpi alla porta aumentarono, diventando un incessante ed esigente martellio.

Studiai il suo viso per qualche istante prima di chiederle: «Come vuoi gestire la situazione?»

«Devo andare là fuori. È soltanto... preoccupato. E sicuramente molto, molto incazzato.»

Il senso di colpa corrugò il suo viso, lasciando trapelare la ragazza innocente che era in lei. Quella che non apparteneva a questo posto.

Neanche un po'.

«Allora vengo con te.»

«Non penso sia una buona idea.»

Le carezzai il viso. «Non possiamo nasconderci per sempre, Kenz.»

«Cercherà di tenerti lontano da me.»

«Lo so» risposi, sorridendole. «Ma non ci riuscirà.»

Un'emozione simile all'affetto addolcì i lineamenti del suo volto prima che il terrore prendesse di nuovo il sopravvento. Annuì con un breve cenno del capo. Ci vestimmo in fretta. Il martellare alla porta non cessò mai. Potevo quasi sentire l'ansia e il tormento che trasudavano da quei colpi, la disperazione alimentata dalla rabbia, dalla preoccupazione e dal panico.

Tutto questo incitò in me le stesse emozioni. Il mio battito cardiaco aumentò ad ogni fragoroso colpo. Nella mia testa stavo visualizzando un milione di scenari diversi, cosa avrei detto e cosa avrei fatto. Perché per nulla al mondo avrei rinunciato a Kenzie. Mi sembrava completamente sbagliato farlo. Soprattutto quando io e questa ragazza eravamo dannatamente perfetti insieme.

Quello stesso panico si impadronì di Kenzie mentre si infilava le scarpe e si passava rapidamente le dita tra i capelli per sistemarseli, desiderando disperatamente di assumere un'aria innocente quando era chiaro che la situazione era tutt'altro che tale.

Uscì dalla camera da letto e io la seguii. Nel soggiorno, le tende erano tirate e la stanza era immersa nella penombra, ma le prove della festa di ieri sera erano ancora disseminate dappertutto.

Kenzie esitò qualche secondo davanti alla porta che sbatacchiava, poi tirò un respiro profondo e l'aprì lentamente.

Il martellio terminò all'istante e la stanza fu inondata da un fascio di luce accecante. Sulla soglia, una sagoma scura circondata da un alone infuocato dava la percezione di un uomo in fiamme.

E suo padre lo era di sicuro.

Kenzie restò lì immobile mentre io rimasi a un metro e

mezzo di distanza da lei, come un mostro in agguato nell'ombra.

Per un attimo, il viso di suo padre fu attraversato da puro sollievo. Era impossibile non notarlo. Come se l'unica cosa che voleva al mondo fosse che sua figlia stesse bene. Ci volle solo un secondo prima che la rabbia tornasse più intensa di prima.

«Sali in macchina» le ordinò in tono basso e minaccioso.

«Papà» disse lei, allungando la mano come se volesse calmarlo, rabbonirlo e supplicarlo allo stesso tempo.

«Non c'è nulla da discutere, Kenzie. Sali in macchina.»

Lei esitò e io feci un passo in avanti verso la luce.

Mostrandomi a lui.

Occhi marroni, simili a quelli di Kenzie, si scontrarono coi miei. Ma laddove quelli di sua figlia erano teneri e dolci, i suoi bruciavano di odio. Un odio a malapena contenuto.

«Sali in macchina» ripeté suo padre a denti stretti, senza staccare l'attenzione da me e tagliandomi in due con la forza del suo sguardo furioso.

Quando Kenzie non si mosse, l'afferrò per il gomito e la trascinò fuori.

Lei strillò, e sapevo che non le stava facendo male, che quest'uomo voleva solo proteggerla, ma non potei impedirmi di scattare in avanti. Mi fermai bruscamente quando la strattonò dietro di sé.

Parandosi davanti a lei come un muro vivente di aggressività.

I suoi occhi vagarono su di me, scrutandomi, squadrandomi, giudicandomi. Rimasi lì impalato nei miei jeans neri super attillati e una maglietta sgangherata che rivelava il nuovo tatuaggio che mi ero appena fatto sulla parte esterna del braccio, i capelli neri completamente arruffati.

L'odio sul suo viso si intensificò.

«Pensi che sia divertente spassartela con una bambina?» sbottò all'improvviso.

«Non sono una bambina» ribatté Kenzie a bassa voce.

Suo padre le lanciò un'occhiata di avvertimento, prima di riportare l'attenzione su di me. La sua ostilità cresceva a ogni secondo che passava.

Mi puntò un dito contro. «Sta' alla larga da mia figlia.»

Mi sfregai la bocca con le dita, abbassai lo sguardo sui miei piedi come se avessero una risposta. Lentamente, lo riportai su di lui, cercando di non far trapelare alcuna animosità nel mio tono. «Questo è un problema.»

«Un problema?» sibilò furioso, facendo un passo verso di me e raddrizzando le spalle. «Sei tu il problema, e ti assicuro che la prossima volta che ti azzardi anche solo a guardare mia figlia, chiamerò la polizia.»

Non intendevo sbeffeggiarlo, ma non potei evitarlo. «Sappiamo entrambi che non servirà a niente. Crede davvero che la polizia si interessi di una ragazza che compirà diciott'anni tra pochi mesi e un ragazzo che ne ha venti? Non voglio mancarle di rispetto, ma sua figlia non è più una bambina.»

«Davvero? Beh, è la *mia* bambina. Una ragazza che fino a poco tempo fa era una studentessa modello. Una che non mi avrebbe mai raccontato bugie. E da quando frequenta te, questo è tutto ciò che ottengo. Un mucchio di bugie. Telefonate da parte della scuola per dirmi che marina le lezioni. Pessimi voti in tutte le materie.»

Quasi fosse stato appena colto da un pensiero, la sua attenzione si spostò in soggiorno. In quel momento, desiderai di aver fatto una veloce spazzata. No, non c'era nulla di concreto in bella mostra, ma i resti erano comunque incriminanti, maledizione.

Fu lampante il dolore intenso che lo travolse, stringendolo in una morsa, quasi fosse stato colto da un improvviso attacco di cuore.

Sembrò avere difficoltà a stare in piedi. «Vuoi davvero trascinarla nei tuoi casini? Rovinarle la vita? Guardati» rantolò. Le sue parole erano una via di mezzo tra un insulto e una supplica affinché seguissi il buonsenso.

Il senso di colpa mi attanagliò di nuovo.

Stritolandomi con forza.

Kenzie era troppo buona per questa vita.

«Se ci tieni a lei anche solo un po', stai lontano da mia figlia.» Il suo ordine era duro, inflessibile come l'acciaio, alimentato dal suo amore per lei.

Mi faceva un male cane starmene lì come un delinquente.

Sapendo che aveva ragione.

E, allo stesso tempo, desiderando di poter controbattere.

Suppongo che la sentimmo entrambi piangere sommessamente, perché sussultammo, prima di irrigidirci di nuovo.

Le parole che pronunciò Kenzie erano poco più che un sussurro. «Papà... lo amo.»

Lo amo.

Non aveva mai pronunciato quelle parole prima d'ora. E mi terrorizzarono, riempiendomi e lasciandomi stordito.

Che cosa avevo fatto?

Suo padre la ignorò, continuando a riversare il suo risentimento su di me. «Sta' lontano da lei.»

L'agguantò per un braccio e la trascinò verso l'auto parcheggiata accanto al marciapiede.

Kenzie si voltò indietro e mi supplicò con lo sguardo.

Fa' qualcosa.

E volevo farlo. Volevo cambiare qualcosa. Solo che non avevo idea di cosa.

Le tre settimane seguenti passarono in una desolata confusione. Kenzie mi mancava da morire e mi riempivo le vene di qualsiasi cosa riuscisse a lenire quel dolore. Mi sentivo così fottutamente euforico. Così maledettamente depresso. Il bisogno di farmi cresceva sempre di più. Ovviamente, nessuno in casa lo notò perché anche gli altri erano incasinati quanto me.

Sesso, droga e rock 'n' roll, baby.

Fino ad allora, non avevo mai capito veramente cosa significasse. Era un circolo vizioso che ti inghiottiva ancor prima che ti rendessi conto di cosa stesse succedendo.

Come un branco di apatici ratti che corrono su una ruota

per criceti.

Che gira.

Gira.

Gira.

Ovviamente, ero in astinenza dal sesso perché non importava quante ragazze varcassero la soglia di casa, io aspettavo solo lei.

Le mandai un'infinità di messaggi e continuai a chiamare ripetutamente lo stesso numero che era stato disattivato, come un idiota che si aspettava un risultato diverso.

Dicono che questa sia la definizione di pazzia.

Non avrei di certo contestato quella logica. Perché potevo sentire il mio cervello crollare lentamente proprio come il mio corpo stava cedendo.

In bagno, osservai il riflesso dei miei occhi iniettati di sangue che mi fissavano, poi mi spruzzai un po' d'acqua fredda sul viso come se potesse cancellare la confusione dalla mia mente. Battendo la fronte contro lo specchio, gemetti.

Dio, dovevo darmi una regolata.

Grattandomi la testa, trascinai i piedi fuori dal bagno, attraversai il corridoio e aprii la porta della mia camera da letto. Mi fermai di botto sulla soglia e il respiro mi si mozzò in gola.

Seduta sul pavimento con la schiena poggiata contro la parete sotto la finestra, c'era Kenzie. Era uno straccio. Teneva le guance rigate di lacrime e i capelli appiccicati alla pelle fradicia.

Mi fiondai all'altro lato della stanza e caddi in ginocchio davanti a lei, pregando che non fosse un'allucinazione. Le presi il volto tra le mani. «Kenz... piccola... sei qui.»

Le asciugai le lacrime con i pollici, sapendo che era stupido che stessi sorridendo come uno sciocco mentre lei era in questo stato, ma non potevo farci niente.

Era qui.

Kenzie tirò su col naso e rabbrividì, liberandosi dalla mia presa per asciugarsi il viso con la manica della maglietta.

Infilai le dita nei suoi capelli. «Che succede, piccola? Non sembri felice di vedermi» la canzonai, odiando il modo in cui sussultò alle mie parole. Il terrore si intrecciò al sollievo che avevo provato nel trovarla qui.

Quando abbassò lo sguardo, le posai un dito sotto il mento, costringendola a guardarmi. «Dimmi cosa c'è che non va.»

Il suo viso si accartocciò in una smorfia di dolore. «Sono incinta.»

Barcollai all'indietro e caddi col culo per terra.

«Cosa? Come?»

Incredula, lei scoppiò a ridere, come se fossi un po' ottuso. Poi, in tono accusatorio, disse: «Nei quattro mesi in cui siamo andati a letto insieme, hai mai usato un preservativo? Mi hai mai portata da un dottore per farmi prendere la pillola?»

Si premette le mani sugli occhi. «Dio! Siamo stati così stupidi» sussurrò. «Così imprudenti e irresponsabili. Proprio come ha detto mio padre. Aveva ragione, Lyrik. Aveva perfettamente ragione. Mi sono fatta prendere così tanto da te che non ho mai pensato alle conseguenze.»

Indietreggiai verso il letto e mi ci sedetti sopra, senza smettere di guardarla. Impotente.

Le lacrime continuavano a scorrerle lungo il viso, e volevo chiederle che cosa voleva fare – cosa potevo fare io – ma d'un tratto fu scossa dai tremiti, come se stesse soffrendo fisicamente. Si avvolse le braccia intorno alla pancia e, con voce carica di tormento, disse: «E se gli avessi fatto del male?»

Gesù.

Suppongo che quella fosse la risposta alla mia domanda, perché Kenzie si stava stringendo il ventre come se stesse *abbracciando* il bambino.

Ero un po' sotto shock. Non avevo idea in cosa mi fossi cacciato. Come gestire il cambiamento avvenuto nella mia vita in meno di cinque minuti.

Ma c'era una cosa che sapevo per certo.

Andai da lei, la presi tra le braccia e la portai verso il letto, dove la feci distendere accanto a me. «Affronteremo questa cosa insieme, Kenz. Possiamo farcela» mormorai contro la sua testa.

Lei reclinò il capo all'indietro per potermi guardare in viso. «So che ce la possiamo fare, Lyrik. Ma ho bisogno di sapere se tu *vuoi* farlo» disse con sguardo intenso.

Un tenero sorriso mi curvò la bocca. Forse avrei dovuto essere titubante. Ma non lo ero. «Sì, lo voglio.»

Kenzie si morse il labbro inferiore con forza, come se trovasse difficile pronunciare le parole successive. «Dobbiamo smetterla.»

Sapevo esattamente a cosa si riferiva. Cosa stava suggerendo. Voleva che ci gettassimo alle spalle lo schifo che mi stava lentamente consumando, le continue feste, le notti interminabili e la droga.

«Lo so. E lo farò.» Le baciai le nocche della mano. «Te lo prometto.»

Una nuova ondata di lacrime le sgorgò dagli occhi, ma stavolta non erano causate dalla tristezza. «Dimmi che mi ami.»

Le scostai delicatamente i capelli dal viso per poter incrociare i suoi occhi marroni: grandi, spalancati e pieni di fiducia. Le donai la completa e assoluta verità.

«Tu canti la mia anima.»

Giacevo rannicchiato sul freddo pavimento di linoleum. Nudo. Tremante. Congelato e sudato allo stesso tempo.

Ebbi un conato di vomito, e mi misi di nuovo in ginocchio giusto in tempo per rimettere ancora.

Mi faceva male dappertutto.

Ma ne valeva la pena.

«Che cazzo, amico, non puoi andartene così su due piedi!»

Ash mi era alle calcagna, inseguendomi da una stanza all'altra mentre impacchettavo le mie cose, come se potesse farmi cambiare idea.

Sollevai la custodia della chitarra sul tavolo e vi sistemai dentro la mia piccola. Poi la chiusi. «Sì che posso.»

«Cosa ne sarà della band?»

Un dolore opprimente pulsò da qualche parte nel profondo del mio petto. Proveniva da quel luogo in cui ero cresciuto sognando di sfondare con il resto dei ragazzi. Quando sognavo di suonare internazionalmente la musica che amavo nella speranza che qualcun altro l'amasse quanto me. Tutto questo si ingarbugliava con la lealtà che provavo verso i miei amici che erano sempre stati più come una famiglia che altro.

Ma nulla di tutto ciò contava adesso. Lanciai un'occhiata ad Ash che si stringeva i capelli tra le mani come se volesse svegliarsi da un incubo.

Feci una scrollata di spalle che in qualche modo era carica di sensi di colpa. «Sai che non posso continuare a condurre questa vita e allo stesso tempo avere una famiglia. Le due cose non possono combaciare.»

«Perché no? Cioè, dai. Hai davvero intenzione di lasciarci nei guai... dopo tutto quello che abbiamo passato? Ci manca pochissimo, amico. Siamo così fottutamente vicini al successo che ne sento il sapore, e non possiamo farcela senza di te.»

Afferrai la custodia della chitarra dal tavolo. «Mi dispiace, ma non avete scelta.»

Era sempre un tantino imbarazzante parcheggiare davanti alla casa di un uomo che sapevi ti odiava a morte.

Negli ultimi due mesi, ero stato a casa dei miei genitori, facendomi un culo così nell'officina dove avevo trovato lavoro. Amavo le auto e le motociclette tanto quanto amavo la mia chitarra, quindi non era poi così male. Avevo messo da parte ogni centesimo che avevo guadagnato, tranne che per il poco che davo a mia madre per coprire le spese del mio soggiorno, risparmiando abbastanza per la caparra e il primo e ultimo mese d'affitto per un piccolo appartamento.

Probabilmente, non avrei dovuto essere così sorpreso quando avevamo scoperto che Kenzie era rimasta incinta quasi subito. Mi ero davvero aspettato diversamente? Ma suppongo che quando si vive in uno stato confusionale giorno dopo giorno, si perda il contatto con la realtà, dando poca considerazione alle ripercussioni e alle conseguenze.

Ma onestamente, non potevo dire che fossi pentito o che desiderassi di poter cambiare le cose, anche se la nostra non era la situazione più ideale al mondo. Kenzie mi rendeva dannatamente felice e sapevo che anch'io la facevo sentire allo stesso modo.

Quando aprii la portiera, lei si precipitò fuori di casa. Il suo pancione di cinque mesi aveva appena iniziato a vedersi.

Dopo stasera, sarebbe venuta a casa con me. Aveva compiuto diciotto anni e finalmente era mia.

Non che i suoi genitori non avessero sollevato ogni tipo di obiezione, nel tentativo di tenerci separati.

Forse volevano vedere se le sarei rimasto accanto.

Forse volevano vedere se lei avrebbe cambiato idea.

Ma la mia devozione non era mai vacillata in tutti questi mesi, neanche quando ero stato minacciato di essere arrestato, col rischio di sporcarmi la fedina penale. Ovviamente, si erano rivelate soltanto delle minacce.

Si gettò tra le mie braccia e io la sollevai in aria, facendola vorticare. «Buon compleanno, Kenz.»

«Questo è il compleanno più bello della mia vita» strillò in preda all'eccitazione.

Sì. Non aveva assolutamente cambiato idea.

Ridendo, la misi giù e la presi per mano. «Sei proprio decisa a sottopormi a questo calvario, eh?»

Lei sorrise e si piazzò davanti a me, e senza lasciarmi andare la mano, cominciò a camminare all'indietro e a guidarmi lungo il vialetto. «Come possono innamorarsi di te se non gli dai la possibilità di conoscerti?»

«Mi vengono in mente un bel po' di cose che sono sicuro

tuo padre preferirebbe farmi piuttosto che *innamorarsi* di me» replicai con sarcasmo.

Kenzie ridacchiò. «Oh, dai, non fare il fifone. C'è molto da amare. Da entrambe le parti. Non sono così malvagi, vedrai. Mio padre desidera soltanto il meglio per me. Semplicemente, non sempre sa quale esso sia.»

Le rivolsi un sorriso ironico. «E tu pensi che sia io?»

«So per certo che sei tu.»

Quella era la cosa bella di Kenzie. Amava la sua famiglia, ed era stata la loro dolce, innocente bambina, destinata a grandi cose, finché non si era schiantata contro il dosso che ero io.

Scacciai via il senso di colpa che provavo per aver deragliato la sua vita.

Ma immaginavo che anche lei avesse deragliato un po' la mia.

«Non essere nervoso» bisbigliò mentre apriva la porta d'ingresso.

Voleva che fossimo una famiglia unita, perciò ero disposto a sopportare una cena con i suoi genitori se questo la rendeva felice.

Era il suo compleanno, in fin dei conti, e dopo stasera l'avrei portata via con me. Sapevo che questo fatto non doveva essere facile per loro.

Mi aggiustai il colletto della camicia e spostai il peso da un piede all'altro, le gambe avvolte in un paio di pantaloni classici che avevo indossato per apparire al meglio.

«È arrivato!» annunciò Kenzie, conducendomi attraverso il soggiorno verso la cucina.

La loro casa era bella, pulita e ordinata, molto diversa dal caos che regnava dai miei genitori. Suo padre era un avvocato d'ufficio, quindi non navigavano nell'oro, ma sapevo che questo gli permetteva di vivere una vita confortevole.

Ciò che non era confortevole era il silenzio che cadde in cucina quando entrammo.

Sua madre era pietrificata vicino ai fornelli e voltata per metà verso di noi, mentre suo padre teneva un fianco appoggiato contro il bancone e le braccia incrociate sul petto.

Si irrigidì l'istante in cui mi vide.

Certo.

Avevo già parlato con loro in passato.

In varie occasioni.

Ma non era mai avvenuto in termini esattamente amichevoli.

Fu sua madre, Deborah, che infine ruppe il silenzio. Un sorriso teso affiorò sul suo viso. «Lyrik... benvenuto a casa nostra.»

Kenzie mi lanciò un'occhiata incoraggiante.

Vedi?

«Grazie per avermi invitato» risposi, spostando lo sguardo su suo padre.

Con espressione quasi disgustata, lui scosse la testa, poi sembrò giungere a una decisione. Emise un sospiro profondo e mi porse la mano. «È un piacere rivederti, Lyrik.»

Speravo che un giorno potesse essere vero. Che sarebbe stato davvero felice di vedermi. Voglio dire, avevo lasciato la band. Quello stile di vita. Mi ero disintossicato. E avevo fatto tutto per loro. Speravo che prima o poi avrebbe capito che quando si trattava di sua figlia, le mie intenzioni erano buone.

Gli strinsi la mano. «Grazie, signore.»

Lui mi guardò con circospezione, prima di scuotere di nuovo la testa, stavolta con una risata rassegnata. «Forza, andiamo a mangiare.»

Non fu così brutto come pensavo, conversare con i genitori di Kenzie, vedere quanto tenessero a lei, proprio come i miei. L'unica cosa che volevano era che le nostre vite fossero belle e serene. Ovviamente, le cose sarebbero state leggermente diverse da com'erano adesso, ma avrei fatto l'impossibile per assicurarmi che la vita di Kenzie fosse serena. Che la vita di mio figlio fosse serena.

Sì, era un *maschio*. L'avevamo visto durante un'ecografia due settimane fa. Era alquanto strabiliante vedere quello che stava succedendo dentro di lei, vedere che il nostro bambino era reale e sano. Sentire il suo cuoricino battere. Il dottore aveva detto che era tutto a posto. Stava crescendo bene e forte. Da allora, il velo di paura e rimorso che Kenzie sembrava aver indossato fino a quel momento era sparito.

Dopo cena, Deborah tirò fuori una torta rotonda decorata con diciotto candeline accese e la mise al centro del tavolo. Kenzie mi lanciò uno sguardo prima di chiudere gli occhi, esprimere un desiderio e spegnere le candeline.

La torta di Deborah era assolutamente deliziosa. Quando le feci i miei complimenti, lei mi rivolse un sorriso genuino. Kenzie si avvicinò a suo padre seduto sulla sedia, gli avvolse le braccia intorno al collo e lo baciò sulla guancia. «Grazie, papà.»

Lui sospirò, poi sorrise. «Qualsiasi cosa per la mia bambina.»

«L'adoro» disse Kenzie, guardandosi intorno per il soggiorno arredato con il divano consunto che mi avevano dato i miei genitori, un tavolino graffiato che avevo preso in un negozio dell'usato e la TV che avevo recuperato dalla mia stanza nella casa che avevo condiviso con i ragazzi.

«È piccola» dissi con fare quasi imbronciato, colto da un'improvvisa ondata di imbarazzo.

Lei sorrise. «È nostra.»

Si voltò completamente verso di me. La sua espressione divenne seria e la sua voce si addolcì.

«Dimmi che mi ami.»

Feci un passo in avanti e le carezzai il viso. «Tu canti la mia anima.»

«Sono davvero grata per tutto ciò che abbiamo ricevuto oggi, ma devo ammettere che questo è il mio preferito» sussurrò

Kenzie nella quiete, stringendo a sé l'orsetto di patchwork.

Un sorriso affiorò sulla sua bocca e i suoi occhi si abbassarono per incrociare i miei. «Non riesco a credere che l'abbia fatto tu.»

Le sue parole erano un mormorio. Profondo e riverente.

Era questa l'atmosfera che ci circondava stasera mentre eravamo rannicchiati sul nostro letto nella calma oscurità.

Sapevo che la giornata era stata sia eccitante che estenuante per Kenz. Si era tenuto il baby shower che avevano organizzato mia mamma, mia sorella e la madre di Kenzie. Ero contento che avessero permesso anche agli uomini di partecipare, perché non volevo perdermi l'espressione di Kenz mentre apriva i regali.

Specialmente quello che avevo fatto per nostro figlio.

Kenzie si strinse l'allampanato orsacchiotto contro l'enorme pancione dove stava crescendo Brendon. La sua canotta era sollevata e metteva in mostra il grosso ventre la cui pelle era tesa e segnata da smagliature. Io ero situato un po' più in basso e tenevo le braccia avvolte intorno ad entrambi.

«Fallo personalmente se vuoi che conti.» Ridacchiai sommessamente mentre ripetevo il mantra di mia mamma. Kenzie fece lo stesso, i suoi occhi marroni caldi e felici.

Feci scorrere le dita sull'orsetto. Era una fantasia discordante di sfumature di blu, che andavano dalla più scura alla più chiara. I pezzi erano cuciti con un cotone color zaffiro ma le suture erano leggermente storte perché le mie mani non erano abili quanto quelle di mia madre.

«Non è molto bello, ma dovrebbe rappresentare una famiglia che viene unita da una nuova nascita. Ogni pezzo di stoffa simboleggia le persone che compongono quella famiglia, il filo di cotone l'amore che li lega. Mamma dice che questi orsetti sono un portafortuna.»

Mia madre era sempre stata un po' fuori di testa. Seguiva un tipo di fede che non ero sicuro avrei mai potuto condividere. Ma certamente non potevo essere in disaccordo con lei su questo.

«Tua mamma è fantastica» sussurrò Kenzie.

«Ti adora» le dissi.

Mi carezzò il viso con la punta delle dita. «È perché ti amo.»

Brendon scalciò contro la mia mano, e non riuscii a contenere la forza del mio sorriso mentre premevo la bocca sul pancione. Il mio cuore palpitava di un profondo e folle amore che mi scuoteva fin nelle ossa. Sembrava impossibile amare qualcuno che non avevo ancora neppure incontrato. Non nel modo in cui amavo lui.

In meno di due mesi, sarebbe stato tra noi.

Dio, non vedevo l'ora.

«E dai, amico, si tratta solo di una volta. Una soltanto. Non nuocerà a nessuno.»

Scivolai fuori da sotto l'auto su cui stavo lavorando. Ash era seduto su uno sgabello, rivolgendomi quel suo sorriso con le fossette come se fossi una ragazza che non poteva resistere al suo fascino.

Idiota.

Tuttavia, sorrisi e scossi la testa. Perché diamine, mi era mancato, come il resto dei ragazzi. Quel pezzo della mia famiglia che non faceva più parte della mia vita.

«Niente da fare, amico mio. Ho un sacco di cose da fare e... beh...»

Non conclusi la frase.

Non ce n'era bisogno.

Tutti loro sapevano perché dovevo mantenere le distanze.

Ash si sfregò una mano sul viso. «Ascolta, amico, capisco benissimo le tue riserve, ma Justin ci ha dato buca. Abbiamo cambiato cinque chitarristi da quando te ne sei andato. E questo concerto è una cosa grossa. Si vocifera che il locale sarà pieno di agenti musicali e case discografiche. Abbiamo bisogno di te.»

Mi pulii le mani con uno straccio sporco di grasso, sentendomi in colpa, sapendo che li avevo lasciati nei casini.

«Cinquecento dollari, Lyrik. Cinquecento dollari per una sola serata e poi sarai libero di andare. Sai che nessuno potrà mai prendere il tuo posto, però ti prometto che dopo questo concerto ci arrangeremo da soli. Ma non possiamo perdere quest'occasione.»

Cinquecento dollari.

Avrei potuto comprare a Kenz quel lettino per neonati, quello su cui aveva messo gli occhi, quello che non potevamo proprio permetterci. Si era accontentata della culla in vimini che ci aveva dato mia madre. Sarebbe andata bene. Per ora.

Ash percepì il mio interesse, la mia lenta resa, e si avventò su di essa. «Una sola sera» promise.

Lo inchiodai col mio sguardo intenso. «Una sola sera.»

Sebastian mi diede una pacca sulla schiena e mi strinse in un forte abbraccio. «Lyrik... porca vacca, amico, mi sei mancato un casino.»

«Cazzo, anche tu mi sei mancato» dissi con un largo sorriso, facendo un passo indietro per osservare il locale. Era più grande di qualsiasi altro posto in cui avessimo mai suonato, il backstage era stato allestito come se fossimo membri della famiglia reale, con camerini, acqua in bottiglia e un bar pieno di alcolici.

Okay, forse non proprio dei reali.

Ma di sicuro era di gran lunga meglio delle bettole in cui ci eravamo esibiti negli ultimi tre anni.

L'atmosfera che si respirava era intensa. Guardai con occhi leggermente sgranati i tecnici del suono correre di qua e di là per sistemare l'attrezzatura per la band principale. Una band grazie alla quale avevo imparato a suonare la chitarra quando avevo tredici anni, seduto nella mia stanza a strimpellare alcune delle loro canzoni.

Nemmeno in un milione di anni avrei pensato che un giorno avrei aperto un loro concerto.

Musica assordante risuonava dagli altoparlanti e le persone correvano da una parte all'altra.

Luci soffuse sembravano pulsare a quel ritmo.

Il mio cuore si aggrappò ad esso e la fantastica sensazione che provavo si diffuse rapidamente in me.

Questa doveva essere una delle cose più fighe che fossero mai accadute nella mia vita.

Era surreale, cazzo.

Ash aveva ragione.

Questa era un'opportunità da non perdere.

Mi scrollai di dosso il senso di colpa che cercava di far sentire la propria voce, quella piccola bugia bianca che pesava sul mio stomaco come un macigno. Una bugia che avevo detto a Kenzie per poter uscire dall'appartamento stasera, per non parlare del fatto che avevo dovuto infilare la chitarra nel bagagliaio dell'auto di nascosto mentre lei faceva un sonnellino.

La mia sorellina ha bisogno di me, tesoro. Sta passando un brutto periodo a scuola. Vado a trascorrere un po' di tempo con lei.

Non volevo che si preoccupasse, e se avesse saputo dov'ero veramente, si sarebbe preoccupata di sicuro.

Ash saltellava dalla gioia, completamente elettrizzato. «Siete pronti a cominciare?»

«Cazzo, sì!» rispose Baz, lanciandomi un'occhiata. «Sembra una rimpatriata con Lyrik qui... Proprio come dovrebbe essere.»

Ed era così.

Esibirmi con loro sembrava la cosa giusta da fare, e quando salii sul palco, ero gasatissimo. Galleggiavo su quei vecchi sogni a cui avevo dovuto rinunciare. Ma per una sola sera, mi sarei aggrappato ad essi. Li avrei *vissuti*. Potevo solo sperare che da questa esibizione i ragazzi avrebbero ottenuto qualcosa di buono, visto che ero stato io ad averli abbandonati.

La folla era in delirio, completamente rapita da noi. I loro corpi sembravano un battito vivo e pulsante mentre si scatenavano davanti al palco.

Era così bello.

Così giusto.

Suonai con una tale passione che avevo la sensazione che le mie dita sanguinassero, specialmente perché ero fuori allenamento. Cantai finché la gola non cominciò a farmi male e il mio spirito si librò in aria. La sala era completamente scatenata quando terminammo l'ultima canzone della nostra scaletta.

Quando uscimmo dal palco e tornammo nel backstage, tutti ci diedero il cinque e ci dissero che lo spettacolo era stato grandioso.

Vennero distribuiti cicchetti a tutti.

Guardai il bicchierino che tenevo in mano ed esitai.

«Al futuro» disse Ash, sollevando il bicchiere. Sebastian e Mark fecero lo stesso. Li imitai e brindammo insieme, facendo tintinnare il vetro.

Che diamine? Era una tradizione.

Mandai giù il liquore.

Mi bruciò mentre scendeva lungo la gola, stabilendosi come fuoco nel mio stomaco.

Tirai un profondo respiro col naso.

Dannazione.

Era davvero buono.

E non avevo la più pallida idea del perché, cazzo, ma ne mandai giù un altro. Poi un altro ancora. Mi ritrovai in una stanza nel backstage. La band principale era da poco salita sul palco, ma il dopo-festa era già in pieno svolgimento.

Fremetti alla vista dell'enorme quantità di cocaina che Adrian stava tagliando sul tavolo. Lo conoscevo da anni e non era altro che un teppista che frequentava l'ambiente hardcore di festa in festa, di club in club, sempre pronto a fornire una dose a chi la chiedeva.

Era persino venuto un paio di volte alla casa che avevo condiviso con i ragazzi, più che altro per fare una consegna, anche se lui aveva fatto finta di essere lì solo per divertirsi.

Non mi fidavo di lui.

Neanche un po'.

Ma questo non significava che non avessi l'acquolina in bocca. Che non morissi dalla voglia di assaggiarne un pochino.

Mi costrinsi a distogliere l'attenzione dalla coca e a portarla su Sebastian che stava parlando con un agente di nome Anthony che mi aveva presentato poco fa. Mi sforzai di unirmi alla loro conversazione, facendo del mio meglio per concentrarmi su qualsiasi cosa tranne che su Adrian.

Ma non potevo evitare il modo in cui il mio sguardo continuava a spostarsi nella sua direzione mentre con la mente ero già lì, inginocchiato di fronte al tavolo.

Che male poteva fare un piccolo tiro?

Attraversai la stanza e serrai i pugni quando mi fermai davanti ad Adrian, seduto sul sofà.

Lui alzò gli occhi e sorrise. «Bene, bene, bene, guarda un po' chi si vede, il famigerato Lyrik West. Credevo che te ne fossi andato dopo aver deciso che non eravamo alla tua altezza.»

Volevo mandarlo a fanculo.

Invece, caddi in ginocchio e, proprio come una puttana da quattro soldi, presi la banconota arrotolata e sniffai la striscia di cocaina.

Bastò quello affinché ogni cosa nel mio mondo si mettesse a fuoco. Questa serata doveva essere giusta. La mia coscienza ignorò l'assillante sensazione di star facendo qualcosa di sbagliato. Il concerto. Quel fantastico concerto che avevamo appena fatto, cazzo. Questo era il posto a cui appartenevo.

I miei amici si unirono a me, e la festa si scaldò, animandosi sempre più col passare dei minuti. Fra tutti e quattro, consumammo tutta la roba disposta sul tavolo.

«Cos'altro hai?» domandò Sebastian, passandosi la mano sotto il naso e sollevando il mento verso Adrian, chiedendogli di più.

Adrian schioccò la lingua. «Siete già a cinquecento dollari, fratello. Dovete cominciare a sborsare qualche soldo.»

Gli occhi di Sebastian lampeggiarono di rabbia. «Che cazzo stai a dire, amico? Stai cercando di fregarci ora?» Agitò la mano verso il tavolo. «Quella roba valeva al massimo... duecento dollari.»

«Mi dovete ancora pagare quello che vi ho dato da Benny

un paio di settimane fa.»

«Ti abbiamo già pagato per quello.»

Adrian sogghignò. «Cosa? Mi stai chiamando bugiardo?»

In una mossa fulminea, Sebastian spinse il tavolo in avanti. Adrian strillò come una femminuccia quando andò a sbattere contro i suoi stinchi. «Sì, cazzo.»

Di solito, erano poche le persone tanto stupide da mettersi contro di noi, ma questo stronzo balzò in piedi, fissandoci come se fosse più che felice di sfidarci. Sputò in direzione di Baz. «Ti assicuro che non vi conviene tagliarmi fuori. È una storia che non finirà bene.»

La rabbia irradiava da Sebastian, fuoriuscendo da ogni suo poro, questa velenosa malattia che aveva contratto il giorno in cui uno dei suoi fratelli era morto.

Era contagiosa.

Perché potevo sentire quelle zanne velenose affondare nella mia carne. Era sempre stato così tra me e Sebastian. Ci nutrivamo l'uno della rabbia dell'altro, scaricandola su qualunque stronzo si fosse messo sulla nostra strada.

Stasera quello stronzo era Adrian.

Sebastian si mise lentamente in piedi, raddrizzandosi in tutta la sua imponente altezza. «E cosa pensi di fare esattamente?»

Scattai in piedi accanto a lui.

L'aggressività mi irrigidì i muscoli, finché il mio corpo non fu completamente teso. Quella vecchia sensazione che non provavo da tantissimo tempo prese il sopravvento su di me. Qualcosa di potente e grande. Più grande della vita. Il cuore mi batteva selvaggiamente, potevo sentirlo martellare nelle mie mani serrate a pugno.

Improvvisamente, percepii Ash accanto a me, ma la mia attenzione rimase concentrata su Adrian. Le parole del mio amico scalfirono a malapena la violenza che ribolliva sotto la mia pelle. «Va' a casa, Lyrik. Stai per avere un bambino. La serata non avrebbe dovuto prendere questa piega. Sai che non vuoi rimanere invischiato in una rissa.»

Kenzie.

Brendon.

Pensieri su di loro cercarono di far breccia nella mia razionalità, gridandomi di allontanarmi. Ma Adrian sogghignò, e l'espressione compiaciuta sul suo viso mi diede la nausea. «Ho sentito che hai messo incinta quella troia dei *Sunder*.»

Il cipiglio furioso che mi contorse il viso era quasi doloroso. Feci un passo avanti, spingendo via Ash che cercò di bloccarmi la strada. «Cos'hai detto?»

Adrian sghignazzò. «Che c'è? Vuoi dirmi che non ve la siete spassata tutti con lei? Scommetto che lo fate ancora. Sappiamo tutti come vanno le cose con ragazze del genere.» Il suo sorrisetto si allargò. «Sai cosa? Dimentica quello che mi devi... vado a casa tua e riscuoto da lei.»

Fu come essere colpito da una palla di fuoco, una scarica di energia che mi spezzò in due.

Non ci vidi più dalla rabbia e persi il controllo.

Afferrai il bastardo per la gola e lo sbattei contro il muro, stringendo la presa come se non me ne fregasse un cazzo della sua inutile vita.

Desideravo soltanto pestarlo a morte.

Il parassita ansimava e si dibatteva contro il muro mentre i suoi piedi sfioravano a malapena il pavimento.

Sebastian gli assestò tre rapidi pugni sul fianco.

Potevo sentire i muscoli del suo collo tremare mentre cercava di respirare nonostante il dolore.

Ash si frappose tra di noi e mi spinse indietro.

Il pezzo di merda scivolò a terra, e Sebastian si avventò su di lui, perquisendolo e tirando fuori le bustine piene di coca dalle tasche della sua giacca.

Immaginai che non ci fosse nulla di male se ne prendevo qualcuna anch'io. Me ne infilai tre nella tasca anteriore e lanciai al bastardo un sorrisetto compiaciuto. «Puoi considerarlo come il mio pagamento. La prossima volta, pensaci bene prima di dire qualcosa sulla mia ragazza.»

Gli assestai un ultimo calcio allo stomaco. Un gemito gorgogliante fuoriuscì dalla bocca dello stronzo che giaceva rannicchiato sul lurido pavimento.

«Dannazione.» Ash si passò le mani tra i capelli, gli occhi

selvaggi e colmi di paura mentre guardava la folla che si era radunata intorno a noi.

Fu solo allora che notai che l'intera stanza ci stava osservando inorridita. Come se avessero assistito a un mostruoso spettacolo da un posto in prima fila.

Che cosa hai fatto?

Una voce si insinuò nella mia mente impazzita mentre l'adrenalina cominciava a scemare. Feci un passo indietro quando fui travolto dall'ansia.

Sebastian mi diede una stretta alla spalla. «Andiamo via da qui.»

Ci precipitammo verso l'uscita laterale. Il rimorso e il rimpianto mi solleticarono la coscienza mentre le bustine che avevo in tasca bruciavano di sensi di colpa. Gli errori che avevo commesso per tutta la sera cominciarono a turbinare nella mia mente come un disco rotto. Errori che avevo commesso sin dall'istante in cui avevo accettato di venire qui stasera.

Che cosa hai fatto?

Una voce gridò alle nostre spalle, e mi raggelai quando udii le parole disarticolate che pronunciò tra un attacco di tosse e l'altro, ma che risuonarono chiare come il giorno. «Vi conviene scappare, stronzi, perché non la passerete liscia dopo questo. Vi siete messi contro la persona sbagliata.»

Per un attimo, serrai gli occhi con forza, poi Ash mi afferrò per un braccio e mi trascinò fuori, imprecando sottovoce. Uscimmo incespicando nella tarda notte e l'aria fresca soffiò sulla mia pelle madida di sudore.

Scuotendomi.

Risvegliandomi bruscamente dal mio stato confusionale.

«Che cazzo credete di fare?» domandò Ash, spingendomi via da sé. Camminò avanti e indietro, ansimando, poi corrugò la fronte quando spostò lo sguardo tra me e Baz. «Come vi è saltato in mente di prendere la sua roba? Volete morire? Perché io di sicuro no, cazzo.»

Sebastian emise un suono carico di disprezzo. «Quel tizio non è altro che un cagasotto. Non farà niente.»

«Ah, sì?» ribatté Ash. «E che mi dici di Benny? Pensi davvero che se ne starà buono buono dopo che l'avete derubato? È stata una mossa stupida, amico. Non fingere di non saperlo. E per di più davanti a tutti quegli agenti musicali. Ho chiuso con queste stronzate.»

Ash aveva chiuso?

L'agitazione cominciò a prendere il sopravvento su di me, e mi passai le mani sulla testa. «Vado da Kenz. La porto dai suoi genitori per stanotte.»

Merda. Merda. Merda.

Camminai in tondo un paio di volte mentre la realtà si abbatteva su di me. Intendevo davvero trascinare fuori di casa la mia ragazza incinta nel cuore della notte?

«Ho appena detto che è solo un cagasotto, amico» sbottò Sebastian con noncuranza, appoggiandosi contro la mia auto e ficcandosi le mani in tasca come se non avesse una sola fottuta preoccupazione al mondo.

«Non ho intenzione di correre rischi con lei.»

«Va' con lui, Baz» disse Ash, indicando la mia auto. «Io accompagno Mark a casa. Riesce a stento a stare in piedi.»

Sebastian fece spallucce. «D'accordo» disse, dopodiché salì in macchina.

Percorsi a tutta velocità la breve distanza fino al mio appartamento. Ero pervaso da un profondo e autentico terrore.

Cazzo.

Che cosa hai fatto?

Balzai fuori dall'auto, mi fiondai su per le scale ed entrai nella quiete oscurità dell'appartamento. Questa piccola casa che ci eravamo creati e che avrebbe dovuto proteggerci. Tenerci al sicuro.

Scivolai in camera da letto e infilai un po' di cose in una borsa. Kenzie stava dormendo girata su un fianco, e le diedi un colpetto sull'anca. «Kenz, tesoro, svegliati.»

Lei si mosse un pochino, schiuse gli occhi e mi rivolse un dolce sorriso. «Ehi, sei tornato.»

Il rimorso mi attanagliò la gola.

Deglutii a fatica. «Alzati, piccola, devo portarti via da qui.»

Lei scosse la testa, confusa. «Cosa stai dicendo?»

«Dai, per favore.... fidati di me.»

Fidati di me.

Trattenni una risata cinica e l'aiutai ad alzarsi dal letto. Il suo pancione era così grosso che era incredibile che riuscisse a reggersi in piedi. Le mancavano solo quattro settimane e non ero sicuro di come il suo piccolo corpo potesse diventare più grande di così. Barcollò e la tenni in equilibrio, cercando di mantenere la calma nonostante l'agitazione che mi tormentava mentre l'aiutavo a infilarsi una scarpa.

«Dimmi che succede» sussurrò nell'oscurità, la voce intrisa di paura. Sentii il brivido che le scosse il corpo quando si aggrappò alle mie spalle mentre le infilavo la seconda scarpa.

Non risposi, l'afferrai per mano e cominciai a trascinarla fuori di casa.

«Mia è ferita?» chiese, come se quel pensiero la facesse star male. Kenz si preoccupava sempre per tutti.

Volevo dire qualcosa. Inventare una scusa o un'altra bugia che l'avrebbe rassicurata, ma la stavo trascinando fuori nel cuore della notte, in quell'ora tranquilla quando l'aria era immobile, in trepidante attesa del giorno nascente.

Scendemmo i gradini di cemento delle scale esterne.

«Lyrik, ti prego» supplicò, poi incespicò quando vide Baz uscire dall'auto per andarsi a sedere sul sedile posteriore.

Un respiro sorpreso le sfuggì dalla bocca. Cominciò a scuotere la testa e a fare resistenza mentre la tiravo verso la macchina.

«Perché Sebastian è qui?» La sua voce era calma ma carica d'accusa.

Non risposi. Aprii la portiera anteriore del passeggero e la feci sedere, le allacciai la cintura di sicurezza il più velocemente possibile e gettai la borsa a terra ai suoi piedi.

Girai intorno al cofano e saltai sul sedile del conducente. Avevo lasciato il motore in folle, così feci subito marcia indietro e uscii sgommando dal parcheggio, immettendomi in strada a tutto gas.

Un silenzio carico di tensione riempì l'auto, come una bibita gassata che veniva agitata ripetutamente finché non era pronta ad esplodere.

Kenzie si girò verso di me premendo la schiena contro la portiera e mi fissò come se potesse leggermi dentro, i suoi respiri corti e a malapena controllati. «Lyrik, guardami.»

Strinsi il volante così forte che le mie nocche divennero bianche e mantenni l'attenzione fissa sulla strada.

«Ho detto guardami» ordinò in tono più duro.

Per un secondo, resistetti, scuotendo la testa varie volte, prima di spostare lo sguardo su di lei.

I denti serrati.

La mascella rigida.

Il suo viso si contorse di dolore. «Sei fatto?» disse con voce strozzata e ferita.

I suoi occhi si colmarono di lacrime. «Oh mio Dio. Sei fatto. L'avevi promesso... l'avevi promesso» rantolò.

Cominciò a dimenarsi sul sedile, armeggiando con la cintura di sicurezza per slacciarla. «Ferma la macchina, voglio scendere.»

«No. Ti porto dai tuoi genitori.»

«Ti ho detto di fermare la macchina e farmi scendere» piagnucolò.

«Kenzie, calmati!» gridai. Non intendevo aggredirla verbalmente, ma stava dando di matto, strattonando la maniglia della portiera come se volesse balzare fuori.

«Fammi uscire!» strillò.

Forse fu il suono stridulo della sua voce che mi fece capire che avevo infranto il nostro piccolo mondo. Che avevo distrutto questa cosa bella che avremmo potuto avere.

Crac.

Crac.

Crac.

Perlomeno, la mia mente incasinata pensava che quel suono fosse lei che stava letteralmente recidendo il nostro legame a causa dei miei stupidi errori. Finché non vidi l'auto dai vetri oscurati sfrecciare accanto a noi sulla sinistra, Adrian sporgersi dal finestrino del passeggero e sparare.

Il parabrezza andò in frantumi.

Scioccato, inspirai bruscamente e sterzai verso destra, schiacciando i freni.

Sebastian aveva torto marcio.

Adrian non era un cagasotto.

Era pazzo.

E in cerca di vendetta.

A causa dell'orgoglio e del denaro.

Denaro.

Era la ragione principale per cui mi trovavo in questa situazione.

O forse era solo per colpa del mio orgoglio.

Vile e meschino.

Perché avevo desiderato un altro assaggio di tutto ciò che non avrei dovuto avere.

L'auto slittò e sbandò mentre cercavo inutilmente di riprendere il controllo del volante.

Un lampione si stagliò davanti a noi, illuminando il parabrezza scheggiato. Sbattemmo dritto contro il palo della luce. L'auto si fermò di colpo.

L'unico suono che sentivo era il fischio nelle mie orecchie.

Stordito, rimasi immobile con le mani sul volante mentre la mia mente cercava di comprendere cos'era appena accaduto.

Lentamente, la consapevolezza si fece strada in me. Non avevamo urtato troppo forte. Gli airbag non si erano nemmeno aperti.

Emisi un sospiro di sollievo e scossi la testa per ritrovare l'orientamento e scacciare via il ronzio assordante che tormentava il mio orecchio sinistro.

L'adrenalina mi scorreva furiosamente nelle vene. Sbattei le palpebre e cercai di concentrarmi su Kenzie che mi fissava con occhi sgranati.

La sua espressione era selvaggia e gelata.

Scioccata.

Completamente scioccata.

«Kenz, piccola, stai bene?» sussurrai infine, nonostante la paura mi serrasse la gola. Mi slacciai goffamente la cintura di sicurezza quando d'un tratto mi paralizzai.

Kenzie sollevò la mano che teneva premuta contro il fianco.

Tremava dalla testa ai piedi mentre la fissava con espressione confusa. Le sue dita erano impregnate di sangue, il colore così intenso che quasi scintillava sotto la luce del lampione.

«Kenzie! Tesoro! Kenz... dove sei ferita?»

Freneticamente, la ispezionai dappertutto.

In alto sul suo fianco, una macchia rossa si stava velocemente allargando sulla sua maglietta.

«Oh mio Dio, Kenzie!»

Con le mani che mi tremavano terribilmente, armeggiai col telefonino e chiamai il 911.

Cosa faccio?

Cosa faccio?

«Vi prego, fate presto» supplicai dopo aver fatto la segnalazione al centralino.

Cosa faccio?

Silenzio.

Si sentiva solo il ticchettio del motore che si raffreddava. Il sibilo del radiatore.

Silenzio.

Spalancai la portiera e scesi barcollando. Girai intorno all'auto, stringendomi i capelli tra le mani, e raggiunsi il lato del passeggero.

In lontananza si udivano suonare le sirene.

Aprii lo sportello.

«Kenzie» dissi in tono di supplica.

Le luci dell'ambulanza mi investirono da dietro e i paramedici si precipitarono verso di noi. Spingendomi da parte.

Improvvisamente, una torcia mi venne puntata in faccia. Provai una stretta allo stomaco quando vidi lo sguardo negli occhi del poliziotto che mi squadrava con espressione sospettosa.

Giungendo alle ovvie conclusioni.

Kenzie.

Il suo nome era l'unica cosa a cui riuscissi a pensare.

Scacciai via la torcia dal mio viso.

Un altro agente ordinò a Baz di scendere dall'auto. Sebastian oppose resistenza e lo mandò a quel paese.

Un attimo dopo, venni spinto a faccia a terra.

«Sta' giù!» urlò il poliziotto con voce dura, premendo un piede sulla mia nuca quando mi dibattei per alzarmi, graffiandomi la pelle con lo stivale e strattonandomi le braccia dietro la schiena.

I miei occhi erano sgranati per l'orrore. C'erano luci lampeggianti ovunque, una spirale vertiginosa di colori, sirene e passi scalpitanti.

«Kenzie» continuai a gridare mentre i paramedici mi passavano accanto, le loro voci concitate e attutite dal panico che mi ruggiva nelle orecchie.

«Kenzie!»

Di fianco a me, anche Sebastian era disteso a faccia in giù sull'asfalto, i polsi ammanettati dietro la schiena. Lo sbirro in piedi sopra di lui tirò fuori le bustine di coca dalle sue tasche, una ad una, e nello stesso momento, un altro agente cominciò a perquisirmi.

Scovando la mia colpa.

Qualcuno mi stava leggendo i miei diritti, ma le parole erano confuse e ingarbugliate, come se le stessi udendo sott'acqua. Non mi importava se mi avessero rinchiuso per sempre. Non me ne fregava un cazzo. Avevo solo bisogno di sapere che Kenzie stava bene. Che *lui* stava bene.

L'agente di polizia mi trascinò in piedi.

«Kenzie... per favore... Kenzie. Per favore... ditemi solo che sta bene. Per favore.»

Ti supplico.

Le ore passarono. Ogni minuto era straziante. Ogni secondo una completa tortura. In una cella detentiva, sedevo su una panchina con la schiena poggiata contro il muro, le ginocchia strette al petto, gli occhi chiusi in una preghiera silenziosa che non avevo il diritto di pronunciare.

In essa, barattavo la mia vita.

Come se valesse qualcosa.

Le lancette sull'orologio rotondo situato in alto sulla parete di fronte a me indicavano che erano passate più di dodici ore da quando mi avevano lasciato qui senza dire una parola. Senza avere la minima idea di cosa fosse successo loro. Da solo con i miei pensieri, l'odio per me stesso e la paura.

Agonia.

Non dormivo da quasi due giorni, e quella spossatezza che ti colpisce dopo una forte scarica di adrenalina mi implorava di scivolare nel sonno. Di rannicchiarmi e magari lasciarmi morire.

Combattendo la stanchezza, battei la testa contro il muro e urlai un'altra preghiera inascoltata.

«Kenzie.»

Sussultai allarmato quando la serratura scattò e la pesante porta della cella si aprì.

Balzai in piedi.

«Hai visite, West. Andiamo.»

Mi ammanettarono i polsi davanti e mi condussero lungo un'interminabile corridoio, poi un altro, finché non mi sospinsero in una piccola stanza le cui pareti erano dello stesso bianco sporco della cella.

Ma questa stanza aveva un tavolo al centro, una singola sedia sul lato più vicino a me e due sull'altro.

Doug Cartwright sedeva in una delle sedie più lontane, con i capelli castani completamente in disordine, come se ci avesse passato le mani dentro un milione di volte, la giacca stropicciata, la cravatta allentata e gli occhi rossi.

Il terrore mi scosse fin nel midollo e le mie ginocchia vennero meno. Barcollai. La guardia sbuffò e mi afferrò per il gomito, raddrizzandomi e spingendomi in avanti, dove mi accasciai sulla sedia di fronte a Doug. Chiusi gli occhi. La mia gola era così fottutamente stretta e secca che ero certo mi avrebbe strangolato.

«Mi dica che stanno bene.»

Pronunciai la mia supplica con le palpebre abbassate, incapace di guardare il padre di Kenzie nel caso mi avesse detto qualcosa di diverso.

Seguì un silenzio carico di tensione prima che finalmente parlasse, la voce roca e reticente. «Ce l'hanno fatta entrambi.»

Non potei evitarlo. Il mio corpo collassò in avanti, sopraffatto dal sollievo. Un singhiozzo spezzato scaturì da un luogo profondo e intenso dentro di me mentre espellevo la repressa, putrida agonia. Il suono echeggiò contro le pareti. Agitai la fronte contro il tavolo freddo in preda al tormento e al sollievo.

Probabilmente sembravo un frignone, ma non mi importava.

Come non mi interessava che Doug mi stesse vedendo crollare in mille pezzi.

Guardandomi con disgusto mentre mi disintegravo davanti a lui.

Mi costrinsi a recuperare il fiato, a sedermi e guardare quest'uomo che aveva fatto tutto ciò che era in suo potere per tenermi lontano da sua figlia.

Come avevo potuto biasimarlo?

Si schiarì la gola, ma la sua voce suonò comunque ruvida e intrisa di dolore. «Brendon è nato con il cesareo alle sei e dodici di questa mattina. Non ha riportato alcun problema a parte una lieve sofferenza fetale, probabilmente causata dal trauma di Kenzie. Dopo il parto, l'hanno portata direttamente in sala operatoria per riparare la sua parete addominale.»

Il suo labbro inferiore tremò. «Un centimetro più giù, e sarebbero morti entrambi.»

Serrai di nuovo gli occhi, pensando che se li avessi tenuti chiusi abbastanza a lungo, sarei potuto tornare indietro nel tempo. A quando tutto era cominciato. A quella decisione che avevo preso.

Un solo errore.

Bastava un solo errore perché il mondo ti crollasse addosso.

Un solo errore per mandarti in rotta di collisione con te

stesso.

L'avevo sempre saputo.

Kenzie non apparteneva al mio mondo, per quanto duramente avessi cercato di tenerla lì.

Doug si piegò in avanti. La rabbia cancellò la tristezza e la stanchezza che avevano accasciato le sue spalle fino a un attimo prima. Batté il dito indice sul tavolo. «Un centimetro, Lyrik... uno solo e avresti ucciso la mia bambina e tuo figlio.»

Non risposi nemmeno, perché cosa avrei potuto dire?

Sapevo che la colpa era unicamente mia.

Il rimorso mi inghiottì come una nave che colava a picco nel mezzo di un oceano ghiacciato.

Un brivido mi corse lungo la spina dorsale.

Doug aprì la cartellina situata sul tavolo.

Cercai di respirare.

Di rimanere seduto immobile e accettare la mia punizione quando mi resi conto che il carnefice era venuto a riscuotere.

Sbattei le palpebre varie volte per schiarirmi la vista che era sfocata eppure atrocemente limpida.

In cima c'era un foglio su cui erano elencate le mie accuse. Il padre di Kenzie lo prese e lo spinse verso di me.

Possesso di cocaina ed eroina ai fini di spaccio. Due accuse di tentato omicidio per guida spericolata.

Gli rivolsi un breve cenno di comprensione.

Lui tirò fuori una piccola pila di fogli tenuti insieme da una graffetta e la fece scivolare verso di me con mano tremante.

Era un patteggiamento.

Che cazzo significava?

La mia attenzione scattò sul suo viso segnato dalla stanchezza.

«Come? Adesso è il mio avvocato?» Il mio tono suonò più amaro di quanto volessi.

«Desidero solo il meglio per tutte le parti coinvolte.»

«Questo cosa vorrebbe dire?»

Lui scrollò una spalla. «Leggi.»

Sollevai i polsi ammanettati sul tavolo facendo tintinnare il metallo e tirai i fogli più vicino a me per poter leggere i dettagli.

I fottuti, sgradevoli dettagli.

Potevo essere prosciolto da ogni accusa.

Senza dubbio, erano in atto varie manovre nell'ombra, ed era Doug a muovere i fili come un burattinaio.

Sarei stato libero purché avrei rinunciato alla mia potestà genitoriale.

Purché avrei accettato di non rivedere mai più Kenzie.

Non sapevo nemmeno se questa roba fosse legale.

Scossi la testa e sbattei le palpebre, disorientato.

«Vuole che li abbandoni.» Non era una domanda.

Lui parlò con voce calma. «Voglio solo il meglio per loro.»

Con un profondo sospiro, infilò la mano nella tasca interna della sua giacca e tirò fuori una busta. «Questo non posso verbalizzarlo, ma se firmi l'accordo è tuo. È tutto il denaro che ho. Se te ne vai, ti prometto che mi prenderò cura di loro. Mi assicurerò che abbiano la vita che tu non potresti mai dargli. Oppure puoi marcire in galera per i prossimi cinque o dieci anni e non li vedrai comunque. A te la scelta.»

Scelta? Non avevo nessuna scelta, cazzo.

In entrambi i casi, avrei perso la mia famiglia.

Avevo rovinato tutto.

Doug posò la busta sottile accanto alla richiesta di patteggiamento.

Un'opprimente agonia invase ogni cellula del mio essere. Ma la tenni a bada e lasciai che ogni centimetro di me si indurisse fino al punto di sentire dolore. Accolsi senza opporre resistenza l'acuto e straziante tormento che mi travolse. Digrignai i denti. «E Baz?»

«Il tuo amico resterà in galera comunque. Sono riuscito a fargli ridurre la pena a due anni, e probabilmente uscirà in meno di un anno se si tiene fuori dai guai mentre è dentro.»

Feci scorrere il dito sotto il bordo aperto della busta, sollevandolo abbastanza da poter sbirciare dentro. Non che mi fregasse di sapere quant'era la cifra segnata sull'assegno.

Centomila dollari.

Sicuramente, erano i risparmi di una vita intera.

«Ho bisogno di parlare con Baz...» Deglutii il groppo lancinante che avevo in gola. «E voglio essere io a dirlo a Kenzie.»

Lui esitò, e io scossi la testa. «Accetterò solo a queste condizioni.»

Alla fine annuì, anche se con evidente riluttanza. Lessi velocemente l'accordo e firmai, fregandomene se inconsapevolmente stavo rinunciando alla mia vita. Avevo appena pagato per l'unica cosa che volevo.

Un minuto con Kenzie.

Un minuto con mio figlio.

Raccolsi la busta e lanciai un sorriso a Doug.

Lui abbassò lo sguardo.

Come se non riuscisse a sopportare di guardarmi.

Mi sembrava giusto, perché anch'io non riuscivo a sopportare me stesso.

«Si aspettava qualcosa di diverso?» chiesi, digrignando i denti per l'amarezza.

Lui sollevò gli occhi e incrociò il mio sguardo. «Sì... suppongo di sì.»

«L'ultima cosa che volevo fare era tradirti, lasciarti da solo in questa topaia quando dovrei esserci anch'io, ma questa è l'unica cosa di cui ho assolutamente bisogno.»

La mia voce divenne disperata, come il mio atteggiamento. «È la sola cosa che ti chiedo. Ho bisogno di vederli un'ultima volta. Trascorrerò il resto della mia vita a farmi perdonare da te.»

Avevo bisogno di vederli ancora una volta.

Baz mi attirò a sé e mi strinse in un fortissimo abbraccio, la sua voce un roco sussurro nel mio orecchio. «Non dirlo neppure, amico. È tutta colpa mia. Sai che sono stato io a trascinare l'intera band nel fango e in questo merdoso stile di vita.» Si staccò da me e mi fissò intensamente. «Sei sicuro che questo sia ciò che vuoi?»

Certo che non lo era.

Avevo preso il buono che mi era stato dato e l'avevo calpestato come se non contasse nulla. L'avevo gettato via in una sola notte spericolata.

Ma una cosa buona l'avrei fatta.

Avrei lasciato andare il buono che era entrato nella mia vita.

«Sì.»

Baz fece un passo indietro e mi afferrò per le spalle. «Prenditi tutto il tempo che ti daranno. Poi... prendi il mio posto mentre sono qui dentro e tieni la band unita. Assicurati che tutte le cazzate e i festini finiscano. Prenditi cura dei ragazzi. Veglia sul mio fratellino. Ho bisogno di te, amico.»

Annuii con un cenno deciso del capo. «Consideralo già fatto.»

La porta del carcere si aprì e mi trascinai fuori nelle prime luci del crepuscolo.

Ero libero.

Ma non mi ero mai sentito più incatenato di così.

Tornai al nostro piccolo appartamento, mi feci una doccia e mi cambiai, combattendo la solitudine che gemeva tra quelle quattro mura e che cercava di affondare i suoi tentacoli nella mia carne nel tentativo di diventare un tutt'uno con me.

Ci sarebbe riuscita.

Lo sapevo.

Ma avevo un'ultima missione da compiere prima di poterglielo permettere.

Presi un taxi fino all'ospedale e scesi sul marciapiede. Era calata la sera, il cielo sembrava una tela stanca e incurvata, in-grigita dal riflesso delle luci della città. Una fitta nebbia avvol-geva la volta celeste, intrecciandosi con le nubi che si stagliava-no in lontananza.

Tumultuose.

Feroci.

L'aria era carica di energia, di qualcosa di cupo e minaccio-so.

Un oscuro avvertimento che mi annunciava che ero in pro-cinto di vendere la mia anima.

Benvenuto all'inferno.

Tirando un respiro profondo, entrai in ospedale e presi l'a-scensore. Salii al settimo piano, oltrepassai il banco delle infer-miere e mi diressi lungo il corridoio fino al numero della stanza che mi aveva fornito Doug.

Prima di entrare, mi presi un minuto per convincermi che quello che stavo facendo era giusto. Quando questo non fun-zionò, mi rifilai alcune bugie, tirai un respiro profondo e aprii lentamente la porta.

Kenzie era seduta sul letto con la schiena appoggiata alla te-stiera. La veste le ricadeva da una spalla mentre teneva al seno nostro figlio che si agitava piano tra le sue braccia.

Il dolore si abbatté di nuovo su di me. Un'altra pugnalata al-la mia anima annerita.

Obbligandomi a fare un passo in avanti, chiusi la porta con un clic alle mie spalle.

Sussultando, Kenzie spostò l'attenzione nella mia direzione. Il suo viso si trasformò in un'espressione di puro sollievo, la sua bocca si schiuse e si curvò in un sorriso. Poi emise un so-spiro e si asciugò il viso. Solo allora vidi le lacrime che le riga-vano le guance.

Volevo imprimerla nella mia mente. Memorizzare il suo dolce, tenero viso. Perché dopo stasera non l'avrei rivista mai più.

«Sei qui.»

«Sì.»

Quando mi avvicinai a loro, lei distolse lo sguardo da me e

carezzò teneramente il viso di nostro figlio. Questa piccola creatura dagli occhi gonfi e dalle labbra imbronciate. Questo piccino che stava lacerando tutto quello che mi era rimasto dentro.

Facendolo a brandelli.

Kenzie proruppe in una risata piagnucolosa e mi guardò sorridendo, la sua espressione un misto di meraviglia e tristezza. «È molto più difficile di quanto lo facciano sembrare... l'allattamento al seno, intendo.» Cominciò a sproloquiare. «Ci sto provando da oggi pomeriggio, ma lui continua ad addormentarsi... e io continuo a provare... e...»

La sua voce si spezzò sull'ultima parola, e un singhiozzo le sfuggì dalle labbra.

Sopraffatto dalla vergogna, attraversai la stanza e mi sedetti su una sedia, osservandola da lontano.

«Sono così arrabbiata con te» sussurrò infine tra le lacrime.

«Lo so.»

«Lyrik... non puoi...»

La interruppi scattando improvvisamente in piedi, perché non potevo sopportarlo. Non riuscivo a sopportare di sentirla supplicarmi di essere qualcuno che chiaramente non potevo essere.

Ritornai accanto a loro e carezzai la guancia di Brendon con un dito. «Posso prenderlo?»

Lei corrugò la fronte. «Certo che puoi... è tuo figlio.»

In realtà non lo era. Non più.

Con cautela, lo presi tra le braccia. Teneva una cuffietta rosa e celeste sulla testa e il corpicino avvolto in una coperta. Pesava quasi nulla eppure aveva un valore prezioso.

Lo sistemai contro la mia spalla e ispirai a fondo il suo odore.

Memorizzando tutto quello che avevo perso. Riversando in lui tutto ciò che mi era rimasto.

Lo amavo con tutto me stesso.

Cominciai a pronunciare silenziosamente una promessa dopo l'altra.

Il mio cuore appartiene a te. Non lo darò più a nessuno. Tu sei l'ul-

timo. Non mi innamorerò mai più. Non dopo di te.

Figlio mio.

Brendon emise un dolce, gorgogliante suono. Gli ressi la testolina con una mano e lo staccai dalla mia spalla così che potessi tracciare il suo viso con gli occhi. Così che potessi imprimerlo nella mia mente.

La sua boccuccia si aprì in un grosso sbadiglio mentre si rilassava tra le mie braccia, tirò fuori la lingua e cercò di infilarsi la manina chiusa a pugno in bocca.

Una risata affettuosa sgorgò dal mio petto.

«È perfetto, Kenz.»

«Sì.» Un tenero sorriso spuntò sul suo viso stanco.

«Te la caverai» le dissi, abbracciando Brendon un po' più forte.

«Lo so» rispose lei ingenuamente, come se non capisse quello che stavo cercando di dire. E sapevo che non lo capiva. Questa dolce, innocente ragazza non aveva idea che stesse per essere annientata.

Cazzo, avrei fatto qualsiasi cosa per tornare indietro. Per cancellare ogni cosa. Per cambiare tutto quello che avevo fatto.

Ma Doug aveva ragione.

Non sarei mai stato abbastanza buono per loro.

Tenni mio figlio il più vicino possibile. Cullandolo lentamente, perché Dio, non volevo lasciarlo andare.

La gola mi bruciava da impazzire, e cercai di trattenere le lacrime che affiorarono ai miei occhi. Velocemente, prima che perdessi il coraggio, ritornai vicino a quest'incantevole ragazza, sistemai di nuovo nostro figlio contro il suo petto e le diedi un bacio sulla fronte coperta dai capelli arruffati. Senza staccarmi da lei, pronunciai le mie parole contro la sua pelle.

«Me ne vado, Kenz. Lascio te e Brendon perché entrambi meritate molto più di quanto potrei mai darvi.»

Lei sussultò. «No.»

«Sì.»

Potei percepire l'ondata di panico che la travolse. «No... Lyrik... non farlo. Possiamo...»

«No, non possiamo. Tuo padre mi ha tirato fuori di prigione, Kenz. Mi ha anche pagato, e ho intenzione di prendere quei soldi. La band e i ragazzi ne hanno bisogno. Starai bene senza di me.»

Tremiti di disgusto e diniego scossero il suo corpo. «No, stai mentendo. Stai mentendo.»

Sì. Stavo mentendo. Ma lei non l'avrebbe mai saputo.

Era meglio così.

Odiami, Kenz. Odiami.

E per quanto duramente cercassi di trattenermi, di controllarmi, di *andarmene* perché sapevo che sarebbe stato più facile per lei in questo modo, mi comportai da egoista e premetti un ultimo bacio sulle sue labbra bagnate. Chiusi gli occhi e le diedi la completa e assoluta verità. «Tu canti la mia anima.»

Dovetti fare appello a tutte le mie forze per staccarmi da lei.

Kenzie stava gridando il mio nome quando spalancai la porta e fuggii via dalla stanza.

«Lyrik!»

Il nostro piccolo, innocente bambino emise un grido acuto e spaventato che fece vibrare le pareti, come se condividesse il tormento di sua madre – e il mio. Come se qualcosa di vitale fosse stato strappato via dalla sua anima.

«Lyrik... ti prego... no... non lasciarmi.»

Non rallentai né feci un cenno verso suo padre che sedeva come un guardiano affranto fuori dalla sua stanza, la testa china tra le spalle e i gomiti sulle ginocchia.

Scappai e basta.

Luci luminose e accecanti risplendevano dall'alto e brillavano contro il pavimento bianchissimo. Mi precipitai lungo lo stretto corridoio, alla disperata ricerca di una via di fuga.

Ad ogni passo pesante, sentivo la distanza crescere. Un abisso che mi lacerava e strappava, finché non mi sentii spezzare in due.

Non lasciarci.

Sembrava impossibile, ma potevo ancora sentirla anche quando non era reale. Quando era troppo lontana e non potevo toccarla.

Lyrik... ti prego.

Sapevo che la mia anima annerita e malconcia l'avrebbe *sentita* per sempre.

Annaspando in cerca d'aria, barcollai fuori dall'edificio e uscii nel vuoto della notte buia e profonda. Il vento soffiava forte, sferzando lungo la superficie del suolo come un turbinio tumultuoso ai miei piedi.

Sopra di me, la tempesta infuriava, le nuvole scure, pesanti e minacciose.

Un fulmine lampeggiò nel cielo. Un crepitio di energia scosse l'aria e mi avvolse in spire di un'agonia incandescente.

Per un attimo, cedetti e mi concessi di sentire. Sollevai il viso verso il cielo tempestoso, mi afferrai i capelli tra le mani e urlai.

Urlai in preda al dolore.

Urlai in preda al rimpianto.

Urlai abbastanza forte così che non avrei mai dimenticato.

Il rombo di un tuono squarciò il cielo.

La pioggia cominciò a cadere a dirotto.

Estrassi l'assegno dalla tasca e, col cuore pesante, lo feci in mille pezzi che vennero trafitti da grosse gocce di pioggia quando li gettai nell'aria tempestosa.

Serrai le mani a pugno lungo i fianchi. Seppellii il ricordo del suo viso e della sensazione che avevo provato nello stringerlo tra le mie braccia nella parte più profonda di me. Lo sigillai e barricai il mio cuore.

Il mio spirito si aggrappò e si intrecciò alla promessa che gli avevo fatto.

Non mi innamorerò più.

Mai più.

Non dopo stanotte.

23

TAMAR

L'alba carezzava il cielo, colorando l'orizzonte di una leggera sfumatura di rosa e baciando la terra con i suoi raggi. La casa si stagliava silenziosa come una prigioniera della notte. Tranquilla e immobile.

Le montagne che amavo così tanto le facevano da cornice, come se stessero di guardia su coloro che cercavano rifugio tra le sue mura.

Mi asciugai gli occhi annebbiati di lacrime col cuore in gola e lo stomaco stretto in una morsa.

Casa.

Mi era sembrata così distante.

Simile a una fiaba, un sogno da cui mi ero risvegliata quando avevo aperto gli occhi come Tamar King.

Proprio come appariva adesso. Così calda, pittoresca e accogliente che poteva essere soltanto una fantasia.

Ma Lyrik mi aveva ricordato che questa poteva essere la mia realtà.

Spensi il motore dell'auto presa a noleggio e aprii lentamente la portiera. Con gambe tremanti, scesi sulla strada sterrata e chiusi silenziosamente lo sportello alle mie spalle.

Gli insetti trillavano nelle prime luci del giorno e il calore del sole nascente mi avvolse tra le sue braccia.

Casa.

Avanzai verso la mia casa d'infanzia, salendo i gradini di legno del portico senza fare rumore e reggendomi alla ringhiera per sostenermi.

Casa.

Il mio corpo si tese quando sollevai il pugno e lo battei contro la porta.

Piano ma con decisione.

Sembrò passare un'eternità prima che si sentisse un fruscio di passi dall'altra parte. Poi la serratura scattò e la porta si aprì con un cigolio.

Mia madre si pietrificò sulla soglia.

Poi si portò le mani alla bocca.

I suoi occhi si colmarono di lacrime.

Cadde in ginocchio.

E io feci lo stesso.

Suppongo che tutte le lacrime che avevo trattenuto per anni fossero state liberate. Perché mi sembrava che non smettessi di piangere da giorni. Perché il mio cuore era spezzato eppure, in qualche modo, si stava attualmente risanando.

L'amore mi riempì ovunque, nonostante lo spazio vuoto che Lyrik aveva lasciato dentro di me pulsasse di dolore.

Mia madre mi prese il viso tra le mani. Il suo tocco era gentile e incoraggiante. Fermo e incrollabile.

«Tamar. Bambina mia. Sei tornata a casa da me. Sei qui.»

Mio padre si precipitò in corridoio e si fermò bruscamente quando trovò me e mia madre inginocchiate sul pavimento. Il fiato gli si mozzò visibilmente in gola.

Mi sentivo come il figliol prodigo che chiedeva perdono in ginocchio per ciò che aveva sprecato.

Avrei dovuto sapere che il loro amore, la loro fiducia ed eterno supporto sarebbero stati abbastanza grandi da sorreggermi. Da aiutarmi a superare ogni difficoltà. Ma stavo cominciando ad accettare che non tutte le cattive scelte erano sbagliate. Che forse avevo avuto bisogno di tempo per crescere prima di poter essere abbastanza forte da reggermi in piedi da sola.

«Sei qui» ripeté mia madre.

Sì.

Ero qui.

Grazie a un ragazzo.

Un ragazzo che mi aveva rammentato che ero coraggiosa.

24

LYRIK

Cosa serve per definire una persona?

Quanti momenti?

Quante scelte?

Quanti errori?

Forse è la prima volta che esci da solo, quando ti rendi conto che puoi farcela. Che non hai più bisogno della guida rassicurante dei tuoi genitori.

Forse è il giorno in cui capisci che cosa vuoi essere. Quando quel seme di ambizione sboccia dentro di te e sai che farai tutto il possibile per realizzare ciò che desideri di più.

Forse è la prima volta che ti innamori.

Forse è l'ultima.

Forse è la somma di entrambe.

Quello che sapevo era che abbandonare Kenzie e Brendon aveva definito ciò che ero.

Non sapevo se quella decisione fosse il risultato di anni di cattive scelte o di un errore fatale.

Ma perderli era stato simile a una pena di morte.

La mia anima condannata a vivere una vita d'inferno.

Avevo lasciato quell'ospedale col cuore duro e pieno d'amarezza.

Condannato a una vita di rimpianti e odio per me stesso. Non ci era voluto molto prima che questo mi plasmasse e *rimodellasse*. Rendendomi superficiale, egoista e furioso. Le sole cose buone che avevo erano la mia famiglia, i ragazzi e la mia lealtà verso la band.

Le mie canzoni la mia unica vera gioia.

Lungo la strada, mi ero concesso soltanto due vizi. Una sfilza infinita di donne e bottiglie di liquori senza fondo. Ovviamente, entrambe le cose erano servite solo a farmi sentire più svuotato di prima.

Quel posto vuoto era dove avevo ammassato tutto l'odio e l'ostilità che provavo. Dove mi tormentavo con i ricordi di ciò che avevo fatto.

Pensavo che tutto questo mi avrebbe definito per sempre.

Almeno finché Tamar non era piombata nella mia vita come un uragano. Un'impetuosa tempesta che si preparava in lontananza. Più forte del previsto. Magnificamente feroce e selvaggia.

Soffiando su di me con la forza di un vento di burrasca.

Rimodellando, riscrivendo e ridefinendo.

Cancellando tutta quell'oscurità con tante sfumature di rosso e blu e quel brillante, accecante bianco.

Al punto che ormai non ero più in grado di riconoscere chi fossi. Perché da qualche parte lungo la via, senza il mio permesso, ero diventato suo.

Una fresca e leggera brezza soffiava tra gli alberi, preannunciando l'arrivo dell'inverno e attenuando il caldo torrido della California.

Era in questo periodo dell'anno che li avevo persi.

Alle soglie dell'inverno.

Quando tutte le cose erano diventate fredde.

Dopo cinque anni esatti, avevo perso anche Blue.

Stancamente, mi sfregai una mano sul viso.

Cazzo.

Non sapevo più come sopravvivere alla loro perdita.

Perciò eccomi qui ad aspettare come una specie di perverso stalker.

Attendendo.

Osservando.

Domandandomi se questa fosse la cosa giusta o sbagliata da fare.

Ma avevo commesso così tanti maledetti errori nella mia vita che avevo bisogno di fare qualcosa di giusto.

Ed ero pronto a scommettere che anche questo momento sarebbe stato determinante.

Un gelido brivido paralizzante mi percorse il corpo quando vidi la Toyota Highlander argentata avvicinarsi e poi rallentare.

Era innocua.

Eppure trasmetteva qualcosa di solenne.

Svoltò nel vialetto situato direttamente di fronte al piccolo parco dove sedevo. Le luci rosse dei freni lampeggiarono quando il SUV entrò nel garage, e qualche istante dopo il motore si spense.

Il mio battito cardiaco accelerò.

Dio. Cosa stavo facendo? Ma non potevo fermare ciò che avevo già messo in moto. Ciò che il mio cuore aveva già proclamato. Così mi alzai e attraversai la strada, e proprio in quel momento la portiera del guidatore si spalancò e Kenzie scese dall'auto.

Sapevo che sarebbe stata da sola.

Proprio come lo era stata negli ultimi tre giorni in cui mi ero seduto in questo stesso posto per studiare la sua routine. Perché, per quanto intensamente avessi bisogno di vedere mio figlio, sapevo che dovevo prima ottenere la sua approvazione. Sapevo che non potevo piombare nella vita di Brendon se non c'era alcuna possibilità che ne potessi fare parte. E di sicuro, non se avrei fatto soffrire Kenzie più di quanto avessi già fatto.

Completamente ignara della mia presenza, si piegò verso l'interno dell'auto e raccolse le sue cose, si mise a tracolla il portatile e poi fece lo stesso con la borsetta. Indossava un tailleur e tacchi a spillo.

Un grosso nodo mi si formò in gola. Grosso quanto il macigno che mi schiacciava lo stomaco.

Indietreggiò e chiuse lo sportello dell'auto. Quando fece un passo verso la porta interna del garage che conduceva in casa, la chiamai.

«Kenzie.»

La mia voce era ruvida.

Rotta.

Carica di sensi di colpa.

Con la schiena ancora rivolta a me, si pietrificò. Le sue spalle si alzavano e abbassavano in maniera irregolare, come se stesse cercando di recuperare il fiato che le avevo rubato, di ritrovare il terreno che le avevo strappato da sotto i piedi.

Era alquanto brutto quando la tua sola presenza aveva il potere di causare una simile reazione.

Lentamente, Kenzie si voltò. Le borse scivolarono lungo il suo braccio e caddero con un tonfo sul pavimento.

Aveva il viso cinereo.

Gli occhi spalancati.

L'anima sconvolta.

«Kenzie» ripetei di nuovo, facendo un passo in avanti, sperando che il mio tono fosse abbastanza calmo da farle capire che non ero lì per causarle altro dolore.

Anche se non ero così sciocco da pensare che questo incontro non l'avrebbe ferita.

Lei fece un passo indietro e sbatté le palpebre come se stesse cercando di mettere a fuoco, dopodiché cominciò a scuotere la testa. «No.»

«Kenzie... ti prego... non sono qui per causarti problemi.»

Un singhiozzo le sfuggì dalle labbra. Si portò una mano chiusa a pugno alla bocca, come se stesse cercando di mantenere il controllo. Gli angoli dei suoi occhi si corrugarono così tanto che ebbi la sensazione che volesse chiuderli per cancellare la mia presenza ma non si fidasse di me abbastanza da distogliere lo sguardo.

Non potevo biasimarla.

La colpa era solo mia.

«Allora cosa ci fai qui?» chiese con voce arrochita dalle lacrime e dalla disapprovazione.

Mi schiarii la gola. «Sono qui perché cinque anni fa ho commesso l'errore più grande della mia vita. Cinque anni fa ho rinunciato a mio figlio.»

La disperazione mi fece fare un altro passo in avanti. «E so che non ho il diritto di essere qui, Kenzie. Che tutti gli sbagli che ho fatto mi sono costati tale diritto. Ma ho bisogno di sapere che sta bene. Ho bisogno di sapere che entrambi state bene.»

L'agitazione si impadronì di ogni cellula del mio corpo. Mi passai nervosamente una mano tra i capelli, facendo del mio meglio per contenerla. Per comportarmi da vero uomo, almeno una volta. Incrociai a testa alta la paura nel suo sguardo. «Ho bisogno di vederlo, Kenz. Col tuo permesso, ho *bisogno* di vedere mio figlio» conclusi in un sussurro.

Alla mia richiesta, Kenzie sussultò come se l'avessi colpita.

«Perché ora?» chiese con labbra tremanti. «Perché proprio ora, dopo tutto questo tempo?»

Spostando lo sguardo a terra, mi strofinai il viso con una mano per sciogliere la tensione che c'era tra di noi.

La rabbia.

L'ostilità.

Un antico dolore che non ero sicuro sarebbe mai andato via.

«Perché recentemente qualcuno mi ha mostrato che cosa vuol dire essere coraggiosi.»

I suoi occhi marroni vagarono sul mio corpo. Come se si stesse appena rendendo conto di quanto diverso fosse il mio aspetto rispetto all'ultima volta che mi aveva visto. Adesso l'inchiostro ricopriva quasi ogni centimetro della mia pelle scoperta.

Poteva vedere il tormento che avevo scritto lì.

Il suo.

Il mio.

Trasalì quando il suo sguardo si posò sul nome di Brendon inciso tra le note della sua canzone.

Alla fine, riportò l'attenzione sui miei occhi che probabilmente raccontavano più di quanto l'inchiostro potesse mai fare.

Perché ero dispiaciuto.

Così profondamente dispiaciuto, cazzo.

Ma non sapevo se questo facesse una dannata differenza nel grande schema delle cose.

Se valesse lo scompiglio che avrei portato nella loro vita. Perché non c'erano dubbi che l'abitazione dietro di lei fosse una vera casa. Un posto dove viveva con nostro figlio e l'uomo che aveva sposato due anni prima, qualcosa che avevo scoperto quando ero andato su internet per rintracciarla.

Erano una famiglia, e non sapevo come sarei riuscito a farne parte perché di sicuro non ero qui per sfasciarla.

Non stavo mentendo quando le avevo detto che non ero venuto per causarle problemi. Ma questo importava poco, dato che la parola "problema" sembrava essere attaccata al mio nome.

Kenzie si mordicchiò il labbro inferiore, com'era solita fare quando non sapeva cosa fare. «Ho sempre saputo che saresti venuto.»

A disagio, spostai il peso da un piede all'altro e infilai le mani in tasca. «Davvero? Perché io non avrei mai pensato che l'avrei fatto.»

Osservai il movimento del suo pomo d'Adamo quando deglutì.

«Perché? Non volevi?»

Scossi la testa. «No, Kenzie. Perché era l'unica cosa al mondo che desiderassi fare.»

Lei annuì come se capisse ciò che intendevo dire e mi guardò dritto negli occhi. «Okay.»

Okay.

Lasciai andare il respiro che non mi ero reso conto di star trattenendo.

Okay.

Con un gesto del mento, Kenzie indicò il parco dov'ero stato seduto fino a pochi minuti prima. «Vado a prenderlo... aspettaci al parco.»

Si voltò, poi si fermò e tentennò. Con cautela, mi lanciò un'occhiata da sopra la spalla. «Lyrik... lui non sa...»

Lasciò la frase in sospeso, come se non riuscisse a dirlo ad alta voce.

Non avendo bisogno di chiarimenti, annuii in segno di comprensione.

Certo che non lo sapeva.

Non mi aspettavo che Brendon sapesse chi ero.

Scrollai le spalle in un gesto rassegnato. «Presentami in qualunque modo reputi necessario, Kenz. In qualunque modo abbia senso. Non mi importa. Voglio solo vederlo.»

Un sorriso triste curvò un angolo della sua bocca. Si asciugò le lacrime che le annebbiavano gli occhi. «Arrivo tra un minuto. Brad deve saperlo.»

Un'emozione simile alla gelosia mi strinse in una morsa.

Sì.

Avevo visto Brad ritornare a casa con Brendon ogni giorno, anche se non ero mai riuscito a dare una bella occhiata a mio figlio. Avevo solo visto la sua sagoma sul sedile posteriore del pick-up che entrava nel garage un'ora prima di Kenzie.

Tornai al parco e mi sedetti su una panchina con i gomiti poggiati sulle ginocchia. Proprio come avevo fatto negli ultimi tre giorni. Anche se stavolta... stavolta le mie viscere tremavano e il mio cuore martellava. Palpitava di rimpianto e, contemporaneamente, galoppava in preda alla speranza.

La speranza di qualcosa di diverso.

La speranza di qualcosa di buono.

Quel qualcosa di buono arrivò quando la porta interna del garage si aprì circa dieci minuti dopo. Al di sopra delle auto parcheggiate, potevo solo vedere la parte superiore della testa di Kenzie e l'uomo che emerse dietro di lei. Avanzarono lungo lo spazio tra la macchina e il muro del garage, finché non uscirono sotto la flebile luce del giorno che stava svanendo.

Proprio come l'aria nei miei polmoni.

Il mio respiro, il mio cuore e la mia anima si fermarono.

Il tempo sembrò arrestarsi e, simultaneamente, correre più velocemente.

Una piccola mano era stretta in quella di Kenzie.

Brendon.

Tutto il mio essere pulsò.

Emozione dopo emozione.

Dolore.

Perdita.

Rimpianto.

Amore. Amore. Amore.

Si fermarono sui propri passi, perché forse anche loro avevano bisogno di tempo per assimilare il cambiamento che stava per avvenire. Il braccio libero di Brendon era colmo di giocattoli. Indossava una camicia, un paio di jeans con risvolto alle caviglie e delle Vans a scacchi che lo facevano sembrare un tipetto tosto.

Sentii un grosso sorriso spuntarmi sul viso mentre il mio spirito si agitava in ogni direzione.

Il vento frusciò tra i suoi capelli.

Erano neri.

Proprio come i miei.

Mi alzai in piedi.

Attratto.

L'emozione mi serrò la gola quando Kenzie cominciò a condurlo verso di me dall'altra parte della strada. Suo marito rimase indietro con le braccia incrociate sul petto, lo sguardo diffidente, duro e pieno di avvertimento.

Non lo biasimavo neanche un po'.

Al suo posto, anch'io avrei voluto prendermi a calci in culo.

Non importava, comunque. Perché questo bambino... questo bambino era l'unica cosa che vedevo. La sua bocca era piegata in un sorriso di benvenuto, i suoi occhi erano così scuri da sembrare quasi neri e luccicavano di una bonaria malizia che conoscevo fin troppo bene. Era come guardare tutte quelle foto che mia madre teneva attaccate al muro.

Questo bambino era mio.

Si fermarono a un paio di metri da me, che ero in piedi sotto l'ombra di un albero accanto alla panchina. Brendon continuò a guardarmi col suo interminabile sorriso che mi cinse come catene, corde e nastri indistruttibili.

Unendoci in un legame indissolubile.

La curiosità luccicava nei suoi occhi scurissimi. Qualche attimo dopo, sua madre si inginocchiò davanti a lui e gli scostò la frangetta troppo lunga dalla fronte con un gesto quasi tremante e frenetico. «Tesoro, voglio presentarti una persona molto importante, ok?»

«Ok» rispose Brendon, sorridendomi.

«Lui è Lyrik» disse Kenzie, come se stesse rivelando un segreto.

Mi misi anch'io in ginocchio, sentendomi completamente esposto quando lui rivolse tutta la sua attenzione su di me.

Il suo sorriso metteva in mostra una fila dritta di denti da latte, con uno mancante nella parte inferiore.

Mi venne voglia di piangere mentre lo guardavo, ripensando a tutti gli anni trascorsi. Mentre osservavo la meraviglia nel suo sguardo e ciò che fuoriuscì dalle sue braccia quando improvvisamente lasciò cadere a terra la pila di giocattoli. Frugò tra di essi e afferrò per una gamba quell'orsetto che si diceva portasse fortuna.

Che legasse insieme una famiglia.

Il pupazzo era un completo disastro e probabilmente avrebbe dovuto essere gettato via anni fa, tanto era consunto, strappato e sfilacciato.

Lo sollevò come se fosse un premio. «L'hai fatto tu questo!»

Per un istante, ogni parte di me si pietrificò.

Gli angoli dei miei occhi si strinsero e la mia fronte si corrugò mentre combattevo contro l'insopportabile dolore che mi travolse. Spostai lo sguardo su Kenzie in cerca di aiuto, perché non sapevo come dare un senso a tutto questo.

Le lacrime le scorrevano lungo il viso. Rimase in silenzio, come se avesse *fiducia* nel fatto che avrei gestito la cosa nel modo giusto. Che avrei capito che la situazione era delicata e che potevo favorirla o frantumarla in un milione di pezzi irriconoscibili.

«Sì, campione, l'ho fatto io.»

Brendon tornò a frugare tra i suoi giochi e tirò fuori una macchinina blu. «Ehi, ti piacciono le macchine? Questa è la mia preferita.»

Una bassa risatina rimbombò nel mio petto. «Mi piacciono un sacco.»

Il suo sorriso si allargò. «Anche a me. Il mio papà dice che questo modello va molto veloce.»

Feci del mio meglio per non sussultare, ma non potei evitare la fitta di gelosia che mi trafisse il petto. Tuttavia, avevo messo in conto il fatto che avrei provato questo sentimento quando avevo fatto un'altra *scelta*. Quando avevo cambiato percorso e mi ero diretto in una direzione diversa.

Quando ero venuto qui.

Mi sforzai di infondere un tono leggero nelle parole che pronunciai e che mi graffiarono la gola. «Il tuo papà ha perfettamente ragione. È velocissima. Se andasse più veloce, sarebbe una macchina da corsa.»

I suoi occhi si spalancarono. «Whoa! Fantastico! Sai cosa significa verde?»

Un po' disorientato, sollevai le spalle. «Il via di partenza?»

«Sì!»

Imitò il rombo di un motore e spinse la macchinina sul terreno, totalmente inconsapevole di star sgretolando il mio mondo.

«Via!» urlò, poi chiese: «E giallo?»

«Ehm... rallenta?»

Mi rivolse un sorriso. «Di nuovo esatto, perché è quello che mi dice la maestra quando devo girare il mio cartoncino da verde a giallo. *Rallenta*» disse, scimmiottando la maestra, gli occhi luccicanti di giocosa malizia. «Perché quando arrivi al rosso? Significa stop e non puoi giocare durante la ricreazione. E questo non deve succedere!»

Kenzie emise una risata strozzata sotto i baffi.

Sì.

Avevo ragione.

Era proprio un tipetto tosto.

Così maledettamente carino.

Avrei scommesso che era una piccola peste, indisciplinato e assolutamente perfetto.

Cominciò a far scorrere la macchinina lungo il mio braccio e sopra la sua canzone. Una canzone che non avevo mai cantato a nessuno. Una canzone riservata per le ore più solitarie della notte. Una che suonavo come una sorta di assurdo tributo. Quando sussurravo quelle preghiere che non avevo il diritto di pronunciare.

Implorando che lui fosse felice.

«Ehi, questo è il mio nome» disse all'improvviso, facendo scorrere le ruote avanti e indietro sul suo nome inciso per sempre sul mio braccio.

Un'ondata di affetto mi serrò la gola.

«Sì, lo è, ometto, lo è.»

Sorrise di nuovo, e dovetti fare appello a tutto il mio autocontrollo per non prenderlo tra le braccia e portarlo via con me.

Invece, rimasi lì accovacciato mentre lui parlava, mostrandomi tutti i suoi giocattoli preferiti che chiaramente si portava appresso ovunque andasse, chiacchierando senza sosta in maniera animata e sfrenata. Mi parlò come se mi conoscesse da sempre.

Come se fossi il suo migliore amico.

Il mio sguardo si spostò su Kenzie che si era seduta sulla panchina con i gomiti poggiati sulle ginocchia. Ci osservava con espressione dolce, triste e consapevole.

Silenziosamente, le dissi che lavoro straordinario aveva fatto con nostro figlio. Proprio come sapevo che avrebbe fatto.

E non potei fare a meno di domandarmi come sarebbe stato se fossi rimasto al loro fianco, se avessi assistito alla crescita di Brendon, se in qualche modo avessi fatto parte della loro vita.

Delle difficoltà, delle gioie e dei traguardi raggiunti.

Delle piccole cose.

Tutto ciò a cui avevo rinunciato per una sola notte di baldoria.

Osservai Brendon mentre spingeva la macchinina attraverso i fili d'erba, completamente perso nel suo gioco. Dopo un po' se la mise in tasca, si alzò in piedi e corse verso lo scivolo.

Il silenzio turbinò intorno a noi mentre Kenzie mi dava il tempo di riprendermi. Ma onestamente, neppure tutto il tempo del mondo sarebbe mai stato sufficiente.

«Grazie» dissi infine. Perché non avevo avuto idea di come mi avrebbe accolto. Non quando non mi doveva assolutamente nulla. Soprattutto, dal momento che ero piombato nella sua vita senza alcun avvertimento.

Mi avvolsi le braccia intorno alle ginocchia e dondolai avanti e indietro, cercando di superare il disagio che provavo, valutando cosa dire.

«Quindi... sa... di me?»

Un lieve sospiro fuoriuscì dalle sue labbra increspate. «Ero sincera quando ho detto che sapevo che un giorno saresti tornato. E sì, è stato un vero shock voltarmi e trovarti di fronte a me, ma una volta che lo shock è svanito, non posso dire di essere rimasta davvero sorpresa.»

Inclinò la testa verso suo marito che stava ancora di guardia dall'altra parte della strada. Mi domandai quanto dannatamente difficile dovesse essere per lui, perché per me era di sicuro un inferno.

«L'abbiamo preparato per questo giorno, Lyrik. Per il giorno in cui saresti tornato nelle nostre vite. E anche se non l'avessi mai fatto, sapevamo che un giorno Brendon avrebbe capito da solo che Brad non è suo padre biologico. Non avevamo intenzione di mentirgli al riguardo.»

Mi massaggiai la nuca per sciogliere la tensione, cercando di prepararmi psicologicamente all'opinione che Brendon doveva già essersi fatto su di me. «Cosa sa, Kenz?»

Lei mi guardò con occhi velati di lacrime. «Sa che ha i tuoi occhi e i tuoi capelli e che sei stato tu a fargli quell'orsetto, Lyrik.» La sua voce si incrinò a quell'ammissione. «Sa che l'hai messo tu nella mia pancia, solo che ancora non ha capito cosa significhi esattamente.»

Ogni cellula del mio corpo pulsava e doleva.

E non ero sicuro di poter respirare.

Non con il rimorso, la tristezza e la gratitudine che mi serravano la gola.

Un sorriso malinconico affiorò sulle sue labbra mentre guardava Brendon. «Anche quando ho smesso di amarti, non significava che non ti volessi più bene, Lyrik. Che non avessi fiducia in te. Nonostante tutti i terribili errori che hai commesso, sapevo che un giorno avresti fatto la cosa giusta. Perciò gli ho raccontato storie su di te... quelle belle... quelle sul ragazzo che conoscevo prima di scoprire di non conoscerlo affatto.»

Il suo sorriso si affievolì e altre lacrime le rigarono il viso. «Ma suppongo che ti conoscessi, dopotutto, no?»

Esitante, portai la mia completa attenzione su di lei.

«So che non hai mai incassato quell'assegno. Mio padre me l'ha confessato... la notte prima che sposassi Brad. Voleva assicurarsi che fossi sicura della mia scelta. Che mi stessi sposando per amore e non perché pensavo che Brad sarebbe stato un buon uomo per me e per mio figlio.»

La sua voce si abbassò fino a diventare un sussurro. «Voleva darmi la possibilità di tornare da te.»

«E tu hai scelto lui» conclusi con un lieve cenno in direzione di Brad.

Per due settimane mi ero chiesto cosa avrei provato quando sarei venuto qui. Cosa avrei sentito per Kenzie. Per questa ragazza che avevo creduto avrebbe posseduto il mio cuore per sempre.

Suppongo che questa fosse la risposta alla mia domanda.

Il fatto che avesse scelto un altro uomo, anche dopo aver scoperto che le avevo mentito quando avevo abbandonato lei e Brendon, non mi faceva star male. Al contrario, mi riempiva di uno strano senso di conforto.

Tutto ciò che volevo era vederla felice, e provavo gioia nel sapere che lo fosse.

Immagino che anch'io non fossi più *innamorato* di lei, benché ci sarebbe sempre stata una parte di me che l'avrebbe voluta bene... che si sarebbe preoccupata per lei.

Suppongo che questo fosse ciò che il mio cuore aveva cercato di dirmi negli ultimi due mesi. Il motivo per cui quelle parole erano scivolate liberamente dalla mia bocca.

Blue.

Tu canti la mia anima.

Un piacevole dolore mi riempì il petto.

Non avevo più dubbi su chi possedesse il mio cuore.

Quella ragazza.

La mia coraggiosa, bellissima Blue.

Kenzie emise una risata imbarazzata e arrossì. «Penso che quello che avevamo fosse reale, Lyrik. Ma penso anche che mi stesse solo preparando per ciò che avrei provato quando avrei incontrato l'uomo con cui ero destinata a vivere la mia vita.»

Teneramente, spostò lo sguardo sull'uomo dall'altra parte della strada.

Ridacchiai. «Perché sembra qualcosa che direbbe mia madre?»

Lei scoppiò a ridere. «Perché tua mamma è fantastica.»

Buon Dio, era davvero strano starmene seduto qui a chiacchierare tranquillamente con Kenzie.

La sua espressione tornò seria e i suoi occhi scrutarono il mio viso. «Sei felice, Lyrik?»

Sospirando, mi scostai i capelli che il vento aveva fatto svolazzare sul mio viso. «No, Kenz. Non sono felice. Non ho permesso a me stesso di esserlo dalla notte in cui ho abbandonato te e Brendon.»

Le parole rimasero bloccate da qualche parte nel profondo di me prima di venire fuori in una sommessa confessione. «Ma... ci sono quasi.»

Sì.

Anche questo era strano.

Rendermene finalmente conto.

«Ti ho osservato» ammise. «Ti ho osservato mentre raggiungevi il successo con i *Sunder*. Ho visto i tabloid... la popolarità, le feste, le donne. Avresti dovuto essere più felice di chiunque altro. Ma sapevo che non era così, Lyrik. Lo sapevo. Lo leggevo sul tuo viso.»

Incrociò lo sguardo di suo marito. «Voglio che tu sappia che va bene. Va bene lasciare andare il senso di colpa che ho visto in ogni foto che ti ritraeva.» Riportò gli occhi su di me con espressione malinconica. «Io ti ho lasciato andare molto tempo fa.»

Il mio mondo scorse rapidamente in avanti. E allo stesso tempo al rallentatore. Rendendo tutto chiaro.

Così fottutamente chiaro.

Tu canti la mia anima.

«Sarà meglio che tu vada» disse infine con un tenero sorriso. «Brad è il ragazzo migliore che conosca, ma anche la sua pazienza ha un limite.»

Annuii, ancora frastornato, mi alzai in piedi e scrollai via l'erba e le foglie dai pantaloni.

Brendon tornò correndo verso di me. Teneva le mani sollevate sopra la testa e non potei fare a meno di prenderlo tra le braccia.

Lo strinsi forte contro il mio petto e inspirai il suo odore come avevo fatto quella notte. Lui ridacchiò, si scostò leggermente e afferrò una ciocca dei miei capelli, come se stesse ricordando ciò che gli aveva detto sua madre.

Questa strana connessione riempì l'aria intorno a noi di energia, luce e vita.

Questa specie di attrazione magnetica che mi legava a lui. Che mi conduceva da *lei*.

«Mi mancherai, campione» mormorai nel suo orecchio.

«Ci vediamo presto» rispose lui in tono convinto. Quasi mi stesse dicendo di non preoccuparmi. Che magari quell'enorme distanza tra di noi si era appena accorciata.

Abbastanza da poterla attraversare.

«Sì... lo spero davvero.»

Con cautela, lo misi giù e mi ficcai le mani nelle tasche. Brendon andò di corsa verso suo padre che stava già attraversando la strada, dirigendosi dritto verso Brendon con occhi pieni d'amore e protezione.

Un affetto totale e assoluto.

Lentamente, iniziai a indietreggiare, assaporando fino all'ultimo istante l'immagine di mio figlio.

I miei occhi e quelli di Kenzie si incrociarono. «Comincerà a fare domande dopo che te ne sarai andato. E gli dirò tutta la verità, Lyrik. Spero davvero che tu faccia la cosa giusta.»

Continuando ad arretrare, pronunciai le mie parole con voce sommessa e carica di promesse. «Quando si sentirà pronto per incontrarmi, quando saprà chi sono davvero, ti prego di non impedirgli di venire da me. Io lo aspetterò.»

Lei annuì e io le rivolsi un sorriso pieno di gratitudine. Mi voltai e cominciai a risalire la piccola collina.

«Ehi, Lyrik!» mi chiamò Kenzie. Stava sorridendo luminosamente quando le lanciai uno sguardo da sopra la spalla. «Chiunque lei sia... è una ragazza fortunata.»

Ricambiai il suo sorriso, scuotendo la testa.

Aumentai il passo e cominciai a correre verso il mio pick-up.

Perché non era Blue quella fortunata.

Ma se fossi riuscito a riconquistarla, sarei stato il ragazzo più fortunato del mondo.

25

TAMAR

Mia madre mi strinse la mano in un silenzioso gesto di incoraggiamento. Il mondo fremeva di attività intorno a noi. La gente percorreva le strade trafficate del centro mentre io ero immobile nel bel mezzo del marciapiede di fronte alla piccola scalinata che conduceva al palazzo di giustizia.

Il sudore mi bagnava le mani e mi imperlava la nuca.

Fuggi. Fuggi. Fuggi.

Era la vocina terrorizzata nella mia testa confusa che sussurrava quella supplica straziante.

Implorandomi di scappare.

Di risparmiarmi la tortura che mi attendeva dietro quelle porte.

Coraggiosa.

Fu il ricordo di quella voce profonda e tormentata che mi convinse a restare. Il calore persistente della sua presenza.

Buffo come fosse stato Lyrik a svelare il mio coraggio interiore, ad accoglierlo, a mostrarmi che non dovevo più vivere dietro le mura che avevo eretto intorno a me, quando invece lui aveva continuato a costruire le proprie.

Mattone dopo brutale mattone.

Deviando, evitando e proteggendo un cuore distrutto che avevo scoperto conteneva tanta bontà nascosta. Sapevo che era lì. Annidata tra le sue ombre minacciose.

Questo non significava che il suo cuore selvaggio non avesse il potere di annientare.

Mi stavo ancora riprendendo dal fatto che avesse scelto di annientare *me*.

Avevo creduto che fossimo vicini... così vicini a scoprire chi dovevamo essere. Insieme. Ma suppongo che fosse proprio questo il problema.

Lyrik si era affezionato troppo a me e non era riuscito a sopportarlo.

Questo ragazzo il cui cuore non gli apparteneva.

Eppure possedeva il mio ugualmente.

Mia madre mi strinse di nuovo la mano. «Dobbiamo entrare.»

«Lo so» sussurrai, continuando a restare immobile.

Lei si voltò verso di me, la sua espressione gentile e comprensiva mentre mi scostava teneramente dal viso le lunghe ciocche di capelli che il vento faceva svolazzare intorno alla mia testa.

Capelli che adesso erano di un castano così scuro da sembrare quasi neri.

Red era sparita.

Avrei dovuto sapere che quando Lyrik si era intrufolato con forza nella mia vita *lei* non sarebbe più potuta restare.

Li avevo tinti del mio colore naturale. Del colore che erano stati prima che fuggissi. Prima che indossassi una maschera, camuffandomi e mimetizzandomi.

Lo stesso colore che sarebbero stati quando sarei salita sul banco dei testimoni per deporre contro Cameron Lucan.

No.

Non mi vergognavo dei tatuaggi che coprivano le mie cicatrici o di come mi ero tinta i capelli. Me n'ero resa conto sin da quando ero tornata a casa.

Ma quando Cameron mi avrebbe vista seduta lì, non sarebbe stato nelle vesti di qualcun altro.

Sarei stata io.

Tamar Gibson.

La ragazza che aveva quasi distrutto.

In tutti gli anni in cui ero fuggita, non mi ero mai resa conto che nascondendomi gli stessi permettendo di farla rimanere in quello stato.

Spezzata.

Impaurita.

Sottomessa.

E per quanto fossi terrorizzata di affrontarlo, non mi avrebbe più tenuta prigioniera o legata.

«Puoi farcela, Tamar» disse mia madre con enfasi. «So che puoi. E so che questo dev'essere uno dei momenti più terrificanti che tu abbia mai dovuto affrontare. Ma sei già a più di metà strada. Sei *qui*. Sei *tornata*.»

I miei occhi si colmarono di lacrime e le rivolsi un sorriso tremulo. Nelle due settimane da quando avevo bussato alla loro porta all'alba, mia madre era stata il mio costante sostegno. Sempre presente quando avevo bisogno di parlare con qualcuno e sempre presente anche nel silenzio quando capiva che avevo bisogno di restare da sola.

Mia madre si morse il labbro inferiore e asciugò la singola lacrima che scivolò lungo la mia guancia. «Sono così fiera di te. Te l'ho già detto?»

Emisi una risata tremante. «Solo un migliaio di volte.»

Lei sorrise. «Allora te lo dirò volentieri altre mille volte.»

«Grazie» mormorai, più grata di quanto potesse mai immaginare.

«Oh, tesoro mio. Sono tua madre. Non importa quanto lontano tu possa andare, io sarò sempre qui. Ad aspettarti. Sei un dono, non un peso. Non pensare mai il contrario.»

Le sue parole mi fecero venir voglia di afferrarla e abbracciarla, di ringraziarla ancora e ancora. Invece, annuii. «Ok, andiamo.»

Entrammo nell'edificio e oltrepassammo la sicurezza. Mi ero rifiutata di assistere ad altre deposizioni e interrogatori. Di sottopormi alla presentazione delle prove. Ero qui per raccontare la mia storia. Ed ero qui per raccontare quella di Madeline dal momento che Cameron l'aveva privata della possibilità di farlo lei stessa.

Questo però non mi impedì di rallentare il passo man mano che ci avvicinavamo all'aula di tribunale. Potevo sentire il cuore martellarmi forte nel petto, così forte che ero sicura fosse visibile sotto la mia camicetta bianca. Ogni passo in avanti che facevo scatenava un ondata di panico che mi faceva scorrere velocemente il sangue nelle vene.

Queste sensazioni si amplificarono quando fui condotta attraverso le doppie porte di legno.

La mia pelle fu percorsa dai brividi.

Potevo percepire un'aura malvagia e vile.

Oh Dio.

Mandai giù la bile che minacciava di salirmi in gola, la paura che minacciava di farmi crollare in ginocchio.

Fuggi.

Ma l'avevo fatto per così tanto tempo, ed ero stanca di nascondermi. Così stanca di fingere.

Proprio come avevo immaginato, ero giunta a un bivio.

E avevo preso la mia decisione.

Avevo svoltato in direzione del mio passato.

Un'ansiosa energia sfrigolava nell'aula, dove si udivano le voci smorzate e sommesse dei presenti che aspettavano il mio arrivo. Le pareti erano rivestite da pannelli di legno, e il banco della giuria e del giudice erano fatti dello stesso materiale, ma di una sfumatura più scura, così come le panchine su cui le persone sedevano schiacciate l'una contro l'altra.

Questo faceva apparire tutto scuro.

Sinistro.

Freddo.

Un brivido mi corse lungo la spina dorsale. Mi costrinsi a sollevare il mento, facendo appello alla forza e al coraggio che mi avevano messo su questa strada in primo luogo.

Coraggiosa, bellissima Blue.

Mi aggrappai a lei, a quella ragazza che Lyrik aveva portato alla luce, anche se mi sentivo terribilmente fragile e impaurita mentre avanzavo con esitazione lungo la stretta navata centrale. Le teste degli astanti si voltarono verso di me e i loro occhi mi scrutarono mentre questa irrequieta energia strisciava sul pavimento e si arrampicava sulle pareti, premendo contro il soffitto a cupola che sembrava solo rimandarla indietro.

Più amplificata di prima.

Mi sentivo soffocare.

Ma non era niente in confronto al momento in cui *lui* si voltò a guardarmi.

Ebbi la sensazione di poter letteralmente morire quando rimasi intrappolata nello sguardo spregevole di Cameron Lucan.

I suoi occhi scuri non contenevano alcun calore e il suo cuore non aveva nessuna capacità di amare.

Barcollando all'indietro, andai a sbattere contro mio padre che mi seguiva a pochi passi di distanza. Mi sorresse, dandomi come sempre il suo saldo e stoico sostegno, quando l'unica cosa che volevo fare era crollare sul pavimento.

Come avevo potuto mai paragonare Lyrik a Cameron?

Perché adesso riconoscevo la differenza. La differenza tra un uomo spezzato e uno depravato.

Prestai giuramento e mi sedetti al banco dei testimoni. Potevo sentire il peso di quegli occhi terrorizzanti fissi su di me. Come se con un solo sguardo potesse mettermi con le spalle al muro. Tenermi in ostaggio in quella sporca e disgustosa stanza.

I ricordi mi investirono la mente.

Dolore.

Non riuscivo a sollevare lo sguardo. Non riuscivo a incontrare i suoi occhi.

Tremando, mi aggrappai al bordo della sedia per impedirmi di scappare. I miei piedi fremevano dalla voglia di muoversi.

Non ce la faccio.

Non ce la faccio.

Un'ondata di malessere attanagliò la mia anima e il respiro mi si mozzò in gola.

Il panico crebbe dentro di me.

Ma dovevo restare.

Per me.

Per Madeline.

Per la vergogna e il senso di colpa che mi ero portata addosso per anni. Per sbattere dentro quest'uomo che aveva sminuito, oppresso e maltrattato tante donne. Per assicurarmi che non potesse farlo mai più.

Solo che non sapevo come alzare la testa.

«Ms. Gibson, può dirci quando ha incontrato per la prima volta Cameron Lucan?» chiese il pubblico ministero a pochi passi da me, incoraggiandomi con la sua voce intrisa di compassione.

«Ms. Gibson?» ripeté.

Fuggi.

Serrai gli occhi con più forza di prima.

Il mio corpo fu percorso da un fremito quando la consapevolezza si abbatté su di me. Il mio battito cardiaco accelerò e un disorientante senso di conforto calmò i miei nervi tesi.

Emisi un profondo sospiro e sollevai lentamente la testa.

Attratta da quel magnete che non mi avrebbe mai lasciata andare.

Incrociai gli occhi scuri come l'inchiostro del ragazzo sconcertante e intimidatorio che se ne stava in piedi appena oltre la soglia dell'aula di tribunale come una sorta di meravigliosa visione. Il mio cuore prese a martellare velocemente, scontrandosi con la mia mente, in una lotta tra il profondo sollievo suscitato dalla sua presenza e l'eco delle sue parole taglienti.

Silenziosamente, fece due passi in avanti e, senza staccare lo sguardo da me, si sedette sull'ultima panca. Eppure, era come se fosse sotto i riflettori tanto ammaliante era la sua maliziosa bellezza. I suoi tatuaggi spiccavano contro il completo grigio scuro che indossava.

Ruvido e severo.

Duro e così insopportabilmente tenero.

Bordato di ostilità e di intensa calma.

Una palese e audace contraddizione.

Talmente distruttivo e irresistibile che era impossibile distogliere lo sguardo da quest'uomo che sembrava sul punto di colpirti e incendiarti.

Ma io ero già in fiamme.

Scottata da lui.

Stavo male mentre sostenevo il suo sguardo. I suoi occhi si riempirono di tristezza e gli angoli della sua bocca carnosa si piegarono verso il basso.

Perché?

Sbattei le palpebre e le lacrime mi rigarono il viso.

Perché?

Perché sei qui?

Perché continui a farmi questo?

Mi umettai il labbro inferiore con la lingua mentre cercavo di recuperare il controllo delle mie emozioni. Di concentrarmi sul motivo per cui ero qui.

«Ms. Gibson» disse di nuovo il pubblico ministero, stavolta in tono più insistente.

Lyrik mi rivolse un cenno del capo. Delicatamente.

Coraggiosa, bellissima Blue.

Assicurandomi che avevo la forza necessaria.

Rammentandomi che l'avevo sempre avuta.

Distolsi gli occhi da quel viso confortante e riportai l'attenzione sul pubblico ministero. «Mi dispiace» sussurrai.

La donna scosse la testa. «Va tutto bene. Capisco quanto sia difficile per lei. Ricominciamo da capo. Può dirci quando ha incontrato per la prima volta Cameron Lucan?»

Mi schiarii la voce per sciogliere il nodo che avevo in gola, ma le parole vennero fuori tremanti comunque. «Avevo diciannove anni. Era estate e stavo lavorando in un ristorante quando lui è entrato e l'ho visto per la prima volta...»

Pronunciai la mia testimonianza con la gola dolorante, la bocca secca e le dita serrate in una morsa, riportando in vita i ricordi con la stessa potenza di una proiezione in 3D. La bile si agitava nel mio stomaco mentre rivivevo ogni momento; il modo in cui Cameron aveva distorto e manipolato la mia realtà fino a privarmi della mia volontà, e di come le cicatrici fisiche fossero profonde quasi quanto quelle emotive. La confessione scivolò come veleno sulla mia lingua. Tagliente come una lama e pesante come una pietra.

Colma di orrore e odio.

«Grazie, Ms. Gibson» disse l'accusa sommessamente.

Nell'aula regnava una calma assoluta, sembrava che tutti gli astanti stessero trattenendo il respiro, per un momento anch'essi prigionieri delle atrocità compiute per mano di Cameron.

Il tono del pubblico ministero si fece cauto. «Ms. Gibson, tra i presenti seduti in quest'aula, riconosce la persona che ha appena descritto nella sua testimonianza?»

«Sì» sussurrai, anche se finora mi ero rifiutata di guardare nella sua direzione.

«Può per favore indicarci dov'è seduta questa persona?»

I miei occhi si chiusero e la tensione dentro di me crebbe. Diventando intensa e opprimente. Perché anche dopo tutte le parole che erano uscite dalla mia bocca, questo sembrava il culmine di tutto.

Il momento in cui prendevo finalmente una posizione.

Il momento in cui affrontavo Cameron Lucan.

Lentamente, i miei occhi si riaprirono e si posarono sul ragazzo in fondo all'aula. Il mio ragazzo. Anche se non sarebbe mai appartenuto veramente a me. La sua mascella era rigida e la rabbia si propagava da lui in onde che mi carezzavano come un dolce incoraggiamento.

E non mi chiesi la ragione per cui Lyrik West fosse qui. Quali fossero i suoi motivi, i suoi desideri o i suoi bisogni.

Perché in quel momento sapevo che era lì per me.

Sollevai il mento, lo sguardo e la mano.

Cameron sedeva immobile dall'altra parte della stanza, come se percepisse che era giunta la sua ora e stesse chiedendo a me di mettere fine a tutto questo. Con così tante prove raccolte contro di lui, non c'era praticamente alcuna possibilità di assoluzione. Dubitavo che puntare la mia attenzione contro di lui avrebbe fatto qualche differenza.

Ma non importava.

Perché non sarei rimasta più in silenzio.

Non mi sarei più nascosta o mascherata, né sarei fuggita.

Puntai il dito contro Cameron Lucan.

Il resto delle domande dell'accusa risuonarono come un mormorio confuso alle mie orecchie. «Può per favore descrivere alla Corte che cosa indossa questa persona?»

Borbottai la mia risposta e mi accasciai in avanti dopo che lo feci.

Ansimando.

Riprendendomi.

Sentendomi finalmente *libera*.

«Sia messo agli atti che la testimone ha appena identificato l'imputato, Cameron Lucan.»

Tremavo da capo a piedi quando scesi dal banco dei testimoni, il controinterrogatorio nient'altro che un sordo ronzio ai margini della mia mente.

Dal fondo dell'aula, Lyrik West mi sorrise.

La sua espressione era così tenera e colma di comprensione.

E orgoglio.

Era scritto chiaramente su ogni lineamento di quell'uomo complicato e contorto.

Andai a sedermi accanto a mia madre che mi strinse in un abbraccio, dandomi vari baci sulla testa. «Sono così orgogliosa di te. Così fiera» disse, il volto bagnato di lacrime.

Quando mi guardai alle spalle, Lyrik non c'era più.

Mia madre uscì sulla veranda sul retro e mi porse una tazza di tè bollente.

«Grazie» dissi, soffiando sulla tazza. Ero seduta su una sedia a dondolo di legno a guardare il sole che si scioglieva contro le montagne, un riflesso del suo passaggio mentre scendeva sotto l'orizzonte all'estremità opposta del cielo.

Queste montagne erano sempre state una delle cose che preferivo della mia casa d'infanzia. Amavo guardare i temporali formarsi sulle loro cime, assistere a una bellezza diversa da qualsiasi cosa avessi mai visto. Così maestosa, potente e pericolosa.

Mamma si accomodò sulla sedia accanto a me e poggiò i piedi sulla ringhiera. «Come va?»

Erano passati due giorni dalla mia testimonianza. Un giorno da quando Cameron Lucan era stato condannato.

Bevvi un sorso di tè e lasciai che il liquido caldo lenisse la mia gola dolorante. «Mi sento... bene.»

La guardai con un mezzo sorriso. «Il giorno in cui sono fuggita, ho accettato il fatto che sarebbe stato qualcosa che mi avrebbe perseguitato per sempre. Che mi sarei dovuta guardare continuamente le spalle. Sempre pronta a scappare di nuovo. È così strano pensare che invece è tutto finito.»

«Eppure non sei serena.» Quando si trattava di me, mia madre era sempre stata molto intuitiva.

Scossi la testa. «No.»

«Cosa pensi di fare ora?»

Scrollai una spalla. «Non lo so, mamma. Mi sento così... smarrita. Non so più quale sia il mio posto.»

«Ti terrei qui con me per sempre se tu lo volessi» disse in tono canzonatorio, anche se percepii l'onestà dietro le sue parole.

«So che lo faresti. E sai che adoro stare qui, ma...»

«Lo so, Tamar. Lo so. Troverai il tuo posto, prima o poi.»

Mi rivolse un sorriso d'intesa. «Sei pronta a parlarmi di questo ragazzo che ha spezzato il cuore della mia bambina?» Inarcò un sopracciglio. «Voglio sapere chi devo prendere a calci in culo.»

Una mesta risata scaturì dalle mie labbra e il mio sorriso tremolò. «Forse è proprio questa la parte più difficile. Lo ha spezzato nel miglior modo possibile. Mi ha trovata quando non sapevo neppure di essermi persa. Mi ha voltato nella direzione giusta. È stato lui ad indicarmi la via di casa.»

«Sei qui grazie a lui?»

Scrollai lievemente le spalle. «No... ma in un certo senso, sì. Mi ha costretta a vedere me stessa. A *sentire* la voce che mi chiamava a sé.»

«Ci vuole una persona coraggiosa per ascoltare.»

L'emozione mi serrò la gola. «Era così che mi chiamava... Coraggiosa.»

I suoi occhi blu, così simili ai miei, si velarono di compassione e la sua voce si fece tenera mentre allungava una mano per giocherellare con alcune ciocche ribelli dei miei capelli. «Lo ami?»

La mia anima rabbrividì, gridò e si agitò.

Alla ricerca di un modo per riempire il profondo e sanguinante vuoto che Lyrik si era lasciato dietro.

Ogni volta che entrava nella mia vita, portava via con sé un'altra parte di me quando mi abbandonava.

«Tantissimo» sussurrai mentre lasciavo scorrere le lacrime che Lyrik si era premurato di mostrarmi che non erano una debolezza.

Erano lacrime che meritavo di versare.

Dio, mi mancava così tanto che mi sembrava di morire. Il suo nome era sinonimo di perdita, dolore e tristezza. Eppure, il suo tocco era stato la mia risurrezione.

Quel bellissimo, tormentato ragazzo mi aveva sia distrutta che riportata in vita.

Quelle emozioni contrastanti erano bloccate nel mio petto. Perché nel profondo di me sapevo che il mio posto era accanto a lui.

E anche se se n'era andato, continuavo ad esserne convinta.

Lyrik valeva ogni secondo del dolore che provavo.

Un lieve bussare alla porta mi destò dal sonno leggero in cui ero scivolata, sospesa tra sogno e realtà, come se stessi guardando la mia vita dall'alto.

Era così strano avere il cuore spezzato e, contemporaneamente, provare la travolgente sensazione di essere libera. Sentire la sua mancanza ed essere grata di stare a casa.

La porta si schiuse con un cigolio. «Ehi» disse mia madre, entrando nella mia stanza. La luce del tardo pomeriggio filtrava attraverso le tende aperte da cui si potevano vedere le ombre danzare su e giù lungo i picchi e i crinali delle montagne.

«Ciao» dissi, cercando di orientarmi. Sbattei le palpebre per schiarirmi la vista e mi misi seduta.

Mia madre si accomodò sul letto accanto a me e mi passò le dita tra i capelli. «Mi dispiace di averti svegliata.»

«No... non fa niente.»

Lei esitò. «Ho pensato che avresti voluto averla subito.»

La mia attenzione si spostò sulla piccola busta gialla che teneva fra le mani.

Terrore e speranza si abbatterono su di me.

Oddio, cosa avevo che non andava?

Mia mamma mi guardò con la coda dell'occhio. «È per te... credo.»

Un senso di disagio pervase la stanza in penombra. Tirai un respiro profondo e racimolai il coraggio per sbirciare cosa c'era scritto sul davanti della busta. Per qualche ragione, sapevo già cosa aspettarmi.

Non c'era alcun indirizzo.

Nessun nome o cognome.

C'era scritto semplicemente *Blue.*

Nella sua sfrontata calligrafia. Come se quel ragazzo che perseguitava i miei sogni e ossessionava le mie notti stesse allungando la mano verso di me per toccarmi.

«Dove l'hai trovata?» le chiesi.

Lei strinse le labbra. «Era a terra davanti alla porta d'ingresso. Immagino che sia da parte sua?»

Annuii. «Sì.»

Mia madre mi carezzò il mento. «D'accordo... ti lascio un po' da sola.»

«Grazie» bisbigliai mentre accettavo la busta imbottita. La tenni contro il mio petto finché mia madre non si chiuse la porta alle spalle. Il silenzio cadde sulla stanza e i miei respiri si fecero ansimanti.

L'ansia e un turbinio di emozioni si agitarono dentro di me.

Avevo davvero intenzione di permettergli di farmi di nuovo questo? Tirarmi a sé e poi spingermi via?

Deglutendo, aprii la busta. Un disco scivolò fuori. Anche su di esso c'era scritto *Blue*.

Cautamente, mi alzai e camminai avanti e indietro per la stanza, la testa piena di domande. Poi capitolai e mi sedetti alla piccola scrivania, dove sollevai il coperchio del portatile e con mani tremanti inserii il dischetto.

C'era un solo file dentro.

Un video.

Goffamente, mi misi le cuffie alle orecchie. Il mio cuore batteva all'impazzata e il mio spirito era in subbuglio, mentre la parte razionale e logica di me mi gridava di gettare il disco nel cestino della spazzatura. Di proteggermi. Di ritrovare una parvenza di quelle vecchie mura di cui un tempo mi ero circondata.

Ma non potei impedirmi di premere *play*.

Lo schermo si riempì di Lyrik.

Era così grandioso, audace e splendido.

Il respiro mi si mozzò in gola e il mio cuore saltò un battito.

Era seduto su un letto d'albergo con una chitarra acustica sulle ginocchia. I suoi occhi erano tristi e pieni di rimorso, la bocca priva di quel solito sorrisetto. Si grattò una tempia, come se non sapesse cosa fare, nonostante apparisse un uomo minaccioso e crudele.

«Blue.»

Le mie viscere tremarono nell'udirlo pronunciare quel nome come una sorta di supplica.

Chiuse gli occhi e voltò la testa, prima di riportare l'attenzione sulla telecamera. «Ho scritto molte canzoni nella mia vita. Per tanto tempo, sono state l'unica vera gioia che avessi. E questa canzone... è la più importante che abbia mai scritto, anche se non sono mai riuscito a terminarla.»

Strimpellò un singolo accordo e si schiarì la voce. «Sai che una canzone dice più di qualsiasi parola potrei mai dire. Ascolta, Blue. Cazzo...» Si passò una mano tra i capelli. «Ti prego...

ascolta e basta.»

Pacatamente, strimpellò un'altra nota e quando aprì la sua bellissima bocca, le parole erano crude, roche e intrise di emozione.

Il mio corpo fu scosso dai brividi quando riconobbi il ritmo struggente della musica.

Stava suonando la canzone sconosciuta che cantava nel cuore della notte. La canzone incisa intorno al suo braccio, quella che lo avvolgeva in un velo di mistero e invisibile tristezza.

I miei occhi si offuscarono di lacrime.

Saprai mai
Che cosa ha significato per me
Tenerti fra le braccia
Adesso sono in ginocchio
A implorare di riavere quei pezzi
Che ormai non mi appartengono più
Ti avrei dato tutto
Invece mi sono perso lungo la strada

L'intensità della canzone aumentò quando raggiunse il ritornello.

Ma sto arrivando...
Sto tornando a casa da te
Ho finalmente trovato il mio per sempre
Che aspettava solo me
Sto arrivando...
Sto tornando a casa da te
Dimmi cosa devo fare
Per avere un'altra occasione
Dimmi che mi lascerai trascorrere la vita con te

Le lacrime scorrevano liberamente lungo le mie guance, e il mio petto doleva e pulsava mentre il mio mondo instabile vorticava intorno a me.

Una volta avevo pensato che Lyrik avrebbe riso quando mi avrebbe vista crollare.

Ma ora lo sapevo. C'era una grossa parte di lui che voleva sorreggermi.

Solo che non ero sicura che sapesse come fare.

Le sue dita incespicarono sui tasti e un respiro addolorato sfuggì dalle sue labbra. «Blue.» Si piegò in avanti, come se volesse colmare la distanza che ci separava. «Blue... ho scritto l'inizio di questa canzone tantissimo tempo fa. Ma non è conclusa. Ora lo so. Permettimi di concluderla insieme a te.»

Lo schermo divenne nero.

Un singhiozzo proruppe dalla mia bocca.

Permettimi di concluderla insieme a te.

Mi alzai dalla sedia e camminai avanti e indietro per la stanza silenziosa. Mi strinsi i capelli fra le mani, sentendomi come se fossi pazza. Completamente e interamente pazza.

Perché era così che mi faceva sentire questo ragazzo.

Debole.

Ma mi rifiutavo di comportarmi da stupida.

Non perché fossi rigida o stessi forgiando delle mura.

No.

Perché volevo essere amata. Nel modo in cui meritavo di essere amata.

Totalmente confusa, barcollai fuori dalla stanza e lungo il corridoio, poggiando una mano contro la parete per evitare di cadere.

Quell'intensità aumentò, facendomi quasi soffocare.

Era così densa e pesante.

Sentendo il bisogno di una boccata d'aria, di schiarirmi le idee, mi precipitai fuori dalla porta principale e giù per i gradini fino al tratto di terra erbosa che costeggiava la parte anteriore della casa.

Scioccata, mi fermai bruscamente quando vidi l'oscuro e minaccioso ragazzo in piedi al limitare del vialetto di ghiaia, con le mani tatuate infilate nelle tasche e i capelli selvaggi che svolazzavano al vento.

La mia bocca si seccò, e feci un singolo passo indietro.

Lui ne fece uno in avanti con espressione supplichevole. «Blue.»

Scossi la testa mentre un'altra raffica di vento soffiava su di noi.

I suoi occhi scuri mi divorarono dalla testa ai piedi. «Sono rimasto in quella camera d'albergo negli ultimi tre giorni, sin dal momento in cui ti ho vista sul banco dei testimoni, mentre mostravi a tutti quanto sei coraggiosa» disse con voce profonda.

Feci una smorfia. Come se quel gesto potesse proteggermi dalle sue parole. Da questo ragazzo che aveva il potere di devastare e distruggere.

Di sanarmi o spezzarmi completamente.

«In questi ultimi mesi...» Scosse la testa, come se stesse cercando di dare un senso a tutto ciò. «Non capivo il modo in cui mi sentivo, Blue. Volevo stringerti fra le braccia e proteggerti. Scovare quel bastardo e fargliela pagare per ciò che ti aveva fatto. Non capivo cosa significassero queste emozioni. Non fino a quella notte, quand'eravamo a casa mia a Los Angeles.»

Feci un altro passo indietro. Desideravo correre. Da lui. O via. Non lo sapevo.

«Non posso permetterti di farmi questo, Lyrik. Non di nuovo.» Mi portai una mano chiusa a pugno contro il petto. «Non ce la faccio più... continui ad attirarmi a te solo per spingermi di nuovo via. Non so cosa tu voglia da me.»

Lui emise una risatina perplessa. «Sai... quando ti ho vista per la prima volta... ho pensato che quella fosse la cosa che mi piacesse di più di te. Il tira e molla. Tutta quell'attrazione e repulsione. Quella folle contraddizione che percepivo intorno a te. Era qualcosa a cui non sapevo proprio resistere.»

La sua espressione si fece cupa. «Ma era molto più di questo. E per quanto desiderassi attraversare quell'aula e farc a brandelli quel pezzo di merda, sapevo che avevi bisogno di salire sul banco dei testimoni e farlo tu stessa. Ma allo stesso tempo, volevo essere lì nel caso avessi avuto bisogno di me. Per afferrarti se fossi caduta, anche se sapevo che la mia ragazza sarebbe rimasta in piedi.»

La mia ragazza.

L'aria sfrigolò di energia.

E quella sensazione divampò.

Il fremito.

Rabbrividii mentre scivolava su di me.

Onda dopo onda.

«Devo dirti una cosa, Blue.»

«Non puoi..» cominciai.

Lyrik avanzò verso di me, così dannatamente alto, forte e ridicolmente tenero. I suoi occhi scuri erano tormentati mentre allungava le mani e mi afferrava entrambi i polsi, attirandomi a sé.

Mi sentivo così piccola e vulnerabile.

In gabbia.

«Ti prego... ascoltami.»

Mi dibattei per liberarmi e lui strinse la presa, anche se il suo tono si addolcì. «Ascoltami, Blue... Ho bisogno che tu mi *senta*.»

Cedetti. Ero così maledettamente debole. Perché era così che mi rendeva questo ragazzo.

Lyrik mi attirò maggiormente a sé e la sua voce si abbassò fino a diventare un sussurro quando pronunciò la sua confessione contro il mio orecchio. «Ho un figlio.»

Le sue parole mi travolsero come un treno merci che non aveva avuto il tempo di rallentare.

Mi investirono in pieno.

Rivoluzionando ogni cosa.

«Brendon» sussurrai con voce roca quando la consapevolezza si abbatté su di me. Era il nome intrecciato nella canzone incisa sul suo braccio. Il cuore della sua storia.

«Brendon» ripeté lui in tono basso e riverente.

Si scostò leggermente per guardarmi in viso, continuando a tenermi stretta. «Te l'ho detto che rovino sempre tutto, Blue. Prendo le cose buone che mi vengono date e le distruggo. Il primo giorno che l'ho incontrato è stato il giorno in cui ho dovuto dirgli addio.»

Il dolore irradiava da lui in un'onda senza cresta. Infinita. «L'ho tenuto tra le braccia solo una volta. Una sola volta, Blue.

Non ho potuto tenerlo con me. Cazzo, lo volevo così tanto... ma ho dovuto rinunciare a lui perché era l'unica cosa che potessi fare. La cosa migliore che potessi fare per lui.»

Le lacrime mi bagnarono il viso mentre lui continuava a parlare. «Gli ho fatto una promessa... gli ho promesso che sarebbe stata l'ultima persona di cui mi sarei innamorato. Per qualche assurda ragione, pensavo che condannare me stesso a una vita d'inferno avrebbe espiato parte della mia colpa.»

Stavo tremando. Da capo a piedi.

Il mio cuore era spezzato.

Per lui.

Per il bambino.

Per la ragazza nella foto.

E allo stesso tempo era colmo di gelosia.

«Hai un figlio» gemetti.

Lyrik cercò di stringermi maggiormente a sé, come se solo così potesse farmi capire. «Come potevo trovare la felicità dopo che l'avevo abbandonato? Come potevo, Blue?»

Si staccò leggermente da me, corrugò la fronte e mi fissò con sguardo intenso. «Ma poi sei arrivata tu. Questa bellissima, audace e coraggiosa ragazza. Penso che lo sapessi fin dall'inizio che eri off-limits. Che non avrei dovuto toccarti. Che avrei dovuto starti alla larga. Perché sapevo che se non l'avessi fatto, non sarei più stato lo stesso. E non lo sono, Blue. Non più. Perché tu hai *cambiato* ogni cosa.»

Il mio spirito si agitò, scosso da un'improvvisa folata di vento. La tensione crebbe in fretta.

La sua espressione si tinse di tristezza. «Guardati...»

Mi carezzò le guance con le nocche, inviando una serie di brividi lungo i miei sensi.

Lungo il mio corpo e la mia anima.

«Non faccio altro che farti piangere. Che ferirti di più. Ma sono stufo, Blue. Sono stufo di farti soffrire, cazzo. So che pensi che le mie scuse non contino nulla, ma stavolta... stavolta sono sincero. Sono così maledettamente dispiaciuto per le cose che ho detto. Per le cose che ho fatto. Non cercherò di trovare scuse o di fingere che il modo in cui ti ho trattata fosse giusto... ma ho bisogno che tu sappia che stavo cercando di proteggere il mio cuore perché pensavo che potesse appartenere soltanto a mio figlio.»

Ansimai e lui tirò un respiro irregolare. «Ma tu ti sei insinuata nel mio cuore fragile e spezzato, facendo spazio per qualcosa di diverso. Per qualcosa di meglio. Mi hai risvegliato dalla morte. Mi hai fatto capire cosa vuol dire sentire di nuovo delle emozioni. Mi hai fatto provare cose che non ho *mai* provato prima. Senza rendertene conto, stavi facendo spazio per *te*.»

«Lyrik» bisbigliai con voce sommessa. Spezzata come questo ragazzo.

L'energia aumentò nell'aria. La tempesta acquistò velocità.

Il fremito prima dell'esplosione.

Il mio corpo tremò e tutte le mie speranze risalirono in superficie, scontrandosi con le mie paure. Con quell'immagine impressa nella mia memoria, la foto di lui e quella ragazza, le parole che mi aveva detto quando l'avevo trovata.

Non tu.

«Se la ami ancora...»

Lyrik mi afferrò la mascella, costringendomi a smettere di parlare e a guardarlo. «No, Blue. Non la amo. Sei tu. Sei tu.»

Improvvisamente, cadde in ginocchio sull'erba.

Offrendomi sé stesso.

«Mi senti?»

Per la prima volta, ero io a torreggiare sopra quest'uomo intimidatorio.

Il vento frustò intorno a noi. Acquistando potenza.

Era come se l'azoto e l'ossigeno avessero preso vita.

Come se ogni elemento presente nell'aria fosse infiammabile.

Esplosivo.

Un brivido mi corse lungo la spina dorsale.

«Non so se riesco a fidarmi ancora di te.»

Ma Dio, lo volevo tanto.

Volevo questo ragazzo più di quanto volessi respirare.

Ma più di ogni altra cosa, volevo l'amore. Quello vero. Non mi sarei accontentata di niente di meno.

La sua voce era roca quando parlò. «Lascia che te lo dimostri, Blue. Lascia che ogni giorno ti mostri ciò che provo per te. Voglio essere io a fare l'amore con te ogni notte, e quando ti svegli al mattino, voglio essere io a stringerti tra le braccia.»

Si umettò le labbra. Era nervoso ma sicuro. «E quando indosserai la fede, voglio essere io a infilartela al dito.»

L'emozione riempì i suoi occhi scuri come la pece. Crepuscolo e alba. «E quando diventerai madre, voglio che sia mio il bambino che cullerai tra le braccia.»

Boccheggiai.

Sopraffatta da quest'uomo.

Stavolta fu il mio turno di cadere in ginocchio.

Ero senza parole.

Stregata.

Sua.

Mi prese il volto tra le mani, asciugando le lacrime dalle mie guance coi pollici. «Sono innamorato di te, Tamar Gibson. Mi senti?»

Ti sento.

Ti sento.

«Stai con me, Blue. Dimmi che sei mia. Perché non penso di poterti lasciare andare. E ci sono buone probabilità che d'ora in poi mio figlio faccia parte della mia vita. Perché sei stata tu a insegnarmi che cosa significa essere coraggiosi. Che se volevo andare avanti, dovevo affrontare il mio passato. Condividilo con me, Blue. Il mio passato e il mio futuro.»

Affondò il viso nei miei capelli e premette la bocca contro il mio orecchio. «Ti prego... non dirmi di no.»

La mia voce era un rauco sussurro. «Non potrei mai farlo.»

Con Lyrik mi era impossibile dire di no.

Lui sospirò di sollievo e si premette una ciocca dei miei capelli scuri contro il naso, emettendo una risata incredula. Inspirò il mio odore. Poi fece un passo indietro per potermi osservare con i suoi occhi intensi. La sua bocca si curvò in un lieve sorrisetto privo di qualsiasi malizia che mi scaldò il cuore.

Quest'uomo pericoloso e minaccioso eppure assolutamente tenero.

«Sei così dannatamente bella» mormorò con tono carico di meraviglia.

Poi posò la bocca sulla mia.

Baciandomi in modo passionale.

Tenero e profondo.

Lento e forte.

Con la promessa che non mi avrebbe mai lasciata andare.

L'aria crepitò di energia.

Un fascio di luce balenò agli angoli dei miei occhi.

Intenso e vivo.

Con la forza di una saetta.

Come un fulmine a ciel sereno.

Mi sentivo piccolissima. Impaurita. Eppure forte allo stesso tempo. Come se stessi assistendo a una bellezza invisibile. Vivendo un'esperienza che credevo potessi osservare solo da lontano.

Amore.

Era accecante.

Potente.

Alla fine questo ragazzo si era rivelato essere la tempesta perfetta.

«Dillo di nuovo» mormorai contro la sua bocca.

Lyrik si ritrasse. Osservai il movimento della sua gola quando deglutì. Il sollevarsi e abbassarsi del suo petto. L'intensità in quei suoi occhi nerissimi.

«Blue, tu canti la mia anima.»

Epilogo
LYRIK

Verrebbe da pensare che dal momento che suonavo la chitarra, avrei dovuto essere bravo in questo.

Avere dita agili.

Mani veloci.

Beh, non era così.

Una bassa risatina mi sfuggì dalla bocca, e mi morsi il labbro inferiore per la concentrazione mentre facevo passare il grosso ago attraverso la stoffa, creando un motivo patchwork con tessuti a tinta unita, quadretti e calicò in ogni sfumatura di rosa.

Probabilmente i miei amici mi avrebbero chiamato femminuccia se avessero saputo che conoscevo i nomi di tutte quelle stoffe. Dovevo ringraziare mia madre per questo.

Strinsi l'ago fra le mie dita goffe, cercando di tenerlo dritto.

Brendon rise come se fosse la cosa più divertente che avesse mai visto. «Papà... stai sbagliando tutto.»

«In che senso sto sbagliando tutto?»

Lui si sporse maggiormente sul tavolo nell'angolo della cucina dove stavamo lavorando. Sembrava che un'intera fiera dell'artigianato fosse esplosa qui dentro. Forse io e Brendon ci eravamo fatti un po' prendere la mano al negozio, ma chi se ne fregava.

«Stai mettendo l'orecchio al contrario.»

«Cavolo» borbottai sottovoce, facendolo scoppiare a ridere. Gli scompigliai i capelli con una mano. «Dov'è tua nonna quando abbiamo bisogno di lei?»

I suoi occhi scurissimi si sgranarono e si riempirono di bonaria malizia. «Meno male che non è qui, perché alzerebbe gli occhi al cielo se ti vedesse.»

Spalancai la bocca, fingendomi offeso.

Questo bambino era una piccola peste. Ad ogni occasione, cercava di capire fino a che punto poteva spingersi col suo sarcasmo. Non potevo fare a meno di pensare che fosse la cosa più carina del mondo.

«Per tua informazione, quell'orsetto l'ho fatto io... tutto da solo.» Indicai il pupazzo consunto e sgangherato che tuttora si rifiutava di mettere da parte. «Sono passati anni e dura ancora. Non male per qualcuno che non ha idea di cosa stia facendo, no?»

«Forse sei stato fortunato?» ribatté lui, inarcando un sopracciglio.

«Oh, ragazzino... non la passerai liscia per questo.»

Brendon ridacchiò, pronto a correre via, quando d'un tratto la voce della mia ragazza risuonò attraverso la pesante porta di legno che separava la cucina dal resto della casa. «Toc, toc.»

Suppongo che molti non l'avrebbero descritta come un suono dolce, considerando che era gutturale e sexy da morire e che il solo sentirla mi faceva venire la pelle d'oca. Ma questo non significava che non scivolasse su di me come miele.

«Non entrare!» gridò Brendon, lanciandomi un sorrisetto sardonico.

«Non avete ancora finito?» chiese lei.

«No» rispose lui.

Sentii il suo esagerato sospiro e potei quasi vedere il suo sorriso. «D'accordo, allora me ne starò qui fuori... ad aspettare... sola soletta.»

«Qualcuno è un po' troppo melodrammatico» dissi scherzosamente a mio figlio lanciandogli un occhiolino.

Brendon ridacchiò sommessamente. «Penso che faccia così perché le piacciamo» disse con innocenza.

Sì, cazzo.

Ero davvero fortunato che dopo tutto quello che avevo fatto, questa ragazza mi amasse ancora.

«Ehi, ometto, perché non lo cuci tu questo?» suggerii mentre inserivo un filo di cotone rosa nella cruna dell'ago.

Con la lingua che faceva capolino da un angolo della bocca, Brendon finì di cucire l'ultimo pezzo di tessuto dell'orsacchiotto, poi mi aiutò a creare gli occhi e la bocca con un filo nero.

«Pensi che le piacerà?» sussurrò Brendon.

«Penso che lo adorerà.»

Entrambe lo avrebbero adorato.

«Sei pronto a darglielo?»

Scese dalla sedia. «Sì.»

Si nascose l'orsetto dietro la schiena mentre attraversavamo l'enorme cucina. Era in stile un po' country, in ricordo di Savannah, il luogo dove c'eravamo incontrati. Gli armadietti erano bianchi, l'isola centrale di un verde salvia e i piani di lavoro grigi. Era una stanza accogliente. Vissuta.

In verità, l'intera casa aveva quell'aria calda e ospitale.

Casa.

Non avrei mai pensato che un giorno ne avrei avuta una tutta mia.

Non avrei mai pensato che me la sarei meritata.

Credevo che avessi sbagliato troppe volte. Rovinato troppe cose belle.

Eppure, in qualche modo... avevo ottenuto tutto.

Seguii Brendon lungo l'ampio ingresso. Era sera e le luci della città sottostante scintillavano attraverso le finestre alte dal pavimento al soffitto del soggiorno e della sala da pranzo formale.

Oltrepassammo queste stanze e ci dirigemmo verso il piccolo salotto che sembrava essere il posto preferito di Tamar della casa. Era un angolo molto accogliente con un camino e un tappeto felpato. Le pareti erano ricoperte da grossi ingrandimenti di alcune delle sue fotografie preferite che aveva scattato nel corso degli anni. Alcune raffiguravano fulmini. Altre ritraevano noi, le nostre famiglie e i nostri amici.

Ce n'erano un sacco di Brendon.

Quando svoltai l'angolo, il fiato mi si mozzò in gola.

Non importava quante volte la vedessi, riusciva sempre a scuotere i miei sensi. Era audace e sfacciata, un lampo di infiniti e brillanti colori che risplendeva nella notte.

Erotica e seducente.

Pura e dolce.

Un angelo con un piccolo demone nascosto dentro di sé.

Ebbene sì, non mi dispiaceva poi così tanto quando *Red* faceva una breve apparizione.

Tamar West era tutte quelle cose.

Una perfetta contraddizione che mi avrebbe sempre tenuto nel palmo della sua mano.

Era seduta a gambe incrociate sul pavimento. Indossava un top nero aderente che abbracciava tutte le sue curve e metteva in evidenza il suo enorme pancione. La sua bocca si curvò in un sorriso quando ci vide entrare lentamente.

Beh, io stavo camminando piano. Brendon stava correndo. Cadde in ginocchio accanto a lei sul pavimento. «Abbiamo finito la tua sorpresa!»

Lei infilò le dita tra le ciocche scure dei suoi capelli. «Ah, sì?» disse, poi mi lanciò un'occhiata che suscitò in me un'ondata d'affetto.

Che mi strinse il cuore e mi riempì di gioia.

Non riuscivo a spiegare le sensazioni che provavo nel vederla con mio figlio. Nel vedere il modo in cui lo amava completamente, accettandolo come una parte di sé perché era una parte di me, per quanto scioccante e improvvisa fosse stata la sua comparsa nelle nostre vite.

Una settimana dopo che ero andato in Arizona per riconquistare Tamar, avevo ricevuto una telefonata da parte di Kenzie in cui mi diceva che Brendon voleva vedermi. Lei e Brad gli avevano spiegato chi ero, in una maniera comprensibile per un bambino della sua età.

Avevamo fatto le cose con calma, in modo che Brendon potesse abituarsi ad avermi nella sua vita. In tutte le loro vite, in realtà. L'ultima cosa che volevo era piombare su di loro come un bastardo egoista, esigendo del tempo che non meritavo di avere.

Onestamente, ero rimasto sorpreso che Kenzie e Brad fossero stati disposti a concedermelo. Ma Kenzie era sempre stata così, una ragazza buona e gentile che desiderava il meglio per tutti, e pensava che il meglio per Brendon fosse che io facessi parte della sua vita.

Durante i primi mesi, avevamo stabilito una routine. Un paio di volte alla settimana andavo a prenderlo per portarlo in un bel posto quando ero in città, e almeno una volta durante il fine settimana trascorreva la notte a casa nostra.

Anche dopo due anni, non ci eravamo ancora rivolti al tribunale per concordare delle visite stabilite. Semplicemente, io rispettavo Kenzie e lei rispettava me, e lasciavamo che le cose seguissero il loro corso.

No.

Non vedevo Brendon neanche lontanamente quanto desiderassi. Ma facevo tesoro di ogni singolo secondo che passavo con lui.

Blue gli fece il solletico sui fianchi. «Fammi vedere questa sorpresa» gli ordinò giocosamente, facendo del suo meglio per non ridere.

Brendon scherzò con lei per alcuni secondi, tenendo l'orsacchiotto nascosto dietro la schiena. Poi una tenera espressione affiorò sul suo viso, lo stesso sguardo che aveva quando provava un'emozione profonda. Si fece serio e tirò fuori il pupazzo.

Tamar rimase senza fiato per lo stupore, anche se sapeva cosa stavamo facendo, considerando che aveva visto un migliaio di volte i due orsetti che mia madre teneva in cucina e quello di Brendon, il quale non lo perdeva mai di vista.

Tuttavia, i suoi occhi si riempirono di lacrime. Prese il regalo dalle mani di Brendon e se lo cullò dolcemente in grembo.

«Lo adoro» bisbigliò.

«Davvero?» chiese lui.

«Davvero.»

Incapace di stare lontano, andai a sedermi accanto a loro, assaporando quel momento.

«Sai cosa significa?» domandò Brendon, come se stesse per rivelarle un importante segreto.

«No, dimmelo» mormorò lei.

«Nonna dice che rappresenta una famiglia che viene unita da una nuova nascita.» Tracciò un dito sugli scampoli di stoffa rosa. «Ogni pezzo di tessuto rappresenta le persone che compongono quella famiglia, e il filo di cotone è l'amore che li lega. Dice che porta tanta fortuna.»

Un tenero sorriso spuntò sulla bocca di Blue. «È bellissimo. Scommetto che sarà l'orsacchiotto preferito di tua sorella.»

Brendon toccò un ritaglio di stoffa rosa acceso. «Questo pezzo sei tu» sussurrò, poi ne toccò un altro. «E questo è papà.»

Il suo sorriso si fece enorme ed eccitato. «E questo è la mia sorellina.»

Lei gli sorrise. «E dove sei tu?»

«Qui» rispose, toccando il piccolo pezzo di tessuto.

Rendendo completa questa famiglia.

Sembrava pazzesco che dopo tutti gli anni in cui avevo vissuto da solo, condannando me stesso a soffrire giorno dopo giorno per espiare gli errori che avevo commesso, quei posti vuoti dentro di me fossero stati finalmente riempiti. Così tanto che riuscivo a ricordare a malapena come fossero una volta.

Però c'era una piccola parte di me che si aggrappava ad essi. No. Non perché continuassi a restare in quel tormentoso inferno.

Blue e Brendon mi avevano risuscitato, sottraendomi a quell'infelicità.

Ma perché li conservavo come una sorta di promemoria per ricordarmi quotidianamente di essere grato. Di non dimenticare mai che la famiglia era una benedizione che non doveva mai essere trascurata o ignorata. Al contrario, doveva essere trattata come la cosa più importante della vita.

Perché questo era esattamente ciò che mia moglie e i miei figli erano.

La vita stessa.

Restammo a chiacchierare per un po' sul pavimento, finché non si fece tardi. «Ok, ometto, è ora di andare a letto» dissi infine.

«Oh, accidenti» disse Brendon in tono esasperato. «Sei sicuro di essere una rockstar? Perché non sei affatto divertente.»

Proprio come avevo detto.

Era una piccola peste.

Le ragazze sarebbero state come creta nelle sue mani. Ovviamente, Sebastian non si era dimostrato molto entusiasta quando avevo suggerito che Brendon e Kallie sarebbero stati una coppia perfetta. I due andavano d'amore e d'accordo ogni volta che erano insieme.

Ridacchiando, balzai in piedi. «Ah, piccoletto, la pagherai per questo.»

Lui scattò in piedi e corse fuori dalla stanza, fiondandosi su per le scale che conducevano al secondo piano. Lo inseguii, allungando la mano per afferrarlo e *mancandolo* per un soffio ogni volta.

C'erano alcuni giochi che avrei fatto sempre vincere a lui.

Si precipitò nella sua stanza e saltò sul letto. Lo seguii dentro e gli rimboccai le coperte fino al petto, prima di dargli un bacio sulla fronte.

Stringendo la trapunta tra le mani, Brendon sollevò il mento e si crogiolò nel mio bacio, facendo un sorriso così ampio che suscitò un turbinio di emozioni al centro del mio petto.

Pace.

Felicità.

Calma.

Tamar era appoggiata contro il telaio della porta con le braccia incrociate sul petto, osservandoci con un piccolo e tenero sorriso sulle labbra. Dopo un po', avanzò nella stanza goffamente per via di quel pancione che mi faceva impazzire ogni volta che lo vedevo. Si chinò in avanti e passò le dita tra i capelli di Brendon.

Questo bambino che era diventato nostro figlio.

L'aria era carica di un sentimento d'affetto reale e intenso.

«Notte, mamma Blue» disse Brendon.

«Buonanotte, tesoro.» Gli premette un bacio sulla guancia e poi lasciò la stanza, sfiorandomi il petto con una mano.

Sorrisi a mio figlio. «Ti voglio bene, ometto.»

«Io te ne voglio di più» rispose lui con un sorrisetto euforico.

La mia bocca si curvò in un largo sorriso. No. Neanche lontanamente. Ma glielo avrei fatto credere. Gli baciai di nuovo la fronte. «Sogni d'oro. A domani.»

Attraversai la stanza, spensi la luce e lasciai la porta aperta di uno spiraglio.

Come attratto da una calamita, mi diressi verso la nostra camera da letto, sapendo che Tamar era lì. La trovai in piedi fuori al balcone ad osservare la città che scintillava più in basso. I suoi capelli scuri soffiavano nella lieve brezza.

Questa ragazza dannatamente meravigliosa mi scombussolava il cuore e mi attorcigliava le viscere, mettendomi in ginocchio.

Mi possedeva completamente.

Avrei dovuto capirlo la prima volta che l'avevo vista che sarebbe successo.

Ma a volte alcuni insegnamenti fondamentali sono necessari, indispensabili per comprendere quanto importante possa essere una persona.

Per capire che è *destinata* a stare con noi.

Ringraziavo la mia buona stella che lei fosse stata d'accordo col destino.

Le cose per i *Sunder* avevano preso una piega... pazzesca. La band era diventata più famosa di quanto avessimo mai potuto immaginare. Come sapevo che sarebbe successo, Sebastian aveva infine lasciato il gruppo poco più di un anno fa. Non lo biasimavo affatto. Voleva trascorrere tutto il suo tempo con la sua famiglia e non in tournée da una città all'altra. Ma non ci aveva abbandonati completamente. Aveva acquistato la villa di

Anthony a Tybee Island, inclusa di studio di registrazione, e aveva usato il suo talento per diventare un produttore discografico. Lavorava principalmente con noi, ma aveva un paio di altre band che volevano registrare lontano dal ritmo frenetico della città.

No.

Non mi ero fatto avanti per prendere il suo posto. La verità era che non volevo essere il leader. Quel ruolo apparteneva a qualcun altro. Qualcuno che ero pronto a scommettere avrebbe dovuto esserlo sin dall'inizio.

Io e Blue tenevamo una casa anche a Savannah.

Ma trascorrevamo la maggior parte del tempo a Los Angeles per stare più vicini alla sua famiglia e alla mia, e soprattutto perché Brendon viveva qui. Ovviamente, a Tamar non era mai dispiaciuto saltare su un aereo e viaggiare con me, essendo fin troppo desiderosa di stare in platea e perdersi nella musica.

Suppongo che questa ragazza fosse la mia fan più sfegatata.

Non andava mai da nessuna parte senza la sua macchina fotografica. Trovava la sua ispirazione ogni giorno. Ovunque. Nel modo in cui guardava il mondo.

Con la bambina in arrivo tra poche settimane, le cose sarebbero dovute cambiare. Sapevo che non poteva semplicemente prendere e partire quando voleva.

Ma mi ero sbagliato nel pensare che non potessi avere contemporaneamente una famiglia e i *Sunder*.

Perché questa ragazza mi aveva dato tutto. I miei sogni. La possibilità di suonare e fare musica. La possibilità di amarla.

Avevo ottenuto sia lei che il mio sogno.

Avevo ottenuto tutto.

Mi avvicinai alle sue spalle e la avvolsi tra le braccia, facendo aderire la sua schiena contro il mio petto e posando le mani sul suo pancione.

Abbracciai entrambe.

In maniera protettiva.

Possessiva.

La nostra bambina si mosse e scalciò.

Cazzo.

437

Ero così innamorato. Non vedevo l'ora di cullarla tra le braccia. Di fare le cose nel modo *giusto.*

Affondai il naso nei capelli di Blue. «Ehi, tesoro.»

Lei emise un sospiro contento che mi scaldò il cuore.

«Sai che effetto mi fa trovarti qui fuori in questo modo? Sei identica alla mia fantasia preferita.»

Blue ridacchiò. «Figuriamoci!»

Ma era qui che si sbagliava.

Lei era tutto ciò che mi piaceva.

Tutto ciò che volevo.

Mi bastava sfiorarla perché il mio uccello si indurisse. Perché venissi travolto dal bisogno di toccare. Esplorare. Sentire. Possedere questa ragazza che era *mia.*

Così deliziosamente sexy.

Eccitante e incantevole.

Era ogni singola cosa di cui avevo bisogno, pur non essendone mai stato consapevole.

Le carezzai la tempia con le labbra. «Sei così dannatamente bella. Così sexy. Voglio trascorrere la mia vita sepolto dentro di te.»

Lei rise di nuovo, ma stavolta in modo seducente. «Cosa intendi con voglio? Mi pare che tu già trascorra lì la maggior parte del tuo tempo.»

Una lieve risatina rimbombò nel mio petto. «Puoi forse biasimarmi?»

Tamar si rannicchiò maggiormente fra le mie braccia. «Come abbiamo fatto a meritarci questa vita?»

La strinsi più forte. Dio, aveva un odore così delizioso; cannella, spezie e un pizzico di dolcezza.

«Penso che fossimo destinati a stare insieme. Sin dall'istante in cui ti ho vista, ho provato un'attrazione irrefrenabile. Non so se sarei mai riuscito a starti lontano. Sento che, in un modo o nell'altro, ti avrei trovata.»

«Oppure sarei stata io a trovare te» disse con voce malinconica.

Carezzai la delicata curva del suo collo con le labbra. «Perché avresti sentito la mia voce chiamarti... Non ti conoscevo nemmeno, eppure eri già scritta nelle mie canzoni.»

Lei intrecciò le dita alle mie e si portò le nostre mani unite contro il petto.

Abbassai lo sguardo sulle parole incise sulle mie nocche.

Canti la mia anima.

Avevo creduto che amare qualcuno fosse una maledizione, che ti rendesse soltanto vulnerabile alla sofferenza, alla tristezza e al dolore.

A tutte quelle opprimenti cazzate che non riuscivo più a sopportare.

«E io ti avrei sempre *sentito*» mormorò Blue nella notte.

Ma amare lei?

Questa ragazza aveva alleviato il mio dolore.

Cancellato tutta quella schiacciante tristezza.

Riempito il mio profondo vuoto.

Mi aveva mostrato come vivere.

Una volta avevo creduto che fosse il peggior tipo di tentazione. Distruzione e luce accecante. Il tipo di ragazza che avrebbe potuto distruggere ogni singola cosa in cui credevo.

Blue...

Beh, suppongo che fosse stata davvero una tentazione.

Perché mi aveva incitato a vivere.

Adesso, avrei trascorso la mia vita a vivere per lei.

Con lei.

Tamar si girò tra le mie braccia e si sollevò in punta di piedi per baciarmi visto che era molto più bassa di me. Sorrisi contro la sua bocca. Era così dolce.

Potevo sentirla scorrere come fuoco nelle mie vene.

Era un fascio di fuochi d'artificio.

In attesa di un fiammifero.

La presi tra le braccia e la portai verso il nostro letto, sistemandola al centro del materasso.

Abbassai lo sguardo su di lei. Su questa ragazza che era dura e tenera.

Corrotta e pura.

Maliziosa e angelica.

Mi toccò il viso, nello stesso modo in cui toccava il mio

cuore.

Era un arcobaleno di colori, ogni sfumatura di rosso e di blu, il nero più scuro e il bianco più luminoso.

Energia e vita.

Boom.

Altre opere di A.L. Jackson disponibili in italiano

Un sasso nell'oceano
(Bleeding Stars #1)

Lui non voleva niente...
Finché non ha scoperto che lei aveva tutto da offrire.
Sebastian Stone, frontman dei Sunder, si caccia sempre nei
guai.
I problemi lo seguono ovunque vada.
Con i suoi precedenti, avrebbe dovuto sapere che Shea
Bently sarebbe stata un problema. Ma la dolce e innocente ra-
gazza del Sud era l'unica cosa che riusciva a vedere. L'unica
cosa che voleva vedere.
Adesso annegano entrambi in un mare di desiderio, affon-
dando irrimediabilmente in un mondo di lussuria, e la loro pas-
sione si rifiuta di lasciarli risalire a galla per respirare.
Per quanto lui voglia che le cose tra di loro funzionino,
Shea ha un tormentato passato alle spalle, uno da cui è intenzionata a fuggire a tutti i costi.
Tuttavia, alcuni segreti non muoiono mai.
Se il passato di Shea venisse riportato alla luce, potrebbe distruggere il mondo di Sebastian. Quest'ultimo deve decidere se
vale la pena sfidare la corrente per lei o se dovrebbero semplicemente affondare come un sasso nell'oceano.

"Un'appassionante lettura ricca di segreti, colpi di scena e sesso bollen-
te." – Penelope Ward, autrice bestseller del The New York Times.

Annego in te
(Bleeding Stars #2)

Il pericolo di fingere è che la finzione diventi realtà...
Sebastian Stone, frontman e chitarrista dei Sunder con una
fedina penale lunga un chilometro, è fuggito a Savannah,
Georgia, per allontanarsi dai guai che ha causato.
Non per trovarne altri.
Nell'istante in cui ha visto Shea Bentley, ha scorto in lei
qualcosa di molto più profondo della sua dolcezza e innocenza.
Qualcosa di più oscuro.
La loro relazione è stata costruita sui segreti, il loro amore
sulle bugie.
Ma Sebastian non immaginava neanche lontanamente quan-
to grandi fossero i suoi segreti.
Quando il passato e il presente si scontrano, Sebastian e
Shea si ritrovano a lottare per un futuro che nessuno di loro
credeva di meritare. La loro passione è intensa, e il bisogno che
provano l'uno per l'altra è infinito.
Adesso che la verità è nelle sue mani, Sebastian deve deci-
dere se è pronto a sacrificare tutto ciò a cui tiene per proteggere Shea e la propria famiglia.
Due passati che si intrecciano.
Due vite che si legano.
Shea e Sebastian annegheranno nei loro demoni o impare-
ranno finalmente a vivere?

*"Passionale e struggente, dolce e sexy... Non potete... non potete asso-
lutamente perdervi la conclusione di questa storia incredibile!"* – M. Lei-
ghton, autrice bestseller del New York Times.

*"La storia di Shea e Sebastian è semplicemente magnifica, ed è impos-
sibile non innamorarsene."* – Mia Sheridan, autrice bestseller del
New York Times.